Die sieben Abenteuer des Prinzen Hatem

Die sieben Abenteuer des Prinzen Hatem

Ein iranischer Märchenroman

1990
Gustav Kiepenheuer Verlag
Leipzig und Weimar

Originaltitel: Sem' priključenij Chatema.
Aus: Iranskaja skazočnaja ėnciklopedija,
Chudožestvennaja literatura, Moskva 1977
Aus dem Russischen übertragen von Rainer Schwarz
Herausgegeben und mit einem Nachwort
von Manfred Lorenz

ISBN 3-378-00250-6

Der Anfang

Die Erzähler der alten Dastane, die lieblich tönenden Nachtigallen, die in den Gärten der schönen Worte umherflattern, die Hüter der Schatzkammern voll wunderbarer Erinnerungen, sie alle erzählen davon, was einstmals Mir Aschraf Ramusi in seinem Buch ›Sammlung der Erzählungen‹ über den wohlgeborenen Hatem geschrieben hat. Die Lebensbeschreibung des Hatem, des Sohnes des Ta'i, des Enkels des Kahlan, der ein Sohn des Sin, ein Enkel des Nachschab und ein Urenkel des Kahtan war, beginnt mit dem Bericht über seinen Ahnherrn Hud.

Wie man erzählt, rühmte sich Hud der Stärke eines Recken. Sein Vater, ein armer Bauer im jemenitischen Königreich, verließ, nachdem er sein ganzes Leben in Mühen und Sorgen verbracht hatte, diese vergängliche Welt. Und da fragte sich Hud: ›Kann ich, der ich ein Mensch von Reckenkraft und außergewöhnlicher Tapferkeit bin, mein ganzes Leben lang einer Spinne gleich dasitzen, die ihr Netz gesponnen hat in der Hoffnung, darin irgendeine armselige Kriebelmücke zu fangen, und ergeben auf ein Wunder hoffen? Dies wäre töricht!‹ Und nachdem er seine Verwandten und Freunde versammelt hatte, wandte er sich mit den Worten an sie: »Ihr meine Teuren! Das Herz befiehlt mir, unserem Schah den Gehorsam aufzukündigen und meine Kräfte mit ihm zu messen. Wenn der Himmel mir seine Gnade erweist, werde ich den jemenitischen Thron besteigen und die Macht als Schah dazu benutzen, daß mein Reich blühend und mächtig wird, daß meine Untertanen in Glück und Eintracht leben, daß Wolf und Schaf, Löwe und Fuchs ihren Durst aus einer Quelle löschen. Dann wird man mich in Jemen und über seine Grenzen hinaus für meine Gerechtigkeit und meine Weisheit rühmen. Was habt ihr darauf zu erwidern?«

Die Verwandten und Freunde gaben ihm den Segen zu seinen Heldentaten, sagten jedoch zugleich: »Dein Streben nach allgemeinem Wohl ist höchst lobenswert, nur braucht man für ein solches Unternehmen viel Geld, du aber bist ein armer Mann und kannst nur darauf hoffen, daß du Glück hast und einen reichen Schatz findest.«

Sie dachten nach, berieten sich und beschlossen endlich, ihm alles Gold zu geben, das sie besaßen. Im Laufe von sieben Jahren sammelte Hud ein großes Herr, stattete es mit Waffen aus und begann sich zum Kampf mit dem jemenitischen Schah zu rüsten. Der Schah aber geriet in Zorn, als er erfuhr, der Sohn eines namenlosen Bauern habe sich an die Spitze eines Heeres gestellt und wolle ihn vernichten, und so rief er seine Heerführer zusammen und befahl ihnen, unverzüglich gegen Hud aufzubrechen und sein Heer, koste es, was es wolle, zu vernichten, den Kopf des Aufrührers aber ihm zu bringen, damit anderen die Lust zu solchen Eigenmächtigkeiten verginge.

Nach dem Willen des Schahs setzten sich die Heerführer sogleich an die Spitze von Fußvolk und Berittenen gegen Hud in Bewegung, und es gab eine große Schlacht, in der Hud die Streitmacht des Schahs aufs Haupt schlug. Viele Krieger des Schahs blieben auf dem Schlachtfeld, andere dagegen wandten sich zur Flucht. Als der jemenitische Schah von Huds Sieg vernahm, erzürnte er sich schrecklich und sammelte ein Heer aus unzähligen Fußsoldaten, Reitern und Bogenschützen, das er selbst gegen Hud führte. Hud blieb beharrlich und kaltblütig, leistete dem Schah gebührenden Widerstand, und in tapferem Kampf besiegte er die Truppen des Schahs; Allah jedoch segnete ihn für sein Streben nach gerechter Herrschaft, und Hud bestieg den jemenitischen Thron. Der gefangengenommene Schah Jemens, der die Qualen der Niederlage erleiden mußte, ging nach kurzer Zeit ins Jenseits hinüber.

Hud regierte so weise und gerecht, daß er die Zuneigung aller seiner Untertanen erwarb, denn während seiner Herrschaft gab es keine Bedrückung auf Erden, und Freund und Feind, jung und alt priesen ihn für seine Freigebigkeit und Großherzigkeit, und aus einer Quelle löschten ihren Durst Wolf und Schaf, Löwe und Fuchs. Und das Volk Jemens begann in Wohlstand und Glückseligkeit zu leben.

Nach einigen Jahren schenkte Allah Hud einen Sohn, der Kahtan genannt wurde. Als aber Hud alt geworden war und die Frist seines Lebens ablief, bestieg sein Sohn Kahtan den Thron. Da blühte Jemen noch prächtiger auf als ehedem, und der Allmächtige schenkte Kahtan einen Sohn, der Nachschab genannt wurde. Als Nachschab das Mannesalter erreicht hatte, wandte er sich von seinem Vater ab und stellte sich auf jede Weise all seinen würdigen Taten entgegen. Da erzürnte sich Kahtan gegen seinen Sohn, und dieser mußte Zuflucht in den arabischen Landen suchen. Als aber Kahtan starb, kehrte Nachschab in die heimatlichen Gefilde zurück und wurde der Herrscher Jemens, und er bekam einen Erstgeborenen, der Sin genannt wurde.

Als Sin erwachsen war und, wie man sagt, sich selbst erkannte, zeigte sich bei ihm ein böses Gemüt, und es entbrannte zwischen Nachschab und Sin eine unversöhnliche Feindschaft. Sin versuchte mit aller Macht, sich des Vaters zu entledigen, doch das gelang ihm nicht, der Vater aber wollte den Sohn hinrichten lassen, doch die Mutter ließ es nicht zu. Sie hielt Sin so lange verborgen, bis Nachschab ins Jenseits hinüberging. Und als das geschehen war, bestieg Sin den väterlichen Thron und wurde der Schah Jemens. Und sofort begann das jemenitische Reich unter seinem unerträglichen Joch zu stöhnen. Binnen kurzem bekam Sin einen Sohn, der Kahlan genannt wurde. Gut und geduldig war Kahlan, und als sein Verstand erstarkt war, erkannte er, daß es töricht ist, wenn der Herrscher seine Untertanen quält und den Staat zugrunde richtet. Er paßte einen günstigen Augenblick ab, enthob den Vater des Throns und sperrte ihn in den Kerker. Dann begann er selbst den Staat zu regieren. Nach kurzer Zeit schenkte Allah dem Kahlan einen Sohn, der Ta'i genannt wurde. Nach des Vaters Tod bestieg Ta'i den Thron des Schahs, und gütig war seine Herrschaft. In so einem Maße erwarb er sich den Ruhm eines weisen und gerechten Herrschers, daß sich zu keiner Zeit jemand mit ihm messen konnte.

Ta'i machte sich alle arabischen Staaten untertan, doch erreichte er dies weniger duch Gewalt als vielmehr durch beispiellose Weisheit und Gerechtigkeit. Aus allen Enden seines Reiches sammelte er würdige und weise Männer um sich und hörte ihre Reden stets mit Aufmerksamkeit an. Sie waren es auch, die ihm von der unvergleichlichen Schönheit der Tochter eines gewissen Adam berichteten.

Ta'i entbrannte in Leidenschaft zu ihr und machte sie zu seiner Frau. Bald ging sie schwanger, und zur vorbestimmten Zeit gebar sie ihm einen Sohn mit einem Antlitz der Sonne gleich. Und der Sohn wurde Hatem genannt.

Ta'i rief Wahrsager und Sterndeuter in den Palast und befahl ihnen, Hatems Zukunft zu weissagen. Die Sterndeuter warfen das Los, blickten in die Sterne, schlugen in den Zauberbüchern nach und eröffneten dem Schah, daß Hatem ein glückliches Geschick bereitet sei, daß ihm sieben Länder untertan sein würden, daß es ihm beschieden sei, zugunsten seiner Freunde viele ruhmreiche Taten zu vollbringen, und daß sein guter Name bis ans Ende der Welt gerühmt werden würde. Als Ta'i diese Nachrichten vernahm, wurde er von großer Freude ergriffen, und freigebig beschenkte er die Weisen und die Sterndeuter. Niemanden überging er in seiner Gnade. Dann befahl er, die hochgeborenen Höflinge, seine Vertrauten und Volk jedweden Standes zu rufen, und bewirtete sie großzügig mit Speise und Trank. Jene aber stimmten Gebete zu Ehren des Schahs und seines Sohnes an.

Aus Anlaß der Geburt seines Sohnes schickte Ta'i zahlreiche Herolde an alle Enden seines Reichs, damit sie die Einwohner davon in Kenntnis setzten, daß alle Knaben, die am selben Tage wie Hatem das Licht der Welt erblickt hatten, unverzüglich in den Palast zu bringen seien. Bald darauf brachten die Diener sechstausend Knaben in den Palast, denen der Schah sechstausend junge und gesunde Ammen zuteilte, die ohne Verzug ihren Pflichten nachgingen. Den vier besten und schönsten Ammen wurde Hatem anvertraut. Doch welche von den vier Ammen auch ihre Brust an Hatems Lippen legte, er nahm sie nicht. Die Vertrauten erschraken und eilten mit der Nachricht zu Ta'i, der erlauchte Säugling verweigere die Nahrung. Und von neuem ließ der Schah die Weisen und Sterndeuter rufen, und als sie vor seinen Augen erschienen waren, sprach er: »O weiseste der Weisen! Unser Neugeborener nimmt von keiner der Ammen die Brust. Worin liegt die Ursache dafür?«

Die Sterndeuter und Wahrsager schlugen die Zauberbücher auf und gaben zur Antwort: »O Zuflucht des Universums! Dein Sohn wird bald seiner unvergleichlichen Freigebigkeit und Güte wegen gerühmt werden und sich niemals allein zum Mahl setzen. Damit er trinkt, muß man allen sechstausend Ammen die ihnen anvertrauten Knaben bringen und sie gleichzeitig mit Hatem stillen lassen.«

Als die sechstausend Ammen die Neugeborenen in Hatems Gemächer brachten, die ihrer Fürsorge anvertraut waren, begann er bereitwillig zu trinken. Und so wuchs Hatem heran, kannte keine Tränen, litt nicht an Einsamkeit und hatte einen festen Schlaf. Noch ehe er sprechen konnte, brauchte er nur auf der Straße irgendeinen Armen oder einen Fremdling zu erblicken, um augenblicklich mit seinem Händchen zu verstehen zu geben, man solle jenem ein Almosen reichen. Auch später gingen Freigebigkeit und Güte mit all seinen Taten einher.

Kaum daß Hatem vier Jahre alt war, bat Ta'i gelehrte Männer in den Palast, damit sie den Schahsade und zugleich auch seine sechstausend Altersgefährten in allen Weisheiten der Wissenschaft unterrichteten. Und als Hatem mit zwölf Jahren alle Weisheiten der Wissenschaft erfaßt hatte, begann er mit nie dagewesener Freigebigkeit und Großherzigkeit, die Armen und alle jene zu beschenken, die seiner Hilfe bedurften. Bald war der reiche Staatsschatz, den sein Vater gesammelt hatte, gründlich gelichtet, doch der Vater liebte Hatem so sehr, daß er in allem Nachsicht übte.

Keinen Menschen und kein Tier vermochte Hatem zu kränken, und jeden Fremdling und jeden Armen, der ihm angenehm war, führte er in seine Gemächer, bewirtete ihn mit allen möglichen Speisen und erquickte sein Gehör mit angenehmem Gespräch.

Und Hatem war stets gleichbleibend und sanft im Umgang mit jedermann, und seine Rede war wohlklingend, und er selbst war von Angesicht der aufgehenden Sonne gleich. Und jeder, dem es gelang, seiner Schönheit ansichtig zu werden, hielt sich für beglückt. Und jedem, der so erfolgreich war, Hatem von seinem Mißgeschick berichten zu können, half er, womit er nur konnte, die Beleidigten und die Bedrängten aber nahm er unter seinen Schutz. Keiner, der ihn um eine milde Gabe bat, wurde jemals abgewiesen, und die Gnaden, die er erwies, begleitete er mit herzlichen Abschiedsworten und Segenswünschen. Und im jemenitischen Königreich gab es keinen einzigen Menschen, dem Hatem durch irgend etwas Ärger bereitet hätte. Bald war die Kinderzeit zu Ende, Hatem erreichte das Mannesalter, und über seinen Lippen stellte sich der erste Flaum ein. Da wurde sein Antlitz noch hundertmal schöner als zuvor, und das Gerücht von seiner unvergleichlichen Schönheit, seinem Edelsinn und seiner Freigebigkeit drang in die entlegensten Winkel der Erde.

Die Geschichte vom Schah Kurdanschah und der Tochter des Kaufmanns Hodscha Barsach

Wie man erzählt, herrschte einstmals im Lande Chorassan ein Padischah mit Namen Kurdanschah, der fünftausend Berittene, fünftausend Fußsoldaten und eintausend Bogenschützen hatte, die ihm beständig folgten.

Einen Teil seiner Truppen schickte er in fremde Länder, um aus Chorassan einen mächtigen Staat zu machen und um für sich selbst Ruhm zu erwerben, damit es niemanden gebe, der ihm an Edelsinn und Gerechtigkeit gleichkäme.

Während der Herrschaft des Kurdanschah lebte in Chorassan der Kaufmann Hodscha Barsach. Er galt als ein Mann von sagenhaftem Reichtum. Eine Vielzahl ihm ergebener Verkäufer setzte seine Waren in überseeischen Ländern ab. Barsach selbst trieb Handel in Chorassan und war ein Liebling des Padischah. Als aber die Lebensfrist des Barsach ablief und er sich anschickte, ins Jenseits hinüberzugehen, ließ er als einzige Erbin seine Tochter Husnbanu zurück. Und sie war so schön, daß der Glanz, der von ihrem Gesicht ausging, das Licht der Sonne übertraf, und der Ruhm von ihrem unvergleichlichen Liebreiz drang in die entlegensten Winkel der Erde.

Sterbend trug der Kaufmann Barsach dem Kurdanschah als Vermächtnis auf: »O mächtiger Padischah! Meine Seele ist an der Reihe, ihre letzte Reise anzutreten. Ich beschwöre dich! Sei meinem herzallerliebsten Töchterchen ein gütiger und wohltätiger Vater! Spare ihr gegenüber nicht an Nachsicht und Freigebigkeit, denn es gibt niemanden auf der Welt, der ihr näherstünde als du.«

»O edler Hodscha«, erwiderte Kurdanschah. »Du hast keinen Grund, dich um das Schicksal der Malika Husnbanu zu sorgen, denn ich werde sie noch hundertmal mehr hätscheln als du. Deine Tochter wird von heute an meine Tochter sein, und ich werde meine Gunst in dieser Welt nicht von ihr abziehen.«

Hodscha Barsach beruhigte sich und vertraute seine Seele dem Allmächtigen an, alle seine Reichtümer aber zusammen mit Husnbanu dem Padischah.

Die fünfzehnjährige Husnbanu stand in dem Rufe, ein weises und scharfsinniges Mädchen zu sein, und als ein gerechter und edler Mann überließ ihr Kurdanschah, ohne zu zögern, die Reichtümer, die der Kaufmann Barsach hinterlassen hatte. Dabei fand Husnbanu nicht die geringste Freude an dem riesigen Vermögen. Nach dem Tode ihres Vaters überkamen sie Gedanken an die Vergänglichkeit des irdischen Seins, und sie beschloß, ihr Leben gottgefälligen Dingen zu weihen, um es nicht mit weltlichen Sorgen zu verdüstern. Husnbanu hatte keine engen Freunde und Verwandten außer einer einzigen Amme, die sich durch einen scharfen Verstand und eine außergewöhnliche Auffassungsgabe auszeichnete. Eines Tages rief die Malika Husnbanu die Amme zu sich und sprach: »O meine treue Dienerin! Zeihe mich nicht des Unverstands, aber ich habe beschlossen, in meinem irdischen Leben allein zu bleiben. Doch mich bedrängen in einem fort verliebte Jünglinge. Was rätst du mir zu tun, damit sie mich in Ruhe lassen?«

»O mein Herzenskind«, erwiderte ihr die Amme. »Ich habe eine List ersonnen, die dir helfen kann, der Ehe zu entgehen.«

»Sprich, Mütterchen, worin besteht diese List, und wird sie mir Ruhe bringen?«

Darauf sagte die Amme: »O Malika, die du die Welt bezauberst! Wenn einer von den Verliebten kommt und will dich freien, dann sagst du, derjenige, der dich zur Frau begehrt, muß sieben Fragen beantworten, dann möge es sein; kann er sie aber nicht beantworten, dann muß er seine Reichtümer und sein Schicksal in deine Hände legen. Die Fragen aber sind äußerst schwierig, und es wird sich kaum jemand finden, der die richtigen Antworten darauf weiß.

Die erste Frage:

Wer ist die Schöne, die man einmal nur erblickt
und die zu treffen dann auf ewig nicht mehr glückt?

Die zweite Frage:

Was ist das Opfer, das dem Fluß man anvertraut,
damit man in der Wüste höchsten Lohn dann schaut?

Die dritte Frage:

Wie soll man jene Untat nennen, zu der Gier
den Menschen trieb, so schlimm zu handeln wie ein Tier?

Die vierte Frage:

Was mußt du tun, damit kein Unheil dich befällt,
was schickt der Himmel dir als sicheres Entgelt?

Die fünfte Frage:
Wer ist's, der alles hat vollbracht, was vor ihm stand,
welch ein Befehl wird ihm vom Berg herabgesandt?
Die sechste Frage:
Was für ein Bad ist es, das durch die Wüste fliegt?
Wenn du's errätst, dann hast du beinah schon gesiegt.
Die siebente Frage:
Groß wie ein Ei hab eine Perle ich zu eigen,
kannst eine zweite du von dieser Art mir zeigen?«

Die Malika Husnbanu freute sich unsagbar, als sie ihre Amme angehört hatte, und sagte mit zärtlichem Lächeln: »O meine treue Dienerin, möge dir der Allmächtige deine Güte lohnen!«

Als die Malika Husnbanu eines Tages vom Fenster ihrer Gemächer aus die Umgebung betrachtete, bemerkte sie in der Ferne einen Derwisch, der von einigen Dienern begleitet wurde. Die Miene des Derwischs war stolz, und sein Gang war majestätisch. Seine Sohlen berührten nicht den Boden, denn die Diener legten ihm Gold- und Silberbarren unter die Füße.

»O meine treue Dienerin«, fragte die Malika verwundert. »Was ist das für ein Heiliger, der so wichtig einherschreitet und dabei auf Gold- und Silberbarren tritt?«

»O Malika, die du die Welt bezauberst«, erwiderte die Amme. »Das ist der mit göttlicher Gnade gesegnete Lehrer Kurdanschahs mit Namen Asrak. Viermal im Monat macht ihm Kurdanschah seine Aufwartung, und von grenzenlosem Glauben zu ihm erfüllt, tut er alles, was jener ihm befiehlt. Wie man sagt, widmet sich jener Mann des Nachts dem Gebet, anstatt zu schlafen.«

»O meine treue Dienerin, nie im Leben habe ich einen Menschen wie diesen getroffen. Wir müssen ihn, koste es, was es wolle, zu uns in den Palast einladen, ihm zu Ehren ein Festmahl geben und ihn reich beschenken. Vor allem will ich mich ihm zu Füßen werfen.«

»O Malika, die du die Welt bezauberst, verständig ist deine Rede.«

Ohne zu zögern, befahl die Malika ihrem Sklaven, er solle dem Derwisch entgegengehen und ihn in den Palast einladen. Sogleich führte der Sklave den Befehl der Malika aus. Er trat auf den Derwisch zu und grüßte ihn in gebührender Weise. Der Derwisch aber fragte, nachdem er den Gruß erwidert hatte: »O Jüngling, was wünschst du?«

»O edler Vater«, antwortete der Sklave, »meine Herrin, die Malika Husnbanu, hat mir aufgetragen, dich zu bitten, ihre bescheidenen Gemächer mit deinem Besuch zu beglükken.«

Der Derwisch dankte für die Einladung und befahl, der Malika zu übermitteln, er wolle ihr gastfreundliches Haus am nächsten Tage besuchen.

Die Malika war unsagbar froh und ordnete an, man solle auserlesene Köstlichkeiten für den Gast zubereiten. Unverzüglich machten sich die Diener daran, ihren Befehl auszuführen, und kochten alle möglichen Speisen von erlesenem Geschmack. Und sie legten neun Stücken Seidengewebe für den Derwisch bereit. Dann deckten sie sieben Dastarchane und stellten rote Becher darauf, und auf sieben weitere Dastarchane stellten sie weiße Becher.

Als die dunkle Nacht vergangen war und die helle Sonne die Welt erleuchtete, erschien der langersehnte Gast mit seiner Begleitung im Palast der Malika. Der Derwisch trug ein grünes Kleid, darüber einen ebenfalls grünen Umhang, und sein Kopf war mit einem grünen Turban umwickelt. In den Händen hielt er einen grünen Stab.

Als die Malika von der Ankunft des Derwischs erfuhr, befahl sie ihren Dienern, dem ehrwürdigen Gast einen golddurchwirkten Teppich unter die Füße zu breiten. Und die Diener legten den Weg vom Palasttor bis zur Tür der Empfangsräume der Malika Husnbanu mit golddurchwirkten Teppichen aus, und der Derwisch schritt darauf würdig bis in den Saal, wo alles für ein festliches Mahl bereit war.

Als der Derwisch auf der Kurpatscha Platz genommen hatte, wurden ihm sofort reich geschmückte Becher gereicht, die in prächtige Tücher gehüllt waren. Dann brachten die Diener goldene Krüge und ein Handwaschbecken herein, und der Derwisch und seine Begleiter reinigten sich die Hände. Und man breitete vor dem Derwisch einen dunkelgrünen Dastarchan aus und besetzte ihn mit Präsentiertellern voll frischgebackener Fladen und mit Schalen voll aller möglicher Speisen von erlesenem Geschmack, die mit goldenen und silbernen Deckeln bedeckt waren.

Nachdem sie sich die Hände gewaschen hatten, setzten sich der Derwisch und seine Diener zum Mahl. Und sie kosteten von all jenen Speisen und begriffen, wie reich und wie angesehen der Kaufmann Barsach gewesen war. ›So prächtiges Geschirr‹, wunderte sich der Derwisch, ›bekommt man nicht einmal beim Padischah zu sehen.‹ Und ein sündhafter Gedanke schlich in sein Herz: ›Es wäre nicht schlecht, all dieses Gut heute nacht heimlich davonzutragen.‹

Nach dem Mahl brachten die Diener alles, was man zum Händewaschen braucht. Die Gäste warfen sich heimliche Blicke zu, und indem sie auf die Schalen schauten, festigten sich die ruchlosen Gedanken in ihrer Seele.

Bei Anbruch der Dämmerung begaben sich die Gäste nach Hause, nachdem sie Dankgebete zu Ehren der Malika gesprochen hatten. Bald senkte sich die Nacht auf die Erde hernieder, und die Diener der Malika wurden vom Schlaf übermannt. Um Mitternacht drang der Derwisch mit seinen Helfershelfern heimlich in den Palast ein und sah, daß alle Wachen in festem Schlaf lagen, so daß den Ruchlosen keine Gefahr drohte. Nachdem sie einige Diener erschlagen hatten, sammelten sie die Reichtümer der Malika auf einen Haufen, schnürten sie in Bündel und entfernten sich ohne Hast. Zur gleichen Zeit verrichtete die Malika im Oberzimmer im ersten Stock ihr Gebet zu Allah, und als sie von dort aus des Gaunerstreichs des Derwischs gewahr wurde, erkannte sie, daß er durchaus kein Heiliger war, sondern ein ganz gewöhnlicher Gauner und noch dazu ein Bösewicht.

Der Tag brach an, und die Bewohner des Palastes entdeckten, daß einige Diener der Malika erschlagen waren und daß ihr reiches Geschirr und andere Kostbarkeiten verschwunden waren. Die Malika sammelte alle ihre Aufwärterinnen um sich und ging in Kurdanschahs Palast. Dort angekommen, hob sie an zu stöhnen.

»Wer von meinen treuen Untertanen ist gekommen, um Gerechtigkeit zu suchen?« fragte der Padischah. Sofort meldeten die Hadschibs dem Schah, die Bittstellerin, die Gerechtigkeit suche, sei die Tochter des Kaufmanns Hodscha Barsach. Aber sie habe sich geweigert, ihnen irgend etwas zu erzählen, und sei nur bereit, dem Padischah selbst alles zu berichten, wenn sie dazu seine allerhöchste Erlaubnis erhielte.

Kurdanschah hörte sich den Bericht der Hadschibs an und befahl, die Malika zu ihm zu führen. Nachdem die Malika vor den klaren Augen des Padischah erschienen war, pries sie seine Großmut und sprach ergeben: »O mein edler Vater! Mögen dein Leben und die Macht deines Staates lange währen. Deine ergebene Sklavin legt dir ihre Bitte um Gnade zu Füßen. Heute nacht drang der treulose Derwisch, den du für einen heiligen Lehrer hältst, mit vierzig Helfershelfern in meinen Palast ein und raubte, nachdem er meine schlafenden Diener getötet hatte, eine Menge jeglichen Guts und goldenen Geräts. Indem ich selbst unbemerkt blieb, konnte ich mit eigenen Augen die Untaten dieses Glaubensverächters beobachten. O großer und gerechter Padischah! Räche die Tränen einer einsamen Waise an den Schurken! Strafe die schändlichen Betrüger für ihre ehrlosen Taten!«

Als Kurdanschah Husnbanus Erzählung angehört hatte, geriet er in Zorn. »O du Törichte!« rief er hitzig. »Wie bringt deine Zunge es fertig, so eine falsche Beschuldigung gegen den edlen Nachkommen von Edlen vorzubringen, dem alles Weltliche fremd ist?! Wie kannst du ihn einen Dieb nennen, da er doch niemals einen Vorteil für sich selber sucht und nicht einmal den Wert dieser Dinge kennt?! Weißt du nicht, daß er der heiligste Mensch auf Erden ist?«

»O gerechter Padischah, du irrst«, erwiderte die Malika mit

einer tiefen Verneigung. »Er ist kein Heiliger, er ist der leibhaftige Teufel.

Listig sind die Scheiche heut, locken uns in Fallen,
wenn sie auch mit Turban gehn und Gebete lallen.
Äußerlich ein Derwisch zwar, fromm und gottesfürchtig,
geht er nachts auf Raubzug aus, gierig und blutdürstig.«

Dieser Vierzeiler brachte den Schah noch mehr in Wut, und er befahl: »He, ihr Hadschibs und Jessauls, schleppt diese Ruchlose mit allen ihren Aufwärterinnen auf den Stadtplatz und verabreicht ihnen eine öffentliche Züchtigung, ihr Hab und Gut aber gebt zur Plünderung frei! Möge dies einem jeden zur Warnung dienen, der sich erfrecht, meinen heiligen Lehrer zu verleumden!«

Schon machten die Hadschibs Anstalten, die Malika zu ergreifen, da erhob sich einer der Wesire und sprach, nachdem er sich an den Platz begeben hatte, der für Bittsteller abgeteilt ist: »O allmächtiger Padischah! Hast du vergessen, daß die Malika Husnbanu die einzige Tochter des Hodscha Barsach ist, der dir viele Jahre lang treu und redlich gedient hat und der sie als Zeichen größten Vertrauens deiner Fürsorge anempfahl? Du aber hast zu Allah geschworen, sie zu hätscheln. Jetzt gibst du sie der Schande und dem Gespött preis und mißachtest damit das Vermächtnis des Hodscha Barsach und deinen eigenen Schwur. Laß dieser Verblendeten gegenüber Gnade walten im Andenken an den verstorbenen Barsach und vergib ihr ihre Sünde.«

»O edler Wesir«, antwortete Kurdanschah. »Deine Rede ist ebenso weise wie gütig. Ich werde die Ruchlose nicht der Strafe unterwerfen, ich gebiete, sie aus unserer Stadt zu verjagen, ihren Palast und all ihren Besitz aber gebe ich zur Plünderung frei.«

Gesenkten Hauptes verließ die Malika Husnbanu mit ihren Aufwärterinnen zusammen den Palast des Schahs und ging aufs Geratewohl davon. Als sie die Grenzen der Stadt hinter sich gelassen hatte, vergoß sie bittere Tränen und erwiderte auf alle Trostworte ihrer Amme nur das eine: »Womit habe ich den Allmächtigen erzürnt, daß er mir solche Prüfungen auferlegt?«

Dann sprach sie die Verse:

»Was hab ich getan, daß der Himmel so schlecht mich behandelt?
Wie soll's mir gehn, da ich seit gestern im Feuer gewandelt?
Ohne Zögern gab ich die Seele an den Herzliebsten hin,
daß er mich grausam dafür verstößt, kam mir nicht in den Sinn.
So hart ist mein Los! Ich muß mich nur noch plagen und schinden,
wie im Kerker sind nirgends mehr Licht und Freude zu finden.
Die weite Steppe ringsum netzt ich mit meinen Tränen, und
die bunten Tulpenkelche wurden davon schwarz auf dem Grund.«

Nachdem ein Tag und eine Nacht vergangen waren, kamen die Malika und ihre Amme zu einem großen Baum und setzten sich nieder, um zu rasten. Allmählich wurden sie vom Schlaf übermannt. Und es träumte der Malika, daß ein graubärtiger Greis sich mit den Worten an sie wandte: »O Malika, die du die Welt bezauberst! Du mußt dich nicht unnütz grämen! Unter dem Baum, der dir jetzt Zuflucht gewährt, befinden sich sieben Verstecke eines Schahs, und in diesen Verstecken liegen unermeßliche Schätze verborgen.«

»O ehrwürdiger Alter«, sprach die Malika. »Ich bin nur ein schwaches Weib, wie kann ich allein diese Schätze aus der Erde graben?«

»Beunruhige dich nicht, Malika«, antwortete ihr der Greis. »Nimm einen Stab und grabe damit in der Erde, und wenn es Allah gefällt, wirst du bald das Gewünschte erlangen. Wenn du aber zu den Verstecken vorgedrungen bist, dann spare nicht mit Gold und Silber. Erbaue hier eine große Stadt, und alle deine Feinde werden zu Staub werden.«

Aus dem Schlaf erwacht, weckte die Malika ihre Amme und erzählte ihr den Traum.

»Dein Traum war prophetisch«, sagte die Amme. »Die schweren Tage sind für uns vorüber, und an ihrer Statt ist eine Zeit der Glückseligkeit und der Ruhe angebrochen.«

Sie nahmen Stäbe und begannen unter dem Baum das Erdreich zu lockern. Es waren kaum ein paar Minuten vergangen, als Husnbanus Stab auf etwas Hartes stieß. Husnbanu machte sich daran, den Boden aufzugraben, und erblickte eine Falltür, die in ein unterirdisches Gewölbe führte. Als sie die Falltür aufhob und die Treppe hinunterstieg, bot sich ihren Augen eine große Schatzkammer dar, die randvoll mit Gold und Kostbarkeiten gefüllt war. Und es waren sieben solcher Schatzkammern, und alle waren sie mit unermeßlichen Reichtümern gefüllt. Auf einem Haufen funkelnder Edelsteine prangte ein Pfau, der aus einer einzigen Perle, so groß wie ein Entenei, gefertigt war. Als die Malika dies alles erblickte, wurde sie von unbändiger Freude ergriffen und wandte ihre Dankbarkeit Allah, dem Allmächtigen, zu.

Und die Amme sagte zu ihr: »Gute Taten bleiben niemals unbelohnt. Für deine Freigebigkeit und Herzensgüte hat der Allmächtige dich mit Reichtümern beschenkt, die unvergleichlich größer sind als die, die der schändliche Derwisch dir gestohlen hat.«

»O Mütterchen, begib dich in die Stadt, sammle alle unsere Freunde und Diener und führe sie hierher, nachdem du alle Arten von Speisen, Getränken und Kleidern eingekauft hast. Und dinge dort auch Bauleute und Meister und sag ihnen, es stehe ihnen bevor, eine Stadt zu erbauen, so schön, wie es noch nie eine gegeben hat.«

Die Amme dachte nach, dann sagte sie: »Wie könnte ich dich allein lassen? Es ist doch keine Menschenseele in der Nähe!«

Da erschien auf einmal, wie vom Himmel gefallen, eine alte Bettlerin, und sie erkannten in ihr die allerälteste Aufwärterin der Malika. Nachdem sich die Alte der Malika Husnbanu zu

Füßen geworfen hatte, wiederholte sie unter Tränen ein ums andere Mal: »Wach ich oder träum ich?«

»Es ist kein Traum, Mütterchen«, beruhigte die Malika sie. »In einem einzigen Augenblick kann Allah einen Nichtadligen zum Schah machen oder einen Armen in einen Reichen verwandeln.«

Und weiter sagte die Malika: »O Mütterchen, gräme dich nicht, denn der Himmel hat sich unserer angenommen und hat uns Reichtümer von unermeßlichem Wert geschenkt. Führe, ohne zu säumen, so viel freies Volk wie möglich hierher, doch gib nur acht, daß niemand von unserem Schatz erfährt.«

Mit einer ehrfürchtigen Verbeugung vor der Malika antwortete die Aufwärterin: »O meine Seele, sorge dich nicht, unser Geheimnis werde ich niemandem preisgeben.«

Als sie das gesagt hatte, begab sie sich nach der Stadt, wo Kurdanschah lebte, und nachdem sie einige Tage unterwegs gewesen war, erblickte sie vor sich die Stadttore. Und sie ging in die Stadt und erledigte alles, wie es ihr die Malika aufgetragen hatte: Sie kaufte die verschiedensten Eßwaren, Getränke und Kleider, sammelte Leute um sich, die der Malika ergeben waren, nahm Maurer und andere Meister in Dienst und begab sich auf den Rückweg.

Als sie die Malika erblickten, dankten die Diener, die zu ihr zurückgekehrt waren, dem Himmel für ihre Rettung. Sofort stellten sie die Kessel auf, reinigten das Küchengeschirr und machten sich an die Zubereitung der Speisen. Und als alles zum Mahl bereit war, bewirtete die Malika einen jeden, und überdies gab sie den Trägern, die die Lasten aus der Stadt gebracht hatten, einen reichen Lohn. Und diese freuten sich über ihre Freigebigkeit und waren gern bereit, in ihren Diensten zu bleiben. »Möge dein Leben lange währen, und mögen sich deine Reichtümer mehren! Wenn es dir genehm ist, wollen wir mit Freuden hier wohnen. Gestatte uns nur, unsere Frauen und Kinder hierher zu bringen.«

»So möge es sein«, antwortete die Malika. »Aber du, Mütterchen«, sagte sie, an ihre Aufwärterin gewandt, »begib dich erneut in die Stadt und führe die Meister her, damit sie ohne Verzug mit dem Bau der Stadt beginnen.«

Die Aufwärterin kam in die Stadt, suchte den kunstfertigsten Baumeister auf und sagte: »O geschicktester aller Meister! Mein Herr, ein freigebiger und reicher Kaufmann, hat sich unweit von eurer Stadt niedergelassen. Er möchte an einem Ort seines Gefallens eine große und prächtige Stadt errichten, die auf der Welt nicht ihresgleichen hat und auch nicht haben wird. Folge mir und tritt in seinen Dienst, und du wirst so großzügig belohnt werden, daß du bis ans Ende deiner Tage keinen Mangel mehr leidest.«

Als der Meister ihre Worte gehört hatte, schickte er einen seiner Brüder mit Namen Ma'mur zur Malika. Alsbald erschien Ma'mur in Begleitung der Aufwärterin bei der Malika Husnbanu, und sie beschenkte ihn mit kostbaren Gewändern. Und dann bauten die Maurer mit dem kunstfertigen Ma'mur an der Spitze eine geräumige und bequeme Karawanserei.

Nachdem sich die Malika die Karawanserei sorgfältig angesehen hatte, belohnte sie Ma'mur und seine Gehilfen, dann aber sagte sie: »O Ma'mur! Ich bin gewillt, an diesem Platz eine Stadt und einen Palast zu errichten, wie die Welt sie noch nicht gesehen hat.«

»O Malika, die du die Welt bezauberst«, antwortete ihr Ma'mur. »Ohne Kurdanschahs Bewilligung können wir so etwas nicht in Angriff nehmen. Verschaffe sie dir, und wir werden uns unverzüglich ans Werk machen.«

»Ihr habt recht«, erwiderte ihnen die Malika Husnbanu. »Wartet hier, und ich kehre ohne Verzug zurück.«

Die Malika kleidete sich in prachtvolle Männergewänder, legte einen goldenen Gürtel um, schmückte ihr Pferd mit Sattel und Zaumzeug aus Dukatengold und begab sich, nachdem sie es mit Säcken voll Gold und Perlen beladen und den goldenen Pfau ergriffen hatte, in Begleitung festlich gekleideter Diener zum Schah. Nach kurzer Zeit erreichte sie die Stadt, in der Kurdanschah lebte, und ritt durch das Stadttor ein.

Verwundert über die Schönheit und die Pracht des berittenen Jünglings, hoben die Einwohner der Stadt die Hände zum Himmel und riefen: »Allah sei gepriesen, daß er uns so ein Wunder geschickt hat!« Inzwischen waren die Malika und ihre Diener an Kurdanschahs Palast angekommen, und nachdem sie sich in gebührender Weise vor den Hadschibs verneigt hatten, baten sie darum, dem Schah ihre Ankunft zu melden. Die Hadschibs aber, die von der Schönheit und der Umgänglichkeit des jungen Bittstellers bewegt waren, erwiesen ihm ihre Gunst und fragten: »O Jüngling, wer bist du, und wohin führt dich dein Weg?«

»Ich bin ein junger Kaufmann, der erst seit kurzem Handel treibt, und bin gekommen, um dem gerechtesten der Schahs meine Ehrerbietung zu erweisen«, antwortete die Malika Husnbanu.

»O Herrscher«, sprachen jene, kaum daß sie vor dem Padischah standen. »Ein edler Jüngling ist erschienen, um dir seine Ehrerbietung zu erweisen. Wie lautet dein Wille?«

»Führt ihn herein«, befahl der Padischah.

Die Hadschibs, die die Großzügigkeit der Malika erfahren hatten, die ihnen reiche Geschenke gemacht hatte, kamen zurück und forderten sie auf, ihnen in die inneren Gemächer des Palastes zu folgen.

Als die Malika vor die Augen des Schahs trat, bückte sie sich zu ehrfürchtiger Verbeugung. Und Kurdanschah, der der Schönheit und Vortrefflichkeit des jungen Gastes ansichtig wurde, geriet in unbeschreibliches Erstaunen. Die Malika aber breitete vor dem Padischah all ihre zahlreichen Geschenke aus: Gold, Edelsteine und den Perlenpfau. Verwundert über die reichen Gaben, noch mehr aber über die Schönheit und das feine Benehmen des Jünglings, sprach der Padischah in größtem Erstaunen: »O edler Jüngling! Wer bist du, und welcher glückliche Stern hat dich in mein Haus geführt?«

Und die Malika antwortete: »O Padischah! Ich bin der Sohn eines reichen Kaufmanns, der einst in deiner Stadt gewohnt hat. Seine Geschäfte haben ihn gezwungen, diese Gegend zu verlassen, und ich, dein ergebener Diener, bin schon im Iran geboren und heiße Hadschi Hassan. Als ich herangewachsen war, fuhren wir zu Schiff in ein Land jenseits des Meeres. Nach Allahs Willen ging das Schiff meines Vaters unter, und mit ihm versanken meine Eltern auf den Grund des Kulsum. Ich aber rettete mich und legte das Gelübde ab, in die Heimat meiner Vorfahren zurückzukehren und den Rest meiner Tage unter deiner gesegneten Herrschaft zu verbringen. Also bin ich vor dir erschienen, um deine Gnade und deinen Schutz zu erbitten. Von meinen Eltern habe ich unermeßliche Reichtümer ererbt. Mit diesen Reichtümern bin ich in dein herrliches Land gekommen und habe mich unweit von deiner schönen Hauptstadt niedergelassen. Wenn du es allergnädigst gestatten willst, möchte ich dort eine Stadt für Reisende und Kaufleute errichten, dort leben und unaufhörlich für dich beten und dich segnen für die Güte und Barmherzigkeit, die du deinem ergebenen Sklaven erweist.«

Kurdanschah wurde unsagbar froh, als er diese Worte der Malika vernommen hatte, und nachdem er sie mit den kostbaren Gewändern eines Schahs beschenkt hatte, sprach er: »O edler Jüngling! Wie bin ich froh, daß du dich als einer meiner Untertanen erwiesen hast! Gräme dich nicht, daß du weder Vater noch Mutter hast. Ich werde sie dir ersetzen.«

Die Malika erhob sich, und nachdem sie an den Platz getreten war, der für Bittsteller abgeteilt ist, sprach sie mit einer ehrfürchtigen Verbeugung vor dem Padischah: »O du unser gnädiger und großzügiger Herr! Ich bin glücklich über deine Bereitschaft, mir den Vater zu ersetzen. Willst du nicht geruhen, mir zu Ehren dieses Ereignisses einen neuen Namen zu geben?«

»O Kind«, erwiderte der Padischah, »dein Name soll fortan Mahirschah sein. Meine Zuneigung zu dir ist so groß, daß ich dich nicht lange entbehren möchte. Errichte die neue Stadt unweit von mir, und wir nennen sie Husnabad.«

»O Vater«, sprach die Malika Husnbanu. »Wie dürfte ich deine Gutherzigkeit mißbrauchen! Mir, einem nichtswürdigen Fremden, kommt es nicht zu, mich neben dem edlen und großen Padischah anzusiedeln. Der Platz, den ich ausgewählt habe, ist zwar nicht so schön wie deine Besitzungen, doch er entspricht meinen Wünschen, und ich vertraue auf deine Zustimmung. Jetzt aber, wenn du so gütig sein willst, befiehl den Baumeistern, sich an den Ort zu begeben, der mein Gefallen gefunden hat, und ans Werk zu gehen.«

Und Kurdanschah befahl: »Hadschibs, Diener, sammelt alle Bauleute und Maurer und schickt sie zu Mahirschahs Verfügung los, damit der Bau von Husnabad ohne Verzug begonnen wird.«

Dann fragte er, an die Malika gewandt: »O mein schöner Sohn! Wann wird mir die Freude zuteil, dich wiederzusehen?«

»In der ersten Zeit werde ich Euer Gnaden einmal im Monat besuchen, denn solange die Stadt gebaut wird, muß ich bei den Handwerkern bleiben.«

»So möge es sein!« stimmte Kurdanschah zu.

Nachdem die Malika Husnbanu die Erlaubnis erbeten hatte, sich entfernen zu dürfen, und sich vom Padischah und seinen Vertrauten verabschiedet hatte, begab sie sich in Begleitung der Maurer und Bauleute auf den Rückweg. Als sie an die Stelle gekommen war, wo sie von der Amme und der zahlreichen Dienerschar ungeduldig erwartet wurde, befahl sie den Bauleuten, sofort ans Werk zu gehen, und blieb selbst unentwegt bei ihnen, und nur einmal im Monat begab sie sich, mit Jünglingskleidern angetan, zum Besuch zu Kurdanschah.

Nach zwei Jahren war an der Stelle, die der Malika Husnbanu unerhörte Reichtümer, Ruhm und Glück gebracht hatte, eine Stadt errichtet, die so schön und gesegnet war, daß die frohe Kunde von ihr die ganze Welt durcheilte und von überallher Menschen verschiedensten Standes in Massen herbeizuströmen begannen, die sich dort ansiedelten und Zuflucht fanden.

Einmal beabsichtigte Kurdanschah, den Derwisch Asrak zu besuchen, und an die Malika gewandt, sagte er: »O Mahirschah! Ich schicke mich an, meinem Lehrer meine Aufwartung zu machen. Wenn du den Wunsch danach hast, kannst du mich begleiten. Er ist ein berühmter und unvergleichlicher Prediger. Ihn sehen zu dürfen ist ein großes Glück.«

Die Malika aber dachte bei sich: ›In nicht geringerem Maße ist er auch ein unvergleichlicher Ruchloser und Heuchler, und zu so einem niederträchtigen Menschen zu pilgern ist eine unwürdige Tat. Aber wenn mir der Padischah befiehlt, ihm zu folgen, muß ich mich fügen.‹ Mit diesen Gedanken begab sie sich gemeinsam mit dem Padischah zum Derwisch.

Als sie bei dem Derwisch ankamen, sahen sie, daß er sich in einen Mulla verwandelt hatte, der auf seinem Kopf einen turmhohen Turban trug, in dem ein Miswak steckte. In den Händen hielt er eine Gebetsschnur aus Perlen, und um die Schultern trug er einen Umhang von außergewöhnlicher Farbe. Seine Seele aber war finster wie eine dem Teufel gestohlene Nacht.

Als Kurdanschah sich genähert hatte, grüßte er seinen Lehrer respektvoll und ließ sich bescheiden auf einem kleinen Teppich nieder. Der arglistige Derwisch jedoch sah mißtrauisch die Malika an und rückte näher zum Padischah. Als Kurdanschah sah, daß Asrak seinen Adoptivsohn anschaute, dachte er, es wäre angebracht, seinem weisen Lehrer ein paar Worte über ihn zu sagen. Darum hob er an, Mahirschah über alle Maßen zu loben. Die Malika aber, die sich traurigen Gedanken hingegeben hatte, rief alle möglichen Verwünschungen auf das Haupt des arglistigen Derwischs herab und betete zu Allah, daß er ein Wunder vollbringen und den Derwisch zwingen möge, in ihr sein Opfer zu erkennen, die Tochter des berühmten Kaufmanns Barsach, die auf Befehl des Padischahs auf dem Stadtplatz einer schmachvollen Züchtigung hatte ausgesetzt werden sollen. Zugleich erbat sie die Gnade des Allmächtigen für den Wesir, der sie vor der Schande bewahrt hatte.

Schon wollte Kurdanschah seinen Lehrer um die Erlaubnis bitten, sich in seinen Palast entfernen zu dürfen, da erhob sich die Malika von ihrem Platz und sprach, die Hände an die Brust gelegt: »O unvergleichlicher heiliger Lehrer! Wollt Ihr nicht so großzügig sein, eine Einladung Eures ergebenen Sklaven anzunehmen?«

Und der arglistige Derwisch antwortete: »Nun ja, so sag uns, wo dein Haus liegt, und wir werden dich binnen kurzem besuchen.«

»Meine bescheidene Behausung ist nicht das Rechte für einen Gast wie Euch. Noch dazu liegt sie weit entfernt von hier. Doch wie es heißt, steht das Haus des Hodscha Barsach leer. Wir werden es in einen schicklichen Zustand setzen und den Empfang für Euer Gnaden dort ausrichten.«

»O mein Sohn«, freute sich Kurdanschah. »Ich schenke dir das Haus.«

›Wie kannst du mir schenken, was von Rechts wegen mir gehört?‹ dachte die Malika betrübt.

Bald verließen Kurdanschah und die Malika Husnbanu die Wohnung des Derwischs und traten den Rückweg an. Als sie die Stadt erreicht hatten, verabschiedete sich die Malika von Kurdanschah und begab sich zum Hause des Kaufmanns Barsach, wo sie eintretend bemerkte, daß dort alles verwahrlost war. Beim Anblick dieser Verwahrlosung wurde sie traurig und begann zu weinen. Dann aber überwand sie sich, rief ihre Diener und befahl ihnen, Bauleute und Maurer herzubitten und das Haus so schnell wie möglich instand setzen zu lassen. Da erschienen Bauleute und Maurer, brachten das Haus in Ordnung und meldeten der Malika Husnbanu, das Haus sei fertig und bewohnbar. Und das Haus des Kaufmanns Barsach hatte sein früheres Aussehen wiederbekommen: Es war mit Teppichen ausgelegt, mit teuren Stoffen geschmückt und mit vergoldeten Möbeln ausgestattet.

Nachdem die Malika alles mit großer Sorgfalt betrachtet hatte, sagte sie: »Ihr Diener, richtet für den arglistigen Derwisch alles genau so her, wie es bei seinem damaligen Besuch war. Die Speisen aber reicht ihm in goldenen und silbernen Schalen.«

Die Diener befolgten sogleich den Befehl der Malika, richteten alles her, wie es sich gehört, und stellten obendrein noch den goldenen Pfau auf. Als alles getan war, begab sich die Malika in den Palast, und nach einer Verbeugung vor Kurdanschah fragte sie, ob sie den heiligen Lehrer zu sich einladen dürfe. Der Padischah erklärte sich einverstanden, und ins Haus des Hodscha Barsach zurückgekehrt, befahl die Malika: »Ihr Diener und Vertraute! Geht zum Derwisch und bittet ihn zu uns zu Gast. Und wenn er erscheint, führt ihn herein.«

Die Diener begaben sich zum Derwisch und sagten zu ihm: »O heiliger Greis! Mahirschah lädt dich ein, ihn zu besuchen, und er vertraut darauf, daß du seine Einladung gnädig aufnimmst.«

Als Antwort darauf sagte der Derwisch: »Überbringt eurem Herrn, daß er mich morgen zum Mahl erwarten kann.«

Als die undurchdringliche Nacht vergangen und die lebenspendende Sonne aufgegangen war, kam der Scheich mit seinen Helfershelfern zum Haus des Hodscha Barsach. Die Malika Husnbanu hatte befohlen, den Weg vom Tor bis zu den Gemächern mit den schönsten Teppichen auszulegen und den Derwisch mit denselben Ehren zu empfangen, die ihm der Padischah erwies. Nachdem sie ihn auf den Ehrenplatz genötigt hatte, legte die Malika – Mahirschah – dem Derwisch einige Edelsteine und den goldenen Pfau zu Füßen.

Der arglistige Derwisch aber wies, nachdem er das Haus des Gastgebers gesegnet hatte, diese Gaben zurück, um zu zeigen, daß weltliche Freuden ihm fremd seien. An die Malika gewandt, sagte er: »O gutherziger Mahirschah, sündig ist es für uns Derwische, wenn wir uns weltlichen Vergnügungen hingeben. Gold und Silber sind nichts für unsereins, mögen sich Menschen anderen Standes daran ergötzen.«

Aber die Malika räumte die Gaben dennoch nicht fort, vielmehr legte sie sie in die Nähe ihrer Gäste, damit die Gier der Ruchlosen immer stärker und stärker entbrannte. Und der arglistige Derwisch sagte, den Blick auf diese Gaben der Malika gerichtet, zu seinen Helfershelfern: »Die Reichtümer des Mahirschah sind so groß, daß es nicht schlecht wäre, sie heute nacht wegzutragen. Diesmal haben wir noch viel größeres Glück als beim letzten Mal.«

Den Blick auf den arglistigen Derwisch gerichtet, frohlockte die Malika Husnbanu. ›Niederträchtiger Glaubensverächter‹, dachte sie, ›all diese Reichtümer dienen als Köder für dich und deinesgleichen. Ihr braucht nur anzubeißen, und schon zieht sich die Schlinge um euren Hals zusammen, und ihr offenbart vor dem Padischah und seinen Untertanen euer schändliches Inneres. Ihr werdet der verdienten Strafe nicht entgehen!‹

Bald erschienen die herrlichsten Speisen in goldenen und silbernen Schalen und auf wertvollen Präsentiertellern die erlesensten Früchte. Dann brachten die Diener goldene Krüge und Handwaschbecken herein, und die Gäste schritten zum Mahl. Der Derwisch selbst aß wenig, denn alle seine Gedanken waren mit seinem tückischen Anschlag beschäftigt. Seine Diener aber verschlangen alles ohne jede Zurückhaltung, denn sie wußten, daß ihnen eine schwere Arbeit bevorstand, für die sie ausreichend Kraft brauchten. Als die Malika Husnbanu bemerkte, daß der Derwisch die Speisen nicht anrührte, sagte sie: »O heiliger Lehrer, koste doch zumindest ein wenig deinem ergebenen Sklaven zuliebe.«

Und der heilige Betrüger antwortete ihr folgendermaßen: »O liebenswürdiger Mahirschah! Ich bedarf fast keiner Nahrung, und von deiner Bewirtung koste ich nur zum Zeichen der Ergebenheit für deine Freigebigkeit und Gastfreundschaft.«

Nach beendetem Mahle begab sich der Derwisch mit seinen Dienern auf den Heimweg, nachdem er den Allmächtigen gepriesen und sich von der Malika verabschiedet hatte.

»O meine Freunde«, sagte er zu seinen Helfershelfern. »Heute nacht müssen wir in das Haus des Kaufmanns Barsach gehen und alle Reichtümer des Mahirschah wegtragen.«

»O großer Lehrer! Unsere Gedanken sind den deinen verwandt. Wir sind bereit, zur Tat zu schreiten – alles, was wir noch brauchen, ist dein Segen.«

Jetzt verlassen wir einstweilen den Derwisch und kehren zur Malika Husnbanu zurück. Als sie erkannt hatte, daß der arglistige Derwisch und seine Helfershelfer mit Gewißheit kommen würden, um die Beute zu holen, rief sie ihre Diener und sagte: »Heute nacht werden Räuber das Haus des Kaufmanns Barsach aufsuchen. Räumt weder das goldene Geschirr noch die Perlen fort. Laßt das Tor und die Türen offen, damit die Diebe leichter in die inneren Gemächer eindringen können. Ihr aber versteckt euch in den verschiedensten Winkeln und verhaltet euch ruhig. Wenn ihr seht, daß diese Glaubensverächter alles aus dem Hause getragen haben und in gebührender Entfernung sind, dann holt sie ein, packt sie und bindet sie sicher und fest. Dann aber schlagt Lärm, daraufhin werden die Einwohner der Stadt und die Wächter gelaufen kommen und sich mit eigenen Augen von den schmutzigen Streichen dieser Ruchlosen überzeugen können.«

»Wir hören und gehorchen!« antworteten die Diener.

Dann griff die Malika zur Feder und schrieb einen Brief an den Kutwal: ›O Kutwal, heute nacht werden gewisse Strolche und Glaubensverächter in das Haus des Kaufmanns Barsach eindringen, um dort reiches Geschirr, Perlen und Gold zu stehlen, die mir – Mahirschah – gehören. Darum bitte ich dich, mit deinen Leuten auf der Hut zu sein und das Haus zu bewachen.‹

Als der Kutwal den Brief der Malika Husnbanu gelesen hatte, wunderte er sich nicht wenig über Mahirschahs Scharfblick, begab sich in das Haus des Kaufmanns Barsach und sprach nach der Begrüßung: »O Mahirschah! Glaube mir, kein einziger Dieb wird es wagen, mit solchen Absichten in dieses Haus einzudringen. Alles, was man dir zugetragen hat, entspricht nicht der Wahrheit, deshalb ist es töricht, wenn du dich aufregst.«

Doch Mahirschah erwiderte: »Die Sache birgt ein Geheimnis. Ich will es dir offenbaren. Aber leiste mir den Schwur, daß du vor dem richtigen Augenblick keinem Menschen etwas davon sagen wirst. Wenn die Zeit gekommen ist, werden alle dieses Geheimnis erfahren.«

»Ich höre und gehorche!« rief der Kutwal aus, und Mahirschah fuhr fort: »Machen wir es so: Du versteckst dich in einiger Entfernung, ein paar deiner Nachtwächter aber beorderst du hierher, damit sie sich in Bereitschaft halten. Sobald sich Aufruhr erhebt, erscheinst du unverzüglich selbst.«

»O gerechter Mahirschah!« antwortete ihm der Kutwal. »Sorge dich nicht. Dein ergebener Diener wird die nichtswürdigen Schurken fassen, koste es, was es wolle.«

Nun beschenkte die Malika den Kutwal mit einem kostbaren Gewand und verabschiedete sich von ihm.

Der Kutwal erfüllte Mahirschahs Bitte und schickte Wächter zum Hause des Kaufmanns Barsach. Und sie kamen in das Haus und begannen mit Mahirschahs Dienern zusammen zu wachen.

Um Mitternacht betrat der Derwisch in Begleitung seiner Helfershelfer das Haus des Kaufmanns Barsach. Die Diener und die Wächter erstarrten auf ihren Plätzen. Als sich die Ruchlosen durch sorgfältiges Umsehen davon überzeugt hatten, daß die Diener schliefen, sagte der Derwisch: »Wie glatt alles geht! Diese Toren lassen sich nicht einmal träumen, was wir jetzt anrichten.«

Und er gab ein Zeichen, das goldene Geschirr, die Kostbarkeiten und die Teppiche einzusammeln, und als jene alles eingesammelt und sich auf die Schultern geladen hatten und das Haus wieder verließen, stürzten die Wächter ihnen hinterher und ergriffen den arglistigen Derwisch mit allen seinen Helfershelfern. Dabei erhoben sie einen solchen Lärm, daß alle Einwohner der Stadt aus dem Schlaf erwachten und sogleich auf die Straße eilten.

Bald kam der Kutwal selbst, und als er den ruchlosen Derwisch sah und die Schandtat, die dieser begangen hatte, befahl er: »Diener, steckt Fackeln an!«

Sofort steckten die Diener Fackeln an, und es wurde hell wie am Tage. Die Wächter aber fesselten die Glaubensverächter und schleppten sie zu Mahirschah, das heißt zur Malika. Die Malika empfing den Gruß der Wächter, schaute den Derwisch zornig an und befahl: »Haltet diese Übeltäter gebunden, bis wir sie zum Padischah gebracht haben.«

Und an die eigenen Diener gewandt, fügte sie hinzu: »Sorgt dafür, daß keiner entkommt, morgen wird Allah ihnen alles vergelten, was sie getan haben.« Und glücklich darüber, daß ihr Feind zu Fall gebracht war, legte sie sich ruhig schlafen.

Am nächsten Morgen rief Kurdanschah den Kutwal in den Palast und fragte ihn, was der Lärm in der Nacht zu bedeuten hatte.

»Um Mitternacht«, antwortete ihm der Kutwal, »drangen Bösewichter in das Haus des Kaufmanns Barsach ein und stahlen Mahirschahs ganzes Hab und Gut. Ich aber war zuvor von allem unterrichtet worden. Deshalb gelang es mir, die Übeltäter zu fassen und sie zu Mahirschah zu bringen. Doch Mahirschah hat befohlen, sie mit allem, was sie gestohlen haben, zu dir, o Weisester, zu schaffen. Sie sind jetzt hier, und wenn du deine allerhöchste Bewilligung erteilst, werde ich sie dir sogleich vorführen.«

Gerade während dieses Gesprächs erschien Mahirschah.

»O mein Sohn«, wandte sich der Padischah an ihn. »Wie es heißt, sind heute nacht Diebe in dein Haus eingedrungen.«

»Möge die Frist deines Lebens und deiner Herrschaft lange währen«, sprach die Malika. »Allah sei Ruhm, daß bei dieser schändlichen Tat der Kutwal zugegen war. Möge man die Ruchlosen hereinführen, damit du dir ihre Gesichter ansehen kannst.«

Der Padischah befahl, die Diebe in die inneren Gemächer des Palastes zu bringen, und bald darauf erschienen sie vor den Augen des Schahs. Doch Kurdanschah begriff nicht sogleich, wer diese Schuldigen waren.

Als sie näher traten und der Padischah sie sich genauer ansah, geriet er in große Verwunderung. Er erkannte die Diebe als

Muriden und ihren Anführer, der einen goldenen Pfau um den Hals trug, als seinen vergötterten Lehrer, den Derwisch Asrak.

»O mein Sohn«, sprach er, an Mahirschah gewandt. »Ist etwa dieser Nichtswürdige unser Murschid?«

»Vielleicht ist er es, vielleicht auch nicht«, antwortete die Malika. »Es kommt vor, daß Menschen einander so ähnlich sind, daß man sie nicht zu unterscheiden vermag.«

Als sich der Padischah die Diebe ansah, von denen jeder gestohlenes Gut auf den Schultern trug, und sie alle von Angesicht erkannte, verspürte er Unbehagen und Reue. Den Kopf auf die Brust gesenkt, gab er sich schwermütigen Gedanken hin. Dann fragte er, an die Malika Husnbanu gewandt: »Was ist das, was dem arglistigen Derwisch da um den Hals hängt?«

Der Kutwal nahm dem Derwisch den goldenen Pfau ab und reichte ihn Kurdanschah.

»Teurer Vater«, sprach die Malika, »dieser Pfau ist das Gegenstück zu dem, den dein ergebener Sklave dir schon einmal gezeigt hat.«

Kurdanschah wurde von schrecklicher Wut gepackt, und er befahl, den Dieben alle gestohlenen Sachen abzunehmen und nachzuprüfen, was sie in ihren Gürteln trugen. Und die Hadschibs banden ihnen die Gürtel ab und erblickten darin die verschiedensten Diebeswerkzeuge sowie Schlafmittel.

Der Padischah gab Mahirschah sein Eigentum zurück, das der Derwisch gestohlen hatte, und befahl, den arglistigen Derwisch und seine Helfershelfer mit gefesselten Händen durch die ganze Stadt zu führen und sie dann allesamt zu steinigen.

Als die Malika diese Worte gehört hatte, trat sie an den Platz, der für Bittsteller abgeteilt ist, und sprach, die Hände an die Brust gelegt: »O gerechter und mächtiger Padischah! Mögest du erfahren, daß dein angenommener Sohn Mahirschah niemand anders ist als die Tochter des Kaufmanns Hodscha Barsach, die du dieses arglistigen Glaubensverächters wegen in Schimpf und Schande davongejagt hast.«

Und nachdem sie dem Padischah ihre traurige Geschichte von Anfang bis Ende erzählt hatte, sagte die Malika: »Teurer

Vater! Ich möchte dich bitten, mir unverzüglich alles zurückzugeben, was mir früher gestohlen wurde, damit nicht mein Hab und Gut den Glaubensverächtern im Jenseits zum Trost gereichen kann.«

Der Padischah, der sich vor Verblüffung in den Finger gebissen hatte, schwieg. Dann aber lobte er die Malika für ihre Weisheit, ihren Verstand und ihren Scharfsinn und bereute seine Leichtgläubigkeit gegenüber dem Derwisch.

»Hadschibs«, befahl er, »begebt euch in die Behausung dieses Glaubensverächters, spürt dort alle Sachen der Malika auf und gebt sie ihr zurück!«

Nachdem die Hadschibs gesagt hatten: »Wir hören und gehorchen«, gingen sie in die Wohnung des Derwischs, suchten zusammen, was er geraubt hatte, und gaben es der rechtmäßigen Besitzerin wieder.

Der Derwisch, den man Asrak nannte, und seine Helfershelfer wurden durch die Straßen geführt, womit ihre Schmach noch vermehrt wurde. Dann aber wurden sie allesamt aufgehängt. So verließ dieser ›strenggläubige Murschid‹ diese Welt, und anstatt ins Paradies kam er direkt in die Hölle.

Kurdanschah aber nahm die Malika bei der Hand, führte sie in den Harem und sprach, an seine Frauen gewandt: »O Frauen und Dienerinnen! Dieses Mädchen betrachte ich als meine Tochter. Richtet ihr zu Ehren ein großes Festmahl aus.«

Und jene erwiderten: »Wir hören und gehorchen!«

Kurdanschah bat die Malika, noch einmal ihre Geschichte zu erzählen. Die Malika erhob sich von ihrem Platz, und nachdem sie mit schallender Stimme Lobpreisungen auf den Padischah ausgebracht hatte, erzählte sie alles, was ihr widerfahren war, und setzte zum Schluß hinzu: »Auf deine Gnade bauend, o großmütiger Padischah, habe ich mich entschlossen, dich und alle deine Vertrauten in die Stadt einzuladen, die ich erbaut habe, damit du sie durch deinen Besuch beglückst und mir zugleich in den Augen meiner Bürger zu noch größerem Ruhm verhilfst. Ich aber werde für euch den ganzen Weg mit Perlen und Kostbarkeiten bestreuen.«

Kurdanschah versprach, die Malika sogleich nach Empfang ihrer Einladung zu besuchen. Nachdem die Malika die Erlaubnis erbeten hatte, sich entfernen zu dürfen, kehrte sie nach Husnabad zurück und begann die Vorbereitungen für Kurdanschahs Ankunft zu treffen. Nachdem sie die Stadt und die Vorstädte in gebührender Weise geschmückt hatte, schickte sie ihren Boten mit der Bitte zu Kurdanschah, er möge sie mit seinem Besuch beehren. Darauf versammelte der Padischah seine Wesire und Höflinge und machte sich auf den Weg nach Husnabad.

Sobald die Malika Husnbanu vom Herannahen des Padischah erfahren hatte, eilte sie ihm entgegen. Ihren Dienern aber befahl sie, den Weg vor dem Palasttor auf einem ganzen Farsang Länge mit golddurchwirktem Stoff auszulegen. Der Padischah und sein Gefolge gelangten zum Palast der Malika und nahmen auf prächtigen Teppichen Platz. In einem Gebet zu Allah baten die Gäste, er möge den glücklichen Tagen der Malika Husnbanu Bestand verleihen und ihre Reichtümer mehren. »Ruhm sei der Weisheit und dem Edelsinn der Malika!« Bald darauf breiteten die Diener der Malika einen kostbaren Dastarchan aus, auf dem herrliche Schalen und Präsentierteller mit den verschiedensten Speisen prangten. Der Padischah streckte die Hand nach den Speisen aus und begann so das Mahl, und alle anderen folgten seinem Beispiel.

Dann erhob sich die Malika von ihrem Platz, und auf eine gewaltige schmiedeeiserne Truhe weisend, sprach sie: »O gerechter Schah, befiehl deinen Dienern, alle Kostbarkeiten, mit denen ich deinen Fußteppich bestreue, und darüber hinaus den Schatz, der in dieser Truhe verwahrt ist, zu dir in den Palast zu tragen.«

Kurdanschah lächelte der Malika Husnbanu zu und befahl, an seinen ersten Wesir gewandt: »Nimm alle diese Kostbarkeiten entgegen und laß sie in unsere Schatzkammer bringen.«

Sofort trat der Wesir an die Truhe, hob den Deckel auf, und kaum, daß er hineingeschaut hatte, erstarrte er vor größtem Erstaunen: Alles Gold und Silber und die Kostbarkeiten verwandelten sich vor seinen Augen in lauter Schlangen, Skorpione und anderes Ungeziefer. Der Wesir warf sich dem Schah zu Füßen und sprach: »O großer Padischah, die großzügigen Gaben der liebreichen Malika haben sich in Ungeheuer verwandelt, die uns anzischen. Wie lautet dein allerhöchster Befehl?«

»Laßt alles an seinem ursprünglichen Platz!« antwortete der Padischah, und an die Malika Husnbanu gewandt, setzte er hinzu: »O edle Malika, gräme dich nicht. Alles, was jetzt geschehen ist, deutet auf Allahs grenzenlose Gnade für dich hin. Dies ist kein gewöhnlicher Schatz, sondern ein Zauberschatz. Du allein kannst darüber Herr sein. Uns aber gelüstet nicht danach, es steht dir frei, nach deinem Gutdünken damit zu verfahren.«

»O Padischah«, bat die Malika, die niedergekniet war. »Wenn du deine allergnädigste Bewilligung gibst, werde ich alle diese Reichtümer an Bettler und arme Wanderer verteilen.«

»Es möge sein, wie du willst!« antwortete Kurdanschah.

Sieben Tage und sieben Nächte verbrachte der Padischah mit seinem Gefolge im Palast der Malika Husnbanu, wo er sich Festmählern und Lustbarkeiten hingab, dann aber, vollauf zufrieden mit den ihm erwiesenen Ehren, verließ er das gastfreundliche Husnabad. Nach einigen Tagen gelangte er in seine Stadt zurück. Von nun an machte die Malika Kurdanschah viermal im Monat ihre Aufwartung, und dieser empfing sie mit größter Liebenswürdigkeit und Verehrung.

In der Stadt Husnabad hatte die Malika, wir wir bereits wissen, eine große und schöne Karawanserei erbaut, die Reisenden und Heimatlosen als Zuflucht diente. Sie alle beköstigte und bewirtete sie, und zu Ehren berühmter Gäste gab sie Festmähler, die Bettler aber kleidete sie großzügig in Gold und Silber. Die Kunde von der Gastfreiheit und der grenzenlosen Freigebigkeit der Malika drang bis in die entlegensten Winkel der Erde. Allmählich wurde der ganzen Welt bekannt, daß im Staate Chorassan, unweit der Hauptstadt des Schahs, die weise und schöngesichtige Tochter des Kaufmanns Barsach, die Malika Husnbanu, die prächtige Stadt Husnabad erbaut hatte, daß sie die Pflegetochter von Kurdanschah, dem Schah von Chorassan, geworden war, nicht heiraten wolle und ihr ganzes Leben guten Taten gewidmet habe und daß jeder, der eine Wohltat von ihr erfahren habe, nie wieder Not leide, so groß seien ihre Freigebigkeit und ihre Gastfreundschaft. Wohin auch die Kunde von der wundervollen Stadt Husnabad drang, bei allen rief sie das unstillbare Verlangen hervor, die Malika mit eigenen Augen zu sehen.

Die Geschichte des Schahsade Munir und seine Begegnung mit Hatem

Wie man erzählt, herrschte zu Zeiten des Padischah Kurdanschah in der Stadt Choresm der Padischah Munawwar, und er hatte einen zweiundzwanzigjährigen Sohn von unbeschreiblicher Schönheit mit Namen Munir.

Als der Schahsade Munir von dem Liebreiz und dem Edelsinn der Malika Husnbanu hörte, entbrannte er in großer Liebe zu ihr, und da er ihrer Schönheit ansichtig zu werden wünschte, rief er den Hofmaler, einen kunstfertigen Meister, der in Choresm nicht seinesgleichen hatte, zu sich und sagte: »Höre, mein Freund. Im Staate Chorassan liegt unweit der Hauptstadt des Schahs eine Stadt, die Husnabad heißt, und in dieser Stadt lebt ein Mädchen, das schön von Angesicht und edel von Gesinnung ist. Wie man sagt, ist sie die Pflegetochter des Padischahs Kurdanschah. Die Stadt Husnabad aber hat sie selbst errichtet. Wärst du einverstanden, dich dorthin zu begeben und ein Bild dieser Schönen zu malen?«

»Ich höre und gehorche.«

Binnen kurzem machte sich der Maler, nachdem er Reisegeld vom Schahsade Munir erhalten hatte, auf den Weg nach Chorassan. Drei Monate war der Maler unterwegs, und als er schließlich die Stadt Husnabad erreicht hatte, ließ er sich in der berühmten Karawanserei nieder. Unverzüglich brachte ihm die Dienerschaft verschiedenste Speisen und labende Getränke.

So verbrachte er, von den Dienern der Malika umschmeichelt, einige Tage in Muße, dann aber faßte er Mut und begab sich in den Palast. Nachdem er vor die klaren Augen der Malika Husnbanu getreten war, sprach der Maler mit ehrfürchtiger Verbeugung: »O Malika, die du die Welt bezauberst! Erlaube mir, den Rest meines Lebens deinen Diensten zu widmen.«

»In welcher Kunst bis du bewandert?« fragte die Malika.

»Ich bin Maler«, antwortete jener, »und vermag sogar, den Mond richtig darzustellen, wenn er von Wolken verhüllt ist.«

»Wohlan denn. Wenn deine Meisterschaft dermaßen groß ist, so beleibe bei uns. Wir werden dich ehren und alle deine Wünsche erfüllen.«

Nach einigen Tagen bekam die Malika Lust, sich von dem Maler malen zu lassen. Aber sie konnte sich nicht entschließen, ihr Gesicht vor ihm zu entblößen, und war sich lange darüber im unklaren, was sie tun sollte. In einem günstigen Augenblick rief sie den Maler zu sich und sprach, hinter einem Vorhang verborgen: »Du hast dich gerühmt, du könntest den Mond malen, wenn er von Wolken verdeckt ist. Aber kannst du auch mit darstellen, ohne mein Gesicht zu sehen?«

Und der Maler erwiderte darauf: »Ich kann es, meine Herrin! Wenn du geruhst, aufs Dach zu steigen und von dort aus in eine Schüssel mit Wasser zu blicken, die auf der Erde steht, werde ich deine Bitte erfüllen.«

Die Malika war einverstanden, und der Maler machte einen Entwurf nach ihrem Abbild im Wasser. Dann aber, als er in seine Werkstatt kam, malte er nach dem Entwurf zwei wunderbare Bilder. Als die Malika eines der Bilder erhalten hatte, das der Maler ihr geschickt hatte, befahl sie, einen Spiegel zu bringen, und nachdem sie das Bild und den Spiegel vor sich aufgestellt hatte, machte sie sich daran, ihr Abbild im Spiegel mit der Darstellung auf dem Bild zu vergleichen. Und so sorgfältig sie das auch tat, konnte sie keinen Unterschied feststellen und war gezwungen einzugestehen, daß das Bild mit großer Meisterschaft gemalt war. Zum Dank für seine Bemühungen beschenkte die Malika den Maler mit reichen Gaben, er aber sprach ein Dankgebet zu Allah und bat ihn, er möge seinen Segen über die freigebige und edle Gönnerin ausschütten.

Nach einigen Tagen fiel dem Maler plötzlich ein: ›Ich bin doch auf Befehl des Schahsade hierhergekommen. Es ist Zeit, daß ich heimkehre.‹ Er ging zur Malika Husnbanu und sagte: »O mondgesichtige Malika! Wenn du es mir gnädigst gestattest, will ich nach Hause zurückkehren und meine Familie hierher holen.« »So geh«, antwortete ihm die Malika, »und sieh zu, daß du schnell wieder hier bist.«

Der Maler verließ die gastfreundliche Stadt der Malika und machte sich auf den Weg nach Choresm. Er wanderte, ohne zu rasten, und nach drei Monaten kam er im Palast des Schahsade Munir an, der ihn mit Ungeduld erwartete.

»O Maler«, sprach der Schahsade ihn an, »hast du mir ein Bild der reizenden Malika mitgebracht?«

Der Maler holte das Bild aus dem Busen und reichte es dem Schahsade. Beim Anblick von so unvergleichlicher Schönheit schrie der Schahsade auf und fiel in Ohnmacht. Die Diener begannen ihn mit Aloe und Ingwer zu beweihräuchern, und bald kam er wieder zu sich und beschloß, sich sofort nach Husnabad zu begeben. Ohne die Zustimmung seiner erlauchten Eltern zu erbitten, kleidete sich der Schahsade Munir in das Gewand eines Kalandars und verließ Choresm. Nachdem er den weiten und beschwerlichen Weg hinter sich gebracht hatte, kam er in die Stadt Husnabad und kehrte in der Karawanserei der Malika ein. Und sofort brachten ihm die Diener Speisen von erlesenem Geschmack, und er kostete davon, und nachdem er seinen Hunger gestillt hatte, legte er sich schlafen. Als aber die dunkle Nacht durch den wohltuenden Morgen abgelöst wurde, brachten die Diener der Malika einen Barren Dukatengold und sagten, nachdem sie ihn vor dem Schahsade Munir niedergelegt hatten: »O Schah der Kalandare! Diese

Gabe schickt dir unsere hochgeschätzte Herrin, damit du, in ihrem Besitz, unterwegs keine Not leiden mußt.«

Als Antwort auf diese Worte äußerte der Schahsade seine Dankbarkeit, lehnte es aber ab, das Gold anzunehmen. Sogleich machten die Diener der Malika Husnbanu davon Mitteilung, daß ein sonderbarer Kalandar ihre Wohltat zurückgewiesen habe. Die Malika aber, nicht wenig darüber verwundert, gab Befehl, man solle ihn unverzüglich in den Palast bringen.

Als die Hadschibs den Befehl der Malika vernommen hatten, stürzten sie sogleich los, um ihn auszuführen, und bald erschien der Schahsade Munir vor den klaren Augen der Malika. Kaum hatte die Malika Husnbanu Munir erblickt, da erkannte sie sogleich, daß von seinem Gesicht der Glanz eines Schahs ausging, und nachdem sie sich hinter einem Vorhang verborgen hatte, sagte sie: »Höre, Mann, der du dich als Kalandar ausgibst, warum trägst du hausgewebte Kleider, wenn du das Gold nicht schätzt?«

»O mondgesichtige Malika!« sprach Munir. »Was soll ich mit Gold? Ich selbst habe Reichtümer genug, doch ohne nachzudenken, habe ich alles im Stich gelassen, um dich zu sehen. Ich bin der Schahsade von Choresm.«

»Aber was zwingt dich, dich als Bettler auszugeben? Der Schahsade von Choresm ist in unserer Stadt nicht weniger willkommen als ein armer Kalandar.«

»O Königin der Schönheit! Seitdem ich dein Bild erblickt habe, bin ich einem Wahnsinnigen gleich.

Liebe hält mein Herz gefangen, hat die Seele mir geraubt,
opfern würde ich mein Leben, wenn ein Stelldichein erlaubt.
Doch ich hoff auf Gottes Gnade, daß er gütig mir gewährt,
die Erfüllung meiner Wünsche, wonach sich mein Sinn verzehrt.

Die Liebe zu dir hat mich dazu gebracht, alle irdischen Güter zu vergessen. Dir vertraue ich mein Glück und mein Leben an. Dir steht es frei zu entscheiden: Willst du mich hinrichten oder begnadigen?«

Die Malika versank in Nachdenken, dann aber hob sie den Kopf und sagte: »O törichter Jüngling! Gib deine Hoffnungen auf und quäle dich nicht unnütz. Selbst wenn du zu Wind wirst, wird es dir nicht gelingen, meine Spur zu berühren. Meine Liebe zu gewinnen ist weitaus schwieriger, als du dir denkst.«

»O Malika! Nicht einmal der Tod kann mich dazu bringen, von meiner Liebe abzulassen.«

»Wenn du so hartnäckig in deinen Absichten bist, dann geh auf meine Bedingungen ein. Aber denk daran! Wenn du sie nicht erfüllst, mußt du meinen Namen für immer vergessen.«

»Ich gehorche dir, Malika, denn etwas anderes ist mir nicht gegeben.«

»O Schahsade, ich gebe dir sieben Rätsel auf, die du lösen mußt. Das ist eine schwierige Aufgabe, aber wenn du sie erfüllst, wirst du nicht nur das Gewünschte erlangen, sondern auch deinen Namen berühmt machen.

Hier ist das erste Rätsel:

Wer ist die Schöne, die man einmal nur erblickt
und die zu treffen dann auf ewig nicht mehr glückt?

Du mußt den Mann finden, von dem diese Worte stammen, und ihren wahren Sinn in Erfahrung bringen. Dann aber kehrst du zu mir zurück, und ich gebe dir das zweite Rätsel auf.«

»Und wo wohnt der Mann, den ich finden soll?«

»Wenn mir das bekannt wäre, würde ich dich nicht fragen.«

Von großer Verzweiflung ergriffen, ließ der Schahsade den Kopf auf die Brust sinken. Seine Verwirrung bemerkend, sprach die Malika Husnbanu: »O Schahsade, dieses Rätsel gehört zu den leichten. Wenn du schon von Anfang an den Mut verlierst, lohnt es sich dann, sich unerfüllbaren Hoffnungen hinzugeben?«

Der Schahsade sagte:

»In der Stunde unsres Abschieds droht ein jedes Haar von dir,
pfeilgleich spitz mich zu durchbohren, raubt das junge Leben mir.
Wie kann ich noch weiterleben, wo die Trennung doch so schwer,
daß die weite Welt erscheint mir enger als ein Nadelöhr?

O schöne Malika! Trügerische Hoffnung ist süßer als verlorene Hoffnung. Mit Hoffnung im Herzen kann einen auch der Tod nicht schrecken.«

»Hadschibs«, geriet die Malika in Zorn. »Jagt diesen Schwätzer aus unserer Stadt!«

Die Hadschibs wollten den Befehl der Malika Husnbanu ausführen, aber der Schahsade Munir sagte:

»Geliebte, stich mich nicht mit dem Dolche der Trennung tot,
zerreiß nicht den Faden der Freundschaft so leicht ohne Not.
Hast du nicht vor, in den sicheren Tod mich zu führen,
dann erlaub es mir, den Saum deines Kleids zu berühren.

O Herrin meines Herzens! Die Kunde von deiner Weisheit und deinem Edelsinn ist in aller Munde. Warum willst du mir deine Gunst vorenthalten? Doch nicht etwa deshalb, weil ich in die Schlingen der Liebe geraten bin? Setz mir eine Frist, und ich beweise dir, daß ich deiner Liebe würdig bin.«

»Und wie lange muß ich auf das Versprochene warten?«

»Nur ein Jahr.«

»Gut«, stimmte die Malika zu und befahl ihren Dienern, dem Schahsade Munir den Goldbarren auszuhändigen.

Als der Schahsade Munir den Palast der Malika verlassen hatte, klagte er mit tränenüberströmtem Gesicht über sein bitteres Los:

»Den Mitleidsfaden schnitt der Himmel uns entzwei
und schickt der Seele harte Prüfungen herbei.
Ist dies ein Anfang oder meines Lebens Schluß?
Sagt mir, warum ich Ärmster so sehr leiden muß.«

Viele reiche und vornehme Jünglinge waren schon von allen Enden der Welt in der Hoffnung nach Husnabad gekommen, die Gunst der berühmten Malika Husnbanu zu erlangen und ihre Hand zu gewinnen. Und nachdem sie sich auf den Weg gemacht hatten, um das Rätsel der Malika zu lösen, war bisher noch keiner von ihnen zurückgekehrt. Aber das schreckte den Schahsade Munir nicht. Seine Liebe war tief und aufrichtig, und nachdem er sein Herz mit Mut gestählt hatte, brach er nach unbekannten Ländern auf und hoffte, das Unbezwingbare zu bezwingen. Nach einiger Zeit fand er sich in Jemen wieder. Nachdem er sich unter einem weitverzweigten Baum eingerichtet hatte, schaute er zum wolkenlosen Himmel empor und rief die Gnade des Allmächtigen an, damit er ihm behilflich sei, die Prüfungen zu ertragen, die ihm zugedacht waren:

»Gnadenlosen Lebens Qualen, ungeteilter Liebe
Schmerz –
wie kann solche schweren Lasten tragen ein
verliebtes Herz?
Um auf den Verstand zu hören, hab ich nicht
Geduld genug,
und der Liebe zu entsagen, bin ich nicht
genügend klug.«

Nach dem Willen der Vorsehung führte auch Hatems Weg hier vorüber. Und Hatem erblickte einen schönen Jüngling, der vom Glanz eines Schahs umstrahlt war und dessen Augen ein Strom bitterer Tränen entquoll, und das Stöhnen des Jünglings zerriß Hatem die Seele, und er wurde von Mitleid zu ihm durchdrungen und sagte: »O Jüngling, teile mir deinen Kummer mit. Vielleicht kann ich dir helfen.«

Da trocknete der Schahsade Munir seine Tränen und erblickte vor sich einen wohlgestalteten Jüngling mit einem Gesicht gleich der Morgensonne, gekleidet in die Gewänder eines Schahs, über und über mit Edelsteinen geschmückt und beritten mit einem arabischen Renner. Und Munir sprach: »O edler Jüngling, Leiden wie meine sind mit Worten nicht zu beschreiben.«

»Stille deinen Kummer und die Verwirrung deiner Seele«, antwortete ihm Hatem, »denn es gibt kein Leid auf der Welt, das ausweglos wäre. Vertrau mir an, was du auf dem Herzen hast, und vielleicht gelingt es uns zu zweit, die Schwierigkeiten mit Allahs Hilfe zu überwinden. Wenn du Geld brauchst, beschenke ich dich mit Reichtum, und du wirst keine Not mehr kennen. Wenn unerwiderte Liebe an dir nagt, werde ich dir behilflich sein, Gegenliebe zu erlangen und dich mit der Geliebten zu vereinen.«

»O großmütiger Jüngling! Möge dir der Allmächtige deine Güte vergelten!« Und der Schahsade Munir holte das Bild der Malika Husnbanu aus dem Busen und zeigte es Hatem. »Sie ist es, die mich in den Abgrund des Kummers und des Leidens gestürzt hat.«

Als Hatem das Bild der Malika erblickte, geriet er in größtes Erstaunen, denn nie zuvor hatte er so eine wunderbare Schönheit gesehen. »O Jüngling, beruhige dich, ich werde dich in deinem Kummer nicht im Stich lassen. Erzähle mir nur deine traurige Geschichte.«

»So mögest du wissen«, sprach Munir, »ich bin der Schahsade von Choresm und habe bisher im Palast meiner erlauchten Eltern gewohnt, und ich lebte in Frieden und Glückseligkeit. Aber meine Ruhe wurde durch das Gerücht von der reizendsten aller Schönen zerstört, die überdies weise und scharfsichtig sein soll. Und der Verstand ging mir verloren, und alles auf der Welt verschmähend, strebte ich zu ihr. Bald stand ich vor ihren klaren Augen und gestand ihr meine Liebe. Sie antwortete mir, daß ich ihre Liebe nur erringen könne, indem ich sieben Rätsel löse. Als ich das erste davon gehört hatte, wurde mir klar, daß es ein Ding der Unmöglichkeit sei, die Lösung dafür zu finden, und das hat mich in unheilbare Traurigkeit gestürzt.«

Hatem staunte nicht wenig über Munirs Erzählung und führte ihn zu sich in den Palast, kleidete ihn in die Gewänder eines Schahs, und drei Tage und drei Nächte gaben sie sich Festmählern und Lustbarkeiten hin. Am vierten Tag jedoch sagte Hatem: »O Schahsade, es ist Zeit, daß wir uns auf den Weg machen. Nur wenn du die Lösung für die Rätsel der Malika findest, bekommst du sie zur Frau.«

»Dein Wille geschehe, edler Jüngling«, antwortete Munir.

Ohne zu zögern, rief Hatem die Diener und sagte: »Ich verlasse jetzt den Palast und begebe mich in ferne Länder, wo eine unaufschiebbare Aufgabe meiner wartet. Euch aber befehle ich, daß ihr euch um die Armen und Fremden kümmert und sie reichlich beschenkt, damit sie jeder Not enthoben sind.«

»Wir hören und gehorchen«, antworteten die Diener.

Bald darauf verließen Hatem und Munir Jemen und schlugen den Weg nach Chorassan ein. Nach vielen Tagen, als sie Städte und Länder hinter sich gelassen hatten, erreichten sie die Stadt Husnabad. Als die Diener die beiden Wanderer am Palasttor erblickten, meldeten sie es sofort der Malika Husnbanu, die den Befehl erteilte, sie unverzüglich zu ihr zu bringen. Als Hatem und Munir vor der Malika standen, sah sie, daß von beiden der Glanz eines Schahs ausging und daß beide in die Gewänder eines Schahs gekleidet waren. Und die Malika fragte: »O schöne Jünglinge, was hat euch hierher geführt?«

»O reizende Malika«, antwortete Hatem ihr. »Die Kunde von deiner unvergleichlichen Schönheit und von deinem guten Gemüt ist bis zu unseren Grenzen gedrungen, und von Ungeduld verzehrt, sind wir hierhergekommen, um uns davon zu überzeugen, ob es an dem ist. Willst du nicht so gütig sein, uns für einen einzigen Augenblick dein schönes Antlitz zu enthüllen?«

Als Erwiderung auf diese Worte lachte die Malika: »O naive Jünglinge! Welches Mädchen würde einem Fremden ihr Gesicht zeigen? Womit hättet ihr so eine Herablassung verdient?«

Beschämt durch die Worte der Malika, versank Hatem in Nachdenken, dann aber sagte er: »O edle Malika! Du hast die Gewohnheit, den Wanderern sieben Rätsel aufzugeben. Vielleicht können wir dein Wohlwollen erlangen, wenn wir sie lösen? Wenn du einverstanden bist, bitte die hochgeborenen Stadtbewohner her und versprich in ihrer Gegenwart, dich in dem Fall, daß wir erfolgreich sind, geschlagen zu geben.«

»Ich bin einverstanden«, antwortete die Malika Husnbanu und befahl den Hadschibs unverzüglich, sie sollten alle angesehenen Männer der Stadt in den Palast rufen. Und als sie alle versammelt waren, verkündete die Malika, sie sei bereit, Herz und Hand dem zu geben, der ihre Rätsel löste. Beruhigt bat Hatem, an die Malika gewandt: »Und jetzt gib uns dein erstes Rätsel auf.«

Und die Malika sagte:

»Wer ist die Schöne, die man einmal nur erblickt
und die zu treffen dann auf ewig nicht mehr glückt?«

Und sie fügte hinzu: »O tapfere Jünglinge! Darüber hinaus müßt ihr den Mann finden, von dem diese Worte stammen, und ihren wahren Sinn in Erfahrung bringen. Dann erst gebe ich euch das zweite Rätsel auf.«

Das erste Abenteuer

Als sie den Palast der Malika verlassen hatten, kehrten Hatem und Munir in die Karawanserei zurück, doch dann machte sich Hatem allein auf den Weg und ließ seinen Freund in Husnabad zurück. Nach einigen Tagen erblickte er eine Gazelle mit zwei Jungen. Hinter ihr her jagte ein hungriger Wolf. Hatem stellte sich schützend vor die Gazelle und sagte zornig: »Wie kannst du blutgieriger Räuber einer stillenden Mutter nach dem Leben trachten?!«

Da blieb der Wolf stehen und fragte: »Bist du nicht vielleicht Hatem, o Mensch?«

»Woher weißt du, wie ich heiße?« wunderte der sich.

»Ich habe dich, mein Freund, an der Großmut und der Barmherzigkeit erkannt, mit denen Allah dich begabt hat«, antwortete der Wolf. »Unter den Lebewesen dieser Welt kannst du allein dich so hervorragender Werte rühmen. Jetzt beraubst du mich der Beute, aber was kannst du mir als Ersatz dafür anbieten?«

»Was würdest du denn fressen wollen?«

»Die Lieblingsspeise des Wolfes ist Fleisch!«

»Nun also«, sagte Hatem, »dann such dir den Teil meines Körpers aus, der dir am besten schmecken würde.«

»Ich bevorzuge Schenkel«, rief der Wolf.

Sofort schnitt sich Hatem ein Stück Fleisch aus dem Schenkel und warf es dem Wolf vor. Gesättigt leckte sich der Wolf die Schnauze und fragte: »Was hat dich, Hatem, getrieben, den jemenitischen Thron im Stich zu lassen und so einen beschwerlichen und gefahrvollen Weg anzutreten?«

Und Hatem erwiderte darauf: »Ich bin dem Schahsade von Choresm begegnet, dessen Herz sich vor Liebe zur Malika Husnbanu verzehrt. Aber die Malika hat erklärt, daß sie ihre Hand nur demjenigen gibt, der ihre sieben Rätsel zu lösen vermag. Also habe ich mich entschlossen, dem Schahsade zu helfen, und habe mich auf den Weg gemacht, um die Auflösungen der Rätsel zu finden. Das erste Rätsel der Malika Husnbanu lautet:

›Wer ist die Schöne, die man einmal nur erblickt
und die zu treffen dann auf ewig nicht mehr glückt?‹

Weißt du nicht, wo ich den finden kann, von dem diese Worte stammen?«

»Weit, weit von hier«, antwortete der Wolf, »in der Wüste Howejda lebt ein Mann, der vom Morgen bis zur Nacht diese Worte wiederholt.«

Hatem zuckte zusammen. »Sag mir, Wolf, in welcher Gegend liegt diese Wüste?«

»Geh geradeaus«, erklärte ihm der Wolf. »Und wenn du an eine Weggabelung kommst, mußt du dich rechts halten.«

Die Gazelle und der Wolf verabschiedeten sich von Hatem und gingen in verschiedene Richtungen auseinander.

Hatem war erst ein kurzes Stück des Weges gegangen, als er einen quälenden Schmerz im Bein verspürte, sich mit Mühe zu einem Baum schleppte und sich niederlegte. Doch unter dem Baum hatten Schakale ihre Wohnung. Die Schakale kehrten von der Jagd heim, erblickten einen Menschen, dessen Gesicht von Glanz umgeben war wie die Sonne von einem Hof, und die Schakalin sagte zu ihrem Mann: »Wir müssen unser Lager wechseln, mein Mann. Es ist nichts Gutes zu erwarten, wenn ein Mensch in unserer Gegend erschienen ist.«

»Ach, Frau, Frau!« antwortete der Schakal. »Weißt du etwa nicht, wer dieser Mensch ist?«

»Woher sollte ich das wissen?« wunderte sich die Schakalin.

»Das ist Hatem Ibn Ta'i, der Sohn des jemenitischen Schahs«, erklärte der Schakal.

»Und woher weißt du, daß er es ist?«

»Ich habe von den Weisesten gehört, daß uns zu einer glückverheißenden Zeit und an einem erfolgversprechenden Tag der Schahsade Hatem Ibn Ta'i besuchen wird.«

»Wodurch ist denn dieser Schahsade berühmt, daß du den Tag seiner Ankunft glückverheißend und erfolgversprechend nennst?« wunderte sich die Schakalin.

Und der Schakal erklärte: »Hatem, meine Liebe, ist dadurch berühmt, daß er sich dem Dienst an der Wahrheit geweiht hat. Er dringt mit Sorgfalt in die Geschäfte der Menschen ein, und niemand kommt ihm an Freigebigkeit und Barmherzigkeit gleich.«

Und weiter fragte die Schakalin: »Was für ein Unglück ist ihm unterwegs zugestoßen, warum fließt Blut aus seinem Bein?«

Da erzählte der Schakal der Schakalin die Geschichte von der Gazelle, ihren Jungen und dem hungrigen Wolf, und er erzählte, wie der großmütige Hatem sich selbst nicht geschont hatte, um der Gazelle das Leben zu retten.

»Die Barmherzigkeit dieses Menschen kennt wahrhaftig keine Grenzen«, rief die Schakalin aus. »Wie können wir ihn von seinem Leiden heilen und ihm helfen, in die Wüste Howejda zu gelangen?«

»Liebes Weib«, antwortete der Schakal. »Hatems Wunden

sind nur zu heilen, wenn man das Hirn eines Peri-Zaubervogels darauf tut. Dieser Vogel hat einen Menschenkopf und den Leib eines Pfauen. Er lebt weit, sehr weit von uns entfernt im Waldesdickicht von Masanderan. Die Milch des Peri-Vogels ist berauschend und erheiternd, und jeder, der davon kostet, beginnt sogleich zu tanzen und zu springen. Aber den Weg zu diesem Vogel zu finden ist um ein vielfaches schwieriger, als in die Wüste Howejda zu gelangen.«

»Was sollen wir tun?« fragte die Schakalin bekümmert. »Wo können wir ein Wesen finden, das fähig wäre, dieses Wundermittel zu beschaffen?«

»Wenn du es auf dich nimmst, Hatem sieben Tage und sieben Nächte lang zu pflegen, bin ich bereit, mich nach Masanderan zu begeben.«

Da freute sich die Schakalin: »Geh, geh, ich tue alles, was du befiehlst.«

Hatem vernahm trotz seiner Bewußtlosigkeit das Gespräch der Schakale, und in Gedanken vertraute er ihnen sein Schicksal an.

Nach sieben Tagen und sieben Nächten und viele Wege hinter sich lassend, kam der Schakal nach Masanderan und erblickte unter einem Baum einen Peri-Vogel. Leise schlich sich der Schakal an ihn heran, riß ihm den Kopf ab und machte sich unverzüglich auf den Rückweg. Inzwischen pflegte die Schakalin Hatem wie ihr eigenes Kind und behütete Tag und Nacht seine Ruhe.

Noch einmal vergingen sieben Tage und sieben Nächte, und der Schakal kam nach Hause zurück. Er übergab der Schakalin den Kopf des Peri-Vogels, und sie zernagte ihn mit den Zähnen, nahm etwas von dem Vogelhirn auf ihre Zungenspitze und rieb damit Hatems Wunden ein. Und augenblicklich war seine Gesundheit wiederhergestellt.

»O edle Schakale«, sagte Hatem, als er die Augen aufschlug. »Womit kann ich euch für eure Mühen danken? Nur das eine betrübt mich, daß der Peri-Vogel unschuldig sterben mußte.«

»O Hatem«, beruhigte ihn der Schakal, »nach Allahs Willen

sind die einen Wesen dazu berufen, die Quellen des Wohlergehens der anderen zu sein.«

»Aber wie könnte ich fortgehen, ohne mich für eure Güte bedankt zu haben?« sprach Hatem. »Sagt mir: Womit kann ich euch nützlich sein?«

»Nicht weit von hier«, antwortete der Schakal, »in einer Entfernung von sechs Farsang, haben sich in einer tiefen Höhle wilde Raubtiere niedergelassen. Sie verschlingen unsere Nachkommen, aber wir haben nicht die Kraft, sie zu bezwingen. Wenn es dir gelingt, uns von diesen niederträchtigen Geschöpfen zu befreien, wird das für uns der größte Lohn sein.«

»Zeigt mir die Höhle, und ich will versuchen, das Unheil von euch abzuwenden.«

Die Schakale führten Hatem zur Wohnstätte der Raubtiere, doch als er in die Höhle hineinblickte, sah er, daß niemand darin war. Er verbarg sich hinter einem großen Stein und begann geduldig zu warten. Nach einiger Zeit kamen die Raubtiere wieder, und als sie Hatem bemerkten, knurrten sie böse: »O Menschensohn, laß ab von deinem Vorhaben und geh dorthin, woher du gekommen bist, sonst reißen wir dich in Stücke.«

»Dumm seid ihr, dumm«, antwortete ihnen Hatem. »Ich tue niemals jemandem etwas zuleide. Ich bin hierhergekommen, um Unheil von den Schakalen abzuwenden, und will euch den wohlgemeinten Rat geben: Macht euch im guten von hier fort!«

»Wie kannst du so einen Unsinn reden, werden wir vielleicht unsere Heimstatt aufgeben?!«

Und Hatem sagte: »Hat Allah euch etwa das Recht gegeben, seine Geschöpfe zu verschlingen? Schließlich sind die Schakale genau wie ihr von Allah geschaffen.«

»O Menschensohn«, gerieten die Raubtiere in Wut, »aus alledem ist ersichtlich, daß du uns keine gute Nachricht bringst. Besitzen denn diese feigen Schakale die Frechheit, den Kampf mit uns aufzunehmen?«

»Ich hege keine schwarzen Gedanken«, fuhr Hatem fort, auf sie einzureden. »Ich bin zu euch mit der Lehre und dem Rat gekommen: Laßt ab von der Gewohnheit, die jungen Schakale zu fressen!«

»Wenn du, o Mensch, auf deinem Standpunkt beharrst, dann fressen wir dich mit den Jungen zusammen«, sagten die Raubtiere.

»Seid vernünftig«, wiederholte Hatem geduldig. »Schwört bei Allah, dem Allmächtigen, daß ihr keine Gemeinheiten mehr begehen werdet, und dann schickt er euch eine andere Nahrung.«

Die Raubtiere empörten sich: »O Menschensohn, das wird niemals geschehen!«

Jetzt hatte Hatems Geduld ein Ende. Er begriff, daß die Raubtiere sich niemals an Gerechtigkeit halten würden. Er erhob sich von seinem Platz, sprang auf das Raubtiermännchen los und drückte es dermaßen nieder, daß ihm die Vorderpfoten einknickten. Es fiel auf die Erde und lag platt unter Hatem. Hatem band dem Raubtier die Pfoten am Hals fest. Genauso wurde er auch mit dem Weibchen fertig. Und Hatem überlegte: ›Bisher habe ich keinem Lebewesen etwas zuleide getan, aber jetzt muß ich das tun. Wie soll ich mit diesen Undankbaren weiter verfahren? Ich muß sie ihrer Zähne und Krallen berauben.‹

Und Hatem riß den Raubtieren die Zähne und die Krallen aus.

»Wie sollen wir jetzt weiterleben?« wehklagten die Raubtiere. »Wie sollen wir uns Nahrung verschaffen?«

»Ich bin daran nicht schuld«, antwortete Hatem. »Ihr selbst habt mich gezwungen, so vorzugehen.«

Inzwischen mischten sich die Schakale in das Gespräch ein. »Schon gut, Raubtiere«, sagten sie. »Wir werden euch mit Nahrung versorgen.«

Nachdem sich Hatem von den Schakalen verabschiedet hatte, zog er weiter.

»Wie konntest du Hatem so einen gefährlichen Weg allein

antreten lassen?« beunruhigte sich die Schakalin. »Geh mit ihm und führe ihn bis zur Wüste Howejda.«

Der Schakal holte Hatem ein und sagte: »O großmütiger Hatem, ein schwieriger Weg steht dir bevor, und es wäre unschicklich, wenn ich dich allein ließe.«

Doch Hatem war nicht damit einverstanden und sagte: »Deine Güte gegen mich ist höchst lobenswert, aber ich kann so ein Opfer von dir nicht annehmen. Wenn du mir eine Freude machen willst, dann kehre zu deinen Jungen zurück, mir aber weise nur den Weg.«

»In die Wüste Howejda führen zwei Wege, ein kurzer und ein langer. Wenn du den kurzen gehst, erwartet dich eine Vielzahl von Nöten und Leiden, wenn du den langen gehst, wirst du inmitten des unendlichen Sandes der Wüste verdursten.«

»Alles liegt in Allahs Hand«, antwortete Hatem. »Zeig mir den kurzen Weg, mag sein, daß sich das Schicksal meiner erbarmt.«

»Wenn du fest zu deinem Vorsatz stehst«, sagte der Schakal, »so geh, bis der Weg sich vierfach gabelt, dann biege nach rechts ab, und du kommst in die Wüste Howejda.«

Hatem nahm Abschied von dem Schakal und machte sich auf den Weg. Und er ging einen ganzen Monat und kam an die Weggabelung, und er ging weiter, und nach noch ein paar Tagen kam er auf ein riesiges Feld und sah, daß dort ganze Herden von Bären einhergingen. Aber das waren in Bären verwandelte Peris, und einer von ihnen begab sich zu ihrem Schah, dem Herrscher aller Peris, und sagte: »O mächtiger Herrscher, in unsern Gefilden ist ein Mensch von schönem Gesicht und angenehmen Manieren erschienen, wie man sieht, ist er von hoher Geburt.«

»Führt diesen Menschen zu mir«, befahl der Schah der Peris.

Die Diener des Schahs begaben sich zu Hatem und überbrachten ihm den Befehl ihres Herrn. Als Hatem vor die Augen des Schahs trat, blickte der Schah der Peris auf den

Glanz, der Hatems schönes Gesicht wie Sonnenstrahlen umgab, und fragte sanft: »O Menschensohn, wer bist du, und woher kommst du?«

»O mächtiger Schah der Peris!« antwortete Hatem. »Ich heiße Hatem. Ich bin der Sohn des jemenitischen Schahs.«

Da sagte der Schah: »O Ruhmwürdiger! Sei herzlich willkommen! Friede und Licht bringst du uns.«

Und er befahl den Dienern, alle möglichen Speisen und Früchte aufzutragen. Und die Diener brachten, was der Schah ihnen befohlen hatte, und setzten es Hatem vor. Und Hatem kostete von den herrlichen Speisen und sprach dann ein Dankgebet. Danach begann der Schah der Peris das folgende Gespräch: »O Hatem, ich habe eine Tochter, die das Heiratsalter erreicht hat. Willst du sie nicht zur Frau nehmen und bei uns wohnen bleiben?«

Hatem dachte nach, als er diese Worte gehört hatte.

»Worüber denkst du nach, o Hatem?« fragte der Schah. »Mäßige deinen Kummer.«

»O hochgeehrter Schah«, sprach Hatem. »Ihr seid Peris, aber ich bin ein Mensch. Können wir denn zusammen leben?«

»In der Begierde sind die Peris den Menschen gleich. Hab keine Abscheu vor meinem Angebot. Meine Tochter ist schön von Gesicht und zart von Gemüt, du wirst kaum eine Frau finden, die würdiger ist.«

Und der Schah befahl seinen Dienern, die Tochter herbeizuführen. Nach kurzer Zeit erschien ein Mädchen, das schlank war wie eine Pappel und biegsam wie ein grüner Zweig; ihr Gesicht, das dem Mond ähnelte, strahlte von einem Glanz, der die Sonne dunkel erscheinen ließ. Und jeder, der den Blick auf sie richtete, war seiner Kräfte und seiner Ruhe beraubt. Hatem schaute sie an, und sein Herz begann wie ein Vogel zu flattern.

»O Schah, der Bettler kann sich nicht dem Herrn gleichstellen.«

»Dir will ich's zeigen, dich zu verstellen, Hatem! Dein Gang, dein Gesicht, deine Haltung, alles verrät deine hohe Geburt.«

Nachdenklich sprach Hatem:

»Wer verdammte mich zu Qualen, wer war's, der ins Leid mich stieß?
Denn ein Unglück muß ich's nennen, daß die Heimat ich verließ.
Wenn ich fest auch daran glaube, daß ich einstmals kehr zurück,
doch vorerst bin ich ein Wandrer, ruhelos und ohne Glück.«

Und in seinem Herzen bedachte er: ›So ein Unglück! Mich haben doch die Qualen des Schahsade Munir hierher geführt, und er wartet ungeduldig auf meine Rückkehr.‹ Und weiter dachte er: ›Wenn es nun einmal Allahs Wille ist, muß ich mich fügen.‹

Als der Schah der Peris Hatems Unentschlossenheit sah, geriet er in Zorn: »Undankbarer! Wenn du mir nicht gehorchen willst, werde ich dich in Ketten halten, bis der Jüngste Tag anbricht. – Diener«, rief er, »schließt ihn in den Block und legt ihn in der Schlucht an die Kette!«

Unverzüglich ergriffen die Peris Hatem und flogen mit ihm davon. Sie trugen ihn in eine Schlucht, legten seine Hände in Ketten, schlossen seine Füße in einen Block und wälzten einen riesigen Stein vor den Eingang der Schlucht. Nach einer Woche, als Hunger und Durst Hatem zu überwältigen begannen, schickte der Schah einen Wesir und mehrere Peris zu ihm.

»O unvergleichlicher Hatem«, sprachen sie. »Wäre es nicht vernünftiger, den Vorschlag unseres Schahs anzunehmen? Deine Widerspenstigkeit kann dich das Leben kosten.«

Hatem sprach kein Wort. Da kehrten die Abgesandten in den Palast zurück und meldeten dem Schah, sie hätten das Gewünschte nicht erreicht.

»Und wenn schon«, antwortete der Schah. »Wenn ihm das Leben nicht lieb ist, soll er nur weiter zaudern.«

Nach einer weiteren Woche erschienen die Wächter, die Hatem bewachten, und sagten dem Schah, daß jener jeden Augenblick seine Seele Allah überantworten könnte.

»Geht und bringt ihn zu mir!« befahl der Schah.

Als Hatem vor die Augen des Schahs der Peris trat, sah dieser, daß er wirklich einem Gerippe glich.

»Wirst du dich meinem Willen noch lange widersetzen?« fragte der Schah.

Hatem wußte nicht, was er antworten sollte, und senkte nur den Kopf auf die Brust.

»Diener«, befahl der Schah, »bringt etwas zu essen.«

Unverzüglich setzten die Diener Hatem die verschiedensten Speisen vor, und er kostete davon und stillte seinen quälenden Hunger. Dann schaute er den Schah tapfer an und sprach: »O mein Herr, Beherrscher des Universums! Deine Güte ist wirklich grenzenlos, aber mir befiehlt das Gewissen, meinen Weg zu gehen.«

Als der Schah diese Worte vernahm, erzürnte er noch stärker als zuvor und befahl seinen Dienern, Hatem zu packen und in die Schlucht zu bringen. Wieder schlossen sie Hatem in Block und Ketten, und ohne ihn zur Besinnung kommen zu lassen, flogen sie fort.

Allein geblieben, fielen Hatem die folgenden Verse ein:

»Von dem bösen Schah der Peris ward in Ketten ich gesteckt,
doch ich schwör bei meiner Ehre, daß der Tod mich nicht erschreckt.
Sollte Allah wohlgefällig hier auf mich herniedersehn,
müßt er rasch sich mein erbarmen, eh es ganz um mich geschehn.
Oder kann der Allerhöchste so auf mich erzürnet sein,
daß er will, ich soll zur Gattin mir ein solches Wesen frein?
Womit hätt ich das verschuldet? Drum sei gnädig, Herr der Welt,
und hilf mir aus dieser Falle, die die Peris mir gestellt.

Laß den Weg mich weiterziehen, rasch nach diesem Ungemach,
daß mein Ziel ich bald erreiche, so wie ich's dem Freund versprach.«

Als er diese Zeilen gesprochen hatte, schlief Hatem, von Kummer und Gram gepackt, ein. Und im Traum erblickte er einen graubärtigen Greis.

»O Hatem«, sprach er. »Warum widersetzt du dich dem Befehl des Schahs der Peris?«

»O ehrwürdiger Greis!« antwortete Hatem. »Konnte ich denn anders verfahren? Schließlich würde ich etwas Unrechtes tun, wenn ich seine Tochter heiraten würde.«

»Du irrst, Hatem. Dieses Schicksal ist Allahs Vorherbestimmung. Leiste ihm keinen Widerstand, sonst wirst du deine Tage ruhmlos in dieser Schlucht beschließen. Wenn du dich dem Willen des Schahs der Peris ergibst, wirst du die Schwierigkeiten bezwingen und das Gewünschte erlangen.«

Beunruhigt erwachte Hatem aus seinem Schlaf, aber niemand stand vor ihm.

Nach weiteren zwei Wochen wurde Hatem auf Befehl des Schahs erneut in den Palast gebracht. Nachdem der Schah ihn auf den Ehrenplatz genötigt hatte, nahm er sein früheres Gespräch wieder auf.

»O mächtiger Schah«, antwortete ihm Hatem. »Ich bin bereit, deinen Vorschlag anzunehmen, aber ich bitte dich, daß keine einzige Peri in meine Wohnung kommt.«

»So möge es sein!« erwiderte der Schah.

Nachdem er seine Diener gerufen hatte, befahl er, Wesire, Recken und Gelehrte einzuladen, nahm Hatem bei der Hand und setzte ihn auf den Thron. Es erschienen die adligen und weisen Männer, und jeder nahm Platz, wo es ihm zukam. Dann traten Tänzerinnen in den Saal, und um dem Ohr der Anwesenden zu schmeicheln, spielten Musikanten auf und ließen sich wohltönende Sänger hören. Doch als die Stimmung auf dem Höhepunkt war, erhob sich der Schah der Peris von seinem Platz und verkündete den Gästen Hatems Hochzeit mit seiner Tochter. Als Hatem auf die Periprinzessin zuging, sah er, daß ihr Gesicht der aufgehenden Sonne glich, daß ihr Wuchs schlank war wie eine Pappel und daß der Glanz, den sie verbreitete, die Finsternis vertrieb. Und sein Verstand schmolz dahin, und die Liebe bemächtigte sich seiner. Da bereitete man ihnen ein üppiges Brautlager, wie es noch kein Schah und kein Emir je gehabt hatte. Hatem nahm die Prinzessin bei der Hand und führte sie aus dem Festsaal. Der Schah aber brachte den Jungvermählten die verschiedensten Früchte und befahl seinen Dienern, sie in das Schlafgemach zu führen.

Sechs Monate verbrachte das junge Paar in Freuden und Liebeswonnen. Dann aber erwachte Hatem wie aus dem Schlaf, und es fiel ihm ein, daß er die Sache, die ihn ins Land der Peris geführt hatte, über seinem Vergnügen vergessen hatte.

Und die Verse kamen ihm in den Sinn:

›In den Armen meiner Peri schwelge ich hier im Genuß
und vergaß, daß mir befohlen, daß ich etwas leisten muß.
Freund Munir, dem ich's versprochen, wartet schon voll Ungeduld.
Wenn vor Kummer er verschmachtet, ist es einzig meine Schuld.‹

Hatem sprach diese Verse und sagte: »O meine Seele! Daß ich mich auf diesen schwierigen Weg gemacht habe, geschah um des Glücks eines Jünglings willen. Jetzt ist schon eine lange Zeit verstrichen, und ich habe nichts für ihn getan. Er aber erwartet mich voller Unruhe. Erweise mir die Gnade und laß mich für ein paar Tage fort, und überrede deinen Vater, daß er nichts dagegen einwendet. Dann kann ich mein Versprechen erfüllen.«

»Aber wer ist dieser Jüngling?« fragte die Periprinzessin. »Und was sollst du für ihn tun?«

Hatem erzählte ihr in allen Einzelheiten von der Liebe des Schahsade Munir zur Malika Husnbanu, und das Herz der Peri wurde weich. Unverzüglich begab sie sich zu ihrem Vater und sagte: »O liebster Vater, lassen wir Hatem für ein paar Tage fort!«

»Das liegt in deiner Hand, Licht meiner Augen«, antwortete ihr der Vater.

Hatem war unsagbar froh und rüstete sich sogleich für den Weg. Zu guter Letzt gab ihm die Periprinzessin einen Zauberhalsschmuck und sprach: »Nimm diesen Halsschmuck und behalte ihn immer bei dir; er besitzt Zauberkraft und kann dir unterwegs zustatten kommen.«

»O meine Schöne!« sprach Hatem. »Worin besteht die Zauberkraft dieses Halsschmucks?«

Das Mädchen belehrte Hatem über die Zauberkraft des Halsschmucks, und nachdem er sich von ihr verabschiedet hatte, begab er sich in Begleitung der Vertrauten des Schahs der Peris auf die Suche nach der Wüste Howejda.

Nachdem sie viele Wege und Straßen hinter sich gelassen hatten, begleiteten die Vertrauten des Schahs der Peris Hatem bis zu einem bestimmten Platz und verabschiedeten sich dann von ihm.

Lange Zeit war Hatem unterwegs, da wurde er von großer Müdigkeit befallen, und er beschloß zu rasten. Er setzte sich auf die Erde und gab sich traurigen Gedanken hin. Der Tag ging zur Neige, Hatem war schwach vor Hunger und Durst, aber er hatte auf nichts zu hoffen. Da tauchte plötzlich ein Mann vor ihm auf, dessen Gesicht mit einer Maske bedeckt war. In den Händen hielt er einen Krug mit Wasser und ein paar Fladen. Das alles setzte er vor Hatem nieder und verschwand. Als Hatem seinen Hunger gestillt hatte, trank er das Wasser aus dem Krug und machte sich erneut auf den Weg. Bald schien es ihm, als läge in der Ferne ein gewaltiger Drache, und er wurde von Furcht gepackt. Der Drache holte tief Luft, und ehe Hatem es bemerkte, stand er ihm Auge in Auge gegenüber. Dann holte der Drache noch einmal Luft, und Hatem befand sich in seinem Bauch. Volle drei Tage saß Hatem im Bauche des Drachen, als ob gar nichts wäre, denn er hielt den Zauberhalsschmuck der Periprinzessin im Mund, der ihn vor der sengenden Hitze schützte. Inzwischen dachte der Drache, der einen quälenden Schmerz verspürte: ›Eine sonderbare Nahrung ist mir da untergekommen! Sie rollt mir im Magen hin und her und läßt sich einfach nicht verdauen.‹ Zu guter Letzt konnte es der Drache nicht mehr aushalten und spuckte Hatem aus. Und Hatem setzte, als er sich wieder in Freiheit befand, seinen Weg fort.

Nach einiger Zeit gelangte er an einen Sandstrand und erblickte einen Fluß, an dessen Ufer ein sonderbares Wesen mit einem Fischschwanz und einem Menschenkopf saß. Unschlüssig blieb Hatem stehen. Inzwischen streckte das sonderbare Wesen seine Hand aus, packte Hatem, preßte ihn zusammen wie ein hilfloses Vogeljunges und verschleppte ihn auf den Grund des Flusses in sein Reich. Dort setzte das sonderbare Wesen Hatem auf einen Teppich und begann um seine Liebe zu buhlen. Hatem hatte schreckliche Angst vor dem Fischweib, doch es blieb aufdringlich bei ihm. Nach sieben Tagen und sieben Nächten sagte Hatem: »Mich haben die Angelegenheiten eines Jünglings hierher geführt, und du mußt mich freilassen. Nur wenn du mich wieder an Land bringst, bin ich bereit, mit dir das Lager zu teilen.«

Das Fischweib erklärte sich einverstanden, bat ihn aber, noch vier Tage zu warten. Hatem hatte keine andere Wahl, als zuzustimmen, und nach vier Tagen und vier Nächten trug sie ihn ans Ufer des Flusses, und als sich Hatem von ihr verabschiedet hatte, machte er sich erneut auf den Weg.

Nachdem er viele Wege und Straßen hinter sich gelassen hatte, gelangte er an den Fuß eines Berges. Er stieg auf den Gipfel des Berges und sah, daß dort nicht nur Zypressen und Pappeln wuchsen, sondern auch die verschiedensten sonderbaren Bäume. Und auf allen diesen Bäumen sangen Nachtigallen, Turteltauben und andere Vögel mit lieblicher Stimme. In ihren Liedern aber priesen sie einen Greis, der hier lebte. Zwischen den Bäumen stand auf einer Erhöhung ein großes reichgeschmücktes Sufa. Hatem stieg zu dem Sufa empor, setzte sich darauf und begann sich nach allen Seiten umzusehen. Bald übermannte ihn der Schlaf. Und während er schlief, erschien ein wohlgestalteter graubärtiger Greis, der Herrscher jener Gegend, und als er den schlafenden mondgesichtigen Jüngling erblickte, der vom Glanz eines Schahs umstrahlt war, wunderte er sich nicht wenig. Um den Schlaf seines Gastes nicht zu stören, nahm der Greis schweigend zu seinen Häupten Platz und wartete, daß er erwachte. Nach einiger Zeit schlug Hatem die Augen auf und erblickte verwundert einen graubärtigen Greis vor sich. Verlegen sprang er auf, bückte sich zu ehrfürchtiger Verbeugung vor dem Greis und blickte ihn schweigend an.

»O Jüngling«, sprach der Greis ihn an. »Wie heißt du? Woher kommst du, und wohin gehst du?«

»O Ehrwürdiger«, antwortete ihm jener. »Ich heiße Hatem, ich komme aus Husnabad und bin nach der Wüste Howejda unterwegs.«

»Das ist der leichten Wege keiner«, erwiderte der Greis und schüttelte bekümmert sein Haupt. »Hast du denn keine Freunde, die dich vor so einem unüberlegten Vorhaben warnen konnten?«

»Ich habe keinen anderen Ausweg. Ich bin einem Jüngling zuliebe hierhergekommen.«

Und Hatem machte den Greis mit der Geschichte des Schahsade Munir bekannt und erzählte ihm von den sieben Rätseln der Malika Husnbanu.

»O tapferer Hatem«, rief der Greis. »Deine Güte und deine Beharrlichkeit sind so groß, daß sie dich unfehlbar in die Wüste Howejda führen werden. Aber merke dir: Aus der Wüste Howejda ist noch niemand zurückgekehrt, und damit dir nicht das gleiche Los zuteil wird, höre aufmerksam meine Lehren an. Nach einer Zeit kommst du an das Ufer eines großen Sees. Dort wird eine Bettlerin vor dir erscheinen, die dich an einen geheimnisvollen Ort führt, wo zahlreiche verführerische Schöne wohnen. Aber du darfst ihren Reizen nicht erliegen. Mehr als vor den übrigen hüte dich vor der Allerschönsten, der Sonnengesichtigen, die wie ein Stern am Nachthimmel strahlt, denn sie birgt eine große Gefahr in sich. Nicht einmal in Gedanken darfst du ihren Reizen verfallen. Sobald sie zu dir tritt, bedecke mit der einen Hand deine Augen und ergreife mit der anderen ihre Hand, dann wird sie dich unverzüglich in die Wüste Howejda bringen.«

Während der Greis diese Worte sprach, erschien vor ihnen ein prächtiger Dastarchan, der über und über mit herrlichen Speisen besetzt war. Hatem kostete von den Speisen, und nachdem er seinen Hunger gestillt hatte, legte er sich zur Ruhe. Mit Anbruch des Morgens trat Hatem vor den klugen Greis und bat um die Erlaubnis, sich entfernen zu dürfen.

Und so begab sich Hatem, nachdem er von dem Greis Abschied genommen hatte, auf die Suche nach der Wüste Howejda. Nach einigen Tagen, als er viele Wege und Straßen hinter sich gelassen hatte, gelangte Hatem an einen großen See. Am Ufer des Sees wuchsen riesige Bäume, deren Wipfel in den Himmel ragten und an deren Zweigen Blätter von ungeahnter Schönheit rauschten. Kaum wollte Hatem Rast machen, als eine mondgesichtige Schöne aus dem See stieg, die ihn bei der Hand faßte und mit sich zog. Erschrocken schloß Hatem die Augen. Plötzlich spürte er etwas Festes unter den Füßen, und mit Verwunderung stellte er fest, daß er sich in einem schönen Garten inmitten wohlriechender Blumen befand. Sofort ließ die Schöne Hatem los und verschwand irgendwohin. Hatem blickte sich nach allen Seiten um. Plötzlich boten sich seinen Blicken Frauen von märchenhafter Schönheit. Sie begannen ihm zu schmeicheln, und jede wollte ihn zu sich locken. Hatem fielen die Lehren des Greises ein, und da er sich dachte, daß dies der verzauberte Ort sein mußte, von dem jener gesprochen hatte, entschloß er sich, koste es, was es wolle, seinen Ratschlägen zu folgen. Die Verführerinnen aber brachten Hatem in einen üppigen Palast, wo die Wände mit Gold und Perlen geschmückt und mit den Bildern jener Verführerinnen behängt waren. Als Hatem den Palast durchschritt, geriet er in einen Saal, in dessen Mitte er eine Erhöhung erblickte, die mit Teppichen bedeckt war, wie sie einem Schah gebühren, und darauf einen Thron, der mit Smaragden, Perlen und Diamanten geschmückt war. Nachdem die Verführerinnen Hatem zu dem Thron geführt hatten, verschwanden sie sofort. Sie strebten zu der Wand mit den Bildern und verschmolzen mit diesen. Hatem war nicht wenig verwundert, als er dies alles sah, und dachte in seinem Herzen: ›Eine sonderbare Zauberei!‹ Dann setzte er sich auf den Thron, und sofort vernahm er ein eigenartiges Knarren. Aus Angst, daß die Lehne des Throns zerbrechen könnte, trat er auf die rechte Seite der Erhöhung. Indessen wiederholte sich das eigenartige Knarren nach einiger Zeit. Da wurden die Bilder der Verführerinnen lebendig, und die Schönen begannen sich Hatem mit verführerischen Gebärden zu nähern. Und sie blieben vor ihm stehen, und Hatem spürte, wie er die Gewalt über sich verlor. Schon wollte er der Allerschönsten den Schleier vom Gesicht reißen, doch er erinnerte sich der Lehren des Greises und dachte: ›Wenn ich der Versuchung nicht widerstehe, wird es mir nie gelingen, diesen verzauberten Ort zu verlassen.‹

So verbrachte Hatem hier, von traurigen Gedanken gequält, drei Tage und drei Nächte. Und sobald die Nacht anbrach, flammten die Kerzen von selbst auf, und irgendwoher erschienen Tänzer und Musikanten, um ihn bis in die tiefe Nacht zu zerstreuen. Und kaum daß die Musik ertönte, gesellten sich die lebendig gewordenen Bilder dem allgemeinen Vergnügen bei. Die allerschönste von allen stand neben dem Thron und schaute Hatem lächelnd an. Unaufhörlich trugen mondgesichtige Schöne auserlesene Speisen auf. Und obwohl Hatem reichlich von diesen Speisen aß, konnte er doch nicht satt werden, und das verwunderte ihn sehr. Und er dachte in seinem Herzen: ›Wenn es Allah gefällt, mich noch hundert Jahre inmitten dieser Genüsse zurückzuhalten, werde ich mich damit nicht zufriedengeben, denn ohne mein Ziel erreicht zu haben, finde ich keine Ruhe.‹ Als er sich das überlegt hatte, faßte er die Allerschönste bei der Hand, und sie stieß Hatem, indem sie ein wenig von dem Thron wegtrat, dermaßen mit dem Fuß vor die Brust, daß er wegflog.

Und plötzlich sah Hatem, daß weder der Garten noch die Schönen mehr da waren, alles war verschwunden. Er aber befand sich in einer Wüste, von der kein Rand und kein Ende zu sehen waren. Zuerst schien es Hatem, es sei eine Täuschung, doch als er ein wenig weiter gegangen war, hörte er eine Stimme:

»Wer ist die Schöne, die man einmal nur erblickt
und die zu treffen dann auf ewig nicht mehr glückt?«

Und Hatem eilte auf den Klang dieser Stimme zu. Sieben Tage und sieben Nächte war er unterwegs, und gegen Ende des achten Tages gelangte er an einen Ort, wo er einen graubärtigen Greis erblickte. Der Greis saß mit tränenfeuchtem Gesicht da und wiederholte von Zeit zu Zeit sein Bejt. Hatem trat näher und bückte sich zu ehrfürchtiger Verbeugung. Und der Greis fragte, nachdem er den Gruß erwidert hatte: »O Jüngling, was hat dich nach so schrecklichen Stätten geführt?«

»O Hochverehrter, ich mußte unbedingt den Mann sehen, der unaufhörlich dieselben Worte spricht, und den Sinn dieser Worte in Erfahrung bringen.«

Und Hatem teilte dem Greis die Geschichte des Schahsade Munir und der Malika Husnbanu mit. Da ließ der Greis Hatem an seiner Seite Platz nehmen, und sofort erschienen vor ihnen ein Fladen und ein Krug mit Wasser. Und sie kosteten den Fladen, und nachdem er klares Wasser nachgetrunken hatte, sagte der Greis: »Einmal habe ich in meiner Jugend jene Schöne erblickt, und bis ins hohe Alter lebt ihr Antlitz in meiner Erinnerung, und meine Seele dürstet danach, sie von neuem zu sehen.«

Hier stieß der Greis einen schweren Seufzer aus, seinen Augen entströmten Tränen, und erneut wiederholte er gleich einem Gebet:

»Wer ist die Schöne, die man einmal nur erblickt
und die zu sehen dann auf ewig nicht mehr glückt?«

›Das ist ein wahrhaft Verliebter!‹ dachte Hatem, und indem er den Greis bei der Hand faßte, sprach er sanft: »O edler Greis, wirst du glücklich sein, wenn du deine Geliebte noch einmal gesehen hast?«

»O Jüngling«, seufzte der Greis. »Du sprichst von etwas Unmöglichem.«

»Komm mit mir, und ich werde dich zu der Schönen führen.«

Nach einigen Tagen kamen Hatem und der Greis an den Zaubersee. Hier setzte Hatem den Greis ans Ufer und sprach: »O edler Greis! Stille deinen Kummer und die Verwirrung deiner Seele! Bald wirst du deine Geliebte wiedersehen, aber diesmal mußt du vorsichtiger sein. Wenn du den Schleier anhebst und ihr Gesicht erblickst, findest du dich von neuem in der Wüste Howejda wieder, und niemand kann dich von dort befreien. Jetzt aber wird eine schöne Frau aus dem Wasser kommen, dich bei der Hand nehmen und dich verführen wollen, du aber gib der Versuchung nicht nach.«

Kaum daß Hatem diese Worte gesprochen hatte, erschien die nämliche Schöne, nahm den Greis bei der Hand und zog ihn mit sich auf den Grund des Zaubersees.

Nach einigen Tagen kam Hatem, der den Weg nach Husnabad eingeschlagen hatte, zu dem klugen Greis. Als der Greis Hatem erblickte, wurde er unsagbar froh und sprach sanft: »Allah möge dir deine Herzlichkeit und deine Großmut mit Glück vergelten! Nur dank deiner Güte und deines Mutes konntest du heil und unversehrt aus dieser schrecklichen Wüste zurückkehren!«

Dann aber schritten sie zum Mahl, und die Speisen waren so auserlesen und reichlich, daß Hatem über diese Gastfreundschaft nicht wenig erfreut war. Am nächsten Tag bat Hatem den Greis um die Erlaubnis, sich entfernen zu dürfen, verabschiedete sich in gebührender Weise von ihm und zog weiter. Bald darauf gelangte er an das Ufer des Flusses, wo er das Fischweib traf. Nachdem er viele Wege und Straßen hinter sich gelassen hatte, kam er in die Sandwüste, in der die Peris lebten.

Die Peris hatten von Hatems Rückkehr erfahren, eilten ihm entgegen und führten ihn mit großen Ehren zu ihrem Schah. Als Hatem zum Schah kam, umgab man ihn dort mit Diensteifer und Zärtlichkeit, erwies ihm jegliche Ehre und überschüttete ihn mit Gold und Perlen. Der Schah war unsagbar froh über die Rückkehr seines Schwiegersohnes, schloß ihn in die Arme und befahl, die Periprinzessin zu rufen.

Dreißig Tage und dreißig Nächte verbrachte Hatem mit der Periprinzessin in Liebeswonnen, dann aber zog er, nachdem er beim Schah der Peris und bei seiner Frau die Bewilligung dazu erbeten hatte, weiter. Unterwegs besuchte er seine Freunde, die Schakale, erkundigte sich nach dem Leben und Treiben der Raubtiere, und als er sich wieder von ihnen verabschiedet hatte, lenkte er seine Schritte nach der Stadt Husnabad. Nachdem er viele Wege und Straßen hinter sich gelassen hatte, gelangte er schließlich in die Stadt Husnabad und traf in der Karawanserei den Schahsade Munir.

Als der Schahsade Hatem erblickt hatte, küßte er den Boden vor ihm, doch Hatem hob ihn auf und sagte: »Zügele deine Erregung und beruhige dein Herz, denn ich kenne die Auflösung des Rätsels der Malika.«

Sofort wurde der Malika Hatems Rückkehr gemeldet, und sie befahl, ihm auserlesene Speisen zu schicken. Hatem machte sich mit dem Schahsade Munir zusammen ans Mahl, und als sie gesättigt waren, richteten sie ein Gebet an den Allmächtigen. Am Morgen erschienen die Diener der Malika und baten Hatem in den Palast. Hatem begab sich mit ihnen in den Palast, und nachdem er vor der Malika eine tiefe Verbeugung vollführt hatte, sagte er demütig: »O Schöngesichtige! Ich bringe die Lösung deines ersten Rätsels.«

»Berichte mir, o Jüngling, wie es dir gelang, sie zu finden.«

Hatem sagte: »O schöne Malika! Als ich in die Wüste Howejda kam, traf ich einen Greis, der einmal an einem verzauberten Ort ein mondgesichtiges Mädchen gesehen hatte. Er hatte sich von ganzem Herzen in sie verliebt, und als er ihr das gerade sagen wollte, befand er sich plötzlich in der Wüste Howejda. Sein ganzes Leben hat er dort in Trauer um die Geliebte verbracht, und davon träumend, sie wiederzutreffen, hat er jene Verse gesprochen.«

Dann erzählte Hatem der schönen Malika von allen seinen Abenteuern. Nachdem die Malika Hatems Erzählung angehört hatte, lobte sie ihn für seinen Mut und seine Ausdauer, ihre Amme aber setzte noch hinzu: »O Malika, alles, was Hatem gesagt hat, ist die lautere Wahrheit.«

Anschließend befahl die Malika ihren Dienern, Hatem als den teuersten Gast zu behandeln und ihn mit den seltensten Speisen zu bewirten. Und die Diener machten sich unverzüglich daran, dem Befehl der Malika Folge zu leisten. Als aber Hatem die Gastfreundschaft der Malika genossen hatte, wandte er sich mit den Worten an sie: »O Malika, dein erstes Rätsel habe ich gelöst, jetzt bin ich bereit, das zweite zu hören.«

»Übereile dich nicht«, antwortete die Malika. »Bevor du dich an die Auflösung des zweiten Rätsels machst, mußt du dich gut ausruhen.«

Als Hatem gehört hatte, was die Malika sagte, begab er sich in die Karawanserei. Drei Tage und drei Nächte gaben sich Hatem und Munir der Ruhe hin, dann ging Hatem erneut zur Malika und sagte: »Schönste Malika, willst du nicht geruhen, mir das zweite Rätsel aufzugeben?«

Und die Malika sagte: »Jemand hat über das Tor seines Hauses geschrieben:

›Was ist das Opfer, das dem Fluß man anvertraut,
damit man in der Wüste höchsten Lohn dann schaut?‹

Du mußt erraten, was diese Worte bedeuten und von wem sie stammen.«

Das zweite Abenteuer

Als Hatem das zweite Rätsel der Malika erfahren hatte, kehrte er in die Karawanserei zurück, und nachdem er sich von dem Schahsade Munir verabschiedet hatte, machte er sich auf den Weg. Nach mehreren Tagen gelangte er zu einem großen Baum und setzte sich in seinen Schatten, um zu rasten. Da hörte er plötzlich einen Aufschrei, der einem qualvollen Stöhnen glich. Hatems Herz geriet in Unruhe, und er ging dem Stöhnen nach. Bald erblickte er einen mondgesichtigen Jüngling mit tränenfeuchtem Gesicht. Hatem trat zu ihm und fragte: »O Jüngling, was betrübt dich so sehr?«

»O gütiger Fremdling«, antwortete ihm der Jüngling. »Mein Kummer ist tief und grenzenlos, und es gibt keinen Menschen auf Erden, der ihn lindern könnte.«

»Willst du mir nicht deine Geschichte erzählen? Mag sein, daß ich dir helfen kann.«

»O edler Fremdling, vier Farsang von hier entfernt liegt eine Stadt, und in dieser Stadt lebt ein Kaufmann namens Haris, der eine liebreiche und freundliche Tochter hat. An einem glückverheißenden Tag begab ich mich dorthin, um Handel zu treiben, und auf dem Wege zum Basar geriet ich in die Straße, wo Haris wohnt. Als ich in das Fenster seines Hauses sah, erblickte ich ein Mädchen von solcher Schönheit, daß das Licht in meinen Augen erlosch. Seitdem ist es um meine Ruhe geschehen, und die Liebe beherrscht mein Herz. Auf die Frage, wer das Mädchen sei, das dem Mond in der Nacht des Vollmonds gleicht, antwortete man mir, es sei die Tochter des Kaufmanns Haris, die das Heiratsalter erreicht habe. Nachdem ich diese Worte vernommen hatte, begab ich mich unverzüglich zu ihrem Vater, um ihn zu bitten, daß er sie mir zur Frau gibt.

›Meine Tochter ist so klug und vernünftig‹, antwortete mir ihr Vater, ›daß sie über ihr Schicksal selbst entscheiden kann.‹ Da ging ich zu dem Mädchen und sagte ihr, daß Leidenschaft und Liebespein mich verzehren und daß ich sie bitte, ihren Blick auf mich zu richten.

Als das Mädchen meine Worte angehört hatte, sprach sie: ›O edler Jüngling! Sind dir meine Bedingungen bekannt? Ich werde die Frau von dem, der drei Aufträge von mir ausführt. Wer aber damit nicht fertig wird, muß mir alle seine Reichtümer überlassen.‹

Ohne nachzudenken, ging ich auf ihre Bedingungen ein, aber meine Sache geht nicht voran, ich irre hilflos durch die Wüste und weiß nicht, wie alles noch enden wird.«

»Stille deinen Kummer und die Verwirrung deiner Seele«, beruhigte ihn Hatem. »Sage mir, was die Mondgesichtige dir zu erfüllen aufgetragen hat.«

»Erstens – das Rätsel einer geheimnisvollen Höhle zu ergründen, die sich hier in der Nähe der Stadt befindet. Zweitens – in Erfahrung zu bringen, was die Worte bedeuten: ›Oh, ich habe nicht vollbracht, was mir hätte Ruhe und den Menschen Glück verschafft‹ und von wem sie stammen. Drittens – den Zauberhalsschmuck der Peris zu beschaffen.«

Und weiter sprach der junge Kaufmann:

»Wo ist sie, mein Mond, vor der ich mein Leid klagen
könnte, wo?
Welk wie ein herbstliches Blatt bin ich, wo ist mein
Frühling, wo?
Wie man sagt, macht der Freundin Trost dem Freund
das Herz wieder froh.
Wir sind getrennt, wo sehen wir endlich uns wieder,
ach, wo?«

»Gräme dich nicht, Jüngling!« beruhigte ihn Hatem. »Ich werde in die Stadt gehen und dich mit der Geliebten vereinen.«

»Du irrst dich, großherziger Hatem«, sprach der junge Kaufmann traurig. »Das ist keine leichte Sache. Tausende würdiger und edler Jünglinge haben ihr Leben verloren, während sie nach der Liebe von Haris' Tochter trachteten. Hüte dich, sonst wird auch dir dieses Schicksal zuteil.«

»Und wenn schon«, antwortete ihm Hatem. »Ich bin bereit, einem anderen um den Preis meines Lebens zum Glück zu verhelfen. Doch sorge dich nicht um mich. Gehen wir gemeinsam zu deiner Geliebten, vielleicht können wir etwas erreichen.«

Nach einiger Zeit gelangten sie zu der Stadt, betraten ihre Mauern und begaben sich zum Hause des Kaufmanns Haris. Als wandernde Bettler verkleidet, traten sie vor die Tür und baten, dem Mädchen ihre Ankunft zu melden. Die Diener berichteten der jungen Herrin, es seien zwei Männer gekommen, die sich Wanderer nannten, doch ihre Gesichter seien vom Glanz eines Schahs umspielt. Das Mädchen befahl, Hatem und seinen Begleiter sogleich ins Haus zu lassen, und nachdem sie sich hinter einem Vorhang verborgen hatte, fragte sie: »O Fremdlinge, was führt euch zu mir, und womit kann ich euch behilflich sein?«

»O liebreizendste aller Schönen!« sprach Hatem. »Bitte angesehene und weise Männer hierher und wiederhole in ihrer Gegenwart deine Bedingungen. Ich bin bereit, deine Aufträge auszuführen, doch du mußt versprechen, daß ich, wenn ich sie erfülle, das Recht, dich zu heiraten, einem anderen Jüngling abtreten darf.«

Die Tochter des Kaufmanns Haris war einverstanden. Sie bat angesehene und weise Männer zu sich und setzte sie von ihrer Vereinbarung mit Hatem in Kenntnis.

»Aber jetzt, o Schöne, sag mir, welches dein erster Auftrag ist.«

»Hier ist er«, sagte die Tochter des Kaufmanns Haris. »Unweit von unserer Stadt befindet sich eine geheimnisvolle Höhle. In diese Höhle mußt du gehen und ihr Rätsel ergründen.«

»Ich höre und gehorche«, antwortete Hatem.

Und das Mädchen befahl ihren Dienern, Hatem zu der Höhle zu führen, ihm den Eingang zu zeigen und wieder zurückzukommen, sobald er die Höhle betreten hatte.

Als Hatem zu der Höhle kam und in sie eintrat, sah er, daß

sie unermeßlich und endlos war. Er ging und ging, und nach einigen Tagen erblickte er einen Lichtstrahl in der Finsternis. Er ging auf das Licht zu und kam in eine große Wüste. Er begann die Wüste zu durchqueren, und nach noch ein paar Tagen kam er an einen klaren, kühlen Bach. Und Hatem dachte: ›Mein Trinkwasser ist aufgebraucht, und Allah hat mich zu dieser Quelle geführt.‹

Als er das gedacht hatte, nahm er Platz, um zu rasten. Er holte eine Schale hervor, die aus einer roten Perle gefertigt war, schöpfte etwas Wasser damit, brockte einen Fladen hinein und machte sich ans Mahl. Nachdem er sich mit diesem dürftigen Imbiß gestärkt und ein paar Mandelkerne nachgegessen hatte, zog er weiter. Als er viele Wege und Straßen hinter sich gelassen hatte, erblickte er eine hohe, hohe Mauer mit einem eisernen Tor und hinter der Mauer einen Palast von unsagbarer Schönheit. Er trat durch das Tor, gelangte in den Palast und erblickte darin viele Säle, Aiwane und Schlafgemächer.

Er war noch nicht dazu gekommen, sich darüber zu wundern, daß ihm keine Menschenseele begegnete, als auf einmal Diws angeflogen kamen. Sie packten Hatem und wollten ihn fressen, aber der älteste von ihnen sagte: »O Diws, Menschenfleisch ist zweifellos äußerst schmackhaft, aber wenn der Schah von unserer Tat erfährt, wird es uns schlecht ergehen. Er wird uns zürnen und uns samt und sonders vernichten. Lassen wir also den Wanderer in Frieden.«

Die Diws stimmten ihm zu und ließen Hatem frei, und er zog weiter. Nach einiger Zeit erblickte er einen noch schöneren Palast, und er dachte sich: ›Vielleicht leben hier menschliche Wesen.‹ Doch auch hier wohnten Diws, und ihren Artgenossen gleich, wollten sie ihn fressen. Doch einer von ihnen, der der Vernünftigste war, sagte: »O Diws, diesen Menschen sollten wir besser dem Schah zum Geschenk machen. Der Schah wie auch seine Tochter sind von einer Krankheit befallen, und bisher vermochte niemand, ihnen die Gesundheit zurückzugeben. Hunderte von Leuten haben versucht, ihm zu helfen, doch sie konnten es nicht und wurden seine Gefangenen. Wenn es aber diesem Fremdling gelingt, wird der Schah auch uns mit seiner Gnade nicht übergehen.«

»O weisester der Weisen«, wandte ein anderer Diw ein. »Viele Menschensöhne haben wir schon zu unserem Schah geführt, aber ihre Hilflosigkeit hat uns nur seine Unzufriedenheit eingebracht.«

»O ihr Grausamen«, sagte der weise Diw. »Wenn der Schah erfährt, daß wir ihm einen Menschen vorenthalten haben, dann vernichtet er uns und unsere Nachkommen.«

Nach langem Hin und Her ließen die Diws Hatem laufen. Hatem freute sich über seine Erlösung und dachte: ›Hier also sind die Jünglinge umgekommen, die sich in die Tochter des Kaufmanns Haris verliebt haben!‹ Hatem ging seines Weges, doch er kam nicht weit. Wieder packten ihn irgendwelche Diws und brachten ihn zu ihrem Oberhaupt. Und Hatem sah, daß jener traurig und bekümmert dasaß.

»O weiser Diw«, sprach Hatem ihn an. »Worin liegt der Grund deines Kummers?«

»O Menschensohn«, antwortete jener. »Meiner Frau schmerzen seit langem die Augen, und bisher konnte niemand sie heilen.«

»Führe mich zu ihr«, sagte Hatem.

Der Oberdiw führte Hatem zu seiner Frau und sagte: »Das ist meine Frau.«

Und Hatem erblickte eine Frau von der Größe eines Minaretts; ihr Mund war wie eine Höhle, ihre Arme glichen den Ästen einer Platane, ihr Gesicht aber ähnelte einem rußbedeckten Kessel, es war schwärzer als die finstere Nacht. Und Hatem dachte in seinem Herzen: ›Ist das aber eine Schönheit!‹ Dann sagte er: »O großer Diw, ich bin einverstanden, deiner Frau die Gesundheit wiederzugeben, aber dafür mußt du mich zu eurem Schah bringen.«

»O edler Jüngling«, freute sich der Diw. »Ich bin bereit, beim Namen des weisen Sulaiman zu schwören, daß ich deine Bitte erfülle.«

Ohne zu zögern, holte Hatem den Zauberhalsschmuck hervor, benetzte ihn mit Wasser und legte ihn auf die Augen der Frau des Diw. Diese spürte sofort Erleichterung, dann schaute sie Hatem verwundert an und sagte: »Ein Wunder! Ich habe meine Gesundheit wiedererlangt.«

»O Jüngling! Unter Menschen und Peris kenne ich niemanden, der dir an Weisheit gleichkäme. Du bist der beste Arzt, den es gibt.« Und der Diw befahl seinen Dienern, die auserlesensten Speisen zu reichen.

Und Hatem, der von den Speisen kostete, stillte seinen Hunger und sagte nach einiger Zeit: »O Führer der Diws! Die Tat ist vollbracht, nun erfülle dein Versprechen.«

Ohne zu zögern, erhob sich der Diw von seinem Platz und machte sich mit Hatem zusammen auf den Weg. Bald gelangten sie in den Palast des Schahs, der Furkasschah genannt wurde. Der Schah saß eben auf seinem edelsteinbesetzten Thron, und links und rechts von ihm hatten sich seine Vertrauten aufgestellt. Die Wache meldete dem Schah, der Oberdiw einer Gegend sei in Begleitung eines Menschen erschienen. Und Furkasschah befahl, man solle sie zu ihm führen. Als Hatem und der Oberdiw vor die Augen des Schahs traten, sagte der Oberdiw: »O mächtiger Schah! Dieser Mensch ist weise und in der Heilkunst geschickt. Mühelos hat er meiner Frau das Augenlicht wiedergegeben. Möchtest du nicht die Kraft seiner Gabe an dir erfahren?«

Da freute sich der Schah und befahl seinen Schatzmeistern, sie sollten den Oberdiw in die Gewänder eines Schahs kleiden, Hatem aber winkte er freundlich zu sich und sagte dann kläglich: »O Menschensohn, schon lange kann mein Magen keine Nahrung mehr verdauen, und ich leide dadurch schreckliche Qualen. Wenn du mich von dieser Krankheit heilst, werde ich dich mit Gunsterweisungen überschütten und von allen irdischen Sorgen befreien.«

»O weisester der Weisen«, fragte Hatem, »wer befindet sich während des Mahls an deiner Seite?«

»Meine Vertrauten«, antwortete der Schah.

»Befiehl deinen Dienern, Nahrung zu bringen.«

Als Erwiderung auf den Befehl des Schahs brachten die Diener sogleich die verschiedensten Speisen herbei, von denen jede einzeln in ein Dastarchan gehüllt war. Hatem bat darum, ein Dastarchan zu öffnen und die Speise allen Anwesenden zu zeigen. Dann befahl er, das Gericht wieder zu bedecken und anschließend alle Dastarchane auf einmal zurückzuschlagen. Als das getan war, wollten der Schah und die Höflinge ihren Augen nicht trauen: Die Speise, die man zuerst aufgedeckt hatte, war ganz und gar mit Würmern übersät.

»Meine Freunde«, wandte sich der Schah an die Höflinge. »Entweder ist hier ein Wunder geschehen, oder aber es scheint mir nur so! Was habt ihr darauf zu erwidern?«

Und die Höflinge antworteten: »Wir sehen dasselbe wie du, weisester der Weisen! Doch wie konnte dieses geschehen?«

»Das Ganze ist eine Frage des bösen Blicks. In deiner Umgebung, o Schah, unter deinen Vertrauten gibt es böse Neider. Sie sind neidisch, daß du auserlesene Speisen ißt, und kaum daß sie darauf schauen, bedeckt sich die Nahrung mit Würmern. Wenn du willst, daß die Krankheit von dir abläßt, so iß entweder allein oder genieße die Speisen, von denen gewöhnliche Sterbliche sich nähren.«

Außerdem befahl er dem Schah, anstelle von Wasser Anisaufguß zu trinken. Der Schah befolgte die Lehren, die Hatem ihm gab, und genas vollkommen von seinen Krankheiten. Und da sagte er zu Hatem: »O Menschensohn, du kannst von mir fordern, was deiner Seele gefällig ist.«

Und Hatem antwortete dem Schah darauf: »Bei dir sind einige Menschensöhne, meine Brüder, eingekerkert. Ich bitte dich, laß sie frei.«

Unverzüglich befahl der Schah, alle Gefangenen zu befreien. Doch als sie befreit waren und vor Hatems Augen traten, da wurde ihm das Herz beklommen von Schmerzen, denn sie waren Gerippen gleich.

»O meine Brüder!« sprach Hatem. »Wie seid ihr in die Gefangenschaft der Diws geraten?«

»Wir sind Opfer der Tochter des Kaufmanns Haris«, antworteten jene.

»Und werdet ihr von neuem versuchen, ihre Gunst zu erringen?« rief Hatem.

»Natürlich nicht. Wir kehren nach Hause zurück.«

Lange behandelte Hatem sie und pflegte sie gesund, und als sie ihr früheres Aussehen zurückerlangt hatten, händigte er ihnen einen Goldbarren aus und sagte: »Geht jetzt nach Hause. Mit diesem Goldbarren kann euch kein Diw schrecken.«

»Glück auf den Weg!« sprach der Schah, und zu Hatem gewandt, fügte er hinzu: »O weisester aller Menschen! Wenn ich mich dir schon anvertraut habe, kannst du mir nicht noch in einer weiteren Not helfen?«

»Und worin besteht deine Not?« fragte Hatem.

»Ich habe eine mondgesichtige Tochter«, sprach der Schah, »die noch ganz jung ist und doch schon an einer schweren Krankheit leidet. Sie ißt nicht, sie trinkt nicht und magert von Tag zu Tag ab.«

»Zeig mir deine Tochter.«

Der Schah führte Hatem in die Frauenhälfte seines Hauses. Und Hatem erblickte die ›mondgesichtige‹ Tochter des Schahs: Sie war groß wie ein Minarett, hatte einen Mund wie eine Höhle und Arme wie die Äste einer Platane, der Körper war mit Eselshaut bedeckt, und die Beine waren krumm wie ein Torbogen. Ein gräßliches Schreckgespenst und nichts anderes!

»Bringt Wasser und ein Stück schwarzen Zucker«, befahl Hatem.

Hatem holte den Zauberhalsschmuck hervor und tauchte ihn ins Wasser. Dann löste er den schwarzen Zucker in dem Wasser auf und gab dem Mädchen diesen Trank. In einem Zug goß das Mädchen das Getränk hinunter, und nach einiger Zeit bekam sie einen starken Durchfall, und mit dem Unrat kamen auch alle ihre Übel heraus, und sie begann wieder zu essen und zu trinken.

Der Schah freute sich und sagte: »Ich weiß nicht, wie ich dir danken soll! Bleib bei uns. Wir werden dich lieben und gern haben und dir in allem gefällig sein.«

Hatem aber erwiderte ihm darauf: »O edler Schah! Ich kann nicht einmal daran denken, bei euch zu bleiben. Für diesen Fall haben unsere Weisen die Verse erdacht:

›Die bunten Vogelpaare fliegen durch die Luft,
die Taube folgt, wenn zärtlich sie der Tauber ruft.
Doch daß ein frommes Schaf mit einem Löwen ging,
das wär fürwahr ein mehr als eigenartig Ding.
So kann auch ich hier nicht für ewig bei euch sein,
ich kann dem Dienst an Diws doch nicht mein Leben weihn.
Nur um die Wahrheit zu erfahren kam ich her,
für meinen Abschied sehe ich kein Hemmnis mehr.‹«

Und er fuhr fort: »Ich bin in diese Höhle gekommen, um ihr Geheimnis zu ergründen. Das ist mir gelungen, und jetzt muß ich unverzüglich zurückkehren.«

»O Schatzmeister«, befahl Furkasschah. »Öffne die Türen meiner Schatzkammer und gib diesem Menschen alles, was er haben möchte.«

Unverzüglich führte der Schatzmeister Hatem in die Schatzkammer des Schahs und schüttete ihm Perlen, Gold und Diamanten in die Tasche.

Ehrfürchtig sprach Hatem: »O hochgeehrter Schah! Deine Gnade ist mir unendlich teuer, doch diese Gaben sind beschwerlich. Wie wäre ich imstande, sie fortzutragen?«

Der Schah rief einige Diener und befahl ihnen, Hatem bis an die Grenzen des Menschenreiches zu begleiten und ihm unbedingt einen Brief von Hatem mitzubringen, damit er sich keine Sorgen zu machen braucht. Die Diener erfüllten den Willen des Schahs, und bald befand sich Hatem am Eingang der Höhle, deren Rätsel er hatte lösen sollen.

Inzwischen kamen die Diener der Tochter des Kaufmanns Haris von Zeit zu Zeit zu der Höhle, um festzustellen, ob Hatem zurückgekehrt sei. An einem glückverheißenden Tag erblickten sie Hatem, als er mit den Diws zusammen aus der

Höhle trat. Erschrocken wandten sich die Diener zur Flucht. Da rief Hatem sie an, beruhigte sie, und nachdem er ihnen die Tasche mit den Geschenken des Schahs zu tragen gegeben hatte, befahl er ihnen, sie sollten ihm in die Stadt folgen. Er aber holte Papier hervor und schrieb dem Schah der Diws einen Brief, in dem er ihn von seiner glücklichen Ankunft im Reich der Menschen in Kenntnis setzte.

Die Diener begleiteten Hatem in die Karawanserei, sie selbst aber eilten zur Tochter des Kaufmanns Haris.

»O schöngesichtige Herrin«, meldeten sie. »Hatem ist in Begleitung von Diws und mit reichen Gaben heil und unversehrt aus der Höhle wieder herausgekommen. Jetzt befindet er sich in der Karawanserei. Und die reichen Gaben des Schahs der Diws hat er dem jungen Kaufmann zum Geschenk gemacht.«

»Diener«, befahl sie. »Geht unverzüglich in die Karawanserei und bringt Hatem zu mir.«

Als Hatem in Begleitung des jungen Kaufmanns vor dem Mädchen stand, berichtete er ihr über alle seine Abenteuer, und das Mädchen geriet in unbeschreibliches Entzücken.

»O edler Jüngling!« rief sie aus. »Es gibt niemanden, der dir an Großherzigkeit und Mut gleichkäme.«

Und Hatem sprach: »Jetzt, o Malika, sage mir, welches dein zweiter Auftrag ist.«

Und das Mädchen antwortete: »Der zweite Auftrag ist nicht leichter als der erste. In jeder Nacht vom Donnerstag zum Freitag höre ich eine prophetische Stimme sagen: ›Oh, ich habe nicht vollbracht, was mir hätte Ruhe und den Menschen Glück verschafft!‹ Dir obliegt es, herauszufinden, wem die Stimme gehört und worin der Sinn dieser traurigen Worte besteht.«

Hatem dankte dem Mädchen, führte den Kaufmannssohn in die Karawanserei und stürmte selbst wie ein Wirbelwind davon, bereit, den zweiten Auftrag der Schönen auszuführen.

Auf seiner Wanderung gelangte Hatem zu einem Baum, der mit seinem Wipfel in den Himmel ragte, und nahm darunter

Platz, um zu rasten. Als der Tag durch die Nacht abgelöst wurde, vernahm Hatem eine traurige Stimme: »Oh, ich habe nicht vollbracht, was mir hätte Ruhe und den Menschen Glück verschafft!« Als Hatem diese Worte gehört hatte, sprang er von seinem Platz auf und stürzte in die Richtung, aus der die Stimme gekommen war. Er ging einen Tag und eine Nacht, dann noch einen Tag und noch eine Nacht, und in der Nacht vom Donnerstag zum Freitag hörte er dieselbe Stimme. Er schritt den ganzen Umkreis ab, bemerkte aber niemanden. Und da dachte Hatem in seinem Herzen: ›Wo kann ich den finden, der so jämmerlich sein Mißgeschick beklagt?‹

Und wieder machte er sich auf den Weg, und nach einiger Zeit kam er in einen Ort und beschloß, hier die Nacht vom Donnerstag zum Freitag abzuwarten. Als aber die Nacht vom Donnerstag zum Freitag angebrochen war, hörte er wieder dieselbe Stimme. Und es wurde Hatem klar, daß die unbekannte Stimme nur in der Nacht vom Donnerstag zum Freitag zu hören war. Und wieder begab er sich dorthin, von wo die traurige Stimme zu hören gewesen war. Nach einigen Tagen erreichte er einen anderen Ort. Er blieb dort, und alles geschah wie in den früheren Nächten. Einen ganzen Monat ging er dem Klang der Stimme nach und stieß auf einen Ort und sah, daß seine Einwohner versammelt waren und laut schluchzten. Hatem fragte sie: »O meine Freunde, was hat euch in so eine tiefe Trauer versetzt?«

Und die Versammelten antworteten ihm: »O Jüngling, man sieht sofort, daß du ein Zugewanderter bist und daß dir unser Unglück unbekannt ist. Schon seit vielen Jahren erscheint hier jedes Mal in der Nacht vom Donnerstag zum Freitag ein Ungeheuer und frißt einen Bewohner unseres Ortes. Heute ist der Mirschab unseres Ortes an der Reihe, dem Ungeheuer seinen Sohn zu opfern. Deshalb stöhnen wir.«

Hatem bat, man solle ihn zum Mirschab führen. Und als er vor ihm stand, sagte er: »O Herrscher! Fürchte dich nicht vor dem Ungeheuer, sondern erzähle lieber, wie es aussieht, und ich werde anstelle deines Sohnes den Tod auf mich nehmen.«

Der Mirschab kam zu dem Schluß, die sanften Worte des fremden Jünglings seien durch den Wunsch hervorgerufen, ihn zu beruhigen, und so sagte er, indem er sich eine Träne von der Wange wischte: »O großherziger Jüngling, Allah möge dich mit Glück lohnen für deine Güte und für deinen Edelmut! Aber sobald du das Ungeheuer auch nur erblickst, werden dir alle guten Absichten sofort vergehen.«

»O Mirschab«, sprach Hatem, »glaub nicht, ich sei ein Schwätzer. Den Sinn des Lebens sehe ich nur darin, meinen Nächsten zu helfen.«

»Sei mir nicht böse, Jüngling. In dieser traurigen Angelegenheit habe ich auch bei denen keine Hilfe gefunden, die mir am nächsten stehen und die mir am meisten ergeben sind. Da kann man nichts machen, es ist mein Unglück, und ich muß es auskosten. Mit dem Schicksal muß man sich abfinden, einen anderen Ausweg gibt es nicht und wird es auch nicht geben.«

»Warum denn nicht?« wandte Hatem ein. »Zeichne mir ein Bild des Ungeheuers, und dann überlegen wir, was zu tun ist.«

Man zeichnete Hatem das Ungeheuer auf, und er sah es sich an und erkannte es sofort.

»Dieses Ungeheuer heißt Haluka, es besteht aus Eisen. Darum kann man ihm mit dem Schwert nichts anhaben. Wenn ihr alles tut, was ich befehle, dann werdet ihr – so Allah will – von ihm befreit.«

Die Bewohner des Ortes freuten sich und versprachen, Hatem in allen Dingen gehorsam zu sein.

»Holt einen Spiegelmacher!« bat Hatem.

Als der Spiegelmacher erschien, befahl ihm Hatem, einen Spiegel von hundert Gas Länge und hundert Gas Breite anzufertigen. Mit diesem Spiegel wurde dann der Weg versperrt, auf dem das Ungeheuer für gewöhnlich in den Ort kam. Als alles getan war, sagte Hatem: »Jetzt aber geht in eure Häuser und wartet. Wer von euch weniger furchtsam ist, kann bei mir bleiben.«

»Ich bleibe bei dir, edler Hatem«, erklärte der Sohn des Mirschabs. Dann sagte er noch: »O rechtgläubige Moslems! Wie könnt ihr so einen großherzigen Jüngling diesem schrecklichen Ungeheuer allein gegenübertreten lassen! Habt ihr das Recht, Güte mit Teilnahmslosigkeit zu vergelten?!«

Mit flammenden Worten überzeugte der Sohn des Mirschabs die Einwohner des Ortes, und sie blieben bei Hatem. Der Donnerstag verging, und in der Nacht zum Freitag erklang wie gewöhnlich das Gebrüll des Ungeheuers. Die Dorfbewohner, die bei Hatem geblieben waren, begannen vor Furcht zu zittern.

»Ängstigt euch nicht, meine Freunde«, sagte Hatem. »Heute werdet ihr für immer von dem Ungeheuer erlöst.«

Bald zeigte sich auch das Ungeheuer selbst, das einem Klumpen glich, so daß man nicht erkennen konnte, wo seine Arme und wo seine Beine waren. In den Winkeln seines Rachens brodelte Schaum, und der Rachen selbst spie eine Flamme und schwarze Rauchwolken aus. Beim Anblick des Ungeheuers stürzten die einen in panischer Angst davon, andere fielen erschrocken zu Boden. Inzwischen kam das Ungeheuer immer näher und näher. Hatem beleuchtete mit dem hellen Schein einer Fackel den Spiegel, und beim Anblick des eigenen Spiegelbildes prallte das Ungeheuer vor Schreck zurück. Es brüllte so auf, daß die Erde davon erzitterte. Und dann zerplatzte das Ungeheuer und zerfiel in Stücke. Als die Dorfbewohner wieder zu sich kamen, schien es das Ungeheuer nie gegeben zu haben, und als sie das sahen, stürzten sie zu Hatem und wollten ihn mit Gold und Perlen beschenken, aber er wies die großzügigen Gaben zurück.

»O meine Freunde«, sprach Hatem. »Dieses Ungeheuer wurde Haluka genannt, und konnte nur mit seinem eigenen Spiegelbild vernichtet werden. Aber meine Zuneigung zu euch entsprang nicht gewinnsüchtiger Absicht, und teuer sind mir nicht eure Geschenke, sondern eure Ruhe und euer Glück.«

Die Dorfbewohner wunderten sich und fragten: »O edler Jüngling! Welches Schicksal hat dich zu uns geführt?«

»Eine wichtige Sache hat mich zu euch geführt«, antwortete Hatem. »Jede Nacht vom Donnerstag zum Freitag höre ich eine Stimme, die stets wiederholt: ›Oh, ich habe nicht vollbracht, was mir hätte Ruhe und den Menschen Glück gebracht!‹ Mehr als dreißig Tage und dreißig Nächte habe ich auf der Suche nach der Lösung dieses Rätsels verbracht, doch bisher waren meine Anstrengungen nicht von Erfolg gekrönt.«

Im selben Augenblick war die traurige Stimme erneut zu hören, und Hatem stürzte in die Richtung davon, aus der sie erklang. Er ging einen Monat und einen zweiten und kam zu einem hohen Baum, der mit seinem Wipfel in den Himmel ragte. Und nicht weit von dem Baum erblickte Hatem einen Friedhof. Er setzte sich unter den Baum und schlief ein. In der Nacht weckte ihn ein Lärm. Er sah sich nach allen Seiten um und erblickte mondgesichtige Männer in festlichen Gewändern, die aus den Gräbern auferstanden waren und auf kostbaren Teppichen saßen. Abseits von ihnen saß auf der bloßen Erde ein Mann von unreinem Äußeren, der in Lumpen gehüllt war und unaufhörlich weinte und stöhnte. Vor den festlich gekleideten mondgesichtigen Männern standen die erlesensten Speisen, und sie aßen davon. Für jenen Unglücklichen aber fiel kein Krümchen ab, und traurig seufzend sagte er betrübt: »Oh, ich habe nicht vollbracht, was mir hätte Ruhe und den Menschen Glück verschafft!«

Als Hatem das alles sah, freute er sich und dachte: ›Das ist ja die Stimme, die ich die ganze Zeit über gehört habe.‹ Plötzlich sagte einer von denen, die auf den kostbaren Teppichen saßen: »O meine Freunde, heute nacht hat Allah uns einen Gast geschickt. Mag er das Mahl mit uns teilen.«

Er erhob sich von seinem Platz, näherte sich Hatem, und ihn bei der Hand fassend führte er ihn zu den Sitzenden. Und Hatem erblickte ein Dastarchan mit paradiesischen Speisen, und er streckte die Hand aus und begann zu essen. Der Unglückliche aber weinte und stöhnte weiter. Da wunderte sich Hatem und fragte: »O edle Männer, warum eßt ihr, die ihr auf kostbaren Teppichen sitzt, paradiesische Speisen, während jener Unglückliche auf der bloßen Erde sitzt und bittere Tränen vergießt?«

»O gütiger Jüngling«, antworteten jene, »möge er dir selbst alles erzählen.«

»Willst du mich nicht in deine Geschichte einweihen?« fragte Hatem den Unglücklichen. »Vielleicht kann ich dir helfen?«

Und der Unglückliche sagte: »O Jüngling, einstmals war ich ein reicher und bekannter Kaufmann, und diese edlen Männer standen in meinen Diensten. Damals hieß ich Jussuf. Alle meine Diener erwiesen den Menschen Wohltaten, den Hungrigen schenkten sie Nahrung, den Nackten Kleidung, und den Bedürftigen liehen sie Geld. Ich warf ihnen stets Verschwendungssucht vor und versuchte auf jede Weise, ihrem gütigen Drang Einhalt zu gebieten. Als Antwort auf meine Vorwürfe erwiderten sie: ›Den Schutz der Armen wird uns Allah hundertfach vergelten. Das Gute, das wir tun, leistet uns in diesem und im künftigen Leben gute Dienste, außerdem aber wirkt es sich für unsere Kinder aus. Deine Knausrigkeit aber bringt weder dir noch deinen Erben Freude. Nach unserem Verständnis solltest du wenigstens ein bißchen von deinem Reichtum den anderen geben.‹ Ihre Belehrungen weckten meinen Zorn und verdoppelten meine Gier. Noch mehr als zuvor lechzte ich nach Gewinn, und aus Geiz übervorteilte ich nicht nur Fremde, sondern auch Verwandte und Freunde. Einmal rüstete ich eine Kamelkarawane aus und machte mich mit meinen Dienern auf den Weg nach Choresm. Als wir angelangt waren, wo wir uns jetzt befinden, wurden wir von Räubern überfallen, die uns unsere Waren abnahmen und uns alle erschlugen. Zuerst wollten sie unsere Leichen unbegraben liegenlassen. Doch einer von ihnen, der mehr Gewissen hatte als die übrigen, sagte: ›Wir haben diese Unschuldigen erschlagen und ihnen alle Reichtümer weggenommen, wir müssen sie wenigstens beerdigen.‹ Das taten sie auch, und dann entfernten sie sich sofort. Und es erwies sich, daß meine Diener recht gehabt hatten. Für ihre guten Taten während ihres kurzen Erdenlebens schenkte Allah ihnen die ewige Glückseligkeit. Ich aber bin für meine Knausrigkeit zu ewigen Qualen verdammt.

Noch dazu müssen jetzt auch meine Erben Armut leiden, denn aus Gier habe ich ihnen die Stelle verheimlicht, wo meine Reichtümer vergraben liegen. Und seit meinem Todestag rufe ich Allah an, damit er ein Wunder vollbringt und alles, was ich versteckt habe, den Menschen wiedergibt.«

»O Unglücklicher«, sprach Hatem. »Wenn du auf diese Weise von deinen Qualen erlöst werden kannst, bin ich bereit, deinen Willen zu erfüllen.«

Und der Mann sagte: »Möge Allah dich segnen, Jüngling! Und möge er dich mit Glück belohnen für die Güte deines Herzens! Wenn du deinem Vorsatz treu bleibst, dann wisse, daß ich all mein Hab und Gut in vier Teile teilen möchte. Drei davon gib den Armen und Kranken, den vierten aber meinen Erben. Und wenn sie diesen Besitz gleichmäßig unter sich aufteilen, dann reicht er für alle von ihnen sieben Generationen lang.«

Hatem wartete den Morgen ab, und als sich die Toten in ihren Gräbern verborgen hatten, machte er sich auf den Weg nach dem Lande Tschin. Nachdem er viele Wege und Straßen hinter sich gelassen hatte, erblickte er einen Mann, der Wasser aus einem Brunnen schöpfte. Hatem trat zu ihm heran und wollte um etwas zu trinken bitten, als ein Drache aus dem Brunnen hervorkam und den Mann in den Brunnen zog.

»Was tust du, Nichtswürdiger!« rief Hatem. »Was hat dieser Unschuldige verbrochen?« Und in seinem Herzen dachte er: ›Sicher hat er Frau und Kinder, die darauf warten, daß er ihnen Wasser bringt. Es kommt ihnen bestimmt nicht in den Sinn, daß ihm ein Unglück zugestoßen sein könnte. Ich muß diesen Mann befreien!‹

Nachdem sich Hatem das überlegt hatte, stürzte er sich, ohne zu zögern, in den Brunnen, aber seine Füße berührten festen Boden. Hatem stand da und schaute sich nach allen Seiten um. Und er sah, daß dies durchaus kein Brunnen war, sondern ein großer schöner Garten, wo die verschiedensten Bäume mit saftigen, reifen Früchten wuchsen. Inmitten des Gartens erhob sich ein prächtiger Palast, der bis zum Himmel reichte. Der Drache aber war nirgends zu sehen. Hatem begab sich zu dem Palast, und als er in den Festsaal trat, sah er, daß der gesamte Fußboden mit kostbaren Teppichen ausgelegt war und daß in der Mitte auf einem mit Perlen und Gold geschmückten Thron ein Mann von hohem Wuchs saß und schlief, während etwas weiter entfernt ein schrecklicher Diw lag. Als Hatem sich nach allen Seiten umsah, entdeckte er auch den Drachen, der den Unglücklichen in den Brunnen gezerrt hatte. Der Drache ließ von seinem Opfer ab und stürzte sich auf Hatem.

Hatem aber eilte ihm entgegen und riß ihm mit schrecklicher Gewalt den Rachen auseinander. Da brüllte der Drache vor Schmerz so laut auf, daß alles ringsum erzitterte. Auch der Diw erwachte von dem schrecklichen Schrei, und er rief: »Menschensohn, wie kannst du es wagen, meinem lieben Drachen etwas zuleide zu tun?«

»Schweig, Verdammter!« antwortete ihm Hatem. »Ich lasse diesen garstigen Drachen erst dann los, wenn er meinem Bruder die Freiheit wiedergibt!«

Der Diw wurde unruhig. »Sieh dich vor!« sagte er, an den Drachen gewandt. »Dieser Mensch ist imstande, den ganzen Zauberspuk zu zerstören. Paß auf, daß er nicht erfährt, wie es in deinem Innern aussieht.«

Als Hatem diese Worte gehört hatte, riß er das Maul des Drachen noch weiter auseinander und schlüpfte hinein. Und er fand sich im Bauch des Drachen wieder und machte sich daran, dort umherzugehen, als er plötzlich eine geheimnisvolle Stimme vernahm: »O kühner Gefangener! Schlitze mit dem Messer den Knorren auf, den du neben dir siehst, und sogleich wirst du von dem Zauber befreit sein.« So verfuhr Hatem auch. Er ertastete im Bauch des Drachen eine eigenartige Verdickung und schnitt sie mit dem Messer auf. Da vermischte sich alles ringsum miteinander, und Hatem fand sich im Wasser wieder. Er holte tief Luft und ließ sich auf den Grund sinken. Und als er festen Boden unter den Füßen spürte, öffnete er die Augen und sah, daß weder der Garten noch der Palast mehr da waren, und auch der Drache und der Diw waren verschwunden. Er aber stand in einer Wüste, von der weder Anfang noch Ende zu sehen waren. Der Boden rings um ihn her war mit Toten und Sterbenden bedeckt. Und unter den Lebenden erblickte Hatem auch den Mann, den der Drache weggeschleppt hatte. Er näherte sich ihm und fragte: »O Unglücklicher, wie bist du in diese Wüste geraten?«

»O Bruder«, antwortete jener. »Ich habe Wasser aus dem Brunnen geschöpft, da ist plötzlich ein Drache herausgekommen und hat mich mitgeschleppt.«

Die Sterbenden, die noch nicht die Gabe der Rede eingebüßt hatten, sagten: »Wir alle sind durch die Macht des Drachen hierher gelangt. Und dich hat jetzt das gleiche Schicksal ereilt.«

»Freut euch, o Brüder«, sprach Hatem. »Ich habe den bösen Zauberer vernichtet. Jetzt seid ihr frei!«

»O edler Jüngling! Allah möge dir deine Tapferkeit und Güte vergelten! Du hast uns von den Qualen des Hungers und des Durstes befreit, und wärst du hier nicht erschienen, dann wären wir umgekommen wie unsere Leidensgefährten auch.«

Nachdem Hatem so wiederum eine gute Tat vollbracht hatte, setzte er seinen Weg fort. Nach einigen Tagen kam er zu einer großen Stadt und wollte eben durch das Stadttor treten, als die Wächter ihn ergriffen und Gott weiß wohin schleppten.

Hatem wunderte sich und fragte: »O Wächter, worin besteht meine Schuld, und wohin bringt ihr mich?«

»O Fremdling«, antwortete ein Wächter. »Der Padischah unserer Stadt besitzt eine einzige Tochter. Jeden Fremden, der unsere Gegend besucht, führen wir zu ihr, und sie gibt ihm mehrere Fragen auf. Wenn der Fremde alle ihre Fragen beantworten kann, wird er freigelassen, wenn nicht, ergeht es ihm schlecht.«

»Wie könnt ihr unschuldige Menschen quälen?«

»Wir sind nur Diener unserer Herrin und führen ihren Befehl aus.«

Als sie in den Palast des Schahs kamen, neigte sich Hatem vor dem Schah zu ehrfürchtiger Verbeugung. Der Schah aber fragte ihn, nachdem er den Gruß in gebührender Weise erwidert hatte: »O mondgesichtiger Jüngling! Wer bist du, woher kommst du, und wohin führt dich dein Weg?«

»O großmächtiger Schah«, antwortete Hatem. »Ich bin der Padischah von Jemen. Ich heiße Hatem, und unterwegs bin ich nach dem Lande Tschin. Willst du nicht so gütig sein, mir zu erklären, was das hier bei euch für ein Brauch ist, die Wanderer zu quälen? Wie ich es verstehe, muß man den Fremden mit Güte und Freundlichkeit begegnen, denn sie tragen gute Kunde über euch von Land zu Land und rühmen auf diese Weise euren Edelmut und eure Macht.«

»O Jüngling!« sprach der Schah bekümmert. »Ein Unglück ist über uns hereingebrochen. Früher galt ich als mildtätiger und großzügiger Herrscher, und für meine Güte und Gerechtigkeit wurde unsere Stadt Adilabad genannt. Dann aber hat Allah mir eine Tochter geschenkt, die unbarmherzig und grausam ist, und für ihre bösen Taten begann man unsere Stadt Bidadgaran zu nennen. So muß ich für die bösen Taten meiner Tochter bezahlen.«

Hatem versank in Nachdenken, dann hob er den Kopf und sagte: »O Schah! Wer heißt dich, so niederträchtige Arglist zu erdulden! Einstmals hattest du dir gewaltigen Ruhm und unabsehbare Macht erworben, jetzt aber ist dein Land in Verfall geraten.«

»Ist denn ein Vater fähig, das eigene Kind zu erschlagen? Wie könnte ich das tun? Hast du nicht gehört, was große Männer sagen:

›Wird zu Staub dein Kind,
macht dich Kummer blind.‹«

Und er fuhr fort: »O edler Jüngling, schau sie dir selbst an und sage mir, was ich mit ihr machen soll.«

Als die Diener Hatem zur Tochter des Schahs führten, wurde sie seiner unvergleichlichen Schönheit und Freundlichkeit gewahr, kleidete sich sofort in reiche Gewänder, schmückte sich mit Kostbarkeiten, und nachdem sie auf einem üppigen Thron Platz genommen hatte, befahl sie: »Diener, führt diesen Fremdling zu mir!«

Als Hatem sich dem Thron genähert hatte, erblickte er ein reizendes Mädchen, dessen Gesicht dem Vollmond gleich einen wunderbaren Glanz ausstrahlte, und ihre unvergleichliche Schönheit ließ jeden vor Liebe erbeben, der das Glück hatte, sie zu sehen. Doch in ihrem Antlitz waren weder Güte noch mädchenhafte Scham. Hatem verbeugte sich in gebührender Weise vor ihr und verharrte zu Füßen ihres Throns.

»O junger Fremdling«, sprach die Tochter des Schahs. »Beim Anblick deiner Schönheit hat sich in meinem Herzen die Flamme der Liebe entzündet!«

Und sie faßte Hatem bei der Hand und setzte ihn auf den Thron, während sie selbst sich auf einem goldenen Korsi an seiner Seite niederließ und zu ihrer Amme sagte: »O Mütterchen, viele schöne Jünglinge sind bei uns gewesen, doch kein einziger hat mir gefallen. Dieser aber hat meine Seele gefangengenommen, denn von seinem Gesicht geht der Glanz eines Schahs aus, und sein ganzes Aussehen ist königlich. Schade, daß auch ihn ein trauriges Geschick erwartet.«

»O meine junge Herrin!« antwortete die Amme. »Was zwingt dich denn, allen Böses zu tun? Warum bringst du unschuldige Menschen um? Vielleicht vermag dieser Jüngling, der deines Wohlwollens würdig ist, deine Fragen zu beantworten.«

»Von welchen Untaten der Tochter des Schahs sprichst du?« fragte Hatem, an die Amme gewandt.

»O Jüngling«, antwortete jene. »Jedesmal mit Anbruch der Mitternacht wird das Mädchen vom Wahnsinn ergriffen. Sie beginnt mit dem Kopf gegen die Wand zu schlagen und redet unerträgliches Zeug zusammen. Während der Wahnsinnsanfälle gibt sie den Fremdlingen, die ihre Hand gewinnen wollen, drei Fragen auf. Jene können die Fragen nicht beantworten und verlieren auf ihren Befehl das Leben. Weiter weiß ich nichts davon, denn ich bin nicht dabei.«

Traurig seufzte Hatem: »Da kann man nichts machen, ich muß die Mitternacht abwarten. Dann werden wir sehen, ob ein würdiges Leben meiner wartet oder ein ruhmloser Tod.«

Als Antwort auf die Aufforderung der Malika, von auserlesenen Speisen zu kosten, sagte Hatem: »Diener, räumt alle diese Speisen fort. Furcht und Ungewißheit stürmen auf mich ein, und der Sinn steht mir nicht nach Essen. Das wichtigste ist jetzt, koste es, was es wolle, zu überleben, alles andere kommt danach.«

Als die Mitternacht anbrach und alle Diener auseinander gegangen waren, so daß die Tochter des Schahs mit Hatem allein war, begann sie aus einer Ecke in die andere zu stürzen und dabei unerträgliche Worte zu schreien, dann aber, als sie sich beruhigt hatte, redete sie Hatem in folgender Weise an: »O junger Fremdling, warum bist du hierhergekommen, ist dir etwa das Leben nicht lieb? Hör meine Fragen an und versuche, sie zu beantworten, denn sonst mußt du deine Seele Allah überantworten.«

»O Unheilstifterin, ich bin bereit, deine Fragen anzuhören.«

Und das Mädchen fragte: »Wo findet sich der Tropfen, aus dem der Mensch entsteht?«

»Dieser Tropfen ist der menschliche Samen, und er findet sich im Manne.«

»Welche süße Frucht gibt es unter den Menschen, die ihnen als ständiger Trost dient?«

»Diese süße Frucht sind die Kinder, in ihnen liegen der Trost und die Hoffnung des Menschen.«

»Was geht auf Erden an niemandem vorüber?«

»Der Tod, denn darin offenbart sich der Wille Allahs.«

Als das Mädchen Hatems Antworten gehört hatte, versank sie in Nachdenken. Nach einiger Zeit begann ein Fieber sie zu schütteln, und sie fiel auf den Teppich. Und sofort glitt eine riesige schwarze Schlange in die Mitte des Saals und stürzte sich auf Hatem. Hatem begriff, daß die Schlange ihn totbeißen wollte, nahm den Halsschmuck der Peris in den Mund und stürzte sich auf die Schlange. Er packte sie an der Kehle und begann sie mit aller Kraft zu würgen. Allmählich wurde die Schlange schwächer, dann fiel sie erschlafft der Länge nach auf den Boden. Hatem rollte sie zu einem Klumpen zusammen und verbarg sie in einem goldenen Gefäß, das er in einer Ecke des Saals vergrub, dann nahm er wieder auf dem Thron Platz, als ob nichts geschehen wäre.

Als die Mitternachtsstunde vorüber war, kam die Tochter des Schahs wieder zu sich und sprach, nachdem sie sich mit einem Schleier bedeckt hatte: »O Jüngling, wie kommst du hierher, und warum sitzt du auf dem Thron?«

»O Unheilstifterin«, antwortete Hatem. »Hast du es etwa vergessen? Gestern abend hast du mich auf den Thron gesetzt, während du selbst neben mir auf dem goldenen Korsi Platz genommen und gesagt hast, du liebst mich und kannst ohne mich nicht leben. Deine Amme und deine Diener sind Zeugen dafür. Jetzt aber hast du dein Gesicht vor mir verborgen.«

Die Tochter des Schahs erschrak über Hatems Worte und begann laut nach ihrer Amme zu rufen. Als aber die Amme erschien und den fröhlich lächelnden Hatem und die verschämt zu Boden sehende Tochter des Schahs erblickte, erriet sie, daß Hatem den bösen Zauber besiegt hatte, von dem das Mädchen besessen gewesen war, und wurde unsagbar froh darüber.

Inzwischen fragte die Tochter des Schahs die Amme mit strenger Stimme: »O Mütterchen, wie gelang es diesem Jüngling, unversehrt zu bleiben?«

»O mein Seelchen«, antwortete die Amme. »Dieser weise und edle Jüngling hat dich vom Wahnsinn befreit und hat die Flamme der Bosheit ausgelöscht, die deine Seele verbrannte, und hat sie dadurch von den sündhaften Gedanken gereinigt. Jetzt droht, Allah sei Dank, keinem der Fremdlinge, die in dich verliebt sind, mehr Tod oder Qual. Sag mir, mein Kind, was war mit dir?«

»O Mütterchen, die Wahrheit über mich kann dir dieser Jüngling berichten. Ich aber fühle, daß ich von dem bösen

Zauber befreit bin und daß jetzt Güte und Schamhaftigkeit zu mir zurückgekehrt sind.«

»O weiser Jüngling«, sagte die Amme, an Hatem gewandt. »Erzähle mir, was heute nacht geschah und wie es dir gelang, unsere Malika vom Wahnsinn zu befreien.«

»O Amme«, sprach Hatem. »Das kann ich nur dem Schah allein berichten.«

Sogleich meldeten die Vertrauten dem Schah, der fremde Jüngling habe seine Tochter von dem bösen Zauber befreit und Güte und Schamhaftigkeit seien zu ihr zurückgekehrt. Doch über alles, was in dieser Nacht geschehen sei, wolle der Jüngling nur dem Schah und niemand sonst erzählen. Als der Schah diese Worte vernommen hatte, wurde er von großer Freude ergriffen und eilte zu seiner Tochter. Als er sah, daß sie mit einem Schleier bedeckt dasaß, dankte er Allah und sagte, an Hatem gewandt: »O gesegneter Jüngling, wie ist es dir gelungen, unversehrt zu bleiben, und was hast du getan, um meine Tochter von dem bösen Unheil zu befreien?«

Da berichtete Hatem dem Schah, wie das Mädchen vom Wahnsinn gepackt worden war, wie er ihre Fragen beantwortet hatte, wie die schwarze Schlange erschienen war und wie die Malika geheilt worden war. Und zu guter Letzt sagte er: »Deine Tochter, Schah, befand sich in der Gewalt eines bösen Dschinn. Er hatte sie liebgewonnen, und indem er in Gestalt einer schwarzen Schlange bei ihr erschien, zwang er sie, alle Jünglinge umzubringen, die sich in sie verliebten.«

»Aber jetzt sag mir, wer du von Geburt bist und wer deine Eltern waren«, wandte sich der Schah an Hatem.

Und Hatem sagte: »Mein Name ist Hatem Ibn Ta'i, ich bin der Sohn des jemenitischen Schahs.« Und er fügte hinzu: »Von jetzt an hat deine Tochter ihre Gesundheit wiedererlangt und deine Stadt den Frieden.«

»O großer Jemenit! Einstmals habe ich den Schwur geleistet, daß derjenige, der meine Tochter von dem bösen Zauber befreit, sie zur Frau bekommt. Wenn die Malika nach deinem Herzen ist, bin ich bereit, mein Wort zu halten.«

Hatem verneigte sich ehrerbietig vor dem Schah und sagte ihm, daß er seinen Vorschlag mit Freuden annehme. Da befahl der Schah, die Stadt, den Hof und den Festsaal mit kostbaren Teppichen zu schmücken, und das junge Paar wurde mit dem Bande der Ehe verbunden. Als aber die Hochzeitsfeierlichkeiten zu Ende waren, blieb Hatem in den Gemächern seiner jungen Frau, und drei Monate lang gaben sie sich der Wonne hin. Dann aber erzählte Hatem ihr seine ganze Geschichte, und nachdem er ihr von der Liebe des Schahsade Munir zur Malika Husnbanu und davon berichtet hatte, daß sein Weg ihn jetzt in das Land Tschin führe, bat er sie, ihn einstweilen fortzulassen. Und zum Abschied sagte Hatem: »O mondgesichtige Malika! Wenn es mir bestimmt ist, am Leben zu bleiben, dann kehre ich zurück, nachdem alles getan ist, und wir werden die Freuden des Lebens genießen. Andernfalls erkundige dich in meiner Heimat, in Jemen, nach mir. Hier hast du einen Talisman, in dem meine Ahnen bis zum siebten Glied aufgezählt sind. Bewahre ihn auf, und wenn uns ein Sohn geboren wird, dann befestige den Talisman an seinem Handgelenk und gib ihm den Namen Chorramschah.«

Mit diesen Worten begab sich Hatem wieder auf Wanderschaft. Nachdem er viele Wege und Straßen hinter sich gelassen hatte, gelangte er zum Lande Tschin, und nachdem er seinen Boden betreten hatte, erkundigte er sich, wo das Kaufmannsviertel liege. Und als er in dieses Viertel kam, suchte er das Haus des Kaufmanns Jussuf und bat, seine Enkel zu rufen. Als diese erfahren hatten, Hatem komme aus fernen Gegenden und bringe ihnen einen Gruß von ihrem Großvater Jussuf, brachen sie in Gelächter aus.

»Hast du, Bruder, nicht irgendein berauschendes Getränk genossen?« fragten sie. »Seit der Zeit, als unser Großvater umgekommen ist, sind so viele Jahre vergangen, daß jetzt schon seine Nachkommen der zweiten und dritten Generation ihr Leben beschließen, wie kannst du uns da eine Nachricht von ihm bringen?«

»Euern Zweifel an der Wahrheit meiner Worte kann ich verstehen«, sagte Hatem. »Denn bisher war es noch niemandem gelungen, Nachricht von einem Verstorbenen zu erlangen. Allah allein steht es frei, einem Toten das Leben wiederzugeben und es einem Lebenden zu nehmen. Aber wenn euer Großvater mir nicht von euch erzählt hätte, woher sollte ich dann wissen, daß es euch gibt auf der Welt und daß ihr gerade hier wohnt?!«

Und er fügte hinzu: »Ich habe Beweise, die eure Zweifel zerstreuen werden.«

»Wir sind bereit, dich anzuhören«, antworteten sie.

Und Hatem teilte ihnen folgendes mit: »O Brüder, der Kaufmann Jussuf sagte mir, daß unter dem Fußboden des kleinen Zimmers, in dem er einstmals gewohnt hat, ein Schatz vergraben liegt, von dem niemand weiß, und daß sich dort viel Gold und viele Kostbarkeiten befinden. Er hat mir befohlen, diesen Schatz auszugraben und in vier Teile zu teilen. Ein Teil soll ich euch geben, die übrigen aber an Arme und Kranke verteilen. Dadurch, sagte mir Jussuf, möchte er seine irdischen Sünden abbüßen und im Jenseits Allahs Wohlwollen erringen.«

Anschließend berichtete Hatem Jussufs Nachkommen von den schweren Qualen und der bitteren Reue ihres Großvaters.

»Jetzt glauben wir dir, aber können wir denn ohne die allerhöchste Bewilligung des Schahs über den Schatz verfügen?«

Sie führten Hatem zum Herrscher von Tschin. Der Schah war über das Erzählte nicht wenig verwundert, und es verlangte ihn danach, alles mit eigenen Augen zu sehen. Als der Schah mit seinem Gefolge in das Haus des Kaufmanns Jussuf kam, führten Jussufs Enkel ihn in das besagte Zimmer und machten sich daran zu graben. Bald entdeckten sie, daß sich unter dem Fußboden ein geräumiges Gewölbe befand und daß darin so viel Gold und Edelsteine lagen, daß es im Märchen nicht zu erzählen, mit der Feder nicht zu beschreiben ist.

Als Hatem den Willen des Kaufmanns erfüllt und die Erlaubnis des Schahs eingeholt hatte, nahm er von allen Abschied und begab sich auf den Rückweg. Nach einiger Zeit erreichte Hatem die Stadt Adilabad, und als er in den Palast kam, erfuhr er, daß ihm ein Sohn geboren worden war, der den Namen Chorramschah erhalten hatte. Drei Monate blieb Hatem bei seiner geliebten Frau und seinem Sohn, dann aber verabschiedete er sich von ihnen und zog, nachdem er die Erlaubnis des Schahs erbeten hatte, weiter.

Nachdem er viele Wege und Straßen hinter sich gelassen hatte, erreichte er den Friedhof, wo der Kaufmann Jussuf begraben lag. In der Nacht vom Donnerstag zum Freitag stiegen alle Toten aus den Gräbern und machten sich, nachdem sie auf einer mit Teppichen bedeckten Erhöhung Platz genommen hatten, ans Mahl. Hatem sah, daß der Kaufmann Jussuf als Gleicher unter Gleichen mit allen zusammensaß, und fragte: »O Jussuf! Bist du jetzt mit deinem Schicksal zufrieden?«

»O edler Jüngling«, antwortete ihm der Kaufmann. »Möge Allah seine Gnade über dich ergießen. Du hast mich von den Qualen der Hölle erlöst, und von jetzt an werde ich nicht mehr über mein Schicksal klagen. Schade ist nur, daß ich den Menschen zu meinen Lebzeiten nichts Gutes getan habe.«

Mit Anbruch der Morgendämmerung verbargen sich die Toten wieder in ihren Gräbern, Hatem aber machte sich auf den Weg nach Husnabad. Nach einigen Tagen gelangte er in eine Wüste, wo ihm eine alte Frau begegnete. Kaum daß sie Hatem erblickt hatte, bat sie ihn um ein Almosen. Und ohne nachzudenken, gab Hatem ihr einen Diamantring. In der Annahme, die Alte müßte damit zufrieden sein, wollte er an ihr vorübergehen, sie aber stieß so einen Schrei aus, daß Himmel und Erde zu zittern begannen und Gewässer und Berge ins Wanken gerieten, und schon umringten Hatem die Söhne der Alten – leibhaftige Räuber.

Die Alte bohrte Hatem ihren Finger in den Leib und sagte: »Packt diesen Schurken, er muß bestimmt sehr reich sein.«

Als die Söhne der Alten die Anweisung der Mutter gehört hatten, warfen sie Hatem eine Schlinge über und führten ihn gebunden an einen Ort, wo sich ein unheilbringender Brunnen befand. Hier zogen sie Hatem aus, nahmen ihm seine Sachen weg, versetzten ihm ein paar Messerstiche und warfen ihn dann in den Brunnen.

Durch die starken Verletzungen hatte Hatem das Bewußtsein verloren, doch als er wieder zu sich kam, war er unsagbar froh, denn die Mütze auf seinem Kopf war unversehrt, und unter der Mütze steckte nach wie vor der Zauberhalsschmuck der Peris. Nachdem er ihn mit Speichel befeuchtet hatte, wischte er damit über den Grund des Brunnens und legte ihn dann an seine Wunden, die sogleich vernarbten. Und Hatem dachte in seinem Herzen: ›Was für törichte Wesen! Was haben sie von meinem Tode? Sie hätten mich nur um Gold und Kostbarkeiten zu bitten brauchen, und ich hätte sie so freigebig beschenkt, daß sie ihr Leben lang aller irdischen Sorgen ledig gewesen wären. Es wäre gut, sie irgendwann einmal wiederzutreffen. Vielleicht würde es mir gelingen, ihnen etwas Gutes zu tun.‹

Bald wurde Hatem vom Schlaf übermannt. Im Traum erschien ihm ein wohlgestalteter Greis und sprach: »Gräm dich nicht, Hatem! Daß du hier erscheinst, war dir vom Schicksal vorherbestimmt. Unter dem Platz, auf dem du liegst, ist ein überaus reicher Schatz verborgen. Nimm ihn dir, denn um Gutes zu tun, mußt du dein Geld und deine Kostbarkeiten weggeben.«

»O erhabener Greis!« antwortete Hatem ihm. »Ich bin Allah stets für alles dankbar und unterwerfe mich demütig seinem Willen. Und wenn für das Glück eines anderen nicht nur meine Reichtümer vonnöten sind, sondern sogar mein Kopf, dann bin ich bereit, mein Leben zu opfern.«

Als Hatem erwachte, war niemand bei ihm. Bei Anbruch der Morgendämmerung schauten zwei Männer in den Brunnen und riefen: »He, Hatem, bist du da?«

»Hier bin ich«, antwortete Hatem.

Sie streckten ihm die Hände entgegen und zogen ihn aus dem Brunnen. Dann halfen sie ihm, den Schatz zu heben, doch als Hatem den Schatz mit ihnen teilen wollte, lehnten sie entschieden ab und entschwanden, nachdem sie sich verabschiedet hatten, seinen Blicken. Hatem wartete und wartete, dann nahm er ein wenig von dem Gold und ging weiter. Nach einiger Zeit erblickte er dieselbe Alte, der er seinen Diamantring gegeben hatte. Wie zuvor saß sie am Wegesrand und bat um eine Gabe. Hatem holte eine Handvoll Gold aus der Tasche und schüttete es ihr in den Schoß. Die Alte begann mit durchdringender Stimme zu schreien. Sofort erschienen ihre Söhne, und ohne Hatem wiederzuerkennen, fragten sie: »O Jüngling, wohin führt dich dein Weg?«

»O Brüder«, antwortete Hatem ihnen. »Ich möchte euch etwas sagen, aber seid ihr bereit, mich anzuhören?«

»Sprich!« riefen sie.

»Wenn ihr mir den Schwur leistet, nicht mehr zu stehlen und zu rauben, beschenke ich euch mit solchen Reichtümern, die für sieben Generationen genug sind.«

»Zeig uns zuerst die Reichtümer, und dann verlange den Schwur von uns.«

Ohne zu zögern, führte Hatem sie an den Ort, wo der Schatz vergraben lag, und als die Räuber diesen Schatz sahen, freuten sie sich und schwuren beim Namen Allahs, des Allmächtigen und Barmherzigen, den Weg des Raubes und der Gewalt für immer zu verlassen und ein rechtschaffenes und sündenfreies Leben zu beginnen.

Nachdem Hatem sich einen kleinen Quersack voll Gold genommen hatte, das er für seine eigenen Bedürfnisse brauchte, überließ er ihnen den Schatz und zog weiter. Plötzlich erblickte er einen mageren, räudigen Hund, der sich mit letzter Kraft dahinschleppte. ›Der Ärmste ist wahrscheinlich hinter seiner Karawane zurückgeblieben und hat sich in der Wüste verlaufen‹, sagte sich Hatem.

Als der Hund mit ihm auf einer Höhe war, nahm Hatem ihn auf den Arm und ging einen Brunnen suchen, um ihm Wasser zu trinken zu geben. Bald kam er in einen kleinen Ort, dessen Bewohner ihn überaus freudig begrüßten. Sie brachten sofort einen Gerstenfladen und Buttermilch und begannen den ausgehungerten Hatem zum Essen aufzufordern. Doch Hatem aß nicht und fütterte statt dessen den unglücklichen Hund. Als der Hund seinen Hunger gestillt hatte, lebte er auf und begann Hatem zu schmeicheln. Hatem streichelte ihm Kopf und Hals, und plötzlich stieß seine Hand auf etwas Hartes, das an ein Horn erinnerte. Als Hatem es sich ansah, stellte er fest, daß aus dem Kopf des Hundes ein großer Nagel ragte. Sofort zog Hatem den Nagel heraus, der Hund begann sich wie ein Brummkreisel zu drehen und verwandelte sich vor den Augen der Dorfbewohner in einen schönen hochgewachsenen Jüngling.

»O Jüngling«, sagte Hatem. »Was ist dir zugestoßen? Wer bist du, und woher stammst du?«

Mit ehrfürchtiger Verneigung sprach der Jüngling: »O großherziger Retter! Du hast einem Besitzlosen und Unbekannten aus dem Unglück geholfen. Einstmals war mein Vater ein reicher und angesehener Kaufmann in der Stadt Schahri Schur. Als ich das Mannesalter erreicht hatte, verheiratete mich mein Vater und schied bald darauf aus dieser vergänglichen Welt, wobei er mir seinen ganzen Reichtum hinterließ. Zuerst lebte ich in Wohlstand und verbrachte meine Zeit mit Festmählern und Lustbarkeiten. Doch bald war mein Geld fast völlig verbraucht, und ich beschloß, den Beruf meines Vaters fortzuführen. Allmählich kamen meine Geschäfte wieder in Ordnung, und wenn ich nach rechtschaffener Arbeit nach Hause kam, konnte ich mich unbesorgt ausruhen und die häusliche Gemütlichkeit genießen. Meine Frau liebte ich über alles, und es blieb mir lange ein Geheimnis, daß sie ihr Herz schon längst an meinen Äthiopiersklaven verschenkt hatte, der nun auf eine Gelegenheit wartete, sich meiner zu entledigen. Einmal schlug er mir, während ich schlief, einen Zaubernagel in den Kopf, und als ich erwachte, sah ich mich in Gestalt eines Hundes wieder. Von Kummer verzehrt, verfluchte ich mein bitteres Los und lief aufs Geratewohl aus meinem Vaterhaus davon. Tag und Nacht trieb ich mich auf Nahrungssuche in fremden Höfen herum, aber die richtigen Hunde, die den Fremden in mir witterten, stürzten sich allesamt auf mich, und völlig zerzaust und verwundet, kam ich mit knapper Not davon. Und ich begann die Einsamkeit zu suchen und lenkte meine Schritte in die Wüste, und der allmächtige Allah schickte dich, o großherziger Retter, zu mir. Was weiter geschah, weißt du selbst.«

Als Hatem die Erzählung des Jünglings angehört hatte, versank er in Nachdenken, doch nach einiger Zeit hob er den Kopf und sagte: »O Jüngling, hebe diesen Nagel auf, er wird dir helfen, alle deine Feinde zu bezwingen. Wenn du nach Hause kommst, dann schlage ihn deiner Frau oder dem Äthiopier in den Kopf, und das wird ihnen Vergeltung sein für das, was sie dir angetan haben. Ich aber gehe mit dir, denn in der Stadt Schahri Schur wohnt die Tochter eines Kaufmanns, und ich habe etwas mit ihr zu erledigen.«

Nachdem sie viele Wege und Straßen hinter sich gelassen hatten, gelangten sie in die Stadt Schahri Schur. Als der gerettete Jüngling mit Hatem zusammen nach Hause kam, liefen seine Diener zusammen und warfen sich ihm zu Füßen. »O Herr«, sagten sie, »die ganze Zeit über haben wir uns um dich gesorgt, denn du warst fortgegangen und hattest nichts von dir hören lassen.«

Der Jüngling bat sie, niemandem vor der Zeit von seiner Rückkehr zu erzählen, und befahl, ein scharf geschliffenes Schwert zu bringen. Sogleich brachten die Diener ein Schwert, und der Jüngling begab sich mit dem Zaubernagel in die Frauenhälfte seines Hauses. Er fragte die Dienerinnen, wo sich ihre Herrin befinde, und erfuhr, sie halte sich in ihren Gemächern auf und gebe sich mit dem Äthiopiersklaven zusammen den Wonnen der Liebe hin.

Als der Jüngling ins Schlafgemach seiner Frau trat, erblickte er sie tatsächlich in der Umarmung jenes Sklaven. Ohne zu zögern, schlug er seiner Frau den Zaubernagel in den Kopf. Sie begann sich wie ein Brummkreisel auf der Stelle zu drehen und verwandelte sich augenblicklich in einen Hund. Dann schlug er dem Sklaven mit dem Schwert in den Nacken und trennte ihm den Kopf ab, und der Kopf sprang wie ein Ball davon und rollte in die Mitte des Zimmers. Dann trat der Jüngling zu Hatem, faßte ihn bei der Hand, setzte ihn auf die Erhöhung für Ehrengäste und führte seine in einen Hund verwandelte Frau zu ihm. Und Hatem erwies ihr seine Gunst und zog ihr den Zaubernagel aus dem Kopf, und sie verwandelte sich wieder in eine Frau zurück. Beschämt warf sich die Frau vor ihrem Mann auf die Knie und flehte zu seinen Füßen um Gnade.

Nach einigen Tagen, die Hatem, von Ehre und Aufmerksamkeit umgeben, im Hause des Jünglings verbrachte, verabschiedete er sich von dem gastfreundlichen Hausherren und begab sich in die Karawanserei zu dem jungen Kaufmann, der in die Tochter des Haris verliebt war. Der junge Kaufmann, der Hatem mit Ungeduld erwartet hatte, sagte, kaum daß er ihn erblickte, begeistert: »O edler Hatem! Die Tochter des Kaufmanns Haris hört in der Nacht vom Donnerstag zum Freitag kein qualvolles Stöhnen mehr. Ist es dir denn gelungen, auch dieses Geheimnis zu enträtseln?«

»Du hast recht. Ich habe das Geheimnis des Stöhnens ergründet und bin bereit, deiner Geliebten davon zu berichten.«

Und sie gingen zum Hause des Kaufmanns Haris, und sie kamen dort an, und Hatem erzählte dem Mädchen seine Abenteuer, und sie sagte: »Meinen zweiten Auftrag hast du ausgeführt. Jetzt bleibt dir nur noch übrig, den dritten auszuführen.«

»Und worin besteht der dritte Auftrag?« fragte Hatem.

»Du mußt mir den Zauberhalsschmuck der Peris bringen.«

Als Hatem die Gemächer der Tochter des Kaufmanns Haris verlassen hatte, kehrte er in die Karawanserei zurück, und nachdem er sich von dem verliebten Jüngling verabschiedet hatte, machte er sich auf den Weg. Nach einigen Tagen kam er an einen großen Baum, und nachdem er darunter Platz genommen hatte, versank er in Nachdenken. Da kam ihm ein glücklicher Gedanke, und er beschloß, zu dem Schah der Diws zu gehen und bei ihm in Erfahrung zu bringen, wo er nach dem Zauberhalsschmuck der Peris suchen mußte. Und er ging in Richtung der Höhle davon. Als er zu der Höhle gekommen und dort eingetreten war und nach einiger Zeit die Wüste erreicht hatte, folgte er weiter dem vertrauten Pfad und befand sich bald darauf in der Siedlung der Diws.

Als die Diws von Hatems Erscheinen erfuhren, wurden sie von großer Freude ergriffen, und nachdem sie ihm alle möglichen Ehren erwiesen hatten, machten sie Furkasschah von seiner Ankunft Meldung. Dieser erschien unverzüglich mit seinem ganzen Gefolge, und nachdem er Hatem herzlich umarmt hatte, erkundigte er sich nach seiner Gesundheit und seinen Geschäften. Als der Morgen dämmerte, nahmen die Diws Hatem in die Arme und flogen in Furkasschahs Begleitung in den Palast. Nachdem sie Hatem hier mit Ehren auf den Thron des Schahs gesetzt hatten, begannen sie ihn mit allen möglichen Speisen zu bewirten. Als das Mahl beendet war, wandte sich Furkasschah mit der Frage an Hatem: »O du unser großer Freund! Was hat dich von neuem hierher geführt?«

»O mächtiger Schah!« sagte Hatem. »Ich soll den Zauberhalsschmuck der Peris beschaffen, habe aber keine Ahnung, wo ich ihn suchen muß.«

Bekümmert schüttelte der Schah den Kopf und versank in Nachdenken.

Hatem aber fragte: »O Schah, was hat dich in so tiefe Zweifel gestürzt?«

»O mein Bruder, den Zauberhalsschmuck der Peris zu erlangen ist keine leichte Sache. Dieser Halsschmuck befindet sich in den Händen von Mahperi.«

»Ich vertraue darauf, daß Allah, durch dessen Gnade ich in dein Reich gelangt bin, mir auch helfen wird, diesen Zauberhalsschmuck zu erlangen. Die Sache ist jetzt an mir und Mahperi.«

»Schlag dir diesen Gedanken aus dem Kopf, denn dein Vorhaben kommt dem Tode gleich.«

»Ich kann mein Wort nicht brechen«, sagte Hatem, »denn das Glück meines jungen Freundes hängt davon ab.«

Da begriff Furkasschah, daß Hatem fest zu seinem Vorsatz

stand, und war gezwungen, einigen Diws den Befehl zu geben, Hatem zu Mahperis Wohnort zu bringen. Sofort wurde Hatem von einigen Diws aufgehoben, und nach einem Monat hatten sie ihn zu Mahperis Wohnort gebracht. Und die Diws sagten: »O großer Hatem! Begib dich zu jenem Berg und steig hinauf. Dahinter beginnt Mahperis Reich. Wir dürfen uns nicht unterstehen, dort zu erscheinen.«

Als die Diws dies gesagt hatten, verabschiedeten sie sich von Hatem und traten den Rückweg an. Nachdem Hatem viele Wege hinter sich gelassen hatte, erreichte er den Fuß des Berges, dessen Gipfel in den Himmel ragte. Er legte den Kopf in den Nacken und schaute zu dem Gipfel hinauf und erblickte dort einige Peris. Als sie erkannten, daß Hatem den Berg erklimmen wollte, sagten sie zu ihm: »Müßig sind die Versuche eines Menschensohnes, in unser Gebiet zu gelangen.«

Sofort stiegen die Peris zum Fuße des Berges hinab, ergriffen Hatem und trugen ihn auf den Gipfel. Nachdem sie ihn in einen Fußblock gesteckt und mit einem dicken Strick umwikkelt hatten, machten sie sich daran, ihn von allen Seiten zu betrachten.

»Woher kommst du, und wer hat dich hierher geführt, Unwürdiger?«

»Der allmächtige Allah hat mich hierher geführt«, antwortete ihnen Hatem, »und ich komme aus der Stadt Schahri Schur.«

»Der Fall ist klar«, riefen die Peris. »Dich hat die Tochter des Kaufmanns Haris geschickt, sie möchte gar zu gern Mahperis Halsschmuck haben.«

Und Hatem dachte in seinem Herzen: ›Wenn ich zugebe, daß ich wegen des Halsschmucks hier bin, sind sie imstande und bringen mich um. Da ist es schon besser, ich schweige.‹ Und Hatem gab ihnen keine Antwort. Mittlerweile beschlossen die Peris, die nichts Gutes ahnten, ihn dem Feuer zu übergeben. Sie schleppten eine gewaltige Last Reisig heran, und nachdem sie Hatem von allen Seiten damit umgeben hatten, zündeten sie es an. Hatem aber nahm seinen Perihalsschmuck in den

Mund, und das Feuer konnte ihm nichts anhaben. Als die Peris sahen, daß die Flamme die höchsten Baumwipfel erreichte, waren sie beruhigt und gingen davon. Nach drei Tagen entdeckten sie, daß Hatem heil und unversehrt war. Daraufhin stürzten sie einen gewaltigen Felsen auf ihn. Nachdem Hatem drei Tage lang unter dem Felsen gelegen hatte, kam er darunter hervor, als ob nichts gewesen wäre. Da wurden die Peris böse und warfen ihn in den Fluß Kulsum, und auf der Stelle fand sich Hatem im Rachen eines Wals wieder. Als er begriff, daß er ins Unglück geraten war, und Angst bekam, er könnte sich nicht wieder daraus befreien, begann er durch den Leib des Wals zu laufen, seine Leber und sein Herz mit Füßen zu treten und auf sein Gedärm zu drücken. Unfähig, den quälenden Schmerz zu ertragen, schwamm der Wal ans Land und spie Hatem aus, der wie ein Toter in den Schmutz am Ufer fiel. Nach einiger Zeit kam Hatem zu sich und versuchte, sich auf die Beine zu stellen, doch er wurde von Schwäche und Hunger überwältigt und blieb im Sand liegen, wobei er sich hilflos nach allen Seiten umsah. Plötzlich erschienen, Gott weiß woher, Peris.

»O Jüngling, wie hat es dich in unsere Gegend verschlagen?« fragten sie.

»Nach dem Willen des barmherzigen Allah bin ich in den Fluß geraten«, antwortete Hatem. »Dann hat mich ein Wal verschluckt, in dessen Leib ich sieben Tage und sieben Nächte verbracht habe. Jetzt bin ich ans Ufer gelangt, doch die Kraft hat mich verlassen. Wenn ihr auch nur ein Fünkchen Mitleid in euch habt, dann erlöst mich von den Qualen des Hungers.«

»Solches ist uns verwehrt«, sagten die Peris. »Unsere Schahin Mahperi hat uns befohlen, jeden Menschensohn oder Diw, der in ihr Reich eindringt, auf der Stelle zu erschlagen, und wir dürfen uns nicht erdreisten, ihr ungehorsam zu sein.«

Und die Peris wollten Hatem in Stücke reißen, aber eine von ihnen erbarmte sich. »Der Unglückliche steht doch seiner Abkunft nach höher als wir«, sagte sie. »Er gehört dem Menschengeschlecht an. Kommt, wir wollen ihn erst gesundpflegen und dann zu Mahperi bringen.«

Während dieses Gesprächs erschien zufällig einer der Diener von Husnaperi, der Tochter des Munschaperi, der einer der Vertrauten von Mahperi war. Als der Diener Hatem erblickte, geriet er in Entzücken, eilte zu seiner Herrin und sagte: »O Zierde der Welt, ein Mensch ist in unsere Gegend geraten, der von dem Glanz eines Schahs umspielt wird und dessen Gesicht der aufgehenden Sonne gleicht. Die Peris, die den Fluß Kulsum bewachen, haben ihn gefangengenommen.«

Als Husnaperi diese aufregende Nachricht erfuhr, wurde sie unsagbar froh, denn sie hatte schon lange davon geträumt, einen Menschen zu sehen. Und sie wandte sich mit den Worten an ihre Diener: »Meine treuen Aufwärter! Wie könnte ich es anstellen, einen Blick auf ihn zu werfen?«

»O Erleuchterin der Welt«, antworteten sie. »Du brauchst nur hinauszugehen, dann kannst du ihn sehen.«

»Aber es ist mir verboten, das Haus zu verlassen.«

»Dann erbitte von deinen Eltern die Erlaubnis, auf die Jagd gehen zu dürfen, und verlasse unter diesem Vorwand deine Gemächer.«

Nachdem Husnaperi viele Wege und Straßen hinter sich gelassen hatte, kam sie an den Fluß Kulsum und erblickte an seinem Ufer ein gewaltiges Heer. Sofort schickte Husnaperi einen ihrer Diener dorthin und befahl ihm festzustellen, wer die Krieger seien. Zurückgekehrt, meldete der Diener ihr, es seien die Wächter des Flusses Kulsum und sie hätten einen Jüngling von außergewöhnlicher Schönheit umringt und wollten ihn zu Mahperi bringen. Als Husnaperi so ein schmeichelhaftes Lob über den Jüngling hörte, wünschte sie um so mehr, ihn zu sehen. »Wie könnte ich einen Blick auf den Mondgesichtigen werfen?« fragte sie.

»O Bezauberin der Welt«, antworteten die Peris. »Wenn die Nacht anbricht, werden die Wächter alle schlafen gehen, und wir versuchen, den Jüngling zu rauben.«

Da freute sich Husnaperi und begab sich auf den Rückweg. Nachdem sie sich einen Farsang von ihrem Garten entfernt zu einer Rast eingerichtet hatte, beschloß sie, die Nacht abzuwarten. Der Tag verging, und als die Nacht die Erde mit ihrem Schleier bedeckt hatte, befahl Husnaperi ihren Dienern, sie sollten sich zum Fluß Kulsum begeben und Hatem, koste es, was es wolle, zu ihr bringen. Die geschicktesten unter den Dienern stürzten sogleich los, um ihren Befehl auszuführen. Zwischen Himmel und Erde dahinfliegend, gelangten sie zum Ufer des Flusses und entdeckten, daß alle Wächter noch wach waren.

Die Diener versteckten sich in der Nähe und begannen zu warten. Kaum daß die Wächter in den Schlaf gesunken waren, näherten sich die Diener Hatem, ließen ihn an einem Schlafmittel riechen, und er schlief auf der Stelle ein wie ein Toter. Sogleich wickelten sie ihn in ein Palas und begaben sich zu Husnaperi zurück. Als Husnaperi Hatem erblickte, der vom Glanz eines Schahs umspielt wurde und ein Gesicht wie die aufgehende Sonne hatte, verspürte sie einen Schmerz, als ob ein Pfeil ihre Brust durchbohrte, und sank in Ohnmacht. Da ließen die Diener sie an einem würzigen Kraut riechen, und als sie wieder zu sich kam, sagte sie: »Bringt dieses Kraut dem Jüngling, vielleicht hilft es auch ihm.«

Als Hatem die Augen aufschlug, sah er, daß er sich in einem üppigen Garten befand und von schönen Peris umringt war. »Wer seid ihr, und wie komme ich an so einen märchenhaften Ort?«

»Das ist der Garten meiner Mutter«, antwortete Husnaperi. »Als ich die Kunde von deiner Ankunft vernahm, überkam mich der Wunsch, dich, koste es, was es wolle, zu sehen. Also haben wir dich aus der Gefangenschaft befreit und hierhergebracht.«

»Es war unnütz von euch, so zu handeln«, bemerkte Hatem voller Bitterkeit. »Eure Eigenmächtigkeit kann mich teuer zu stehen kommen. Schließlich habe ich hier etwas Unaufschiebbares zu erledigen.«

»Und was ist das?« wollte Husnaperi wissen.

»O Schöne, ich muß mich, koste es, was es wolle, des Halsschmucks von Mahperi bemächtigen.«

Husnaperi schüttelte den Kopf und sagte: »O Jüngling, diesen Halsschmuck erlangen zu wollen ist ein unerfüllbarer Traum. Doch kaum, daß ich dich erblickt habe, spürte ich, daß in meinem Herzen die Flamme der Liebe entbrannt ist. Wenn du einverstanden bist, dich mit mir den Wonnen der Liebe hinzugeben, will ich alles für dich erledigen.«

»Wie sollte dir das gelingen?« wunderte sich Hatem.

»Vertraue mir und beunruhige dich nicht.«

Hatem blieb bei Husnaperi, und sie verbrachten Tage und Nächte in Freude und Wonne.

Verlassen wir einstweilen die Verliebten im Garten und kehren wir zu den Peris am Fluß Kulsum zurück. Als sie aus dem Schlaf erwachten, sahen sie, daß Hatem verschwunden war, und suchten bestürzt das ganze Flußufer ab, ohne jedoch eine Spur zu entdecken. Lange überlegten sie, was ihm zugestoßen sein könnte, und kamen dann zu dem Schluß, irgendeine Peri, die ihn erblickt hatte, müsse von seiner Schönheit so bezaubert worden sein, daß sie ihn entführt habe.

»Was sollen wir tun?« klagten die Peris. »Wie können wir dem Zorn der Mahperi entgehen? Wenn sie erfährt, daß der Gefangene verschwunden ist, wird es uns schlecht ergehen!«

»Fliehen wir irgendwohin«, sagten die einen. »Vielleicht geht der Zorn der Mahperi an uns vorüber.«

»Zu fliehen taugt nicht«, wandten andere ein. »Wir müssen die ganze Welt absuchen, irgendwo muß er ja zu finden sein.« Mit diesen Worten machten sich die Peris auf die Suche nach Hatem.

Mittlerweile geriet Mahperi, der bekannt war, daß die Peris, die am Fluß Kulsum Wache hielten, einen Menschensohn gefangen hatten, in Zorn. »Diener«, wandte sie sich an ihre Höflinge. »Wollt ihr mich noch lange betrügen? Warum ist der Mensch noch nicht in den Palast gebracht worden? Geht und bringt in Erfahrung, wer daran schuld ist.«

Eine der Peris flog unverzüglich an den Fluß Kulsum. »Was habt ihr mit dem Menschen gemacht?« fragte sie die Wächter.

»Wir haben ihn vor einiger Zeit zur Schahin gebracht.«

Bei ihrer Rückkehr in den Palast meldete die Peri, die zum Fluß Kulsum geschickt worden war, alles, was sie gesehen und gehört hatte, der Herrscherin Mahperi.

Jetzt geriet Mahperi noch stärker in Zorn.

»Diener!«, schrie sie. »Macht euch unverzüglich auf die Suche nach dem Verschwundenen. Und zugleich bringt mir auch die Peris, die ihn entführt haben.«

»Wir hören und gehorchen«, antworteten ihre Diener, und darauf erhoben sie sich in die Luft und flogen davon. Nachdem sie jeden Winkel der Erde abgesucht hatten, hörten sie, als sie auf dem Rückweg über den Garten von Munschaperi hinwegflogen, bezaubernde Musik und liebliche Lieder. Sie schauten hinab und erblickten seine Tochter Husnaperi in der Umarmung eines mondgesichtigen Jünglings, von dem der Glanz eines Schahs ausging. Eng aneinandergeschmiegt und trunken vor Leidenschaft, wandelten die beiden langsam durch den Garten.

»O Unglückliche«, sagten die Peris, an Husnaperis Dienerinnen gewandt. »Wir hatten am Ufer des Kulsum einen Menschen gefunden und sollten ihn zu unserer Herrscherin bringen, doch eure Malika hat ihn uns gestohlen und zu sich getragen, und jetzt gibt sie sich in ihrem Garten mit ihm zusammen den Wonnen der Liebe hin. Husnaperis Ungehorsam kann großes Unheil über euch bringen, wenn unsere erlauchte Herrscherin davon erfährt. Führt den Menschen unverzüglich zu uns.«

Husnaperis Diener eilten zur Malika und sagten: »O schönste Herrin! Die Peris, denen wir den Menschen gestohlen haben, haben ihn aufgespürt und verlangen, daß er sich auf Mahperis Geheiß mit ihnen zusammen in den Palast begibt. Für den Fall, daß wir uns dem allerhöchsten Befehl widersetzen, drohen sie uns mit schrecklicher Strafe und völliger Vernichtung.«

Husnaperi vernahm diese Worte und rief im Zorn: »Hadschibs, erschlagt die Nichtswürdigen, die erschienen sind, um mein Glück zu zerstören!«

Unverzüglich griffen die Hadschibs zu Schwertern und Keulen und stürzten sich auf die Boten. Diese flohen in wilder Hast. Nur eine von ihnen verspätete sich und wurde so verprügelt, daß sie wie tot zur Erde fiel. Doch in der Meinung, ihre Seele sei zu Allah emporgestiegen, befahl Husnaperi: »Ihr Diener, werft den Leichnam dieser Nichtswürdigen aus dem Garten hinaus!«

Und so verfuhren die Diener auch. Nach einiger Zeit kam die verprügelte Peri wieder zu sich, und als sie sah, daß sie von niemandem bewacht wurde, begab sie sich in Mahperis Palast. Weinend und schreiend lief sie in ihre Gemächer und warf sich ihr mit der Bitte um Beistand zu Füßen.

»O Unglückliche«, redete Mahperi sie an. »Wer hat dir so etwas Böses angetan? Warum ist dein Gesicht so schmutzig?«

»O heiligste der Heiligen«, antwortete die Peri. »Munschaperis aufsässige Tochter hat sich erdreistet, sich deinem Befehl zu widersetzen, und hat mich obendrein so zugerichtet.«

»Aber worin besteht Husnaperis Ungehorsam?«

»O Schahin, ich bin eine von den Peris, die den Menschensohn gefangen hatten und ihn zu dir bringen wollten. Unterwegs haben uns Husnaperis Diener den Menschen gestohlen. Wir haben uns sofort auf die Suche nach dem Verschwundenen begeben und ihn in Husnaperis Garten entdeckt. Ich habe darum gebeten, ihr zu bestellen, sie solle den Menschen unverzüglich freigeben, weil er zu dir zu bringen sei. Als Erwiderung auf diese Worte hat sie befohlen, deine Diener zu schlagen und aus dem Garten zu jagen. Jetzt hängt alles von deinem Willen ab.«

Als Mahperi die Erzählung der Peri angehört hatte, geriet sie in Zorn und befahl der Muhajjaperi: »Stell dich an die Spitze eines Dreißigtausendmannheeres, rüste es in gebührender Weise aus und nimm Munschaperi mit seinen Frauen und Kindern und allen Dienern gefangen. Ergreife mit ihnen zusammen auch jenen Menschen, und dann bring sie alle zu mir.«

Sofort stürzte Muhajjaperi los, um den Befehl auszuführen.

Nach mehreren Tagen, als viele Wege und Straßen hinter ihnen lagen, erreichte das Heer die Besitztümer Munschaperis. Munschaperi erschrak, als er die gewaltige Streitmacht erblickte, und fragte sich erschrocken: ›Wodurch habe ich mir die Ungnade der Herrscherin zugezogen?‹ Er ging Muhajjaperi entgegen, und nachdem er sie in gebührender Weise begrüßt hatte, fragte er: »O Muhajjaperi, was führt dich zu mir?«

»O Munschaperi«, antwortete Muhajjaperi. »Deine Tochter hat den Wächtern, die den Fluß Kulsum bewachen, einen Menschen geraubt, und die Wächter selbst hat sie zu bestrafen befohlen.«

»O Muhajjaperi, davon ist mir nichts bekannt. Gestatte mir, daß ich mich zu meiner Frau begebe, um zu erfahren, wessen sich unsere Tochter schuldig gemacht hat.«

Als Munschaperi die Gemächer seiner Frau betreten hatte, fragte er: »O Unvernünftige, wo befindet sich im Augenblick unsere Tochter?«

»Seit jenem Tag, an dem sie gebeten hat, auf die Jagd gehen zu dürfen«, antwortete ihm seine Frau, »sind schon drei Monate vergangen. Doch bisher ist sie nicht zurückgekehrt.«

Da erzürnte Munschaperi und schrie: »So laß dir sagen, daß deine Tochter uns in Schande gebracht hat. Sie hat den Wächtern, die den Fluß Kulsum bewachen, einen Menschen gestohlen und damit den Zorn der Herrscherin Mahperi auf uns gezogen.«

Als Husnaperis Mutter diese Worte vernahm, wurde sie traurig und eilte in den Garten. Doch als sie in den Garten kam, erblickte sie ihre Tochter, trunken von Leidenschaft, in Hatems Umarmung.

»Du Nichtswürdige, deine Eltern hast du in Schande gebracht. Wegen der Gemeinheit, die du begangen hast, hat unsere Herrscherin ein Dreißigtausendmannheer gegen uns entsandt.«

Husnaperi verlor vor Schreck fast das Leben. Doch dann faßte sie Hatem bei der Hand und folgte der Mutter.

Muhajjaperi aber schlug Munschaperi vor, er solle sich mit seiner Frau, der Tochter und Hatem zusammen schnell fertig machen und gemeinsam mit ihnen den Rückweg antreten.

Nach einiger Zeit kamen sie im Palast an, und als Muhajjaperi vor Mahperi stand, sagte sie: »Unvergleichliche Herrscherin, ich bin mit den Schuldigen angekommen.«

»Führt sie mir rasch hierher!« befahl Mahperi.

Als die Diener Munschaperi zu ihr geführt hatten, verneigte er sich und erstarrte in Erwartung. Dann aber sagte er: »O Gnadenspendende, o Zierde unserer Erde! Dein ergebener Diener wußte nichts von dem, was geschehen ist. Dein Wille ist für mich Gesetz, ich bin bereit, die Strafe zu empfangen, die meiner Schuld gebührt. Sowohl ich als auch meine Frau, meine Tochter und alle meine Vertrauten stellen unser Schicksal deiner Gnade anheim, und wir hegen keinen anderen Gedanken, als alles auszuführen, was du uns befiehlst. Auch unser ganzer Reichtum steht zu deiner Verfügung.«

»O Munschaperi«, sagte die großherzige Mahperi. »Ich vergebe dir deine Schuld und die Vergehen deiner Leute.«

Und sie befahl: »Führt den Menschen her!«

Als Hatem in Mahperis Gemächer trat, schaute sie ihn an und erstarb vor Entzücken. Er war vom Glanz eines Schahs umspielt, und sein Gesicht glich der aufgehenden Sonne. Und Mahperi dachte in ihrem Herzen: ›Jetzt verstehe ich Munschaperis Tochter! Es ist schwer, beim Anblick so eines Jünglings nicht den Verstand zu verlieren.‹ Als sie das gedacht hatte, bat sie Hatem, näher zu treten, und nachdem sie ihn an ihrer Seite hatte Platz nehmen lassen, fragte sie: »O Menschensohn, welches Schicksal hat dich in unser Land geführt? Berichte mir von deinen Abenteuern.«

»Ich habe von Furkasschah von deinem Edelsinn und von den Wundern deines Landes gehört«, antwortete Hatem, »und konnte das Verlangen nicht bezwingen, alles mit eigenen Augen zu sehen.«

»Aber wer hat dich in unser Land gebracht?« fragte Mahperi.

»Furkasschahs Diener.«

Und weiter fragte sie: »O Mensch, weißt du nicht, wer der heilkundigste Arzt unter den Menschensöhnen ist?«

»Gibt es denn unter den Peris keine würdigen Ärzte?« wunderte sich Hatem. »Was veranlaßt die Herrscherin der Peris, die Hilfe der Menschen in Anspruch zu nehmen?«

»Edelsinn und Begabung sind nur dem Menschengeschlecht zu eigen, als klügste unter den Lebewesen hat Allah die Menschen erschaffen. Denn nur der Mensch besitzt die Fähigkeit, Peris und Diws zu besänftigen.«

»O Herrscherin, welcher Kummer bedrückt dich? Wozu brauchst du einen Arzt?

»O Mensch«, antwortete Mahperi. »Allah hat mir viele Reichtümer geschenkt und hat mir außerordentliche Macht verliehen. Ich habe jedoch nur einen einzigen Sohn. Niemand kommt ihm an Schönheit und Verstand gleich, aber er ist von einem schweren Leiden befallen: Seine Augen tränen, und wegen der Tränen kann er nichts sehen.«

»O edle Herrscherin, ich übernehme es, den Schahsade zu heilen.«

»O Menschensohn«, freute sich Mahperi. »Dafür werde ich dich mit reichen Gaben belohnen.«

»Ich brauche keine Geschenke. Ich bin bereit, deinem Sohn die Gesundheit wiederzugeben, wenn du mir eine Bitte erfüllst.«

Mahperi berührte Hatems Hände und sprach: »Ich erfülle sie dir, das schwöre ich. Wenn ich aber mein Wort breche, möge Allah mich in einen Satan verwandeln.«

Als der Tag die Nacht ablöste, wurde der Schahsade hereingeführt und nahm auf dem Thron Platz.

Ohne zu zögern, holte Hatem seinen Perihalsschmuck hervor, benetzte ihn mit seinem Speichel und rieb dem Schahsade damit die Augen. Nach einem Tag trockneten die Tränen in den Augen des Schahsade, aber das Augenlicht hatte er nicht zurückerlangt.

»O Wohltäter«, flehte Mahperi. »Keine Tränen trüben mehr

seinen Blick, aber warum kann er noch immer nichts sehen?«

Hatem dachte nach und sagte: »O Großherzige, fern von hier, im Lande der Finsternis, wächst der lichtspendende Baum Nurres. Ein Tropfen vom Saft dieses Baumes, dem Schahsade in die Augen geträufelt, genügt, damit er wieder sehen kann.«

»Peris«, wandte sich Mahperi an ihre Vertrauten. »Ist jemand von euch fähig, sich auf die Suche des Baumes Nurres zu wagen?«

Die Peris ließen die Köpfe hängen und schwiegen.

»O Herrscherin«, sprach eine von ihnen. »Schwer und weit ist der Weg ins Land der Finsternis. Blutdürstige Tiere und Diws bewachen den kostbaren Baum. Wir schwachen Geschöpfe sind kaum in der Lage, sie zu bezwingen. Schon der Geruch allein, der von den Diws ausgeht, reicht aus, um jede von uns ins Nichtsein zu stürzen.«

Zaghaft näherte sich Husnaperi dem Thron, und an Mahperi gewandt, sagte sie ehrerbietig: »O du unsere großmütige Herrin! Kannst du mir meine Schuld verzeihen?! Wenn du deine allergnädigste Einwilligung gibst, werde ich den Saft des lichtspendenden Baumes holen, doch zur Belohnung bitte ich dich, mir diesen schönen Jüngling zu geben.«

»Ich bin bereit, dir alle Sünden zu verzeihen und dich mit märchenhaften Reichtümern zu belohnen, aber diesen Jüngling kann ich dir nicht schenken, denn er gehört mir nicht, und es steht ihm frei, selbst über sein Schicksal zu bestimmen.«

»O edle Herrscherin«, sprach Hatem. »Groß ist Husnaperis Mut und wohltätig ihr Bestreben, aber bezahle dafür nicht mit meiner Freiheit. Dringende Geschäfte zwingen mich, in die Heimat zurückzukehren.«

»Ich bitte dich nicht, für immer bei mir zu bleiben«, sagte Husnaperi. »Bleib einige Zeit bei uns, bis ich mein Verlangen gestillt habe. Dann aber zeige mir, wo deine Wohnung ist, und leiste mir den Schwur, mir deine Liebe nicht zu verweigern, wenn ich zu dir komme.«

Hatem blieb keine andere Wahl, als zuzustimmen. »Ich bin einverstanden, Husnaperi. Jetzt aber erfülle dein Versprechen.«

Von siebentausend Peris begleitet, machte Husnaperi sich nach dem Lande der Finsternis auf. Nach und nach ließen alle Peris, die eine Begegnung mit den Diws fürchteten, sie allein, und sie flog vierzig Tage und vierzig Nächte zwischen Himmel und Erde dahin.

Nach vierzig Tagen und vierzig Nächten erreichte Husnaperi das Land der Finsternis und erblickte dort einen gewaltigen Baum, dessen Wipfel in den Himmel ragte und von dessen Zweigen die Tropfen des wertvollen Heilmittels zur Erde fielen. Sie holte ein Gefäß hervor, das sie an ihrer Brust verborgen hatte, füllte es mit dem Heilmittel und flog zurück.

Inzwischen rüstete der Diw Halkas, der den lichtspendenden Baum Nurres bewachte und der gesehen hatte, daß Husnaperi von dem Saft genommen hatte, hurtig ein Zwölftausendmannheer aus und setzte ihr nach. Doch es gelang ihnen nicht, Husnaperi einzuholen. Nachdem sie sie aus den Augen verloren hatten, legten die Diws noch einen Weg von vier Farsang zurück, dann aber kehrten sie unverrichteterdinge heim ins Land der Finsternis.

Nach vierzig Tagen und vierzig Nächten erreichte Husnaperi wohlbehalten Mahperis Palast und setzte das Gefäß mit dem Nurressaft vor ihr nieder. Und als sie ihr und Hatem von ihren Abenteuern berichtet hatte, überschüttete Mahperi sie mit Lob und Zärtlichkeiten, das Heilmittel aber übergab sie Hatem und befahl ihm, sich an die Heilung des Schahsade zu machen. Nachdem Hatem den Perihalsschmuck mit dem Saft benetzt hatte, rieb er damit die Augen des Kranken und legte eine dunkle Binde darauf. Als die Binde nach sieben Tagen abgenommen wurde, zeigte sich, daß die Augen des Schahsade klar waren wie die eines Neugeborenen, und er hatte das Augenlicht wiederbekommen. Da fiel der glückliche Schahsade seinen Eltern zu Füßen und küßte vor ihnen den Boden.

Eine große Freude bemächtigte sich Mahperis, und sie befahl, zur Feier der Heilung ihres Sohnes solle die Stadt geschmückt werden. Dann rief sie alle ihre treuen Untertanen zusammen und gab ein üppiges Gastmahl, wie es noch niemals jemand erlebt hatte. Vierzig Tage und vierzig Nächte dauerte das Fest zu Hatems Ehren, und allen Höflingen wurde aufs strengste befohlen, Menschen, die fortan im Lande erscheinen sollten, zu schonen, sich ihrer sorgsam anzunehmen und ihnen auch den kleinsten Wunsch zu erfüllen. Mit vielen wertvollen Geschenken, mit Gold, Perlen und anderen Kostbarkeiten wurde Hatem von Mahperi beschenkt, wobei sie seine Weisheit und Gelehrsamkeit pries.

»O freigebige Herrscherin!« sagte Hatem. »Deine Gnade ist mir unendlich teuer, aber deine Gaben sind so zahlreich, daß ich nicht die Kraft habe, sie fortzutragen. Befiehl deinen Dienern, sie mit mir zusammen in Furkasschahs Reich zu schaffen.«

Und Mahperi befahl ihren Dienern, Hatem zusammen mit den Geschenken, die sie ihm gemacht hatte, in Furkasschahs Reich zu bringen. Und die Diener antworteten ihr: »Wir hören und gehorchen!«

Doch Hatem fuhr fort: »Alle diese Reichtümer hast du mir auf Grund deiner Freigebigkeit und deiner Herzensgüte geschenkt, doch entsinnst du dich deines Versprechens, mir eine Bitte zu erfüllen, wenn ich deinen Sohn heile?«

»Sag mir, was du willst, und ich werde alles erfüllen.«

»Gib mir den Zauberhalsschmuck, den du so sorgsam hütest.«

Mahperi wunderte sich und wurde nachdenklich, dann aber hob sie den Kopf und sagte: »Hat dich die Tochter des Kaufmanns Haris nach dem Schmuck geschickt?«

»Sie war es«, antwortete Hatem. »Ich habe ihr versprochen, ihn zu beschaffen, und muß mein Wort halten.«

Schweigend holte Mahperi den Halsschmuck hervor und händigte ihn Hatem aus.

»Nimm ihn, doch wisse, daß wir ihn der Tochter des Kaufmanns Haris nicht lassen werden.«

»Wie du willst, liebenswürdige Herrscherin«, fuhr Hatem fort.

»Ich bitte dich nur um das eine, laß der Tochter des Kaufmanns Haris den Halsschmuck so lange, bis der junge Kaufmann, der sie liebt, ihr Mann geworden ist.«

Nun berichtete Hatem von der hoffnungslosen Liebe des jungen Kaufmanns und von seinem festen Vorsatz, ihm, koste es, was es wolle, zu helfen.

Als Mahperi diese Worte gehört hatte, war sie aufs äußerste erstaunt. »Ich dachte, du bemühst dich um deine eigene Geliebte!«

»Meine Geliebte lebt in anderen Landen«, antwortete Hatem.

»O Edler, wie heißt du?« fragte Mahperi.

»Ich heiße Hatem Ibn Ta'i. Ich bin der Sohn des jemenitischen Schahs.«

Nachdem Mahperi den Namen Hatem hörte, begann sie ihn um Verzeihung zu bitten, daß sie ihm nicht die gebührenden Ehren erwiesen hatte.

Als Hatem den Halsschmuck um sein Handgelenk geschlungen hatte, konnte er sofort sehen, wo alle Schätze auf und unter der Erde verborgen lagen.

Bald darauf bat Hatem Mahperi um die Erlaubnis, sich entfernen zu dürfen, und machte sich in ihrer Begleitung und mit ihrem ganzen Gefolge und mit Husnaperi zusammen auf den Weg. Nachdem Mahperi Hatem bis zum dritten Rastplatz begleitet hatte, kehrte sie um, ihren Dienern aber befahl sie, sich alle Reichtümer, die sie Hatem geschenkt hatte, Gold, Perlen und andere Kostbarkeiten, aufzuladen und ihm bis an die Grenzen von Furkasschahs Reich zu folgen. Und an der Grenze beider Reiche sollten sie sich, bevor sie den Rückweg antraten, von Hatem einen Brief geben lassen, der bestätigte, daß er bei völligem Wohlbefinden war.

Nach einiger Zeit, als sie viele Wege und Straßen hinter sich gelassen hatten, näherte sich Hatem mit Husnaperi und den Dienern den Besitzungen Munschaperis. Volle drei Monate verbrachte Hatem in Husnaperis Gemächern, wo sie sich allen möglichen Lustbarkeiten und Liebesfreuden hingaben, doch am Ende des dritten Monats bat Hatem Husnaperi um die Erlaubnis, den Palast verlassen zu dürfen, und machte sich in Begleitung der Geliebten und ihrer Dienerinnen auf den Weg. Nachdem Husnaperi Hatem bis an die Grenzen von Furkasschahs Reich begleitet hatte, kehrte sie, über die Trennung bekümmert, wieder zurück.

Als Furkasschah von Hatems Ankunft erfahren hatte, kam er ihm mit seinem ganzen Gefolge entgegen, geleitete ihn in die Stadt und bereitete ihm einen festlichen Empfang.

Nach einiger Zeit bat Hatem den Schah um die Erlaubnis, sich entfernen zu dürfen, und sofort befahl Furkasschah seinen vertrauten Diws, ihn nach Schahri Schur zu begleiten, bei der Rückkehr aber einen Brief über seine glückliche Ankunft mitzubringen.

Und die Diws sagten: »Wir hören und gehorchen!«

Viele Wege und Straßen hinter sich lassend, trugen die Diws Hatem mit allen seinen Reichtümern bis an den Ausgang der Höhle. Hatem holte Papier und Feder hervor und verfaßte ein Schreiben über seine glückliche Ankunft, das er den Diws übergab, und nachdem sie sich herzlich von ihm verabschiedet hatten, kehrten sie in ihr Reich zurück.

Hatem nahm alle seine Besitztümer, kam in die Karawanserei und traf den jungen Kaufmann, der Na'im hieß, dort wartend an. Kaum hatte Na'im Hatem erblickt, sprang er auf und warf sich ihm zu Füßen. Hatem umarmte und küßte ihn und sprach, nachdem dieser sich wieder beruhigt hatte: »O mein Freund. Dein Warten hat ein Ende. Jetzt kannst du deine Geliebte heiraten. Alle diese Reichtümer, Gold und Perlen, schenke ich dir.«

Na'im war unsagbar froh über die gute Nachricht und über die erhaltenen Reichtümer, Hatem aber begab sich am Morgen zum Hause des Kaufmanns Haris. Als die Diener dem Mädchen Hatems Ankunft meldeten, bat jene ihn in ihre Gemächer, und nachdem sie sich hinter einem Vorhang verborgen hatte, begann sie ihn über seine Erlebnisse zu befragen.

Hatem berichtete ihr eingehend von seinen Abenteuern. Dann aber löste er den Halsschmuck von seinem Handgelenk, legte ihn vor dem Mädchen nieder und fragte: »O du, die du die Herzen in Brand setzt, wessen bedarfst du noch?«

Und das Mädchen sagte: »Du hast alle meine Aufträge ausgeführt, und jetzt gehöre ich von Rechts wegen dir. Du kannst über mein Schicksal nach deinem Gutdünken verfügen: Du kannst mich entweder selbst heiraten oder dieses Recht einem anderen abtreten.«

Da wurde der Kaufmann Haris gerufen und um die Einwilligung zur Hochzeit seiner Tochter gebeten, und nach einer kurzen Vorbereitungszeit wurde die Hochzeit festlich begangen. So erfüllte sich der Traum des Kaufmanns Na'im, und er bestieg mit seiner jungen Frau das Brautlager.

Der Halsschmuck indes, den Hatem der Tochter des Kaufmanns gebracht hatte, verschwand, als zehn Tage vergangen waren, und sie begann bitterlich zu weinen.

»Worüber grämst du dich, Mädchen? Wozu brauchst du den Halsschmuck?« fragte Hatem. »Sind doch das Gold und die Perlen, die ich deinem Manne geschenkt habe, mehr als genug für sieben Generationen deiner Nachfahren. Geh und sieh dir die Reichtümer an und begrabe deinen Kummer.«

Und sogleich brachten die Diener alle Kostbarkeiten herbei und legten sie vor Haris' Tochter nieder. Und als sie sah, daß auch sieben Generationen ihrer Nachkommen alle diese Reichtümer nicht aufbrauchen konnten, hörte sie auf zu weinen.

Nachdem Hatem auf diese Weise das Schicksal des Kaufmanns Na'im zum Guten gewendet hatte, nahm er Abschied von dem jungen Paar und machte sich auf die Suche nach der Lösung von Husnbanus Rätsel. Viele Tage und viele Nächte war er unterwegs und kam an einen Fluß, an dessen Ufer sich ein gewaltiger und prächtiger Palast erhob. Über dem Torbogen am Eingang zu dem Palast stand in großen Buchstaben geschrieben:

›Was ist das Opfer, das dem Fluß man anvertraut,
damit man in der Wüste höchsten Lohn dann schaut?‹

Als Hatem eben das Bejt erblickte, das er brauchte, pries er den Himmel und sprach: »Ruhm sei Allah, ich habe das Gewünschte gefunden.« Dann näherte er sich dem Tor des Palastes und klopfte an. Daraufhin erschienen sofort mehrere Diener und fragten: »Wer bist du, woher kommst du, und was willst du hier?«

»Ich habe mit eurem Herrn zu sprechen«, antwortete Hatem.

Unverzüglich meldeten die Diener ihrem Herrn, es sei ein mondgesichtiger Jüngling aus fremden Landen erschienen, der vom Glanz eines Schahs umstrahlt sei, und bitte um die allergnädigste Erlaubnis, den Palast betreten zu dürfen.

»Bittet ihn herein«, befahl der Herr.

Als Hatem von den Dienern in die inneren Gemächer des Palastes geführt wurde, erblickte er auf einem reichgeschmückten Lager einen wohlgestalteten Greis. Hatem neigte sich zu ehrfürchtiger Verbeugung vor dem Greis, dieser erwiderte den Gruß in gebührender Weise und umarmte Hatem, nachdem er sich von seinem Lager erhoben hatte. Dann ließ er ihn an seiner Seite Platz nehmen und befahl, an die Diener gewandt: »Tragt Speisen auf!«

Sogleich brachten die Diener alle möglichen Gerichte, und der Greis machte sich mit Hatem zusammen ans Mahl. Nach dem Mahl aber fragte der Greis: »O Jüngling, wer bist du, und wohin führt dich dein Weg?«

»O Vater«, sprach Hatem. »Ich bin Hatem Ibn Ta'i, der Sohn des jemenitischen Schahs. Nach dem Willen der Vorsehung bin ich in das Land Chorassan geraten, wo die Tochter des verstorbenen Kaufmanns Hodscha Barsach mit Namen Husnbanu lebt, die für ihre unvergleichliche Schönheit und ihre grenzenlose Freigebigkeit berühmt ist.«

Und Hatem berichtete dem Greis die Geschichte von Husnbanu und dem Schahsade Munir und erzählte ihm von seinen Abenteuern und von seinem Versprechen, die Lösungen zu den Rätseln der Malika zu finden.

»O edler Vater! Eine der Antworten ist meiner Meinung nach in dem Bejt enthalten, das über dem Torbogen steht, der in deinen Palast führt.«

»Welches der Bejts hat denn deine Aufmerksamkeit erregt?« fragte der Greis.

»Nun, dieses:

›Was ist das Opfer, das dem Fluß man anvertraut,
damit man in der Wüste höchsten Lohn dann schaut?‹

Willst du mir, o edler Vater, nicht den Sinn dieses bemerkenswerten Bejts erklären?«

»Um dir den Sinn dieses Bejts zu erklären«, sprach der Greis, »muß ich dir meine ganze Geschichte erzählen. So mögest du wissen, Hatem, daß ich einen bedeutenden Teil meines Lebens als Räuber verbracht habe. Wenn ich auf den Wegen Kaufleute und Wanderer traf, nahm ich ihnen mit Gewalt ab, was sie mit ehrsamer Arbeit erworben hatten, warf aber jedesmal, indem ich Allah um Vergebung bat, zwei Fladen in den Fluß, und während ich zusah, wie die Fische sie fraßen, dachte ich: ›Das Brot opfere ich doch im Namen Allahs, womit wird er mir meine Wohltat vergelten?‹ Eines Tages erkrankte ich schwer, und meine Seele war schon bereit, meinen Körper zu verlassen. Da kamen Muwakkals und wollten mich in die Hölle bringen. Plötzlich aber erschienen, Gott weiß woher, engelgleiche Jünglinge, faßten mich unter die Arme und sagten, indem sie die Muwakkals beiseite drängten: ›Wie könnt ihr euch an diesem Gerechten vergreifen?! Sein Platz ist im Paradies.‹

Doch als wir die Paradiespforte erreichten, tauchte ein edler Mensch vor uns auf und sagte: ›O Jünglinge, zu früh habt ihr diesen Sterblichen hierher geführt. Er hat noch hundert Jahre auf Erden zu leben. Holt einen anderen, dessen Frist abgelaufen ist, den hier aber bringt zurück.‹

›O Jünglinge‹, fragte ich inzwischen. ›Wer seid ihr, und wofür habt ihr mich vor der Hölle bewahrt?‹

›Wir sind die Engel, die du mit deinen Fladen genährt hast, und wollten dir Gutes mit Gutem vergelten.‹

Als ich wieder zu mir kam und meine Gesundheit wiedererlangte, pries ich den allmächtigen Allah, und indem ich die Bitte um Verzeihung an ihn richtete, gelobte ich, den Rest meiner Tage wohltätigen Zwecken zu weihen. Von diesem Tag an machte ich mich daran, diesen Palast zu erbauen, an dessen Torbogen ich dieses Bejt schrieb. Jedem von uns ist es bestimmt, früher oder später ins Jenseits einzugehen. Und für das, was wir in unserem Leben getan haben, gibt uns Allah nach unserem Tode den gerechten Lohn.«

Drei Tage und drei Nächte blieb Hatem bei dem Greis zu Gast. Und als die drei Tage um waren, bat Hatem ihn um die Erlaubnis, sein gastfreundliches Haus verlassen zu dürfen, und nachdem er sich verabschiedet hatte, zog er weiter. Indem er viele Wege und Straßen hinter sich ließ, gelangte er in die Stadt Husnabad und traf in der Karawanserei den Schahsade Munir wartend an. Der Tag verging, die Nacht brach an, und Hatem erzählte und erzählte dem Schahsade von seinen Abenteuern. Am Morgen aber, als die Sonne, die der Erde Wärme und Licht schenkt, die Finsternis vertrieben hatte, kamen Husnbanus Diener und führten Hatem in den Palast.

Nachdem sich die Malika hinter einem Vorhang verborgen hatte, erwiderte sie Hatems Verbeugung mit einem freundlichen Gruß und befahl den Dienern, ihn zu bewirten. Sogleich setzten die Diener die verschiedensten Speisen vor Hatem nieder, und nachdem er seinen Hunger gestillt hatte, berichtete er der Malika von all dem Wunderbaren und Seltsamen, was ihm unterwegs begegnet war.

Zu guter Letzt erklärte er ihr den Sinn des Bejts, der über dem Torbogen am Eingang zu dem Palast des edlen Greises geschrieben stand. Die Malika lobte Hatem, und ihre Amme sagte: »Dieser Jüngling ist einem Engel gleich, und alles, was er gesagt hat, entspricht der Wahrheit.«

»Ruh bei uns aus«, forderte die Malika ihn auf. »Und wenn die Müdigkeit von dir gewichen ist, gebe ich dir das dritte Rätsel auf.«

Hatem verließ die Malika und ging in die Karawanserei, und als er dort den Schahsade erblickte, sagte er: »O guter Schahsade! Stille deinen Kummer! Mit Allahs Hilfe werde ich den Tag, an dem dein Traum sich erfüllt, näher bringen.«

Nach einigen Tagen begab sich Hatem in den Palast.

»O edle Malika«, sprach er, an Husnbanu gewandt. »Willst du nun so freundlich sein, mir dein drittes Rätsel aufzugeben?«

Und die Malika sagte:

»Wie soll man jene Untat nennen, zu der Gier
den Menschen trieb, so schlimm zu handeln wie ein Tier?
Was bedeutet dieses Bejt?«

Das dritte Abenteuer

Nachdem Hatem die Erlaubnis der Malika erbeten hatte, machte er sich auf die Suche nach der Wüste Humra. Der Weg war ihm unbekannt, er wanderte aufs Geratewohl dahin, und niemand, den er traf, konnte ihm helfen.

Nach dreißig Tagen und dreißig Nächten gelangte er schließlich an den Fuß eines hohen Berges, dessen Gipfel in den Himmel ragte. Vom Gipfel des Berges aber war eine herzzerreißende Stimme zu hören:

»Komm, o komm! Ich kann dich nicht länger mehr entbehren.
Konnten wir zu zweit denn nicht uns des Leids erwehren?
Komm, pfleg meine wunde Seele, wenn du mich noch liebst,
indem du nach allem Kummer endlich Freud mir gibst.«

Nach und nach erklomm Hatem den Gipfel und erblickte dort einen ausgemergelten und entkräfteten Jüngling, der unter einem Baum stand, sich mit beiden Händen an den Ästen festhielt und sich mit geschlossenen Lidern hin- und herwiegte, wobei er mit einer Stimme, die von unendlichem Gram erfüllt war, Verse sprach.

Hatem trat zu ihm heran und sagte: »O Jüngling, laß mich die Ursache deines Kummers wissen.«

Der Jüngling antwortete nicht und schien Hatems Worte gar nicht gehört zu haben.

»O Jüngling«, sprach Hatem ihn erneut an. »Warum bist du so unehrerbietig gegen einen Menschen, der Mitgefühl für dich zeigt?«

Für einen Augenblick öffnete der Jüngling die Lider, schaute Hatem an, antwortete jedoch wieder nicht und gab sich von neuem dem Stöhnen hin.

»O Jüngling«, sagte Hatem und berührte seine Hände. »Vielleicht haben deine Ohren die Fähigkeit zu hören eingebüßt? Denn schon zum dritten Mal wiederhole ich meine Frage und bekomme keine Antwort darauf.«

Diesmal schaute der Jüngling Hatem an und sprach klagend: »O Edler, wozu mußt du an meine Wunden rühren? Laß mich allein mit meinem Kummer, und geh deines Weges.«

»Nicht aus müßiger Neugier habe ich meine Frage an dich gerichtet«, erwiderte Hatem. »Teil mir deine Kümmernisse mit, vielleicht kann ich dir helfen.«

Und der Jüngling sagte: »O unbekannter Fremdling! Viele Vorübergehende haben gleich dir Mitgefühl für mich gezeigt, aber jeden drücken seine eigenen Sorgen, und kaum daß er mich verlassen hat, vergißt er die Versprechen, die er mir gab. Worin wärst du besser als die andern!«

Von neuem wiederholte Hatem: »Im Namen des Allmächtigen, der dich und mich geschaffen hat, laß mich dein Unglück wissen, damit es mich nicht quält, daß ich nicht versucht habe, dir zu helfen.«

»O Edler, wenn du fest zu deinem Vorsatz stehst, setz dich

neben mich und hör zu. Dies ist meine Geschichte: Vormals war ich ein erfolgreicher Kaufmann und kam einmal mit meiner Karawane an diesem Berg vorüber. Und da packte mich das unbezwingbare Verlangen, den Gipfel des Berges zu sehen, und als ich zu diesem Baum kam, erblickte ich darunter ein Mädchen mit einem Gesicht, von dem ein Glanz wie von der Sonne ausging, reizend und lieblich. Und sogleich durchbohrte der Pfeil der Liebe mein Herz. Erschüttert fiel ich zu Boden, und die Welt verbarg sich meinen Blicken.

Warum mußt ich dich erblicken? Seitdem brennt die Seele mein.
Besser wäre ich erblindet, als im Feuer stets zu sein.

Nach einiger Zeit kam ich wieder zu mir, und als ich die Augen aufschlug, sah ich, daß die Mondgesichtige meinen Kopf in ihren Schoß gebettet hatte und meine Stirn mit einer würzigen Flüssigkeit benetzte. Angesichts ihrer Fürsorge entflammte mein Herz noch hundertmal stärker, und ich fragte sie, indem ich mich erhob: ›O Herzentflammende, wie kommst du auf den Gipfel dieses Berges?‹

›O Jüngling‹, antwortete sie. ›Mögest du erfahren, daß ich eine Peri bin und daß dieser Gipfel meine Wohnung ist. Schon lange habe ich von der Liebe eines Menschen geträumt, und heute habe ich dich getroffen.‹

Als ich von der Leidenschaft erfuhr, die das Herz der Peri verzehrte, vergaß ich sofort meine Geschäfte, überließ die Karawane mit den Waren ihrem Schicksal und gab mich den Wonnen der Liebe hin. Nach einigen Tagen spürte ich, daß ich nicht die Kraft hatte, mich von meiner Geliebten zu trennen, und wandte mich mit den Worten an sie: ›O meine Herzliebste! Warum müssen wir einsam in dieser drückenden Wüste bleiben? Laß uns zu einer Behausung von Menschen hinabsteigen, um unter ihnen zu leben.‹

Und die Geliebte antwortete: ›Gern würde ich mit dir bis ans Ende der Welt gehen, ich muß nur die Erlaubnis meiner Eltern erbitten.‹

›Und wirst du bald zurückkommen?‹ fragte ich sie.

›Ich kehre nach einer Woche zu dir zurück. Du aber erwarte mich hier, ohne diesen Platz zu verlassen. Hier werde ich dich wiederfinden.‹

›Gut‹, stimmte ich zu und überließ mich traurigen Gedanken, nachdem ich ihr das Geleit gegeben hatte. Seit jener Zeit sind nicht sieben Tage, sondern ganze sieben Jahre vergangen. Mein Leben wurde die reinste Verbannung. Das Warten ist quälend und fruchtlos. Doch den Ort verlassen kann ich nicht, denn ich hoffe immer noch auf ihre Rückkehr. Um ihren Spuren zu folgen und zu versuchen, sie zu finden, mangelt es mir sowohl an Entschlossenheit als auch an Kraft. Denn ich nähre mich nur von den Blättern dieses Baumes und schöpfe Wasser aus einem Bergquell. Und so schmachte ich wie eine ruhelose Seele: Zum Himmel ist es zu weit, und auf Erden ist es unerträglich. Wer also könnte mir helfen?«

»O unglücklicher Jüngling, wie heißt du?« fragte Hatem.

Der Jüngling antwortete: »Ich heiße Tamim Choresmi.«

Und weiter fragte Hatem: »Und hat dir die Peri nicht gesagt, wie sie heißt, zu welchem Stamme sie gehört und wo sie wohnt?«

»O Edler«, sprach Tamim Choresmi. »Sie heißt Alkanperi und ist vom Stamme Alkan. Wo sie wohnt, weiß ich nicht, doch als sie ging, habe ich bemerkt, daß sie sich nach rechts gewandt hat.

Schwärzer als den Grund der Tulpen füllet Kummer meine Brust.
Wie könnt ich durch Wiesen schlendern, wenn vergangen jede Lust?«

Hatem sagte: »O Jüngling, vertraue meinen guten Absichten und halte mich nicht für einen Schwätzer. Ich bin entschlossen, mein Leben und meinen Reichtum zum Wohle der Menschen einzusetzen. Sofort mache ich mich auf die Suche nach deiner Geliebten, du aber bleib hier und erwarte meine Rückkehr.«

Nachdem sich Hatem von Tamim Choresmi verabschiedet hatte, ging er in die Richtung, in der sich einst Alkanperi entfernt hatte. Nach einiger Zeit gelangte er auf den Gipfel eines anderen Berges und erblickte dort viele hohe Bäume und unter den Bäumen ein reichgeschmücktes Sufa. Er ging zu dem Sufa und nahm darauf Platz. Als er sich etwas ausgeruht hatte, holte er die Reste eines Fladens aus seiner Reisetasche, und nachdem er seinen Hunger gestillt hatte, fiel er in süßen Schlummer.

Mit Anbruch der Dämmerung erschienen vier mondgesichtige Peris, und als sie des Menschens gewahr wurden, der auf dem Sufa schlief, setzten sie sich ihm zu Häupten und blickten unverwandt auf sein schönes Gesicht. Nach einigen Stunden erwachte Hatem aus dem Schlaf, und als er die schönen Peris entdeckte, schaute er sie verwundert an. Dann aber begrüßte er sie ehrfürchtig, und sie erwiderten den Gruß in gebührender Weise und fragten dann: »O Menschensohn, wie ist es dir gelungen, hierherzukommen, und was führt dich zu uns?«

»O ihr Schönen«, antwortete Hatem ihnen. »Hergekommen bin ich mit Allahs Hilfe, und unterwegs bin ich zum Berge Alkan, um Alkanperi zu finden.«

»Alkanperi ist die Tochter des Schahs der Peris, die auf dem Berge Alkan wohnen«, sagten die Peris. »Was willst du von ihr?«

Und Hatem erzählte ihnen das folgende: »O ihr Schönen, Alkanperi hat Tamim Choresmis Herz erobert. Als sie zu ihren Eltern aufbrach, versprach sie, bald zurückzukommen, doch seitdem sind schon sieben Jahre verstrichen, und sie ist nicht zurückgekehrt.«

»Wie konnte ein Mensch so einem ungewöhnlichen Versprechen Glauben schenken?« wunderten sich die Peris. »Nur jemand, der den Verstand verloren hat, konnte den Vorsatz fassen, Alkanperi zu suchen. Selbst wenn tausend Leben vor dir lägen, du würdest sie auf dem von Gefahren erfüllten Weg alle verlieren.«

Als Hatem diese Worte hörte, fühlte er sich beklommen in der Brust. »O Gebieterinnen der Welt«, sprach er. »Ich habe keinen anderen Ausweg! Ich habe dem Unglücklichen Hoffnung gemacht, und welche Gefahren auch unterwegs auf mich lauern mögen, ich bin bereit, sie zu überwinden, denn ich habe noch nie ein gegebenes Wort gebrochen.«

»Nun denn«, erwiderten die Peris. »wenn du fest zu deinem Vorsatz stehst, wollen wir dir den Weg zum Berge Alkan zeigen, doch einige Tage mußt du mit uns verbringen.«

Hatem erklärte sich einverstanden.

Fünf Tage und fünf Nächte gab sich Hatem mit den schönen Peris Freuden und Genüssen hin, dann aber sagte er: »O Peris, wollt ihr mir nicht den Weg zum Berge Alkan zeigen?«

Bald darauf begaben sich die Peris mit Hatem zusammen auf den Weg, und ihr Weg dauerte sieben Tage und sieben Nächte. Nach diesen sieben Tagen und sieben Nächten aber erreichten sie eine Stelle, an der die Peris sagten: »O Menschensohn, gestatte uns jetzt zurückzukehren, denn hier endet unser Reich, und weiter dürfen wir nicht gehen. Du aber geh den Weg weiter, ohne abzubiegen, und nach einigen Tagen gelangst du an den Fuß eines Berges, und das ist der Berg Alkan.«

Nachdem sich Hatem von den Peris verabschiedet hatte, ging er weiter, und als er eine bestimmte Strecke zurückgelegt hatte, kam er an eine Weggabelung. Unschlüssig blieb er stehen und überlegte, wohin er sich wenden sollte. Doch als die Mitternacht vorüber war, hörte er aus Richtung der Wüste ein lautes Stöhnen und sagte sich: ›Nachdem ich einmal gelobt habe, Gutes zu tun, gibt es keine Wahl mehr. Ich muß dahin gehen, wo meine Hilfe gebraucht wird.‹

Und er ging in die Richtung, aus der die traurige Stimme kam. Am fünften Tag erblickte er einen schönen Jüngling, über dessen Gesicht die Tränen in Strömen flossen. Nachdem er den Jüngling mitfühlend angeschaut hatte, fragte Hatem: »O Jüngling, warum weinst du so bitterlich?«

Aber der Jüngling antwortete nicht und stöhnte nur noch schlimmer als zuvor.

»Was ist geschehen, Jüngling? Worin liegt der Grund für deinen Kummer?« fragte Hatem noch einmal.

»O Edler«, antwortete der Jüngling. »Was nutzt es dir, wenn du von meinem Leid erfährst? Vor gar nicht langer Zeit war ich ein Krieger. Einmal, als ich die Stadt verließ, kam ich vom Wege ab. Nach dem Willen der Vorsehung geriet ich an einen wunderschönen Ort und entschloß mich, dort zu rasten. Als ich jemanden fragte, der mir entgegenkam, wo ich mich befinde und wer der Herrscher dieser Gegend sei, erfuhr ich, daß der Landstrich von einem Zauberer namens Musahhar regiert werde. Ich erschrak und hielt es für das klügste, mich rasch zu entfernen. Darum schritt ich weiter. Ich ging und ging und kam in einen riesigen blühenden Garten. Und mich überkam das unbezwingbare Verlangen, diesen Garten anzusehen. Nachdem ich tief ins Dikkicht eingedrungen war, erblickte ich viele schöne Peris und begriff, daß dieser Garten ihr Wohnort war. Da beschloß ich, schleunigst kehrtzumachen.

Plötzlich bemerkte mich eine der Peris und sagte: ›O Menschensohn, warum gehst du fort? Bleib bei uns!‹

Ich schaute sie an und verlor die Gabe der Rede und begriff sogleich, daß ich unter die Leitrinne einer Wassermühle geraten war, indem ich einem kleinen Wasserstrahl zu entkommen suchte. Als ich nach einiger Zeit wieder zu mir kam, faßte sie mich bei der Hand, setzte mich neben sich auf das Lager und begann mich mit allen Mitteln in ihr Netz zu locken. Ich aber, der ich sie unverwandt ansah, begriff, daß sie Gefallen an mir fand. Zu dieser Zeit erschien ihr Vater. Als er uns Seite an Seite erblickte, entbrannte er in Zorn, packte das Mädchen an der Kehle und wollte sie zu Boden schleudern, sie aber flehte: ›O Vater, womit habe ich deine Ungnade verdient? Mich trifft keine Schuld!‹

Unwillig ließ der Vater von der Tochter ab, doch da trat die Amme der jungen Peri, die alles mit angesehen hatte, für sie ein: ›O mein Herr! Würde ich denn zulassen, daß deiner Tochter etwas geschieht, dadurch wären wir alle mit Schande bedeckt. Und doch ist die Sache nicht so einfach, es gibt daran etwas zu bedenken.‹

Als der Vater des Mädchens diese Worte hörte, wunderte er sich: ›Was meinst du damit?‹

›Die Zeit ist gekommen‹, antwortete die Amme, ›daß deine Tochter reif für die Ehe ist. Das Gesicht dieses Jünglings aber ist von Würde und Edelsinn gezeichnet, nur seine Schüchternheit erlaubt ihm nicht einzugestehen, daß er sie zur Frau begehrt. Schau ihn dir richtig an, und du wirst feststellen, daß du keinen besseren Bräutigam für sie finden kannst.‹

›Ich bin nur damit einverstanden, wenn er drei Forderungen von mir erfüllt‹, sagte der Vater, und nachdem er alle seine Vertrauten zu sich gerufen hatte, erklärte er: ›Bevor dieser Jüngling als Bräutigam meiner Tochter anerkannt wird, hat er meine drei Forderungen zu erfüllen: Erstens muß er ein Männchen und ein Weibchen des Peri-Vogels fangen, zweitens muß er mir den Halsschmuck der roten Schlange bringen, und drittens muß er in einen Kessel mit siedendem Öl steigen.‹

Von Leidenschaft gequält und von Liebe verzehrt, versprach ich, ohne nachzudenken, die Forderungen ihres Vaters zu erfüllen. Auf der Suche nach dem Versprochenen begab ich mich in diese Wüste und halte mich schon seit zwei Jahren hier auf, aber meine Sache geht nicht voran, und jetzt, nachdem Verzweiflung mich gepackt hat, setze ich meine Hoffnungen nur noch auf die Gnade des allmächtigen Allah.«

Nachdem er Hatem mit seiner traurigen Geschichte bekannt gemacht hatte, sprach er die Verse:

»Nicht ich hab mich verwundet, nein, ein Zauber schafft mir Qualen,
weil sie mein Herz durchbohret hat mit Wimpern, spitz wie Ahlen.
Seitdem mein Wille ihrem Reiz so hoffnungslos erlegen,
verzehr ich, nach ihr dürstend, mich auf öden Wüstenwegen.«

Und Hatem sagte: »Beruhige dein Herz und laß ab von deinem Kummer. Ich will alles tun, was in meiner Macht steht, um dich mit deiner Geliebten zu vereinen.« Bei sich aber dachte er: ›Der Peri-Vogel lebt nur in der Wüste Masanderan. Ob ich will oder nicht, ich muß einen Umweg machen.‹

Und nachdem sich Hatem von dem weinenden Jüngling verabschiedet hatte, wandte er sich in Richtung Masanderan.

Bei Anbruch der Nacht erreichte er eine große Stadt. Die Stadtmauern ragten direkt bis in den Himmel, und längs der Mauern zog sich ein tiefer Graben. Als Hatem durch das Tor trat, erblickte er ein riesiges Lagerfeuer und Stadtbewohner, die rings um das Feuer saßen. Hatem trat heran und fragte: »O Freunde, warum habt ihr dieses Feuer angezündet?«

»O Jüngling«, erwiderten jene, »wir wollen uns vor einem bösen Zauberer retten, der mehr als alles andere das Feuer fürchtet. Er hat die Angewohnheit, in unsere Stadt zu kommen, und setzt uns allen möglichen Kränkungen und Kümmernissen aus.«

»Und wie sieht dieser Zauberer aus?« fragte Hatem.

Und als man es ihm erzählte, begriff er sogleich, von wem die Rede war. »Dieser Zauberer heißt Sachmnak, er hat acht Beine und sieben Köpfe«, sagte Hatem. »In der Mitte sitzt ein riesiger Elefantenkopf mit drei Augen, ringsherum aber sind noch sechs Köpfe, die Löwenköpfen ähneln.«

Und weiter sagte er: »O Leute, beruhigt eure Herzen. Heute nacht befreie ich euch von dem bösen Zauberer. Nur brauche ich dazu einen scharfen Pfeil und einen straffen Bogen.«

Sofort brachten ihm die Stadtbewohner einen scharfen Pfeil und einen straffen Bogen, und Hatem begann, nachdem er sich hinter der Stadtmauer verborgen hatte, die Nacht zu erwarten. Als die Finsternis sich verdichtete und die Mitternacht vorüber war, erschien in der Ferne der schreckliche Zauberer Sachmnak. Als er sich dem Stadttor näherte, stürzte er von einer Seite zur andern und betäubte die Umgebung mit dem Gebrüll eines Elefanten und dem Geheul von sechs Löwen. Die Menschen wurden so ohnmächtig vor Schrecken, daß sie zitterten wie Quecksilbertropfen.

Inzwischen hatte Hatem sicher gezielt, er spannte die Sehne

und schoß den Pfeil genau in das mittlere Auge des Zauberers. Der stieß einen schrecklichen Schrei aus und stürzte zu Boden. Und von diesem Schrei erdröhnte die Erde, die Bäume neigten sich ihr zu, und die Häuser erzitterten wie das Laub in der Herbstzeit. Nach einiger Zeit stand der Zauberer auf und nahm Reißaus in die Wüste.

Da kehrte Hatem in die Stadt zurück und sagte den Bewohnern, daß es mit dem Zauberer aus sei.

»O Jüngling, wie konntest du allein mit diesem Schreckgespenst fertig werden?« fragten sie ungläubig.

»O Leute«, antwortete Hatem ihnen. »Wenn ihr mir nicht glaubt, dann legt euch auf den Dächern eurer Häuser schlafen, und wenn am Morgen die Nacht ruhig vorübergeht, könnt ihr euch überzeugen, daß ich nicht gelogen habe.«

So machten es die Stadtbewohner auch. Auf den Dächern ihrer Häuser verborgen, warteten sie mit Schrecken auf das Erscheinen des Zauberers. Im Morgengrauen aber kamen sie zu Hatem, küßten den Boden vor ihm und beschenkten ihn freigebig mit Gold und Edelsteinen. Hatem nahm sich einen Teil der Geschenke, den Rest verteilte er an Arme und Waisen. Dann begab er sich, nachdem er sich von den Stadtbewohnern verabschiedet hatte, in Richtung Masanderan. Als er auf die Landstraße hinauskam, erblickte er zwei ineinander verschlungene Schlangen, eine schwarze und eine weiße. Er trat näher und begann den Kampf zu beobachten. Aber keine der Schlangen konnte die andere überwältigen.

»Worüber seid ihr in Streit geraten, Schlangen?« fragte Hatem.

Und die weiße Schlange sagte: »O Menschensohn, diese Schlange hat meinen Vater umgebracht, und ich will ihr geben, was ihr gebührt.«

Doch die schwarze Schlange entgegnete, an die weiße gewandt: »Was ist daran außergewöhnlich? Schließlich sind die weißen Schlangen dazu bestimmt, uns als Nahrung zu dienen. Gleich werde ich auch dich fressen.«

»O schwarze Schlange«, setzte sich Hatem für die weiße

ein. »Laß sie frei, und ich will ein Mittel finden, um deinen Hunger zu stillen.«

Als die Schlangen diese Worte von Hatem hörten, wurden sie sogleich friedlich.

Dann aber sagte die schwarze Schlange: »O Menschensohn, von welchem Mittel sprichst du? Ich bin einfach hungrig, und wenn du mir ein Stück von deinem Körper gibst, bin ich vollauf zufrieden und lasse die weiße Schlange frei.«

»Welcher Teil meines Körpers erscheint dir denn am wohlschmeckendsten?« fragte Hatem.

»Die Wange«, antwortete die schwarze Schlange.

Hatem zog das Messer aus dem Gürtel und wollte ein Stück von seiner Wange abschneiden, doch erregt rief die schwarze Schlange: »Halt ein, o Edler! Das war alles nur eine List von uns, um deine Freigebigkeit und Barmherzigkeit auf die Probe zu stellen.«

»O unverständliche Geschöpfe, eröffnet mir euer Geheimnis«, sprach Hatem in großer Verwunderung.

»O Jüngling«, sagte die schwarze Schlange. »Wir sind beide vom selben Stamme. Ich habe mich in die Schwester des weißen Schlangenjünglings verliebt, doch er und sein Vater haben sich unserm Glück in den Weg gestellt. Der Vater ist jetzt kein Hindernis mehr, denn mit ihm habe ich abgerechnet. Nur diesen Toren muß ich noch töten, dann kann ich seine Schwester heiraten.«

»Wie denn?« fragte Hatem die weiße Schlange. »Wenn ihr Kinder eines Stammes seid, warum gibst du dann der schwarzen Schlange deine Schwester nicht zur Frau?«

»O Hatem! Er hat dir die Wahrheit vorenthalten«, antwortete jene. »Er hat ebenfalls eine Schwester. Soll er ihr gestatten, daß sie mich heiratet, dann bin ich auch bereit, mich mit ihm zu verschwägern.«

»Was könnte es Klügeres geben? Gebt einander eure Schwestern zur Frau, und es wird Friede zwischen euch herrschen.«

»Mein Vater lebt noch«, sagte die schwarze Schlange, »und ohne seine Einwilligung kann ich nichts machen.«

»Führe mich zu deinem Vater, ich versuche, ihn zu überreden.«

Unverzüglich machten sich die schwarze Schlange und Hatem auf den Weg. Nachdem sie viele Straßen hinter sich gelassen hatten, erreichten sie eine große Stadt. Die schwarze Schlange blieb stehen und sagte: »O Edler, erkundige dich bei den Stadtbewohnern, wie du zur Mahalla meines Vaters kommst, und geh dorthin. Ich aber komme etwas später nach.«

»Gut«, stimmte Hatem zu und ging weiter, nachdem er sich von der schwarzen Schlange getrennt hatte. Unterwegs erfuhr er, daß der Vater der schwarzen Schlange Chordschinn hieß und ein Schah der Dschinn war.

Als Hatem vor die Augen des Schahs Chordschinn trat, fragte dieser: »O Menschensohn, was hat dich zu uns geführt?«

»O großer Schah, ich komme in einer frohen Angelegenheit zu dir!« antwortete Hatem.

Und der Schah sagte: »Die Dschinn und die Menschen sind einander seit Jahrhunderten feind, und du kannst uns nur Böses tun.«

»Du bist im Irrtum, o Schah! Ich komme reinen Herzens zu dir.«

»Sprich, warum bist du gekommen?« befahl Chordschinn.

»O Schah, du hast einen Sohn. Sag mir, ist er dir teuer oder nicht?«

»Ich habe einen einzigen Sohn, und ein Leben ohne ihn kann ich mir nicht vorstellen.«

»O Schah, wenn es so ist, dann hör auf meinen Rat, sonst wird dein Sohn eines Tages umgebracht.«

Chordschinn geriet in Erregung, faßte Hatem bei der Hand, ließ ihn neben sich Platz nehmen und sagte: »O Menschensohn, mögen dein Vater und deine Mutter gesegnet sein, und möge Allah dir die Fürsorge für meinen Sohn mit Glück vergelten. Aber jetzt verrate mir, worin die Gefahr besteht, die meinem Sohne droht.«

»O Schah«, antwortete ihm Hatem. »Dein Sohn hat den Vater eines Dschinn getötet, und dieser will als Rache deinen Sohn töten. Beinahe hätten sie einander umgebracht, und ich habe ihnen gerade noch rechtzeitig Einhalt gebieten können. Hör auf meinen Rat: Gib deine Tochter dem Sohn des Ermordeten zur Frau und verheirate deinen Sohn mit dessen Schwester. Dann wird Friede zwischen ihnen herrschen. Wenn du das aber nicht tust, nimmt die Feindschaft zwischen ihnen nie ein Ende, und du hast nichts Gutes zu erwarten.«

Hatems Rat war nach Chordschinns Sinn, er dankte ihm von Herzen, und nachdem er sofort alle seine Vertrauten versammelt hatte, machte er alles genau so, wie Hatem es gesagt hatte. Dann aber fragte Chordschinn: »O Menschensohn, womit kann ich dich für deine gute Tat belohnen?«

»O Schah«, antwortete Hatem. »Die gute Tat wird Allah mir vergelten, denn niemand versteht Wohltaten so zu schätzen wie er, der allmächtig und gerecht ist.«

»O Edler! Beweise mir deine Zuneigung und nimm einen Stab und einen Halsschmuck als Geschenke von mir an. Vielleicht kann ich dir mit ihrer Hilfe einen guten Dienst erweisen. Dieser Stab kann dem Wanderer das Pferd ersetzen. Der Halsschmuck aber hat viele wunderbare Eigenschaften: Die erste besteht darin, daß sein Besitzer Schlangengift nicht zu fürchten braucht, die zweite darin, daß er im Feuer nicht verbrennt, die dritte darin, daß er im Wasser nicht ertrinkt. Die vierte Eigenschaft des Halsschmucks besteht darin, daß er vor der Hexerei böser Zauberer und vor der Hinterlist der Menschen schützt, und endlich, wenn man den Halsschmuck aufs Wasser legt, wird er zu einer Brücke, über die man einen Fluß ungehindert überqueren kann. Aber das ist noch nicht alles. Seine allerwertvollste Eigenschaft besteht darin, daß er seinen Besitzer vor dem Gift der roten Schlange schützt. Wenn dir unterwegs eine rote oder weiße, eine schwarze oder grüne Schlange begegnet, dann nimm den Halsschmuck in den Mund, und schon wagt es keine dieser Schlangen, dir nahezukommen. Obendrein brauchst du den Halsschmuck nur in den Mund zu nehmen, und sofort verspürst du keinen Durst mehr.«

Nachdem sich Hatem bei Chordschinn für die Geschenke bedankt hatte und seine Erlaubnis erbeten hatte, begab er sich in Richtung Masanderan. Nach einiger Zeit kam er an das Ufer eines gewaltigen Stromes, der die Wüste mit dem Brausen seiner Wogen erfüllte, und begann eine Stelle zu suchen, an der er auf die andere Seite gelangen konnte, aber er fand keine. Plötzlich fielen ihm der Stab und der Halsschmuck von Chordschinn wieder ein.

Er nahm den Zauberhalsschmuck, legte ihn auf die Wellen des Flusses und gelangte darauf wie über eine Brücke bis in die Mitte des Flusses. Und in dem Augenblick, als Hatem die Mitte des Flusses erreicht hatte, tauchte ein riesiger Wal aus dem Wasser auf und verschluckte ihn mit dem Halsschmuck und dem Stab. Nachdem der Wal sieben Farsang weit geschwommen war, spuckte er Hatem aus und sagte: »O Menschensohn, ich habe dich hierher gebracht, weil ich ein wichtiges Anliegen habe.«

»Was willst du von mir?«

»Seit Jahrhunderten war dieser Platz mein Aufenthalt«, sprach der Wal, »doch ein ehrloser Wal mit Namen Saratan hat ihn mir gewaltsam weggenommen. Vertreibe diesen Schurken von hier und gib mir meinen Besitz wieder!«

»Kannst du deinen Gegner denn nicht selbst bezwingen?« fragte Hatem.

»Ihm macht es gar nichts aus, mich zu vernichten. Er hat zwei schreckliche Zähne, mit denen er mich mittendurch beißen kann. Warte ein wenig, Saratan ist auf Beute ausgegangen und muß jeden Moment zurück sein.«

In diesem Augenblick erschien der Wal Saratan, und der andere Wal, der bei Hatem Schutz gesucht hatte, verbarg sich eilends. Hatem sah sich Saratan an und stellte fest, daß seine beiden Zähne wirklich einer Schere glichen, während sein Kopf wie ein Minarett aussah, das bis zum Himmel reichte. Und er konnte mit seinen Zähnen selbst einen Berg von Eisen zu Staub zermalmen. Und Hatem dachte: ›Ja, der Wal hatte recht.‹ Furcht und Schrecken empfand er in seinem Herzen, und er richtete ein Gebet an Allah und bat ihn, ihm zu helfen, das sonderbare Ungeheuer zu bezwingen.

Kaum hatte der Wal Saratan Hatem erblickt, als er den Rachen aufriß und direkt auf ihn zuschoß, aber Hatem streckte ihm Chordschinns Stab entgegen, und der Wal blieb wie festgenagelt stehen. Da sagte Hatem, zu ihm gewandt: »O ehrloses Geschöpf, mit welchem Recht hast du den angestammten Herrn dieses Ortes aus seiner Heimstatt vertrieben?«

»O Mächtiger«, antwortete Saratan. »Er und ich, wir haben beide das gleiche Recht auf diesen Platz, warum soll ich darauf verzichten?«

»O Undankbarer! Wir alle sind Geschöpfe eines Schöpfers. Und läßt er, der Gerechte und Großherzige, denn zu, daß ein Geschöpf einem anderen Unrecht tut? Fürchtest du nicht den Zorn des Allmächtigen, wenn du einen blutsverwandten Artgenossen beraubst?«

»Gut«, sagte Saratan, »jetzt unterwerfe ich mich dir und gebe meinem Feind nach. Aber wenn du uns allein gelassen hast, kann ich mich an ihm rächen, und es ist niemand da, der für ihn eintreten kann.«

»Ach, Saratan, du bist aber bösartig und rachsüchtig! Dich kümmern weder Allahs Gnade noch sein Zorn. Hör lieber im guten auf meinen Rat, sonst bekommst du diesen Stab zu spüren und fährst zur Hölle.«

Da wurde Saratan zornig und zischte drohend: »Um nichts in der Welt verzichte ich darauf!« Dann stürzte er sich auf Hatem und wollte ihn mit seinen scharfen Zähnen packen, doch Hatem kam ihm zuvor und donnerte ihm Chordschinns Stab so auf den Kopf, daß der Schall davon bis zum Sternenhimmel drang, und der Wal Saratan sank geschlagen auf den Grund.

O Schah, der alle Untertanen nur bedrückt,
glaubst du, daß dir auch jetzt ein Weiterleben glückt?
Wozu brauchst eine solche Macht du, sage an!
Statt dessen wärst du besser wohl ein toter Mann.*

*Zeilen aus einem Werk Sa'dis. Anm. d. russ. Hg.

Kaum sah der Wal, der der Besitzer dieses Ortes war, daß Saratan ihm nicht länger nachstellen konnte, als er zum Grunde des Flusses stürzen wollte, um ihm dort den Garaus zu machen. Doch Hatem ließ nicht zu, daß Saratan ein Leid geschah. »Du Schwachkopf, laß ihn in Ruhe, er kommt ja nie mehr hierher zurück. Wenn du ihn anrührst, wirst du meinem Zorn nicht entgehen.«

Nachdem Hatem dem Wal seinen Besitz zurückgegeben hatte, setzte er sich auf Chordschinns Stab, ließ sich an das Ufer des Flusses zurücktragen und begab sich in Richtung Masanderan. Als er vom Wege ermüdet war, setzte er sich unter einen hohen, weitverzweigten Baum, holte etwas zu essen aus seiner Reisetasche und stärkte sich. Dann begann er sich Gedanken zu machen, wie er zu einem Männchen und einem Weibchen des Peri-Vogels kommen konnte. Gerade in diesem Moment erblickten ein paar Peri-Vögel, die vom Felde zurückkamen, Hatem unter dem Baum, auf dem sie nisteten. Und einer von ihnen fragte: »Was für ein Mensch ist da in unserer Gegend erschienen?«

Ein anderer aber antwortete: »Weißt du das denn nicht? Dieser Mensch ist auf der ganzen Welt für seine Güte berühmt.«

»Und wenn du dich irrst? Wollen wir uns nicht besser irgendwo verstecken?« sprach ein dritter.

»Aber nein, Hatem ist ein würdiger und edler Jüngling, und wir müssen ihn unbedingt sehen.«

Dann kamen alle Vögel aus dem Versteck hervor und traten vor Hatem. Und Hatem, der jedem von ihnen ins Gesicht schaute, dachte verwundert: ›Wahrlich groß ist die Macht des Allerhöchsten, wenn er fähig ist, einen Vogel mit dem Gefieder eines Pfaus und dem Kopf eines Peri zu erschaffen.‹

Inzwischen hielten die Peri-Vögel Rat. »Der edle Hatem«, sagten sie, »nimmt um des Wohls von anderen willen ständig Schwierigkeiten und Entbehrungen auf sich. Jetzt nun hat sich ein Jüngling in die Tochter des Zauberers Musahhar verliebt, und der Zauberer verlangt von dem Verliebten ein Peri-Männchen und ein Peri-Weibchen.«

Dann fragte einer von ihnen, an Hatem gewandt: »O Hatem, führt dich ein Geschäft zu uns?«

»Ja«, antwortete Hatem. »Wenn sich ein Männchen und ein Weibchen von euerm Geschlecht entschließen, mir zum Wohnort des Zauberers Musahhar zu folgen, werde ich mich für den glücklichsten aller Sterblichen halten, denn dadurch helfe ich einem verliebten Jüngling, sein Glück zu erringen.«

Als die Vögel Hatem angehört hatten, sagten sie: »Wir haben kein Recht, es dem großherzigen Hatem abzuschlagen. Doch erwachsenen Peri-Vögeln würde es schwerfallen, sich an ein neues Leben zu gewöhnen. Geben wir diesem edlen Jüngling ein Paar Vogeljunge, und sie werden sich schnell einleben, und man wird sie dort großziehen wie die eigenen Kinder.«

Und nachdem die Peri-Vögel Hatem die Jungen übergeben hatten, wünschten sie ihm Glück auf den Weg. Hatem aber dankte ihnen für ihre Großzügigkeit, steckte die Vogeljungen in den Busen und begab sich zum Zauberer Musahhar.

Nachdem Hatem viele Wege und Straßen hinter sich gelassen hatte, kam er nach einiger Zeit in das Reich des Zauberers Musahhar. Als der verliebte Jüngling Hatem erblickte, küßte er den Boden vor ihm und bat ihn, unverzüglich zu dem Zauberer zu gehen.

Aber Hatem sagte zu ihm: »Nimm du, o Bruder, die jungen Peri-Vögel und gehe selbst zu ihm. Ich aber komme später.«

Hatems Rate folgend, nahm der Jüngling die Vogeljungen und ging zu Musahhar. Musahhar schaute ihn mißtrauisch an und sagte: »Hier stimmt etwas nicht! Gestehe, wer die Vogeljungen gefangen hat.«

»O Mächtiger«, antwortete jener. »Die Jungen hat ein Mensch namens Hatem gefangen.« Und er erzählte Musahhar von Hatems Abenteuern.

Musahhar hörte die Erzählung des Jünglings an und befahl: »Und jetzt bring mir den Halsschmuck der roten Schlange.«

»O Mächtiger«, flehte der Jüngling. »Erlaube mir, wenigstens ein einziges Mal das Antlitz deiner Tochter zu sehen, bevor ich mich auf den Weg begebe, der voll von Entbehrungen und Gefahren ist. Allein der Allmächtige weiß, was mir beschieden ist, ob ich zurückkehre oder ob ich qualvoll in Ungewißheit umkomme, ohne das Ziel zu erreichen.«

Als Musahhar diese Worte vernahm, befahl er: »Diener, führt meine Tochter her, damit sie den Unglücklichen mit Begeisterung erfüllt, sich auf den weiten Weg zu begeben. Möge ihm das Wiedersehen Kraft verleihen und Trost gewähren!«

Als die Diener zu dem Mädchen kamen, teilten sie ihr den Willen ihres Vaters mit. Sogleich öffnete das Mädchen das Fenster ihres Zimmers, schaute auf die Straße, suchte mit den Augen den Jüngling und sprach zärtlich: »O beeil dich, ich warte auf dich.«

Der Jüngling schaute sie an und wäre beinahe in Ohnmacht gefallen. Dann aber, als er wieder zu sich gekommen war, seufzte er schwer und sagte: »O Allah! Ich habe mich nicht an ihr satt sehen können.«

»Du bist aber auch ungeduldig«, tadelte ihn Musahhar. »Führe aus, was dir befohlen ist, und dann schau sie dir an, soviel du magst.«

Nachdem der Jüngling Musahhar um die Erlaubnis gebeten hatte, sich entfernen zu dürfen, begab er sich unverzüglich zu Hatem und erzählte ihm alles ganz genau.

»O Verliebter«, tröstete ihn Hatem. »Stille deinen Kummer. Mit Allahs Hilfe werde ich den Halsschmuck der roten Schlange erlangen, und dann rückt die Stunde der Seligkeit für dich näher.«

Nachdem Hatem bei Musahhar in Erfahrung gebracht hatte, das Land der roten Schlangen befinde sich in der Umgebung des Berges Kaf, verabschiedete er sich von dem Jüngling und machte sich auf den Weg.

Und so führte Hatem der Weg zum Berge Kaf.

Nachdem er viele Straßen hinter sich gelassen hatte, setzte er sich unter einen weitverzweigten Baum, um zu rasten, und als er sich nach allen Seiten umschaute, erblickte er plötzlich einen riesigen bunten Skorpion, der schnell in Richtung auf die Wüste davonkroch.

›So ein Ungeheuer habe ich noch nie und nirgends gesehen!‹ dachte Hatem verwundert. ›Ich muß unbedingt herausfinden, was es hier macht und wo seine Wohnung ist.‹ Und darauf eilte er dem Skorpion hinterher. Als der Tag vom Abend abgelöst wurde, kamen sie zu einem Dorf, und der Skorpion verbarg sich unter einem großen flachen Stein. Hatem aber blieb nicht weit davon entfernt stehen und wartete ab, wie es weiterging.

Inzwischen brachten die Dorfbewohner, die den mondgesichtigen Fremden erblickt hatten, getreu den gastfreundlichen Sitten ihres Landes, sogleich die verschiedensten Speisen und setzten sie vor Hatem nieder. Doch mit Anbruch der Nacht zerstreuten sie sich in ihre Häuser. Hatem aber setzte sich, allein geblieben, auf die Erde und sprach das Bejt:

»Verloschen ist das Abendrot, seinem Heim strebt jeder zu,
doch wo find ich Heimatloser heute nacht wohl meine Ruh?«

Inzwischen banden die Dorfbewohner auf einem Platz, der nicht weit von der Stelle entfernt war, wo Hatem sich niedergelassen hatte, ihr Vieh an und legten sich auch selbst dort schlafen. Um Mitternacht kam der Riesenskorpion unter dem Stein hervorgekrochen und begab sich zu dem Platz, wo das Vieh angebunden war, und machte sich daran, es umzubringen. Der Reihe nach sprang er jedem Tier auf den Rücken und tötete es mit seinem verderbenbringenden Stachel. Nachdem er das Vieh auf diese Weise erledigt hatte, nahm er sich die Menschen vor, und bald waren sie alle tot. Der Skorpion aber verbarg sich von neuem unter dem Stein.

Als Hatem das Unheil sah, das der Skorpion angerichtet hatte, war er niedergeschlagen. Und er dachte in seinem Herzen: ›Wie es aussieht, war dies der Wille des allmächtigen Allah!‹ In der Morgendämmerung kamen die Dorfbewohner und sahen, daß all ihr Vieh und auch die Leute, die es bewacht hatten, ins Jenseits hinübergegangen waren, ihre Leiber aber strömten so einen Gestank aus, daß selbst die Erde sich weigerte, sie aufzunehmen. Zu Tode erschrocken, gerieten sie in große Bestürzung und kamen zu dem Schluß, der Allmächtige habe ihnen, unbekannt wofür, diese Strafe auferlegt.

Da wandte sich Hatem mit den Worten an sie: »O Freunde! Dieses Unglück hat sich über Nacht zugetragen. Unter dem flachen Stein hervor kam ein riesiger Skorpion gekrochen, so groß wie ein Huhn. Er hat sowohl das Vieh als auch die Leute umgebracht, die daneben schliefen.«

Hatem hatte seine Erzählung noch nicht beenden können, als der Skorpion von neuem unter dem Stein hervorgekrochen kam und sich auf die Sprechenden stürzte. Und sie erstarrten in größtem Entsetzen auf der Stelle. Inzwischen erstach der Skorpion einen der ältesten von ihnen, dessen Seele sogleich zum Himmel emporstieg, und kroch dann in Richtung auf die Wüste davon. Ohne sich aufzuhalten ging Hatem ihm nach. Den ganzen Tag folgte er dem Skorpion und gelangte mit Anbruch der Dämmerung zu einer Stadt. Vor Hatems Augen verwandelte sich der Skorpion in eine große schwarze Schlange und verschwand in ein Loch.

›Was verbirgt sich hier für ein Geheimnis, warum hat der Skorpion sein Aussehen verändert?‹ dachte Hatem und beschloß, sich mit Geduld zu wappnen und zu warten.

Als die Mitternacht vorüber war, kam die Schlange aus dem Loch und wandte sich nach der Stadt. Hatem ging ihr nach und blieb keinen Schritt zurück. Lange kroch die Schlange, und nachdem sie bis zur Stadtmauer gekommen war, erreichte sie endlich den Palast des Schahs. Nachdem sie ins Schlafgemach des Schahs eingedrungen war, kroch sie auf sein Lager, biß den schlafenden Schah tot und war sogleich nicht mehr zu sehen. Als Hatem sich dem Haus eines Wesirs näherte, sah er, daß die Schlange in das Haus kroch, den Sohn des Wesirs totbiß und in ihr Loch zurückkroch.

Als die Stadtbewohner am Morgen aus dem Schlaf erwacht

waren, erfuhren sie vom Tode des Schahs und des Sohnes des Wesirs. Bald hatte die Schreckenskunde die ganze Stadt durcheilt, und unbezwingbare Furcht erfaßte ihre Bewohner. Inzwischen verließ die Schlange ihr Loch und kroch weiter. Und wieder folgte ihr Hatem.

Nach einiger Zeit erreichten sie das Ufer eines Flusses. Hier verwandelte sich die Schlange in einen Löwen und verbarg sich im Wald hinter den Bäumen. Die Nacht verging und wurde vom Tag abgelöst. Früh am Morgen führten die Leute ihr Vieh zur Tränke. Plötzlich kam der Löwe aus dem Waldesdickicht gesprungen, zerriß einige Tiere und zugleich auch Menschen und war im Nu wieder verschwunden.

Ein wenig später verwandelte sich der Löwe in ein mondgesichtiges junges Mädchen. Das Mädchen setzte sich unter einen weitverzweigten Baum und begann zu weinen. Verwundert über die sonderbare Verwandlung, dachte Hatem: ›Gepriesen sei der allmächtige Allah, der solche Wunder zu vollbringen vermag!‹

Inzwischen ritten zwei Reiter an dem Baum vorüber. Sie erblickten das weinende Mädchen und fragten: »O Schöne, worum grämst du dich?«

»O Jünglinge«, antwortete das Mädchen. »Ich hatte einen jungen Mann, und wir verließen zusammen das Haus, um uns zu Verwandten zu begeben. Doch als wir diesen Ort erreicht hatten, kam aus der Richtung der Wüste ein großer Löwe gesprungen und würgte meinen Mann zu Tode. Ich verbarg mich auf diesem Baum und blieb wider Erwarten am Leben. Jetzt bin ich völlig verwirrt. Was soll ich tun?«

Einer der Reiter sprach zärtlich: »O Schöne, wir sind leibliche Brüder. Triff nach Belieben deine Wahl unter uns.«

»Ich kann dem nur unter der Bedingung zustimmen, daß ihr keine Frauen habt, daß ich frei von den Sorgen des Haushalts bleibe, und außerdem, daß ihr mich nicht kränken werdet«, sagte das Mädchen.

»O junge Schöne«, wandte sich der ältere Bruder an sie. »Ich bin mit allen deinen Bedingungen einverstanden.«

Und das Mädchen wurde seine Frau. Er aber nahm sie erfreut hinter sich aufs Pferd, und sie machten sich auf den Weg nach Hause. Nach einiger Zeit sagte das Mädchen, an den Mann gewandt: »O mein Teurer! Mich quält ein schrecklicher Durst! Such mir irgendwo Wasser, und sei es auch nur ein Tropfen.«

Der Mann stieg vom Pferd, und nachdem er seine junge Frau der Fürsorge seines jüngeren Bruders anvertraut hatte, ritt er davon, um eine Quelle zu suchen.

Kaum war er außer Sichtweite, als die junge Frau dem jüngeren Bruder zuzusetzen begann: »Mein Herz verzehrt sich nach deiner Liebe, tu ein gutes Werk und stille mein Verlangen.«

»Nachdem du jetzt die Frau meines älteren Bruders geworden bist, giltst du mir als Mutter«, antwortete jener. »Wie kannst du dich mit solchen ungebührlichen Worten an mich wenden! Wie es scheint, führt ein Satan dich vom rechten Wege ab.«

»Wenn du nicht einwilligst, mich zu beglücken«, drohte ihm das Mädchen, »sage ich meinem Mann, es habe dich nach meiner Ehre gelüstet.«

»Es steht dir frei zu sagen, was du willst, ich werde nicht zum Schuft an meinem Bruder.«

Bald kam der ältere Bruder mit einem Krug Wasser zurück. Als das Mädchen ihn erblickte, begann sie sich mit einem Aufschrei die Haare zu raufen.

»Was ist geschehen?« wunderte sich jener.

»O Kleinmütiger«, begann das Mädchen zu jammern. »Dein unwürdiger Bruder hat versucht, mir etwas Böses zu tun, und mit Mühe habe ich deine Rückkehr erwartet.«

Wütend sagte der ältere Bruder: »Du Nichtswürdiger! Wie konntest du so niederträchtig an deinem leiblichen Bruder handeln?«

»O Bruder, diese Frau hat mich verleumdet! Sie hat es sich offenbar in den Kopf gesetzt, uns zu verfeinden. Glaube ihr nicht!«

Als der ältere Bruder diese Worte hörte, erzürnte er noch mehr, zog sein Schwert aus der Scheide und schlug dem jüngeren damit so auf den Kopf, daß er ihn in zwei Hälften zerteilte. Aber der jüngere hatte es noch geschafft, ihm sein Messer ins Herz zu stoßen, und so fielen sie beide tot zu Boden. Während Hatem diesem blutigen Schauspiel zusah und von großer Furcht erfüllt wurde, dachte er: ›O Allah, ist dir all dieses denn wohlgefällig?‹

Das hatte er kaum gedacht, als sich das junge Mädchen in einen Späher verwandelte und der Späher weiterzog. Hatem aber folgte ihm. ›Wem wird dieser Herzlose wohl noch Unheil bringen?‹ grämte er sich.

Nach einiger Zeit erreichte der Späher einen Ort, dessen Einwohner ihm sogleich den Weg versperrten. Sie wollten ihn ergreifen, doch er schleuderte die Waghalsigen nach verschiedenen Richtungen auseinander und begab sich erneut in die Wüste. Bald sah Hatem, wie sich der Späher in einen steinalten Greis verwandelte. Hatem verlor die Geduld, packte den Greis am Ärmel und sagte drohend: »O du Verächter von Allahs Willen! Wie kannst du es wagen zu vernichten, was durch seine Macht geschaffen wurde? Wer hat dir gestattet, lebenden Wesen Böses anzutun? Tu Buße, sonst werde ich für alle deine Untaten mit dir abrechnen.«

»O Hatem«, antwortete ihm der Greis. »Laß mich los, denn ich bin einer unaufschiebbar dringlichen Sache wegen in Eile.«

Hatem wunderte sich: »O du listiger Greis, woher ist dir bekannt, daß ich Hatem heiße?«

»Ich kenne nicht nur dich, sondern auch alle deine Vorfahren bis zur siebenten Generation. Ich verachte Allahs Willen nicht, ich führe ihn aus. Wenn die Reihe an dich kommt, wirst du alles an dir erfahren. Jetzt aber möge sich jeder von uns seinen eigenen Angelegenheiten widmen.«

»Wenn du meiner Vergangenheit kundig bist, kannst du auch meine Zukunft voraussagen. Willst du mir nicht sagen, wie sich mein Schicksal weiter gestalten wird?«

»O Hatem«, antwortete ihm der Greis. »Ich bin derjenige,

der den Tod zu jedem Lebewesen bringt. Zuerst hast du mich in der Gestalt des bunten Skorpions getroffen, zu dem ich nach Allahs Willen geworden war. Der Schah und der Sohn des Wesirs starben an dem Biß der Schlange, in die ich mich ebenfalls nach Allahs Willen verwandelt hatte. Denn nach dem Willen Allahs kommt der Tod zu jedem in anderer Gestalt, und alle Lebewesen gehen in unterschiedlicher Weise ins Jenseits ein.«

»O Greis, in welcher Gestalt wird der Tod zu mir kommen?«

»O Hatem, wenn du einhundertfünfzig Jahre alt bist, wirst du aus großer Höhe herabstürzen, Blut wird aus deiner Nase fließen, und deine Seele wird den Körper verlassen. Jetzt aber bist du noch jung, und ein weiter und kampferfüllter Weg liegt vor dir. Weiche nicht ab von diesem Wege, tue allen Lebewesen Gutes.«

Als Hatem diese Worte gehört hatte, verneigte er sich zu einem Dankgebet an Allah. Doch als er den Kopf wieder hob, war der Tod in Gestalt des Greises verschwunden, und Hatem lenkte seine Schritte wieder in Richtung des Berges Kaf.

Viele Monate lang wanderte Hatem durch Städte und Dörfer, aber noch länger irrte er durch die Wüste des Schicksals. Vom Durst waren seine Lippen verdorrt, vom ewigen Hunger war er entkräftet, und er zog hin und her, ohne zu wissen, wohin er sich wenden sollte.

Endlich erbarmte Allah sich seiner, und er gelangte zur schwarzen Erde, dem Wohnort der schwarzen Schlangen. Kaum daß sich die Abenddämmerung auf die Erde senkte, umringten schwarze Schlangen Hatem von allen Seiten, bereit, sich auf ihn zu stürzen. Hatem aber erinnerte sich an Chordschinns Stab, stieß ihn sogleich in die Erde und setzte sich daneben. Die Schlangen umgaben Hatem in einem dichten Ring und streckten, böse zischelnd, die Köpfe nach ihm aus, aber sie wagten nicht, ihn anzurühren. So verging die erste Nacht. Mit Anbruch des Morgens krochen die Schlangen in ihre Löcher. In der folgenden Nacht umringten die Schlangen

Hatem von neuem, doch die Furcht vor Chordschinns Stab zwang sie wieder, unverrichteterdinge abzuziehen. Im Morgengrauen verließ Hatem die schwarze Erde und gelangte nach mehreren Tagen zur weißen Erde, die so weiß war wie ein Hühnerei.

Nachdem er bei der weißen Erde gewesen war, begab er sich zur grünen Erde. Und die Schlangen der grünen Erde, die Hatem witterten, umgaben ihn in einem dichten Ring und streckten, böse zischelnd, die Köpfe nach ihm aus und versuchten, ihn zu beißen. Nachdem Hatem die Schlangen der grünen Erde bezwungen hatte, wandte er sich zur roten Erde. Und als er die rote Erde erreichte, sah er, daß sie rot war wie Blut, und er brauchte nur darauf zu treten, als sich seine Füße völlig mit Blasen und Brandwunden bedeckten.

Von Durst und Hunger gepeinigt, konnte Hatem nicht weitergehen und dachte in seinem Herzen: ›Wie es scheint, ist mein Tod gekommen, und ich komme nicht mehr von hier fort. Aber lieber den Tod empfangen, als sein Wort brechen.‹ Nachdem er das gedacht hatte, faßte er neue Kraft, überwand den Schmerz und die Qualen des Hungers und ging weiter. So ging er noch ein Farsang weit. Am Ende dieses Farsangs aber sank er vor Erschöpfung bewußtlos zu Boden. Doch da erblickte er einen Greis, der ihn bei der Hand faßte, vom Boden aufhob und sprach: »O Hatem, du hast ganz die wunderbare Kraft von Chordschinns Halsschmuck vergessen. Besinne dich darauf, und er wird deine Qualen lindern.«

Rasch nahm Hatem den Halsschmuck in den Mund, und im selben Augenblick war sein Durst gestillt, und er fragte den Greis: »O Mächtiger, was macht die Hitze dieser Wüste so unerträglich?«

»O Hatem«, antwortete ihm der Greis. »Die Erde dieser Wüste ist vom Gift der roten Schlange getränkt. Bevor sie hier erschienen ist, war diese Erde gesegnet und blühend.«

Nachdem Hatem den Greis um die Erlaubnis gebeten hatte, sich entfernen zu dürfen, zog er weiter. Nachdem er viele Wege und Straßen hinter sich gelassen hatte, erblickte er die zu einem Knoten verschlungene rote Schlange, riesig wie ein Berg, mit einem Kopf gleich einer Kuppel und einem Hals von hundertfünfzehn Gas Länge. Aus dem geöffneten Rachen der Schlange loderten grelle Flammenzungen, die eine unerträgliche Hitze ausströmten, von der alles Lebende zu Asche verbrannt wurde. Flugs stieß Hatem Chordschinns Stab in die Erde, setzte sich daneben, und wie die übrigen Schlangen auch, wagte die rote Schlange nicht, sich ihm zu nähern.

Nachdem die rote Schlange ihre Wunderkraft gegen Hatem gerichtet und nichts damit erreicht hatte, mußte sie sich wohl oder übel zurückziehen. Als der Morgen anbrach und die Strahlen der Sonne diese von Allah vergessene Gegend erleuchteten, erblickte Hatem im Rachen der roten Schlange eine riesige Kugel. Er ergriff Chordschinns Stab und beschrieb damit einen Kreis um seinen Kopf. Die rote Schlange erschrak vor dem Stab, begann sich sogleich in Krämpfen zu winden, spuckte die rote Kugel aus und kroch in ihre Höhle. Als Hatem sich die rote Kugel ansah, stellte er fest, daß ebendiese der Halsschmuck der roten Schlange war. Er wollte ihn in die Hand nehmen, doch es ging eine starke Hitze davon aus. Mit großer Vorsicht wickelte er den Halsschmuck in seinen Turban, und im Nu erblühte die ganze Gegend, und die Erde war wieder gesegnet und fruchtbringend.

Eine der Eigenschaften des Halsschmucks war es, alles ringsum zu beleben, und solange ihn die rote Schlange in ihrem Rachen verborgen hatte, hatten sich blühende Gärten in Wüste verwandelt.

Nach langer Zeit kam Hatem zu dem verliebten Jüngling zurück und traf ihn wartend an. Kaum daß der Jüngling Hatem erblickt hatte, küßte er den Boden vor ihm, Hatem aber händigte ihm den Halsschmuck der roten Schlange aus und sagte:

»Geh zu Musahhar und gib ihm diesen Halsschmuck.«

»O Hatem«, flehte der Jüngling. »Gehen wir gemeinsam zu Musahhar, sonst wird er die Echtheit des Halsschmucks anzweifeln.«

Als sie zu dem Zauberer kamen, legte Hatem den Halsschmuck vor ihm nieder. Musahhar warf einen scheelen Blick auf den Halsschmuck und sagte: »Es wäre nicht schlecht, auszuprobieren, ob es der Halsschmuck ist, den ich verlangt habe.«

»Wie du willst«, antwortete ihm der Jüngling. »Handle so, wie dein Herz es befiehlt.«

Unverzüglich stellte Musahhar die Zaubereigenschaften des Halsschmucks auf die Probe, und nachdem er sich überzeugt hatte, daß er nicht betrogen worden war, wandte er sich mit folgenden Worten an den Jüngling: »O Jüngling, eine Bedingung ist noch offen, und die kannst nur du allein erfüllen.«

»Befiehl, ich bin bereit«, antwortete der verliebte Jüngling.

»O Jüngling, jetzt mußt du in einen Kessel mit siedendem Öl steigen.«

Verstört blickte der Jüngling auf Hatem. »O Musahhar! Dann bekomme ich deine Tochter nie zu Gesicht!«

»Richte deinen Kessel mit dem Öl her!« sagte Hatem entschlossen.

Musahhar befahl seinen Dienern, einen gewaltigen Krug Öl zu bringen, das Öl in einen eisernen Kessel zu gießen und unter dem Kessel sechs Tage lang pausenlos ein Feuer zu unterhalten, so daß in dem Öl selbst ein Stein augenblicklich schmelzen mußte. Als der verliebte Jüngling das hörte, wurde er vor Schreck gelb wie Safran und fragte, zu Hatem tretend: »Weswegen soll ich diese Qualen auf mich nehmen. Sie versprechen mir nicht das Glück, sondern den Tod.«

»O Jüngling, sorge dich nicht«, beruhigte Hatem ihn. »Ich gebe dir einen Halsschmuck der Peris. Nimm ihn in den Mund und steige tapfer in den Kessel mit dem Öl. Durch Allahs Willen bleibst du heil und lebendig.«

Der Jüngling nahm den Halsschmuck, trat an den Kessel mit dem siedenden Öl und prallte sofort furchtsam zurück. Dann näherte er sich, die Furcht unterdrückend, von neuem dem Kessel, konnte sich jedoch nicht entschließen hineinzusteigen.

»Was zögerst du?« rief Hatem. »Das Liebesglück kommt nicht von allein. Nur um den Preis außerordentlicher Anstrengungen kann man es erlangen. Und wenn die Liebe dir den Tod bringt, macht dich das auf ewig berühmt. Ein wahrhaft Verliebter fürchtet solche Prüfungen nicht, im Gegenteil, sie verleihen ihm Kraft!«

Als der Jüngling nach Hatem schaute, sah er, wie dieser ihm durch Zeichen befahl, in den Kessel zu steigen. Da faßte er sich ein Herz, steckte den Halsschmuck in den Mund und tauchte mit geschlossenen Augen in das siedende Öl. Und als er sich auf den Grund des Kessels hatte sinken lassen, dachte er mit großem Erstaunen: ›Es ist überhaupt nicht wie in einem Kessel mit siedendem Öl, sondern wie im Winter in einem Wasserbecken.‹

Der Zauberer aber sah, daß der Jüngling heil und unversehrt blieb, daß ihm kein Feuer und kein siedendes Öl etwas anhaben konnten, und er wurde von besorgniserregenden Gedanken gepackt. »He, Jüngling, komm heraus«, befahl er.

Als Musahhar den verliebten Jüngling heil und unversehrt sah, wollte er einen neuen Zauber gegen ihn richten, wandte sich zu ihm um und begann irgendwelche Beschwörungen zu sprechen.

»Du Ehrloser«, entrüstete sich Hatem. »Was willst du noch? Alles, was du befohlen hast, hat der gute Jüngling ausgeführt. Und es möge dir bekannt sein, daß dieser Jüngling im Besitz eines anderen Zauberhalsschmucks ist, der die Kraft hat, deine Zauberei gegen dich selbst zu wenden.«

Als der Zauberer diese Worte hörte, erschrak er, rief den verliebten Jüngling zu sich und sprach freundlich: »Nun denn, du hast dir das Recht erworben, meine Tochter zur Frau zu nehmen. Der Wille des allmächtigen Allah möge geschehen!«

»Bereitet jetzt alles für die Hochzeit vor!« befahl Hatem.

Nachdem Musahhar Hatem und den verliebten Jüngling in seinem Palast untergebracht hatte, richtete er eine prächtige und reiche Hochzeit aus, wie man sie in jener Gegend nie gesehen hatte. Als der Ehebund zwischen Musahhars Tochter und dem verliebten Jüngling durch ein besonderes Schriftstück bekräftigt war, betrat das junge Paar sein Schlafgemach, bestieg das Brautlager und gab sich den Wonnen der Liebe hin.

Nachdem sich Hatem von dem Jüngling und seiner jungen Frau verabschiedet hatte, begab er sich zum Berg Alkan. Viele Wege und Straßen ließ er hinter sich zurück und erreichte schließlich den Fuß des Berges. Hier setzte er sich, von Hunger und Durst geplagt, auf die Erde und machte sich ans Mahl. Plötzlich erblickte er einige Peris, die sich zu einer Höhle begaben. Unverzüglich eilte er ihnen nach, aber die Höhle war so eng, daß er sich kriechend vorwärts bewegen mußte. ›Wohin sind die Peris verschwunden?‹ wunderte sich Hatem, der sie aus den Augen verloren hatte. Bald aber befand er sich in einem großen blühenden Garten, und seinen Blicken bot sich ein herrlicher Palast dar, der bis zu den Sternen ragte. Doch als er sich diesem Palast näherte, stürzten ihm Peris entgegen.

»O Menschensohn«, sprachen sie Hatem an. »Wer hat dich hierher geführt?«

»O ihr Schönen!« antwortete Hatem. »Hergeführt hat mich der, der mich wie auch euch erschaffen hat. Wollt ihr mir nicht sagen, wie euer Berg heißt und wem dieser Garten gehört?«

»Unser Berg heißt Alkan, und es herrscht hier Alkanperi, wir aber sind ihre Aufwärterinnen. Bald wird sie erscheinen, und du darfst ihr nicht unter die Augen kommen, denn du könntest unschuldig dein Leben einbüßen. Hör auf unsern Rat und kehre dorthin zurück, woher du gekommen bist.«

»Eure Warnungen schrecken mich nicht. Für das Glück eines andern bin ich bereit, das eigene Leben zu opfern. Ich habe meinen Grund, hierherzukommen, und ich weiche nicht, bevor ich mein Ziel erreicht habe.«

Die Peris frohlockten, als sie diese Worte hörten, traten an Hatem heran und sprachen: »Edler Jüngling! Möge Allah denjenigen mit Übel strafen, der einem guten Menschen etwas Schlechtes tut! Wenn der Wunsch, die Malika Alkanperi zu sehen, so stark in dir ist, wollen wir dich in einem Winkel des

Gartens verbergen, und du kannst ihrer durch einen Spalt in der Mauer ansichtig werden.«

»Ich vertraue euren guten Absichten«, antwortete Hatem, »und bin bereit, euch zu gehorchen.«

Bald öffnete sich das Gartentor, und in Begleitung ihrer Vertrauten erschien Alkanperi. Sie schritt zu ihrem Thron und nahm darauf Platz. Inzwischen führten die Peridienerinnen Hatem zu dem vereinbarten Ort und zeigten ihm den Spalt in der Mauer. Als sich Hatem an den Spalt preßte und Alkanperis Gesicht erblickte, das der aufgehenden Sonne glich, benahm ihm der Glanz, der davon ausging, das Bewußtsein, und er fiel ohnmächtig nieder, einem Toten gleich. Nach einiger Zeit kam er wieder zu sich und brachte ein Lob auf Alkanperis Schönheit aus, und so erschüttert war er von ihrer Schönheit, daß er den Grund vergaß, der ihn zu ihr geführt hatte.

Mit Anbruch der Nacht, als alles ringsum im Schlaf lag, erschien bei Hatem ein graubärtiger Greis, faßte ihn bei der Hand und sprach: »Was hat dich hierher geführt? Der leidende Jüngling baut auf deine Hilfe, hast du ihm doch versprochen, ihm das Glück wiederzubringen.«

Hatem schlug die Augen auf, sah aber niemanden vor sich.

Früh am Morgen erschienen die Peridienerinnen im Garten, und Hatem sprach sie an: »O ihr Schönen, führt mich zur Malika, damit ich ihr eine Botschaft von einem verliebten Jüngling überbringe.«

Als die Dienerinnen vor der Malika Alkanperi jedes Wort von Hatem wiederholten, dachte sie sogleich: ›Sollte das etwa der Jüngling sein, den ich vor sieben Jahren verlassen habe?‹

Und sie befahl ihren Dienern, den Menschensohn zu fesseln und zu ihr zu bringen.

Unverzüglich kamen die Diener Alkanperis Befehl nach, und als Hatem vor Alkanperis klare Augen trat, befahl die Malika den Dienern, ihn von seinen Fesseln zu befreien, dann faßte sie ihn bei der Hand, führte ihn zu ihrem Thron und ließ ihn an ihrer Seite Platz nehmen. Dann aber fragte sie: »O Jüngling, woher kommst du, und wie heißt du?«

»O Schöne«, antwortete Hatem. »Ich komme aus Jemen, und ich heiße Hatem Ibn Ta'i Ibn Kahlan.«

Die Malika erhob sich von ihrem Platz, und nachdem sie eine tiefe Verbeugung vor Hatem vollführt hatte, sprach sie: »O Hatem, aus dem Munde großer Weiser habe ich gehört, es solle ein Menschensohn namens Hatem bei uns erscheinen, dem es von Geburt an bestimmt ist, gute Taten zu vollbringen.«

Und weiter fügte sie hinzu: »O Hatem, möge deine Ankunft gesegnet sein, die Adel über meine bescheidene Wohnung bringt.«

Nachdem die Malika Alkanperi Hatem auf den Thron des Schahs genötigt hatte, befahl sie, auserlesene Speisen zu reichen. Und während sie von den Speisen aßen, führten sie ein Gespräch über die verschiedenen Wunder und die Diws, die Hatem auf seinem Wege getroffen hatte.

Und höflich fragte ihn die Malika: »O Jüngling, was hat dich hierher geführt?«

»O reizende Malika, die Kunde von deiner Schönheit und Weisheit ist in die entlegensten Winkel der Erde gedrungen. Doch vor allem bist du für deinen edlen Umgang berühmt. Möge Allah dich dafür preisen, mein Lob aber wird stets auf meinen Lippen und in meinem Herzen wohnen.«

Das sagte Hatem und sprach dann die Verse:

»Keine Peri auf der Welt läßt sich dir vergleichen:
schlank der Wuchs, und jeder Blick ist der Güte Zeichen.
Nicht nur deine Schönheit ist's, die uns hält gefangen,
hilfst du einem jeden doch, Wahrheit zu erlangen.«

Und er fuhr fort: »O Malika! Ich, dein ergebener Sklave, hatte mich nach der Wüste Humra aufgemacht. Unterwegs erblickte ich auf dem Gipfel eines Berges einen schöngesichtigen Jüngling, der ausgemergelt und entkräftet unter einem Baum stand, sich mit beiden Händen an den Ästen festhielt und sich mit geschlossenen Lidern hin- und herwiegte, wobei er mit einer Stimme, die von unendlichem Gram erfüllt war, das Bejt sprach:

›Komm zu mir, du darfst jetzt nicht länger mir noch fehlen.
Allzu wund ist meine Brust, mußt du mich so quälen?‹

Und so heiß waren seine Tränen, daß die Steine schmolzen. Indem ich näher trat, sprach ich den Unglücklichen an: ›O Jüngling, laß mich die Ursache deines Kummers wissen!‹ Aber der Jüngling antwortete nicht und schien meine Worte gar nicht gehört zu haben. ›O Jüngling‹, sprach ich ihn erneut an, ›warum bist du so unehrerbietig gegen einen Menschen, der Mitgefühl für dich zeigt?‹

Ich setzte meine Nachfrage fort, und da sagte der Jüngling: ›Volle sieben Jahre harre ich auf diesem Berggipfel aus und werde von fruchtloser Liebe verzehrt. Viele haben mich wie du nach der Ursache meiner Leiden gefragt. Aber jeden drükken die eigenen Sorgen, und kaum, daß sie mich verlassen haben, vergessen sie ihre Versprechen. Worin wärst du besser als die andern? Bist du etwa in der Lage, mir Erleichterung zu verschaffen? Welchen Nutzen brächte es, wenn ich jemandem von meinem Leid erzählte, der mir doch nicht helfen kann?‹

Doch allmählich gab er meinen Bitten nach und teilte mir seine traurige Geschichte mit, und da leistete ich ihm den Schwur, dich zu suchen, o Mondgesichtige, und Tamim Choresmi zu seinem Glück zu verhelfen. Sag mir jetzt, was dich bewog, auf diese unwürdige Weise mit ihm zu verfahren, hattest du ihm doch versprochen, ihm bis ans Ende der Welt zu folgen!«

»Als ich nach Hause kam, hatte ich den Jüngling sogleich vergessen. Aus Achtung gegen dich bin ich bereit, ihn wiederzusehen, aber seine Frau kann ich nicht werden, denn er ist mir nicht ebenbürtig.«

»Aber ihr wart doch einmal zusammen, und damals hast du ihn deiner für würdig befunden. Warum hast du dich anders besonnen? O Malika, wenn du seine Liebe verschmähst, verschmähe ich auch deine Fürsorge für mich und sterbe vor deinen Augen an Hunger und Durst. Und mein Tod wird auf deinem Gewissen lasten.«

Nachdem Hatem das gesagt hatte, sprach er das Bejt:

»Bring den Jüngling nicht ums Leben, weise ihn doch
nicht zurück.
Du bist noch so jung an Jahren, ganz am Anfang steht
dein Glück.«

Die Malika geriet in Verwirrung und befahl sogleich, den unglücklichen Jüngling zu holen.

Nach drei Tagen und drei Nächten brachten die Diener den Jüngling herbei. Aber die Malika blieb unerbittlich. Um dem Unglücklichen zu helfen, legte Hatem sich unter einen Baum und verweigerte Speise und Trank, und schon wollte ihn die Kraft gänzlich verlassen. Da hörte er einmal im Schlaf eine geheimnisvolle Stimme sagen: »Glaub nicht den Versprechungen der hinterlistigen Alkanperi. Viele Jünglinge haben aus unerwiderter Liebe zu ihr das Leben verloren. Sie hält ihr Wort nicht. Tu den Zauberhalsschmuck der Peris in ein Gefäß mit Wasser und laß von dem Wasser erst den Jüngling und dann die Malika Alkanperi trinken.«

Am Morgen bat Hatem die Malika, ihr reizendes Angesicht dem Verliebten zu zeigen, und die Malika erklärte sich einverstanden. Aber kaum hatte der sie angesehen, fiel er sogleich in Ohnmacht, und als er nach drei Tagen und drei Nächten wieder zu sich kam, konnte er den Blick nicht von ihr abwenden. Die Malika aber blieb teilnahmslos ihm gegenüber.

Da legte Hatem den Perihalsschmuck in ein Gefäß mit Wasser und gab dem Jüngling das Wasser zu trinken. Das Wasser schmeckte ihm, und die Malika wollte auch davon kosten. Und Hatem reichte ihr das Gefäß. Sie nahm es Hatem aus der Hand und trank es bis zum letzen Tropfen aus. Und in ihrem Herzen erwachten Liebe und Verlangen.

»Schenke dem Unglücklichen wieder deine Zuneigung«, sprach Hatem sie an. »Willst du ihn noch lange mit deiner Kälte quälen?«

»O Hatem«, sprach die Malika. »Meine Seele ist jetzt von Leidenschaft für den edlen Jüngling erfüllt. Aber mich mit ihm vereinen kann ich nur mit Zustimmung meines Vaters.«

»Gut«, sagte Hatem. »Ruf deinen Vater. Vielleicht gelingt es mir, ihn zu überreden.«

Nachdem die Malika ein großes Festmahl hergerichtet hatte, lud sie ihre Eltern ein und setzte sie neben Hatem. Und als der Vater der Malika Hatem nach seinen Geschäften fragte, erzählte Hatem ihm mit der gebührenden Achtung alle Einzelheiten seiner von Seltsamkeiten und Wundern erfüllten Abenteuer.

Und Alkanperis ehrwürdiger Vater lobte Hatem für seine guten Taten, und nachdem er alle einfachen Peris und den ganzen Adel zusammengerufen hatte, richtete er eine prächtige Hochzeit für Alkanperi und Tamim Choresmi aus. Als die Hochzeitsfeierlichkeiten beendet waren, entfernte sich das junge Paar in die Gemächer für die Neuvermählten, und nachdem Tamim Alkanperi auf das Brautlager geführt hatte, versenkte er sich in Wonne.

Hatem aber nahm von den Peris Abschied und machte sich wieder auf den Weg.

Nach einiger Zeit drang eine traurige Stimme an sein Ohr:

»Wie soll man jene Untat nennen, zu der Gier
den Menschen trieb, so schlimm zu handeln wie ein Tier?«

Sofort eilte Hatem auf die Stimme zu und erblickte bald einen himmelhohen Baum, in dessen Zweigen ein großer Käfig hing, und in dem Käfig saß ein graubärtiger Greis. Und dieser graubärtige Greis, der in dem Käfig saß, der in den Zweigen des hohen Baumes hing, sprach dieses Bejt.

An den Greis gewandt, fragte Hatem: »O Greis! Worin liegt dein Geheimnis verborgen? Wer hat dich in den Käfig gesetzt und dir solche Worte eingegeben?«

»O Jüngling!« antwortete ihm der Greis. »Traurig und bitter ist mein Geschick, doch ich bin selbst daran schuld. Wenn du mir den Schwur leistest, mir in meiner Not zu helfen, nachdem du meine Geschichte angehört hast, werde ich sie dir sogleich mitteilen. Na, und wenn du nicht deine Zustimmung gibst, dann geh deines Weges.«

Hatem sagte: »O Greis, wie könnte ich dich, nachdem ich dein Unglück gesehen habe, einfach deinem Schicksal überlassen?! Ich schwöre bei Allah, dem Allmächtigen und Einzigen, alles für dich zu tun, was du befiehlst!«

»So höre, o Jüngling. Ich stamme aus der Familie eines reichen Kaufmanns und heiße Humra. Als ich das Mannesalter erreicht hatte, erbaute mein Vater eine Stadt für mich, er selbst aber begab sich in Handelsgeschäften auf eine weite Reise. Ich aber, leichtsinnig und liederlich, wie ich war, brachte während seiner Abwesenheit seinen ganzen Reichtum durch und wurde ein Bettler. Indessen erkrankte mein Vater unterwegs und ging ins Jenseits ein. Vergeblich versuchte ich, den Schatz zu finden, den mein kluger und vorsorglicher Vater, Gott weiß wo, versteckt hatte, und nach einiger Zeit traf ich einen Jüngling, der sich einverstanden erklärte, mir dabei zu helfen. Aber dabei sagte er: ›Der Schatz ist so vergraben, daß du ihn niemals finden wirst. Wenn du einwilligst, mir den vierten Teil davon abzugeben, mache ich mich unverzüglich ans Werk.‹

Ohne zu überlegen, führte ich den Jüngling zu mir nach Hause, und er fand auf eine Weise, die nur ihm bekannt war, das Versteck, in dem ungezählte Reichtümer verborgen lagen. Als ich mich der Reichtümer bemächtigt hatte, leugnete ich mein Versprechen, und als Erwiderung auf das Ansuchen des Jünglings jagte ich ihn davon, nachdem ich ihn mit Faustschlägen traktiert hatte.

Nach zwölf Tagen kam der Jüngling wieder und bat mich, unser Zerwürfnis zu vergessen und ihn in Dienst zu nehmen, damit er durch seinen Eifer und seine Ergebenheit mein Wohlwollen wiedererlangen könne. Erfreut darüber, daß es mir auf so einfache Weise gelingen sollte, meinen Feind zu besänftigen, nahm ich ihn beim Wort und stellte ihn bei mir an. Und da sprach der Jüngling eines glückverheißenden Tages, zu mir gewandt: ›Du hältst mich doch wohl nicht für einen herumstreunenden Bettler? Möge dir bekannt sein, daß ich über einen wunderbaren Scharfblick verfüge, ich vermag zu erkennen, wo Schätze vergraben liegen.‹

›Kannst du mich diese Kunst nicht lehren?‹ fragte ich.

›Nichts wäre einfacher als das. Du mußt dir Zauberspießglanz beschaffen und deine Augen damit einreiben, und sogleich erlangst du diese Eigenschaft.‹

›Aber wo kann man solchen Spießglanz finden? Hilf mir dabei‹, bat ich.

›Gut‹, stimmte der Jüngling zu.

Unverzüglich begaben wir uns auf die Suche nach dem Zauberspießglanz. Nach einiger Zeit erblickten wir an einem wüsten und menschenleeren Ort einen großen Baum und setzten uns darunter, um zu rasten. Mein Freund steckte die Hand in den Busen und holte ein Päckchen mit Spießglanz hervor. Kaum hatte er mit dem Spießglanz meine Augen eingerieben, da erblindete ich.

›O Bruder, warum hast du mir dies Leid getan?‹ empörte ich mich.

›Dies ist das Schicksal eines jeden, der mit anderen unwürdig verfährt. Wenn du willst, daß deine Augen wieder sehend werden, mußt du in diesen Käfig steigen und wie ein Rabe ununterbrochen rufen:

‚Wie soll man jene Untat nennen, zu der Gier
den Menschen trieb, so schlimm zu handeln wie ein Tier?'‹

Nachdem er das gesagt hatte, hängte er den Käfig in den Baum und wollte weggehen.

›O Jüngling, wie willst du dich vor Allah für dein ungerechtes Tun verantworten?‹ rief ich, und der Jüngling sagte: ›Einstmals, als du mich betrogen hast, hast du den Schwur gebrochen, den du vor Allah abgelegt hattest, und jetzt vergilt er dir deinen Treubruch.‹

›Nimm meine Reue an, und ich halte mein Wort‹, flehte ich.

›Was man getan hat, kann man nicht ungeschehen machen‹, sprach der Jüngling. ›Von jetzt an bist du verurteilt, in diesem Käfig zu sitzen. Einmal wird ein Jüngling hier erscheinen, der dir aus der Wüste ein Mittel bringt, das dich von deiner Blindheit zu heilen vermag.‹«

»Und hältst du dich hier schon lange auf?« fragte Hatem.

»Ich weiß es nicht«, antwortete der Greis.

»Aber wie hast du dir Nahrung verschafft?« wollte Hatem wissen.

Und der Greis erklärte: »Meine Nahrung hat mir der Schöpfer geschickt.«

»O du Unglücklicher«, sagte Hatem. »Besänftige deine Seele und stille deinen Kummer.«

Und Hatem machte sich auf den Weg, und nach einiger Zeit brachte er ein Mittel aus der Wüste und rieb dem Greis damit die Augen ein. Und da wurden die Augen des Greises wieder sehend, und von neuem erblickte er die Welt.

Nachdem Hatem den Greis geheilt hatte, begab er sich auf den Rückweg. Indem er viele Wege und Straßen hinter sich ließ, gelangte er nach Husnabad, und als er in die Karawanserei kam, traf er dort den Schahsade, und nachdem er ihm von seinen Abenteuern berichtet hatte, befahl er ihm, er solle sich nach dem Palast der Malika Husnbanu aufmachen.

Als die Malika Husnbanu von Hatems Rückkehr erfuhr, befahl sie, ihn sogleich in den Palast zu bringen. Nachdem sie sich hinter einem Vorhang verborgen hatte, sprach sie: »O Hatem, berichte mir genau von deinen Abenteuern.«

Unverzüglich teilte Hatem der Malika alles mit, was er unterwegs gesehen und gehört hatte.

»Alles, was du gesagt hast, ist die reine Wahrheit.« Dic Stimme der Malika klang beifällig.

»O mondgesichtige Malika«, sprach Hatem sie an. »Willst du nicht so gut sein, mir dein viertes Rätsel aufzugeben, damit ich ohne Verzug aufbrechen kann, um die Lösung zu finden?«

»O Hatem«, antwortete ihm die Malika. »Jemand hat über den Eingang seines Hauses geschrieben: ›Friede und Wohlergehen begleiten stets den, der die Wahrheit spricht.‹

Was mußt du tun, damit kein Unheil dich befällt,
was schickt der Himmel dir als sicheres Entgelt?

Dir, Hatem, obliegt es, in Erfahrung zu bringen, was diese Worte bedeuten und wer dieses Glück, das vom Allmächtigen als Lohn für eine gerechte Tat gesandt wurde, an sich erleben konnte.«

Das vierte Abenteuer

Als Hatem den Palast der Malika verlassen hatte, ging er in Richtung der Wüste davon. Nach einiger Zeit gelangte er zu einem hohen Berg, an dessen Fuß ein kleiner See lag. Das Wasser in dem See brodelte, und seine Farbe war wie Blut. Hatem dachte: ›So ein Wunder habe ich noch nie gesehen!‹ Er ging am Ufer des Sees entlang und erblickte einen hohen, hohen Baum, dessen Wipfel bis zum Himmel ragte. Der Stamm des Baumes war ganz mit Strömen von Blut überzogen, die in den See abflossen, an den Zweigen aber hingen Menschenköpfe.

Hatem begann diese Köpfe zu betrachten, und es schien ihm, als ob sie ihm mit einem Lächeln antworteten. An einem Zweig des Baumes erblickte er einen Frauenkopf, der so schön war, daß sein Herz in nie dagewesener Liebe entbrannte, in seine Seele aber schlich sich ein bitterer Schmerz.

›Weswegen hat man so eine Schönheit hingerichtet?‹ wunderte sich Hatem. ›Was verbirgt sich hinter alledem? Ich muß hier ein, zwei Tage bleiben, vielleicht gelingt es mir, das Geheimnis des blutigen Baumes zu ergründen.‹

Den Tag verbrachte er mit traurigen Grübeleien, und mit Anbruch der Nacht sah er, wie alle Köpfe von den Zweigen in den See fielen und auf den Grund sanken. Bald darauf tauchte Hatems schöngesichtige Geliebte aus dem See auf. Sie bestieg ein Inselchen, das mitten im See lag, und setzte sich auf den Thron eines Schahs. Nach ihr erschienen ihre Vertrauten und ihre Aufwärterinnen, deren Köpfe ebenfalls mit den Körpern vereint waren, nahmen die Plätze ein, die ihnen zukamen, und gaben sich Freuden und Vergnügen hin. Von großer Furcht befallen, schaute Hatem schweigend auf die wunderbare Verwandlung. Als die Mitternacht vorüber war, brachten ihm die Dienerinnen der geheimnisvollen Schönen ein Mahl und sagten: »O Fremdling, koste von diesen Speisen, die unsere Malika dir schickt.«

»Wer seid ihr?« fragte Hatem. »Und wie heißt eure Malika?«

»Und wozu mußt du das wissen?« fragten die Dienerinnen zurück.

Doch Hatem bestand auf seiner Forderung. »Solange ihr meine Fragen nicht beantwortet, rühre ich eure Speisen nicht an«, sagte er.

Die Dienerinnen begaben sich zur Malika und erstatteten ihr von allem Bericht. Und die Malika entschied: »Geht zu diesem Toren und sagt ihm, er soll zuerst essen, und dann werde ich ihm meinen Namen offenbaren.«

»O junger Fremdling«, teilten die Dienerinnen Hatem mit, als sie zu ihm zurückgekehrt waren. »Die Malika wird dir ihren Namen offenbaren, nachdem du von ihren Speisen gekostet hast.«

Hatem aß, und nachdem er seinen Hunger gestillt hatte, begann er die Dienerinnen wieder auszufragen: »Jetzt sagt mir den Namen eurer Malika.«

»O Jüngling«, antwortete ihm eine der Dienerinnen. »Wir werden ihn dir morgen sagen.«

Hatem wollte sie bei der Hand fassen, aber geschickt entschlüpfte sie ihm und tauchte mit den anderen zusammen ins Wasser. Die Nacht verging, und Dunkelheit und Finsternis zerstreuend, erhellte die Sonne die Erde mit ihrem Glanz. Die Schöne und ihre Aufwärterinnen verschwanden im See. Nach einiger Zeit wiederholte sich alles von neuem: Die Köpfe hingen an den Zweigen und beantworteten Hatems erstaunte Blicke mit spöttischem Lächeln. Mit Anbruch der Nacht fielen die Köpfe wieder von den Zweigen in den See und sanken auf den Grund.

Bald darauf tauchte Hatems schöngesichtige Geliebte aus

dem Wasser auf. Sie bestieg das Inselchen und setzte sich auf den Thron, und alle ihre Aufwärterinnen nahmen die Plätze ein, die ihnen zukamen.

›Heute‹, dachte Hatem, ›muß ich unbedingt ihr Geheimnis ergründen.‹

Um Mitternacht brachten die Aufwärterinnen alle möglichen Speisen von auserlesenem Geschmack, und die Schöne machte sich zusammen mit ihrem Gefolge ausgelassen und fröhlich ans Mahl, und dann befahl sie, auch Hatem zu bewirten.

»O geheimnisvolle Schöne«, sprach Hatem, »ihr habt versprochen, mir zu sagen, wer ihr seid und wie eure Herrin heißt.«

»Koste von diesen Speisen, dann werden wir deine Neugier befriedigen.«

»Also nein!« antwortete Hatem. »Heute werdet ihr mich nicht anführen!« Wieder versuchte er, eine von den Aufwärterinnen bei der Hand zu packen, aber sie entwand sich geschickt und brachte sich mit den anderen zusammen im Wasser in Sicherheit.

Seines Verstandes beraubt, stürzte Hatem ihr hinterher, und als seine Füße den Grund berührten, schlug er die Augen auf und sah, daß der See und der Baum und die Schönen verschwunden waren und daß er sich in einer Wüste befand. Und als Hatem begriff, daß er sich noch weiter von seinem Ziel entfernt hatte, kehrten seine Leiden zu ihm zurück und vermehrten sich, und er wurde einem Wahnsinnigen gleich. Sieben Tage und sieben Nächte verbrachte er ohne Schlaf und ohne Nahrung, und gegen Ende der siebenten Nacht erschien ihm der allgegenwärtige und barmherzige Prophet Hodscha Chisr. Als Hatem ihn erblickte, warf er sich ihm sogleich zu Füßen, jener aber hob Hatem von der Erde auf und sprach freundlich: »O edler Jüngling! Was hat dich in die Wüste des Neides und der Zauberei geführt?«

»O Mächtiger«, antwortete ihm Hatem. »Ich war in einer Angelegenheit unterwegs, kam an einen gewissen Ort, und meinen Blicken bot sich etwas Wunderbares dar...« Und er erzählte Chisr von allem, was er gesehen hatte.

»O Hatem! Sowohl der See als auch der Baum sind verzaubert, und jetzt bist du vierhundert Farsang von ihnen entfernt.«

Als Hatem diese Worte hörte, begann er bitter über sein widriges Geschick zu klagen, und von heißen Tränen überströmt, sagte er: »O ehrwürdiger Chisr, meine Lebensfrist müß wohl zu Ende sein, und es scheint mir bestimmt zu sein, in dieser Wüste hier ruhmlos ums Leben zu kommen.«

Da fragte Chisr Hatem: »Welches sind deine Wünsche?«

»Ich möchte wieder an jenem See sein«, antwortete Hatem.

»Dann schließ die Augen und halte dich an meinem Stab fest«, befahl Chisr.

Da kniff Hatem die Augen zu, griff mit den Händen nach Chisrs heiligem Stab und entdeckte nach einiger Zeit, daß er sich wieder am Ufer des Zaubersees befand. Und wieder packte ihn die Neugier, und als er die an den Zweigen hängenden Köpfe betrachtete, entschloß er sich, auf den Baum zu steigen und den Kopf der schönen Malika abzunehmen. Aber kaum hatte er die Hände an den Stamm des Zauberbaumes gelegt, als sie beide daran festklebten und er sie nur mit Mühe wieder losreißen konnte. Noch einmal griff er an den Stamm, und diesmal kam er bis zur Mitte des Baumes hinauf, aber da war ein sonderbares Knarren zu hören, der Baumstamm tat sich auf und begann Hatem in sich hineinzuziehen. Hatem versuchte sich mit aller Kraft zu befreien, aber die Zauberkraft des Baumes war so stark, daß sich bald nur noch Hatems Kopf draußen befand. Hatem hatte schon jede Hoffnung auf Rettung aufgegeben und blickte teilnahmslos nach unten, als er nicht weit von sich Hodscha Chisr entdeckte.

Und Chisr sagte zu ihm: »O Jüngling! Bist du denn des Lebens überdrüssig? Wozu gibst du dich solchen Qualen hin?«

Kaum hatte Chisr – Gepriesen sei sein Name! – dies gesagt, als er mit seinem heiligen Stab gegen den Stamm schlug, und gleich wurde der Baum weich wie Wachs, und Chisr zog an Hatems Hand und befreite ihn aus der Falle. Nach einiger Zeit kam Hatem zu sich, und während er nach dem Wipfel des Baumes schaute, wo der Kopf der mondgesichtigen Malika hing, vergoß er bittere Tränen.

»O Hatem! Warum bekümmert dich das Schicksal dieser Köpfe! Es steht ja doch nicht in deiner Macht, sie von dem bösen Zauber zu befreien!«

»O mächtiger Chisr«, antwortete Hatem. »Die reizende Malika, deren Kopf sich am Wipfel des Baumes befindet, hat mir das Herz geraubt, und sie muß, koste es, was es wolle, die meine werden.«

»O Hatem, rief Chisr aus. »So möge dir bekannt sein, daß das Mädchen, das deine Seele gefangenhält, die Tochter des Zauberers Sam aus der Sippe Ahmar ist. Alle übrigen sind ihre Aufwärterinnen. Der Zauberer aber wohnt mit seiner Frau hundert Farsang von hier entfernt auf dem Berge Ahmar.«

»O Mächtiger«, flehte Hatem. »Sag mir, wessen sich die Tochter des Zauberers Ahmar schuldig gemacht hat, daß er so grausam mit ihr verfahren ist. «

Und Chisr erzählte ihm das folgende: »O Hatem! Einstmals sprach Ahmars Tochter, an den Vater gewandt: ›Teurer Vater! Ich habe das Heiratsalter erreicht. Willst du mich nicht verheiraten?‹ Als der Zauberer Ahmar das hörte, geriet er in unbeschreibliche Wut und verfuhr mit Hilfe von Zauberei mit seiner Tochter so, wie du es hier siehst. Tag und Nacht achtet er darauf, daß alles so bleibt, wie er es sich ausgedacht hat, und solange er am Leben ist, wirst du seine Tochter schwerlich heiraten können.«

Hatem ließ den Kopf auf die Brust sinken und sagte: »O Mächtiger, jetzt ist mir klar, daß mein Tod unumgänglich ist, denn ein Leben ohne meine schöne Geliebte kann ich mir nicht vorstellen.«

Und Chisr erwiderte darauf: »Du irrst, Hatem. Vom Schicksal ist dir ein langes Leben vorherbestimmt. Doch nur du kannst entscheiden, ob du dich auf diesen von Schrecken und Gefahren erfüllten Weg begeben willst oder nicht. Und wenn du fest zu deinem Vorsatz stehst, dann entschließe dich.«

»O Mächtiger«, antwortete Hatem, ohne nachzudenken.

»Ohne die Malika hat das Leben für mich jeden Sinn verloren.

Dräng mich nicht von meinem Wege, ich verfolge kühn mein Ziel,
kann mein Lieb ich nicht erlangen, gilt das Leben mir nicht viel.
Bin ich meinem Leid erlegen, tritt an meines Grabes Rand,
du erblickst vielleicht die Asche, zu der dann mein Herz verbrannt.«*

Chisr dachte nach, dann sagte er: »Den Zauberer Ahmar kannst du nicht bezwingen.«

»Wenn das nicht möglich ist, bin ich bereit, dasselbe Schicksal auf mich zu nehmen wie meine schöne Geliebte, um nur stets bei ihr zu sein.«

»Aber wird es dir nicht leid tun, nachdem du es getan hast?« fragte Chisr von neuem.

»Etwas anderes ist mir nicht gegeben. Dies ist die Vorherbestimmung von Allah, dem Allmächtigen.«

Als Chisr diese Worte vernommen hatte, schlug er mit seinem Stab gegen den Baumstamm, und augenblicklich löste sich Hatems Kopf von seinem Körper und hing an den Zweigen. Der Körper aber versank im Wasser.

»Armer Jüngling! Auch er ist von dem bösen Zauber besiegt worden«, seufzten die anderen Köpfe schwer.

Mit Anbruch der Nacht fielen die Köpfe ins Wasser und sanken auf den Grund. Nach einiger Zeit stieg die schöngesichtige Malika auf die Insel und setzte sich auf den Thron des Schahs. Alle ihre Aufwärterinnen nahmen die Plätze ein, die ihnen zukamen. Nur Hatem stand, die Hände an die Brust ge-

*Beide Bejts sind einem Ghasel des Hafiz entleht. Anm. d. russ. Hg.

legt, weiter weg und wandte den Blick nicht von seiner Geliebten. Um Mitternacht, als die Dienerinnen die verschiedensten Speisen brachten und sie vor der Malika niedersetzten, trat die Malika an Hatem heran, führte ihn zum Thron und ließ ihn an ihrer Seite Platz nehmen. Und nach dem Mahl gaben sich die Malika und Hatem den Freuden der Liebe hin. Doch als der Tag anbrach, hingen alle Köpfe wieder in den Zweigen des Baumes.

So folgte ein Tag auf den anderen, und an Hatems Schicksal änderte sich nichts. Aber der allgegenwärtige und barmherzige Chisr erschien von neuem bei dem Zauberbaum. Nachdem er mit seinem heiligen Stab Hatems Kopf heruntergeholt hatte, sprach er eine geheimnisvolle Beschwörung und gab Hatem sein früheres Aussehen wieder.

»O Hatem«, sprach er. »Welchen Nutzen hat es, wenn man sich fruchtlosen Qualen hingibt? Denn der Zauberer Ahmar ist noch jung und kräftig, und es wäre töricht, darauf zu warten, daß seine Lebenszeit abläuft.«

»Wenn es so ist«, sagte Hatem, »werde ich ihn und seinen Zauber vernichten und meine Geliebte von dem schrecklichen Bann befreien.«

»Mit Ahmar fertig zu werden, ist nicht einfach«, fuhr Chisr fort. »Ohne meine Hilfe kannst du ihn nicht bezwingen. Befolge genau meine Anweisungen, dann wirst du das Gewünschte erlangen.«

Hatem warf sich Chisr zu Füßen, und nachdem er den Boden vor ihm geküßt hatte, sagte er: »O edler Retter! Ich schwöre bei Allah, daß ich keinen Schritt ohne dein Wissen tun werde.«

»So möge es sein. Ich lehre dich eine Beschwörung, aber wenn du sie sprichst, mußt du alles genauso ausführen, wie ich es dir sage.« Und nachdem er Hatem die Beschwörung beigebracht und ihm erklärt hatte, was er tun mußte, wenn er sie sprach, verschwand Chisr.

Hatem aber machte sich auf den Weg zum Berge Ahmar.

Nach langer Zeit erreichte er den Fuß eines Berges und sah,

daß dieser ganz mit leuchtenden Tulpen bewachsen war. Hatem stieg auf den Gipfel des Berges und wollte weitergehen, aber seine Füße traten hilflos auf der Stelle. ›Was ist das für ein Wunder?‹ staunte Hatem. ›Welche Zauberkraft hat Macht über mich gewonnen?‹ So dachte Hatem und begriff, daß dies der Berg Ahmar war.

Und sogleich sprach er die Beschwörung, die er kannte, und die Zauberkraft ließ von ihm ab, und er zog weiter und erblickte eine Bergquelle. Kaum hatte er sich der Quelle genähert und wollte sich mit dem kalten Wasser waschen, als ihn sonderbare Tiere umringten, die sich jeden Moment auf ihn stürzen wollten. Aber Hatem erinnerte sich der Beschwörung, und die Raubtiere wichen zurück und liefen auseinander.

Indessen war dem Zauberer Ahmar seit langem bekannt, daß mit der Zeit in seinem Reich ein kühner und entschlossener Jüngling namens Hatem erscheinen würde, der berufen war, seinen bösen Zauber zu zerstören und ihn selbst ums Leben zu bringen.

Der Zauberer Ahmar zog sein Wahrsagebuch zu Rate und erfuhr, Hatem sei schon da und befinde sich unweit der Bergquelle. ›Was führt diesen Ruhestörer in unser Reich?‹ wunderte er sich. Noch einmal schaute er in sein Wahrsagebuch und las dort, Hatem habe seine Tochter liebgewonnen und sei mit der Absicht erschienen, ihn zu töten und seinen bösen Zauber mit Hilfe von Beschwörungen, die ihn der Prophet Chisr gelehrt hatte, zu zerstören.

Ungesäumt tat Ahmar alles Erdenkliche, um sich vor Hatems Beschwörungen zu schützen. Nach einiger Zeit schickte er einige Dienerinnen zu Hatem, die er in schöne Peris verwandelt hatte, und zu ihrer Anführerin bestimmte er eine, die er in seine Tochter, die Malika Sarrinpusch, verwandelt hatte. Nachdem sie sich Hatem genähert hatte, reichte ihm die in die Malika Verwandelte einen Krug Wein, und kaum daß er von dem Wein gekostet hatte, verbarg sich die Welt seinen Blicken. Da band ihm die falsche Malika, die wieder die Gestalt eines schwarzen Diw angenommen hatte, Hände und Füße und trug ihn zum Zauberer Ahmar.

Nachdem der Zauberer Hatem angesehen hatte, sprach er: »Es ist nichts dagegen einzuwenden, er ist ein schöner Jüngling. So einer ist, ehrlich gesagt, zu schade, um getötet zu werden. Aber da ist nichts zu machen, bringe ich ihn nicht um, dann macht er mir den Garaus.«

Und er befahl seinen Dienern, Hatem in den Feuerbrunnen zu werfen. Als Hatem sich auf dem Boden des Brunnens befand, nahm er den Perihalsschmuck in den Mund, und sogleich wich das Feuer vor ihm zurück. Erneut griff Ahmar zu seinem Wahrsagebuch, und als er erfahren hatte, Hatem sei noch am Leben, weil er einen Perihalsschmuck im Mund hatte, beschloß er, sich diesen Halsschmuck, koste es, was es wolle, zu beschaffen.

»Führt Hatem zu mir«, befahl er. Und er überlegte sich: ›Wenn ich Hatem den Perihalsschmuck mit Gewalt wegnehme, verliert er seine Zauberkraft. Ich muß es so einrichten, daß er ihn mir freiwillig gibt.‹ Und er befahl seinen Dienern, Hatem neben den Feuerbrunnen zu werfen und, in schöne Peris verwandelt, zu versuchen, den Zauberhalsschmuck von ihm zu bekommen.

So machten sie es auch. Bald näherten sich Hatem vom Garten her einige schöngesichtige Peris, und die in die Malika Sarrinpusch Verwandelte,die ihnen voranging, sprach: »O mein Geliebter, welch ein Glück, daß du heil und unversehrt geblieben bist. Als mein böser Vater dich an meiner Seite gesehen hat, hat er einem schwarzen Diw befohlen, dich in den Feuerbrunnen zu werfen. Aber Allah hat meine Gebete erhört und dich vor den Flammen bewahrt. Um nicht den Zorn meines Vaters zu erregen, werde ich mich jetzt von ferne an dir erfreuen.«

Nachdem sie das gesagt hatte, setzte sie sich entfernt von ihm nieder, aber Hatem streckte die Hand nach ihr aus und bat sie, näher zu treten.

»Sag, Hatem, wie stark ist deine Liebe zu mir?« fragte die Malika.

»O Geliebte!« antwortete Hatem. »Ich liebe dich mehr als das Leben!«

»Und bist du bereit, mir etwas zu geben?« fragte die falsche Malika weiter.

»Für dich ist es mir um nichts schade, nicht einmal um meine Seele«, antwortete Hatem, ohne sich zu besinnen.

Da sagte die Peri, die das Aussehen der Malika angenommen hatte: »Ich habe gehört, du hättest einen Zauberhalsschmuck. Gib ihn mir, und mein Vater wird unsere Verbindung erlauben.«

Eben wollte Hatem der Malika den Perihalsschmuck aushändigen, da ertönte plötzlich die zornige Stimme des Propheten Chisr: »Du Tor! Gib den Halsschmuck nicht aus der Hand, sonst warst du die längste Zeit am Leben!«

»Wer bist du?« rief Hatem. »Und mit welchem Recht verfügst du über mich?«

»Ich bin der, der dich die allmächtige Beschwörung gelehrt hat«, antwortete die geheimnisvolle Stimme. »Und du mögest erfahren, daß sich hinter dem Antlitz der Malika ein schwarzer Diw verbirgt. Die Malika Sarrinpusch ist von ihrem Vater, dem Zauberer Sam Ahmar, verzaubert worden. Du mußt handeln, und den Zauberhalsschmuck der Peris darfst du niemals aus der Hand geben. Sprich ununterbrochen die Beschwörungen, mit denen der böse Ahmar vernichtet werden kann. Und möge Allah dir bei deinem Werk behilflich sein.« So sprach Chisr und stand augenblicklich selbst vor Hatem.

Hatem warf sich ihm zu Füßen und richtete Worte der Liebe und der Dankbarkeit an ihn. Dann vollzog er eine Waschung mit Quellwasser und machte sich daran, die allmächtigen Beschwörungen zu sprechen. Und Ahmars in schöne Peris verwandelte Diener begannen wie im Fieber zu zittern und mit den Zähnen zu klappern. Dann aber flammten sie auf wie Reisig und verwandelten sich vor Hatems Augen in Asche.

Mit einem Mal wurde Hatem vom Schlaf übermannt. Und er träumte, der Zauberer Ahmar ginge zum Teufel, um sich zu beschweren, daß Hatem mit allmächtigen Beschwörungen seinen bösen Zauber zunichte mache. Und der Teufel bewirkte, daß es Hatem im Traum so schien, als befände er sich in Umarmung mit der schönen Sarrinpusch, und als er aus dem Schlaf erwachte, konnte er, ohne eine Waschung vollzogen zu haben, nicht die allmächtigen Beschwörungen sprechen.

Der Zauberer Ahmar ruhte indessen nicht. Er schickte einen riesigen Diw gegen Hatem, und als Hatem diesen Diw erblickte, dachte er: ›Ich habe ja nach dem Schlaf noch keine Waschung vollzogen, und Allah hat mir nicht erlaubt, die Beschwörungen zu sprechen. Jetzt kann Ahmar mich leicht bezwingen.‹

Inzwischen hatte der riesige Diw Hatem bei den Armen gepackt und schleppte ihn zum Zauberer Ahmar, der befahl, Hatem mit Händen und Füßen in Blöcke zu schließen, ihn mit einem riesigen Stein zu beschweren und ihn so lange in dieser Lage liegen zu lassen, bis er um Gnade bat und den Zauberhalsschmuck der Peris freiwillig hergab. So lag Hatem sieben Tage und sieben Nächte. Und gegen Ende der siebenten Nacht fragten Ahmars Diener: »He, du Widerspenstiger! Hast du dich besonnen und gibst den Halsschmuck heraus?«

Hatem schwieg.

»Hörst du uns? Gib den Halsschmuck heraus, und wir erlösen dich von den Qualen. Ist dir der Halsschmuck denn lieber als dein Leben?«

»Geht zu Sam Ahmar«, sagte Hatem, »und sagt ihm, er bekommt meinen Halsschmuck nur dann, wenn er mir seine Tochter gibt.«

Ahmar geriet in Zorn, als er diese Worte vernahm. Er trat zu Hatem und sagte haßerfüllt: »Na, wie du willst. Du stürzt dich selbst ins Unglück.« Und dann befahl er: »Diener! Schlagt ihn, steinigt ihn!«

Sogleich machten sich die Diener daran, mit Steinen nach Hatem zu werfen, aber die Steine flogen an ihm vorbei, ohne ihn zu berühren. Bald erhob sich ein ganzer Berg aus Steinen um ihn herum, und alle dachten, er sei schon tot. Aber Sam Ahmar wußte von der Kraft des Zauberhalsschmucks und begriff, daß Hatem heil und unversehrt war. Und er befahl seinen Dienern, Hatem auszugraben, damit sie sich davon überzeugen konnten, daß er recht hatte. Und als sich die Diener davon überzeugt hatten, begannen sie den unglücklichen Hatem mit noch größerem Eifer mit Steinen zu bewerfen. Und der Berg wurde doppelt so hoch wie der erste, aber Hatem war nach wie vor unverletzt. Da beschwerten sie ihn erneut mit einem großen Stein, Ahmar aber fuhr inzwischen mit seiner bösen Zauberei fort.

Nach einiger Zeit sprach Hatem Ahmars Diener an: »Keiner eurer Ränke kann mir schaden, denn der Zauberhalsschmuck hat mich vor dem Feuerbrunnen und den Steinen gerettet. Kein Zauber des bösen Ahmar kann dem etwas anhaben, der diesen Halsschmuck besitzt, aber er hilft nicht jedem, der Sam Ahmar vernichten und sich seines Reiches bemächtigen will. Ich bin bereit, den Zauberhalsschmuck demjenigen zu geben, der mich an die Quelle bringt.«

»Wir brauchen deinen Halsschmuck nicht!« antworteten Ahmars Diener.

Nur einer von ihnen, der nahe bei Hatem saß, zwinkerte ihm listig zu und flüsterte, mit Anbruch der Nacht werde er ihm zu Hilfe kommen.

Als die Mitternacht vorüber war und die Wächter, die Hatem bewachten, eingeschlafen waren, trat einer von ihnen leise zu ihm heran und sagte: »O Jüngling! Schwöre, daß du dein Wort hältst, und ich bin bereit, dich zur Quelle zu tragen.«

»Wie willst du mich denn allein unter diesem riesigen Stein hervorholen?« zweifelte Hatem.

»Das laß meine Sorge sein«, antwortete jener. »Ich hebe ihn durch Zauberei an.«

Sofort begann er eine Beschwörung zu sprechen, und Gott weiß, woher, erschienen zwei schwarze Diws und warfen den Stein mit Leichtigkeit beseite. Hatem stand auf und begab sich mit seinem Befreier, der Sarmak hieß, zur Quelle. Als sie an der Quelle waren, vollzog Hatem die Waschung und sagte, an Sarmak gewandt: »Womit kann ich dir deinen Dienst vergelten?«

»Gib mir den Zauberhalsschmuck, denn ich habe gegen Ahmars Willen gehandelt und muß seine Rache fürchten.«

Hatem begann ihm zuzureden: »Berunruhige dich nicht, o Freund. Wenn Allah mir gewogen ist, werde ich Ahmar töten, dich aber mache ich zum Herrscher über sein Reich.«

»Ich brauche kein Reich, ich brauche deinen Halsschmuck.«

»O Törichter«, sagte Hatem. »Wozu brauchst du meinen Halsschmuck? Er ist mir als Andenken an einen Freund teuer, ich kann mich nicht davon trennen.«

»Ich brauche ihn für Sam Ahmar.«

»Hättest du ihn für irgendeinen guten Zweck erbeten, dann hätte ich ihn dir gegeben. Aber was veranlaßt dich, zugunsten dieses bösen Zauberers darauf verzichten zu wollen?«

»Unser Schöpfer, der große Zauberer, der Sam Ahmars Lehrer ist und der keinen Mächtigeren und keinen Höheren über sich hat!«

»Du Lump«, empörte sich Hatem. »Wie kannst du den für den Schöpfer halten, der selbst von Allah erschaffen wurde?!«

»Jetzt ist mir klar, daß du den Halsschmuck nicht freiwillig hergibst«, sagte Sarmak. »Ich werde dich in dieser Quelle ertränken, und dann gehört der Halsschmuck mir.«

»Ich kenne eine Beschwörung, mit der ich dich vernichten kann«, erwiderte Hatem. »Aber du hast mir aus der Not geholfen, und ich will nicht Gutes mit Bösem vergelten. Gedulde dich ein wenig, dann ernenne ich dich zum Schah des Landes der Zauberei.«

Damit begann Hatem die allmächtige Beschwörung zu sprechen, und Sarmak erzitterte wie im Fieber und stürzte Hals über Kopf davon. Zu seinen Helfershelfern zurückgekehrt, legte er sich neben sie und schlief ein, als ob nichts gewesen wäre.

Mit Anbruch des Morgens sahen Ahmars Diener, als sie aus dem Schlaf erwachten, daß Hatem verschwunden war. In

Angst und Verzweiflung streuten sie sich Asche auf den Kopf, dann aber, als sie zu Ahmar kamen, teilten sie ihm die schlechte Nachricht mit.

Die Nachricht brachte Ahmar zur Verzweiflung. Er zog sein Wahrsagebuch zu Rate und erfuhr, daß es Sarmak gewesen war, der Hatem unter dem Stein herausgelassen hatte.

»O Ungetreuer!« schrie Ahmar im Zorn. »Du hast Hatem dein Leben geschenkt, denn jetzt bist du zum Untergang verurteilt.«

Erschrocken über Ahmars Zorn, dachte Sarmak nach und entschied, es sei besser für ihn, zu Hatem zurückzukehren und seinen Beistand zu erbitten.

Und er ging zu Hatem und berichtete ihm von allem, was geschehen war, und Hatem sagte: »Beruhige dich, Sarmak, ich lasse dich in der Not nicht im Stich.«

Inzwischen begann Ahmar, als er sah, daß Sarmak vor ihm weggelaufen war, eine Beschwörung zu sprechen, um ihn zu vernichten.

»O Hatem, ich brenne!« rief Sarmak erschrocken.

Rasch ließ Hatem seine allmächtige Beschwörung hören, und Ahmars Zauberflamme wich zurück.

»O edler Hatem!« sprach Sarmak, der sich zu ehrfürchtiger Verbeugung neigte. »Mein Schicksal liegt von nun an in deiner Hand, denn du hast mich vor Ahmars Rache bewahrt.«

»Komm mit mir zu Ahmars Wohnsitz. Ich will versuchen, ihn zu vertreiben und dich auf den Thron zu erheben.«

Als Sam Ahmar erfuhr, daß Hatem herannahte, räumte er schleunigst zusammen mit seinem Gefolge die Stadt. Die Beschwörungen, die er gegen Hatem richtete, bewirkten, daß sich über der Stadt ein schreckliches Gewitter entlud. Vom Zucken der Blitze und vom Grollen des Donners erzitterte alles ringsum.

»O Hatem«, sagte Sarmak. »Alle diese Schrecken schickt der Zauberer Ahmar über uns. Sei auf der Hut!«

Gleich begann Hatem seine allmächtige Beschwörung zu sprechen, und die Pfeile der Blitze richteten sich gegen den bösen Zauberer. Da ließ Ahmar vermöge seiner Macht den Gipfel des Berges herabstürzen, um Hatem zu zermalmen.

Doch Sarmak verfolgte die Ränke des bösen Zauberers und warnte Hatem vor ihnen. Und dieser richtete seine Beschwörung gegen Ahmar und zertrümmerte den Berggipfel. Die Bruchstücke stürzten auf die Köpfe von Ahmars Diener herab und begruben sie. Der Stein, der für Ahmar bestimmt war, flog indes vorbei, ohne ihn zu berühren. Kaum hatte Ahmar gesehen, daß Hatem näher kam, sprach er eine Beschwörung, durch die er vier Drachen gegen Hatem schickte. Da wandte Hatem sie gegen Ahmar, und der konnte sich nur mit Müh und Not retten. Die Drachen aber vernichteten derweilen eine große Zahl seiner Diener.

So richtete sich jeder böse Zauber, den Ahmar über Hatem schickte, gegen ihn selbst. Zum Schluß waren von Ahmars zwölftausend Untertanen nur noch dreitausend am Leben. Sie kamen zu Sam Ahmar und sagten: »O Führer! Hatem ist ein großer und unerschrockener Zauberer. Nach unserm Dafürhalten wäre es besser, ihn in Frieden zu lassen.«

»Elende Feiglinge!« schrie Ahmar. »So also vergeltet ihr mir meine Güte! Dieser Narr wird mir doch bald in die Hände fallen.«

»Das wird niemals geschehen!« antworteten sie, und ohne weiter auf Ahmars Überredungsversuche zu hören, liefen sie auseinander.

Als Ahmar sah, daß er nicht mit ihnen fertig werden konnte, sprach er eine neue Beschwörung, durch die er sie in Bäume verwandelte. Allein gelieben, überlegte er sich, daß Hatem wirklich mit keiner Zauberei beizukommen sei und dann flog er davon.

»Wo ist Ahmar gelieben?« erkundigte sich Hatem bei Sarmak.

»Er ist zu Kamallak, dem großen Zauberer, seinem Lehrer, unterwegs«, antwortete jener.

»Das heißt, er ist immer noch nicht besiegt. Doch ich gebe keine Ruhe, bis er mir in die Hände fällt.«

»Ahmar kann man jetzt nur noch beim großen Zauberer finden, denn woanders gibt es für ihn nichts zu tun.«

»Und wohnt der große Zauberer weit von hier?«

»Weit, weit entfernt auf einem Berg. Kamallak hat sowohl den Berg als auch das Himmelsgewölbe darüber geschaffen, an dem Sonne, Mond und Sterne scheinen, die er ebenfalls geschaffen hat. Die Stadt aber, die er auf dem Berg erbaut hat, ist groß, und es leben dreißigtausend Zauberer darin«, erläuterte Sarmak und setzte nach kurzem Schweigen hinzu: »Von nun an habe ich den Glauben an Ahmars Zauberkraft verloren. Deine Beschwörungen sind allmächtig, und kein Zauberer kann dich bezwingen. Ich bitte dich, nimm mich in Dienst, ich werde dir überallhin folgen.«

»Aber sag mir, wo sind Ahmars Leute alle geblieben?« fragte Hatem.

»Alle seine Vertrauten hat er für ihren Ungehorsam in Bäume verwandelt, und zu diesem traurigen Los sind sie bis zum Jüngsten Tag verurteilt. Wenn du sie entzaubern kannst, werden sie gleich mir deine treuen Diener.«

»Bring mir eine Schale Wasser«, befahl Hatem Sarmak.

Als Sarmak die Schale mit dem Wasser gebracht hatte, sprach Hatem die Beschwörung darüber, gab Sarmak die Schale zurück und sagte dann: »Begieße alle Bäume mit diesem Wasser.«

Und Sarmak begoß Ahmars verzauberte Diener mit dem Zauberwasser, und im Nu waren sie wieder lebendig.

»Und wo ist Ahmar?« fragten sie Sarmak.

»Er hat euch in Bäume verwandelt, sich selbst aber hat er verborgen«, sagte Sarmak. »Wahrscheinlich hat er sich um Hilfe an seinen Lehrer, den Zauberer Kamallak, gewandt. Sagt uns, was ihr verspürt habt, während ihr die Gestalt von Bäumen hattet.«

»Wir waren zu Holz geworden und hatten nicht die Kraft, uns zu bewegen«, antworteten jene. »Unser ganzer Körper schwoll an und litt übermächtige Qualen. Möge der Jüngling gesegnet sein, der uns von Ahmars bösem Zauber erlöst hat.

Wenn er möchte, sind wir bereit, ihm treu und ehrlich zu dienen.«

Und sie warfen sich Hatem zu Füßen, küßten vor ihm den Boden und wurden nicht müde, ihn lautstark zu loben.

Nach einiger Zeit sagten sie: »O unser Herr! Welches sind deine Gedanken? Warum verfolgst du den Zauberer Ahmar so unermüdlich?«

Und Hatem erzählte ihnen: »Vor nicht allzu langer Zeit erblickte ich in der Wüste des Neides und der Zauberei Sam Ahmars Tochter, die Malika Sarrinpusch, und mein Herz entflammte in Liebe zu ihr. Viele Leiden und Entbehrungen hatte ich durchzumachen, als ich nach ihr suchte. Doch der böse Ahmar hat all seine Zauberkraft aufgeboten, um uns zu trennen und mich zu vernichten. Jetzt bin ich entschlossen, ihn, koste es, was es wolle, zu fangen und ihn zu zwingen, mir seine Tochter zu geben.«

»O Hatem! Mögest du wissen, daß sein Lehrer Kamallak ist, der große Zauberer, und er ist noch schwerer zu bezwingen als Ahmar.«

»O Brüder, ich dränge niemanden. Wenn ihr wollt, kommt mit, wenn nicht, bleibt hier. Doch was ich tun muß, das weiß ich.«

»O edler Hatem. Du hast uns aus der Not errettet, und unsere Ergebenheit für dich kennt keine Grenzen. Wir lassen dich in Freud und Leid nicht allein. Wenn du den bösen Zauber von Kamallak und Ahmar vereiteln kannst, so wird das unser gemeinsamer Erfolg sein, und wenn nicht, so sind wir bereit, mit dir zusammen den Tod zu erleiden.«

»Wenn es so ist, dann rüstet euch für den Weg«, befahl Hatem.

Und Ahmars ehemalige Diener machten sich mit Hatem zusammen auf den Weg zu dem Berg, wo Kamallak wohnte. Viele Tage lang zogen sie dahin, ohne zu rasten, und erblickten schließlich einen schönen See. Von Durst gequält, wollten sie gierig von dem Wasser trinken, doch das Wasser überschwemmte sie allmählich.

Als Hatem sah, daß ihm das Wasser schon bis zum Gürtel reichte, rief er verwundert: »O Freunde, was geschieht mit uns?«

Jene aber blieben stumm.

Sogleich erriet Hatem, daß hier Ahmars Zauberei im Spiele war. Und er begann die allmächtige Beschwörung zu sprechen, und langsam sank das Wasser, und bald hatten alle Verzauberten die Gabe der Rede wiedererlangt. Daraus schlußfolgerte Hatem, der See müsse von Ahmars bösem Zauber befreit sein, und befahl einem seiner Begleiter, aus dem See zu trinken. Und nachdem sich Hatem von der Richtigkeit seiner Annahme überzeugt hatte, gestattete er allen, von dem Wasser zu trinken und im See zu baden, und so munter und erholt fühlten sie sich danach, daß ihre Entschlossenheit sich verzehnfachte.

Und sie sagten zu Hatem: »O kühner Hatem! Jetzt wirst du dich davon überzeugen, daß wir zu Wundern fähig sind, die Ahmar sich nicht einmal träumen läßt.«

Nachdem sie das gesagt hatten, machten sie sich wieder auf den Weg.

Als Ahmar aus seinem Wahrsagebuch erfuhr, daß sie heranrückten, lief er sogleich zu Kamallak.

»Was ist geschehen, Ahmar?« fragte Kamallak. »Welches Unglück hat dich zu mir geführt?«

»O Lehrer«, antwortete Ahmar. »Ein Mensch namens Hatem ist in mein Reich gekommen. Er hat all meinen bösen Zauber zerstört, die Mehrzahl meiner Untertanen getötet und die übrigen zu seinen Dienern gemacht.«

Kamallak geriet in Zorn und schrie: »So ein gemeiner Schuft! Aber beunruhige dich nicht, Ahmar. Ich werde ihn ergreifen und zu dir bringen.«

Und Kamallak begann eine Beschwörung zu sprechen, um Hatem von seinem Wohnort fernzuhalten. Und alsbald wuchs eine überhohe Mauer um seine Stadt empor, auf der Flammenzungen tobten. Als Hatem aber nach fünf Tagen die Stadt erreichte, wo Kamallak seinen Wohnsitz hatte, und die gewaltige Flammenmauer erblickte, richtete er seine Beschwörung gegen die Flammen, und sogleich erloschen sie.

Und unverzüglich meldeten die Diener Kamallak, am Fuße des Berges stehe ein Jüngling, der die Feuermauer vernichtet habe. Da bediente sich Kamallak einer anderen Beschwörung, und den Ankömmlingen strömte ein gewaltiger Fluß entgegen und drohte, seine stürmischen Wellen über sie zu ergießen.

»O Herr, sei auf der Hut!« schrien Hatems Begleiter erschrocken. »Ein verzauberter Fluß stürzt auf uns zu.«

Rasch sprach Hatem seine Beschwörung, und der stürmische Fluß wandte sich in Richtung auf Kamallak.

Kamallak aber sprach, als er sah, daß sein Zauber sich gegen ihn selbst richtete, eine Beschwörung, und der Fluß verschwand.

»O großer Lehrer«, sagte Ahmar. »Gleich wird Hatem hier sein.«

Unverzüglich schleuderte Kamallak riesige Felsbrocken auf die Köpfe der Gegner. Hatem aber richtete es so ein, daß die Felsen niederfielen, ohne ihnen ein Leid zu tun. Da aber die Felsen einen ganzen Tag und eine ganze Nacht hindurch fielen, bildete sich eine ganze Felsmauer, die sie von Kamallaks Berg trennte. Als aber auf Hatems Geheiß die Felsmauer verschwand, da zeigte sich, daß weder Kamallaks Berg noch seine Bewohner mehr da waren.

Und Hatems Diener sagten: »O Hatem, Kamallak hat seinen Berg unsichtbar gemacht.«

Nach drei Tagen hatte Hatem Kamallaks Zauber bezwungen, und der Berg erschien wieder, und als Kamallaks Diener sahen, daß Hatem schon auf dem Gipfel des Berges war, beunruhigten sie sich: »O Gebieter! Der Jüngling hat unseren Berg erstiegen!«

Kamallak begriff, daß er Hatem nicht bezwingen konnte, schuf ein riesiges Himmelsgewölbe, schwang sich empor und verbarg sich dort mit allen seinen Vertrauten.

Inzwischen drang Hatem durch das Stadttor in die Stadt ein, und als er sah, daß da eine Vielzahl verschiedenster Speisen zubereitet war, machte er sich mit seinen Freunden zusammen ungesäumt ans Mahl.

Und jedem, der dieses Essen anrührte, stürzte das Blut aus der Nase.

Und Hatem begriff, daß die Speisen von Kamallak verzaubert worden waren. Er sprach seine allmächtige Beschwörung, entzauberte die Speisen, und seine Freunde konnten ihren Hunger stillen.

»Und wo ist das von Kamallak erschaffene Himmelsgewölbe?« fragte Hatem ein wenig später.

»Schau empor«, antworteten ihm die Freunde. »All die Wolken, die dort in der Höhe schweben, sind das von Kamallak erschaffene Himmelsgewölbe.«

Und von neuem nahm Hatem eine Waschung vor, und wieder sprach er die Beschwörung. Und im Nu brach Kamallaks Himmelsgewölbe in Stücke, alle seine Helfershelfer stürzten vom Himmel auf die Erde und überantworteten ihre Seele Allah, dem Allmächtigen, der sie in die Hölle schickte.

Kamallak und Ahmar aber machten von ihren Zauberkünsten Gebrauch, worauf sie spurlos verschwanden.

Doch Hatem, der gesehen hatte, daß sie nicht unter den Herabgestürzten waren, jagte ihnen nach, und indem er sich der allmächtigen Beschwörung bediente, verbrannte er Kamallak mit Haut und Haar. Sam Ahmar aber stürzte er von einem hohen Berg hinab, so daß er zu Staub wurde.

Hatem richtete ein Dankgebet an Allah, und alle seine Freunde warfen sich ihm zu Füßen und rühmten seine Güte und seine Macht.

Und Hatem sagte, zu Sarmak gewandt: »Höre, Sarmak. Ich ernenne dich zum Schah dieser Gegend. Aber versprich, daß du Allahs Sklaven kein Leid antun, sondern so weise und gerecht herrschen wirst, daß du dir das Wohlwollen deiner Untertanen erringst.«

Zu den Freunden aber sagte er: »Und ihr müßt Sarmak treu und redlich dienen und auf jedes seiner Worte hören.«

»Wir hören und gehorchen!« erwiderten jene.

Und dann sagte Hatem: »Jetzt aber begebe ich mich in das Land der Malika Sarrinpusch.«

»O Herr, wir sind bereit, dir zu folgen.«

»Nein, Freunde, laßt mich allein.«

»O Edler, dein Wunsch ist uns Befehl.«

Nachdem Hatem von Sarmak und seinen Untertanen Abschied genommen hatte, verließ er Kamallaks Berg. Nach einigen Tagen erreichte er den Ort, wo der Zaubersee gelegen hatte, an dessen Ufer der Zauberbaum wuchs. Hatem schaute sich nach allen Seiten um und entdeckte, daß der Zaubersee verschwunden war, an seiner Stelle aber war eine große Siedlung entstanden, die von einer schönen gläsernen Mauer umgeben war. Der Zauberbaum stand noch an derselben Stelle wie früher, war aber mit üppigem grünem Laub bedeckt. Am Stadttor hielten die Schönen Wache, deren Köpfe einstmals in den Zweigen hingen. Als sie Hatem erblickten, fragten sie: »Wer bist du, und woher kommst du zu uns?«

»Ich bin der Jüngling, der einstmals freiwillig euer trauriges Los geteilt hat«, antwortete Hatem. »Geht zur Malika Sarrinpusch und überbringt ihr meinen Gruß. Ich habe viele gute Nachrichten für sie.«

Eine der Aufwärterinnen ging unverzüglich zur Malika und sagte, der schöngesichtige Jüngling sei in ihre Siedlung zurückgekehrt und bitte, die Malika Sarrinpusch an ihn zu erinnern.

Die Malika versank in Nachdenken, dann aber hob sie den Kopf und befahl: »Geh und bring in Erfahrung, wo sich mein Vater jetzt befindet.«

»Ich werde der Malika selbst von allem berichten«, antwortete Hatem auf die Frage der Aufwärterin.

Und die Malika befahl, Hatem in ihre Gemächer zu führen. Als Hatem seine reizende Geliebte anschaute, wurde es dunkel vor seinen Augen, und er fiel in Ohnmacht. Dann aber, als er wieder zu sich kam, sah er, daß die Malika an seinem Kopfende stand. Hatems Herz begann freudig zu schlagen, und er dachte: ›Sie liebt mich, wenn sie sich Sorgen um mich macht.‹

Nachdem Hatem das Bewußtsein wiedererlangt hatte, nahm die Malika auf dem Thron Platz und befahl ihren Dienerinnen, einen goldenen Korsi für Hatem zu bringen.

Hatem setzte sich unweit des Throns auf den goldenen Korsi, und die Malika sprach ihn freundlich an: »Jetzt aber, o Edler, berichte uns von deinen Abenteuern.«

Und sogleich erzählte Hatem der Malika alles, was sich mit ihm und mit ihrem Vater Sam Ahmar zugetragen hatte, und zum Schluß sagte er: »O Malika, die du die Welt bezauberst, alle diese Leiden und Qualen habe ich auf mich genommen, um deine Gunst zu erringen. Möge mein Herz in den Locken deines duftenden Haars gefangen bleiben! Dein ergebener Sklave hat keine anderen Träume und Hoffnungen.«

»O unsere Herrin!« sagten die Dienerinnen der Malika. »Hatem hat deinetwegen so viel Leid und Qual erduldet, daß du nicht gleichgültig gegen seine Bitten bleiben kannst. Gibt es doch jetzt kein Hindernis mehr, das dich abhalten könnte, die Frau des Mannes zu werden, den du liebst, denn dein grausamer Vater ist, als er diese Welt verließ, in die Hölle gekommen.«

Als die Malika diese Worte hörte, erhob sie sich von ihrem Thron und ging in die Frauenhälfte des Hauses, wo sie ihr Gesicht mit Musselin verhüllte.

Hatem wurde unsagbar froh darüber, denn das bedeutete, daß die Malika Sarrinpusch ihr Einverständnis gab, seine Frau zu werden. Und fluchs wurden alle erdenklichen Speisen von auserlesenem Geschmack aufgetragen, und es herrschte allgemeine Freude. Am siebenten Tag des Hochzeitsfests aber wurden Hatem und die Malika nach dem Brauch der Väter und Vorväter zu Mann und Frau erklärt.

So war der Traum von Hatem und der Malika Sarrinpusch Wirklichkeit geworden.

Aber nicht lange gab sich das junge Paar den Liebeswonnen hin. Mitten in den Freuden und Wonnen erinnerte sich Hatem des Schahsade Munir und verließ beunruhigt das Brautlager.

Darüber verwunderte sich die Malika und dachte mit

Trauer: ›Habe ich ihn denn nicht zufriedengestellt? Warum will er mich gerade jetzt verlassen, da uns das Schicksal vereint hat? Kann es sein, daß sich eine andere seines Herzens bemächtigt hat?‹

Wenn nur ein Augenblick die Liebenden noch trennt,
die Flamme um so heißer in den Herzen brennt.

Doch Hatem verstand die Aufregung seiner Geliebten, und sie beruhigend, erzählte er ihr sogleich alles, was mit dem Schahsade Munir und der Malika Husnbanu zu tun hatte.

»O du, die du mein Herz gefangenhältst«, sprach er. »Stille deinen Kummer und die Verwirrung deiner Seele! Ich hege keine falschen Absichten, aber ich bin in einer Angelegenheit des Schahsade Munir in eure Gegend gekommen, und jetzt ist mir wieder eingefallen, daß er schon lange auf meine Rückkehr wartet. Es ist mir gelungen, die Antworten auf drei Fragen der Malika zu finden, die Antwort auf die vierte Frage aber liegt in der Umgebung des Kulsum verborgen.«

»Aber wie kann ich ohne dich bleiben?« begann die Malika zu murren.

»O Geliebte«, tröstete Hatem sie. »Ich bringe dich in meine Heimat und vertraue dich der Fürsorge meiner Eltern an, ehe ich weiterziehe.«

Sieben Tage und sieben Nächte rüsteten sie sich für den Weg. Hatem geleitete die Malika und ihre mondgesichtigen Aufwärterinnen nach Jemen, er selbst aber zog, nachdem er sich von ihnen verabschiedet hatte, weiter.

Nach einigen Tagen, als er viele Wege und Straßen hinter sich gelassen hatte, gelangte er in die Umgebung des Kulsum und erkundigte sich bei den Leuten, von wem der Ausspruch stamme: ›Friede und Wohlergehen begleiten stets den, der die Wahrheit spricht.‹

»Drei Farsang von hier entfernt liegt die Festung Kurm«, antworteten ihm die Leute, »und es wohnt ein ehrwürdiger Greis darin. Am Tor der Festung aber stehen diese Worte geschrieben.«

Hatem hörte sie an und ging den Weg, den sie ihm gewiesen

hatten. Bald kam er zu der Festung Kurm und sah, daß an ihrem Tor geschrieben stand: ›Friede und Wohlergehen begleiten stets den, der die Wahrheit spricht.‹

Was mußt du tun, damit kein Unheil dich befällt,
was schickt der Himmel dir als sicheres Entgelt?

Als Hatem in die inneren Gemächer des Palastes trat, fand er dort einen edlen Greis, der auf dem Thron eines Schahs saß. Kaum daß Hatem ihn erblickt hatte, neigte er sich zu ehrfürchtiger Verbeugung, jener aber erwiderte seinen Gruß in gebührender Weise, und nachdem er sich von seinem Sitz erhoben hatte, ging er Hatem entgegen, umarmte ihn und ließ ihn neben sich Platz nehmen.

Und der Greis erkundigte sich: »O mein Sohn! Wer bist du, und was führt dich in eine so entlegene Gegend, die von Ewigkeit her keines Fremden Fuß betreten hat?«

Da berichtete ihm Hatem von seinen Abenteuern und vom Schahsade Munir, und der edle Greis segnete Hatem für seine guten Taten.

»O edler Vater!« sprach Hatem. »Wie ich gehört habe, soll dein Leben nicht leicht gewesen sein, und du sollst in dieser Stadt seit der Zeit ihrer Gründung wohnen. Warum aber hast du kein einziges graues Haar?«

»Du irrst, Jüngling. Diese Stadt wurde vor siebenhundert Jahren errichtet, mein Alter aber ist weitaus höher. Und meine Geschichte ist folgendermaßen. In meiner Jugend ließ ich mich zu Glücksspielen hinreißen und verbrachte meine Tage und Nächte damit. Einmal hatte ich alles verspielt, was ich besaß, und beschloß in meiner Verzweiflung, irgend jemand zu berauben. Mit Anbruch der Dunkelheit ging ich aus dem Haus, wurde aber sogleich von Zweifeln befallen. ›Welchen Sinn hat es, Arme auszuplündern‹, dachte ich. ›Ich lade eine Sünde auf mich und erlange doch nicht, was ich brauche. Da ist es schon besser, gleich nach den Reichtümern des Schahs zu trachten.‹

Nachdem ich mich dem Palast des Schahs genähert hatte, warf ich eine Strickleiter über die Mauer, stieg empor und fand mich in den Gemächern der Tochter des Schahs wieder. Auf einem reichgeschmückten Lager schlief friedlich eine schöngesichtige Malika und nicht weit von ihr ihre Aufwärterinnen. Am Hals der Malika prangte eine riesige funkelnde Perle. Behutsam nahm ich ihr die Perle ab und verließ, von niemandem bemerkt, den Palast des Schahs. Bald darauf erblickte ich einige Räuber, die eben ihre Beute miteinander teilten. Als sie mich sahen, gerieten sie in Unruhe und suchten zu erfahren, wer ich sei.

Ich hielt es für besser, nichts zu verbergen, und sagte ihnen die ganze Wahrheit. Und eben wollten sie mir die Perle wegnehmen, als plötzlich ein ohrenbetäubender Schrei zu hören war, über den sie tödlich erschraken, und alles Gestohlene hinwerfend, liefen sie nach allen Seiten auseinander. Ich aber blieb verstört an Ort und Stelle stehen.

Da erschien ein Mann und fragte: ›Wer bist du? Erzähl mir deine Geschichte.‹

Ich erzählte ihm alles, wie es gewesen war, und der Mann sagte: ›Dafür, daß du mir die Wahrheit nicht vorenthalten hast, lasse ich dich laufen. Aber hör auf meinen Rat: Laß ab vom Kartenspiel, sonst wird ein Unheil dich treffen. Wenn du aber meine Lehren beherzigst, dann wirst du in Gesundheit und Wohlstand noch siebenhundert Jahre leben.‹

Ich dankte meinem Retter und legte das Gelübde ab, unverzüglich mit der Vergangenheit zu brechen.

Ich nahm die Sachen, die die Räuber weggeworfen hatten, trug sie nach Hause, verkaufte sie und erbaute von dem Geld, das ich dafür erlöste, diesen Palast. Meine Nachbarn – Feinde und Neider – hinterbrachten sofort dem Mirschab, ich sei ein bettelarmer Mann gewesen und könne nur auf unehrlichem Wege reich geworden sein.

Als man mich zum Mirschab brachte, fragte er: ›Wie kommst du zu solchem Reichtum?‹

Ich gestand ihm freimütig alle meine Verfehlungen und erzählte ihm von der Begegnung mit meinem Retter. Als der Mirschab meine Geschichte angehört hatte, war er nicht wenig verwundert und führte mich zum Schah, wo ich meine Erzählung Wort für Wort wiederholte, um dem Herrscher dann meine Bitte um Verzeihung zu Füßen zu legen.

›Deine Ehrlichkeit und deine Kühnheit sind wahrlich groß!‹ sprach der Schah. ›Nie zuvor habe ich einen Menschen getroffen, der so aufrichtig und furchtlos ist!‹

Der Schah erwies mir sein Wohlwollen und befahl, mich freizulassen. Und nun lebe ich schon seit Jahrhunderten in Gesundheit und Wohlstand, und seit jener Zeit prangen an meinem Tor die Worte: ›Friede und Wohlergehen begleiten stets den, der die Wahrheit spricht.‹ Und in meinem Leben habe ich es mir zur Regel gemacht, niemals von der Wahrheit abzuweichen.«

Mehrere Tage verbrachte Hatem bei dem gastfreundlichen Hausherrn. Dann aber, nachdem er ihm für die Fürsorge und Offenherzigkeit gedankt und seine Erlaubnis erbeten hatte, begab er sich in die Wüste. Unterwegs fiel ihm die Malika Sarrinpusch ein, und von Sehnsucht nach der Geliebten verzehrt, entschloß er sich, sie zu besuchen.

Unweit von Jemen überkam Hatem ein unerträglicher Durst, und er begab sich zu einer Quelle, um dort zu trinken. Er kam an die Quelle und erblickte dort ein Butemarmännchen und ein Butemarweibchen, die ein Gespräch miteinander führten.

»O mein Teurer«, sagte das Weibchen. »Wie kannst du mich einer Nebensächlichkeit wegen allein lassen? Kränk mich nicht, laß ab von deinem Einfall.«

»O Törichte«, antwortete ihr das Männchen. »Versuch nicht, mir das auszureden. Eine edle Tat gilt mehr als alles in der Welt. Du aber sprichst so, als ob sich ein Satansgeist deiner bemächtigt hätte. Hör dir lieber ein Gleichnis an.

Es war einmal in einer Stadt ein junger Schah. Der begab sich eines Tages auf die Jagd, doch war seine Jagd nicht erfolgreich, und noch dazu verlor er sein Gefolge und verirrte sich in der Wüste. Traurig und bekümmert ritt er aufs Geratewohl dahin und erblickte plötzlich einen herrlichen Garten, in dem sich ein prunkvoller Palast erhob, und unweit von dem Palast lag ein großer Teich. Der Schah war müde vom Weg und legte sich ans Ufer, um zu rasten. Als er die Hand ins Wasser tauchte, stieß er auf eine dicke Kette. Er zog daran und holte eine schmiedeeiserne Truhe heraus, an deren Griff ein Schlüssel gebunden war. Als der Schah die Truhe aufsperrte, bot sich seinen Blicken eine mondgesichtige junge Schöne dar.

›O Jüngling‹, sprach sie und sah den erstaunten Schah dabei an. ›Erschrick nicht, ich bin genauso ein Mensch wie du.‹

Nachdem sie das gesagt hatte, stieg sie aus der Truhe und ging in ihren Palast. Nach einiger Zeit kam sie mit einem Krug Wein und Kebab zurück. Sie ließ den Schah neben sich Platz nehmen und begann ihn zu bewirten.

Als der Schah begriff, daß er noch nie jemanden gesehen hatte, der ihr an Schönheit und Liebreiz gleichkam, schlang er den Arm um ihre Taille, zog sie an sich und begann ihr Gesicht mit Küssen zu bedecken. Nachdem sich der Schah an der Liebe der reizenden Schönen ergötzt hatte, kam er wieder zu sich, zog einen Ring vom Finger, der mit einem teuren Diamanten verziert war, und reichte ihn der Geliebten.

›O Schöne‹, sprach er. ›Ein gütiges Geschick hat mich zu dir geführt. Ich war mit meinen Vertrauten auf der Jagd, blieb hinter ihnen zurück und verirrte mich in der Wüste. Jetzt will ich mich auf die Suche nach ihnen machen. Möge mein Ring zum Unterpfand dessen bei dir verbleiben, daß ich bald zurückkehre.‹

Als die Schöne die Worte des Schahs vernommen hatte, lachte sie auf, holte eine Papiertüte hervor und schüttete daraus eine Vielzahl wertvoller Ringe aus.

›O Schah‹, sagte die Schöne. ›Mein Mann dient als Steuereintreiber und ist vom Morgen bis zum späten Abend nicht zu Hause. Und da er sehr eifersüchtig ist, versteckt er mich in dieser Truhe. In unserm Palast sind schon beinahe siebenhundert Schahs, Wesire und Kaufleute gewesen. Und jeder von ihnen hat sich mit mir den Wonnen der Liebe hingegeben, und alle haben mir so wie du zum Zeichen der Dankbarkeit einen Ring geschenkt. Aber auch Ringe vergißt man.‹

Der Schah hörte sich ihre Worte an, setzte sie wieder in die Truhe, schloß die Truhe zu und versenkte sie im Wasser. Er selbst aber machte sich, ohne zu zögern, auf den Weg. Nach einiger Zeit kam er nach Hause zurück, setzte sich auf seinen Thron und ordnete an, augenblicklich alle Wächter seines Palastes nach Hause zu schicken, und alle seine Frauen stellte er dem Willen Allahs anheim.

Als die Wesire davon erfuhren, gerieten sie in Unruhe. ›O Schah‹, fragten sie. ›Was hat die Wache verschuldet? Wofür hast du sie aus dem Palast gejagt?‹

Der Schah berichtete ihnen von allem, was ihm begegnet war, und nachdem die Wesire ihn angehört hatten, sprachen sie: ›O Gebieter! In dem, was du uns berichtet hast, liegt nur ein Teil der Wahrheit. Denn selbst wenn die Frauen unverbesserlich sündig sind, so sind doch die Wächter ein Zeugnis der Stärke und der Macht des Herrschers.‹

Der Schah stimmte seinen Wesiren zu und ließ die Hadschibs sofort wieder zurückholen.«

Und weiter sagte das Butemarmännchen: »Die weibliche Hälfte der Lebewesen steckt von Ewigkeit her voll List und Tücke. Selbst der von edlen Absichten erfüllte Hatem, der um des Glücks des Schahsade Munir willen soviel Leid erduldet hat, ist dem Zauber der Malika Sarrinpusch erlegen und vom rechten Wege abgewichen.«

Als Hatem diese Worte hörte, stand er entschlossen auf und machte sich auf den Weg nach Husnabad. Nachdem er viele Wege und Straßen hinter sich gelassen hatte, kam er in den Palast der Malika Husnbanu, und diese sagte: »O Hatem! Lange warst du diesmal auf der Wanderschaft! Hast du die Lösung meines Rätsels gefunden? Erzähle mir, was dir begegnet ist.«

Und als Hatem der Malika Husnbanu von seinen Abenteuern berichtete und davon, wie er in die Festung Kurm gelangt war und von dem edlen Greis, der weit mehr als siebenhundert Jahre alt war, und von seinem frommen Leben, da sprach die

Malika freundlich: »O Hatem, du hast mir die reine Wahrheit gesagt.« Und sie befahl, ihn aufs beste zu bewirten.

Die Diener brachten die verschiedensten Speisen und setzten sie vor Hatem nieder, und Hatem fragte: »O mondgesichtige Malika! Wirst du mir wohl erlauben, diese Speisen in die Karawanserei mitzunehmen, damit ich das Mahl mit dem Schahsade Munir teilen kann?«

Auf Befehl der Malika erfüllten die Diener Hatems Wunsch, und als Hatem an einem Dastarchan mit dem Schahsade Munir saß, erzählte er ihm von seinen Abenteuern.

Nach sieben Tagen und sieben Nächten kam Hatem erneut zur Malika Husnbanu und sagte: »O Mondgesichtige! Willst du nicht so gütig sein, mir dein fünftes Rätsel aufzugeben?«

»Höre, Hatem! Man sagt, es gebe einen sprechenden Berg auf der Welt. Wo befindet er sich, und was spricht er? Darüber mußt du alles wahrheitsgemäß in Erfahrung bringen.«

Als Hatem von der Malika Husnbanu fortging, kehrte er in die Karawanserei zurück und traf den Schahsade Munir wartend an.

»Mein Freund«, sagte Hatem, zu Munir gewandt. »Ich mache mich von neuem auf den Weg. Wenn ich nach Allahs Willen die Antwort auf die fünfte Frage bald finde, bin ich in Kürze zurück. Wenn nicht, gedenke meiner nicht im Bösen.«

Das fünfte Abenteuer

Lange ging Hatem, und nach Ablauf einer gewissen Zeit erreichte er die Grenzen einer Stadt. Und er fragte die Bewohner, die er traf, ob sie nicht wüßten, wo der sprechende Berg liege.

»Von so einem Berg haben wir nie gehört«, erwiderten sie.

Hatem zog weiter. Und jedem, der ihm begegnete, stellte er dieselbe Frage. Doch keiner wußte etwas von dem sprechenden Berg. Als Hatem einen ganzen Monat unterwegs war, kam er in eine Stadt, deren Einwohner sich auf einem kleinen Platz versammelt hatten. »O Freunde«, fragte Hatem sie. »Was hat euch hier zusammengeführt?«

»Einer der Unsern ist gestorben«, erklärten sie ihm. »Und der Brauch in unserer Gegend ist so: Der Körper des Verstorbenen wird auf diesen Platz getragen, und wir, die Einwohner der Stadt, richten uns in der Nähe davon ein, setzen uns zu Tisch und verweilen so lange beim Mahl, bis irgendein Fremdling erscheint. Nachdem der Fremde das Mahl mit uns geteilt hat, können wir den Verstorbenen begraben. Diesmal haben wir Glück gehabt, durch dein Erscheinen brauchten wir nicht lange zu warten.«

»Und was macht ihr, wenn niemand kommt?«

»Dann müssen die Männer unserer Stadt sechs Monate lang fasten und anschließend alle Einwohner der Stadt bewirten und am Grabe des Verstorbenen die Armen und Bettler beschenken.«

Mit diesen Worten legten sie den Verstorbenen mitten auf den Platz, setzten sich rings um ihn nieder und begannen ihn einträchtig zu beweinen, um so ihre Trauer um den Toten und ihre Achtung vor ihm zu bekunden. Dann richteten sie sich auf einem riesigen Sufa ein und begannen die verschiedensten Speisen zu verzehren. Anschließend vollzogen sie eine Waschung, legten Festgewänder an und trugen den Toten mit großen Ehren zum Begräbnisplatz. Als sie vom Friedhof zurückkamen, fragten sie Hatem: »O junger Fremdling, willst du nicht noch ein paar Tage unser Gast sein?«

»Gern«, antwortete ihnen Hatem.

Sogleich errichteten sie eine reiche und bequeme Wohnstätte für Hatem und geleiteten ihn dorthin, und nach einiger Zeit führten sie ihm zwei schöne Frauen zu und sagten: »O Jüngling, so gebietet es bei uns der Brauch.«

›Was für erstaunliche Bräuche haben diese Leute‹, dachte Hatem.

Nach sieben Tagen und sieben Nächten erzählten die Frauen, der junge Fremde sei so rein und unschuldig, daß er nicht das mindeste Interesse für sie aufgebracht habe.

Als dem Schah von diesen Tugenden Hatems berichtet wurde, lud er ihn in den Palast ein, und nachdem er ihn neben sich auf dem Thron hatte Platz nehmen lassen, sagte er: »O frommer Jüngling! Bleib in unserer Stadt wohnen. Ich habe eine Tochter, die das Heiratsalter erreicht hat, und bin bereit, sie dir zur Frau zu geben.«

»O liebenswürdiger Schah«, antwortete Hatem, indem er sich zu ehrfürchtiger Verbeugung neigte. »Könnte ich mir erlauben, deine Tochter ins Unglück zu stürzen, indem ich ihr Schicksal mit meinem schweren Los verkette? Denn dein ergebener Sklave muß, koste es, was es wolle, den sprechenden Berg Nida finden. Schon sieben Monate ziehe ich auf der Suche nach diesem Berg umher und habe bis jetzt nicht einmal jemanden getroffen, der wenigstens irgend etwas von ihm gewußt hätte.«

Der alte Schah dachte nach, und dann sagte er, zu Hatem gewandt: »Mein Sohn! Ich lebe viele Jahre auf der Welt und habe einiges vom Berge Nida erfahren. Es ist ein hoher Berg, dessen Südseite verzaubert ist. Mit Hilfe von Zauberei ist dort eine große Stadt errichtet worden, und keiner der Einwohner dieser Stadt stirbt eines natürlichen Todes, und das Gerücht geht, jeden, der versucht, diesen Berg zu erreichen, erwarte unterwegs eine Vielzahl von Schwierigkeiten und Nöten. Willst du nach dem, was ich dir erzählt habe, deine Suche fortsetzen?«

»O Schah! Ich vertraue auf Allahs Gnade. Hat er mir doch auch geholfen, in eure Gegend zu gelangen!«

Und der Schah sagte: »Jeder, der gleich dir fest zu seinem Vorsatz steht, wird sein Ziel erreichen.«

Der Schah befahl seinen Dienern, Hatem reichlich Gold als Geschenk zu bringen, und als die Diener das Gold brachten, nahm Hatem genau so viel, wie er unterwegs für seine Ausgaben brauchte, den Rest aber verschenkte er an Arme und Bettler.

Nachdem Hatem die Erlaubnis des Schahs erbeten hatte, verabschiedete er sich und zog weiter. Er ging und ging und kam zu einer großen Stadt, bei der es entgegen der Gewohnheit keinen Friedhof gab. ›Wahrscheinlich ist das die Stadt, von der mir der Schah erzählt hat‹, dachte er.

»O junger Wanderer«, fragten ihn die Einwohner der Stadt. »Was führt dich zu uns, und wohin willst du?«

»Ich komme aus der Stadt Husnabad und bin unterwegs zum Berge Nida«, antwortete Hatem.

Und da sagten ihm die Einwohner der Stadt: »Du kannst diesen Berg nicht erreichen, denn auf dem Wege dorthin erwarten dich Tausende Schwierigkeiten und Nöte aller Art.«

»Allah ist gnädig«, erwiderte Hatem ihnen. »Er wird seinem Sklaven helfen, das Gewünschte zu erlangen.«

»Verbring die Nacht bei uns, ruh dich aus, und morgen tu, was dir gefällt.«

Hatem gehorchte ihrem Rat. Es ergab sich, daß gerade in dieser Nacht jemand erkrankte. Nach dem herrschenden Brauch schlachteten seine Verwandten ihn und verteilten sein Fleisch unter alle Einwohner der Stadt. Der Herr des Hauses, in dem Hatem nächtigte, kochte das Fleisch, legte es auf einen großen Teller und brachte es Hatem.

»O Gast, der du mein Haus durch deinen Besuch beehrst, du hast Glück: Ich habe äußerst schmackhaftes Fleisch bekommen. Bestimmt hast du so etwas dein Lebtag noch nicht gekostet. Es wird uns nicht oft zuteil.«

»Was ist denn das für ein seltenes Fleisch?« erkundigte sich Hatem.

»Es ist Menschenfleisch.«

›Das heißt also, die Einwohner dieser Stadt sind Menschenfresser‹, staunte Hatem.

»Ernährt ihr euch etwa von Menschenfleisch?« rief er aus. »Was für ein sonderbarer Brauch, seinesgleichen zu essen.«

»O Jüngling«, antwortete jener verlegen, »du mußt uns nicht grundlos beschuldigen. Wir sind keine Menschenfresser. Glaub nicht, wir seien bereit, einen jeden Wanderer zu schlachten, um sein Fleisch zu erlangen. Bei uns herrscht der Brauch, nur Kranke zu erschlagen.«

»Ein viehischer Brauch!« empörte sich Hatem. »Denn viele

eurer Opfer hätten ja wieder gesund werden können. Wie viele Menschenleben habt ihr unnütz vernichtet! Ich werde keinen Gebrauch von eurer Gastfreundschaft machen.«

Sogleich machte Hatem sich reisefertig und begab sich auf den Weg. Er ging die ganze Nacht, und bald überkam ihn starker Hunger. Da tötete er einen Vogel und kochte ihn, und als er sich gesättigt hatte, setzte er sich hin, um zu rasten. Plötzlich sah er aus dem Wald einen Löwen auf sich zukommen.

Hatem warf ihm ein Stück von dem Vogel hin, der Löwe verschlang es und verschwand wieder im Waldesdickicht, Hatem aber zog weiter. Er kam durch unbewohnte Gegenden, ernährte sich von Früchten und Wild und trank Quellwasser. Einmal quälte ihn heftiger Durst, doch nirgends war Wasser. Plötzlich erblickte Hatem in der Ferne einen riesigen Baum mit üppigem Laub, doch er fand keine Quelle bei ihm. Müde und vom Durst ermattet, setzte er sich unter den Baum, um zu rasten. Nach einiger Zeit kam ein Adler geflogen und ließ sich unweit von Hatem auf der Erde nieder. Auf und ab ging der Adler, verschwand in einer Grube, kam aber bald wieder zum Vorschein, und als er die Flügel schüttelte, spritzten Wassertropfen von seinem Gefieder. Rasch begab sich Hatem zu der Grube und sah, daß sie mit reinem, durchsichtigem Wasser gefüllt war. Er stillte seinen Durst und verspürte Hunger. Glücklicherweise stieß er bald auf Menschen, die um ein großes Feuer herum saßen.

›Vielleicht schicken sie sich an, Essen zu kochen‹, dachte Hatem, und als er näher trat, sah er, daß alle diese Männer, die Bart und Schnurrbart abrasiert hatten, in tiefer Trauer waren und daß einige sogar weinten.

»Sagt mir«, sprach Hatem sie an, »wer seid ihr, und was wollt ihr tun?«

»O junger Wanderer«, antworteten sie. »Das Land, in dem du dich befindest, heißt Hindustan, und wir, seine Bewohner, heißen Hindus. Nach unseren Bräuchen gehört es sich so, daß verstorbene Männer mit ihren Frauen zusammen verbrannt werden. Dazu haben wir auch dieses Feuer angelegt.«

Hatem erriet, daß sie Götzenanbeter waren, und entschied sich, diesen Ort unverzüglich zu verlassen.

Nach mehreren Tagen kam er in eine Siedlung und bat um Wasser. Einer der Einwohner brachte ihm ein Gefäß mit Dugh, und kaum daß Hatem ein paar Schluck davon getrunken hatte, fühlte er sich sogleich erfrischt.

»O Jüngling«, sprach jener zu ihm. »Wenn du möchtest, bewirte ich dich mit gekochtem Reis und süßer Milch.«

Als Hatem von dem Reis und der Milch gekostet hatte, wurde er wieder munter, und als Antwort auf die Einladung des Hausherrn, ein paar Tage zu Gast bei ihm zu bleiben, gab er seine Zustimmung.

Und der Hausherr bereitete Hatem ein bequemes Bett und brachte ihm auserlesene Speisen, und als Hatem davon gekostet hatte, sagte er: »Dein gastfreies Haus gleicht einem Paradies auf Erden.«

Nach einiger Zeit fragte er, an den Hausherrn gewandt: »Was ist das bei euch in Hindustan für ein sonderbarer Brauch, die Frau mit ihrem verstorbenen Manne zusammen zu verbrennen?«

Und als Antwort bekam er zu hören: »O Jüngling! Die Bande der Gattenliebe sind ewig und unauflöslich. Und deshalb folgt ein Gattenteil dem anderen nach, wenn dieses ins Jenseits eingeht. Wenn du noch ein paar Tage in unserer Stadt bleibst, wirst du das mit eigenen Augen sehen.«

Bald starb der Herrscher der Stadt, der schon lange krank gewesen war und der vier Frauen hatte. Die älteste von ihnen hatte ihm zwei Söhne geboren, die zweite zwei Töchter. Die dritte und die vierte aber waren kinderlos. Als der Verstorbene zur Verbrennung hergerichtet war, schritten sie alle vier, in reiche Gewänder gehüllt, mit Edelsteinen und Blumengirlanden geschmückt, mit wohlriechenden Ölen gesalbt und mit offenem Haar, an der Spitze des Trauerzuges. Ihre Verwandten fielen ihnen zu Füßen und beschworen sie, sich der Selbstverbrennung zu enthalten, doch die Frauen wollten nichts davon hören.

»O Liebenswürdige«, sprach Hatem sie an. »Wie konntet ihr euch entschließen, mit unverhülltem Gesicht vor die Leute zu treten?!«

»O Jüngling«, antworteten sie. »Weißt du denn nicht, daß wir so gut wie schon Verstorbene sind? Der Tod hat uns unseres Herrn beraubt, und es wäre ungerecht, wenn wir am Leben blieben, da er tot ist. Verdammt uns doch die Trennung von ihm zu ewigem Kummer.«

Nachdem sie das gesagt hatten, legten sie allen Schmuck ab und bestiegen mit geschlossenen Lidern den Scheiterhaufen. Und Hatem sah, wie eine von ihnen den Kopf des Toten umfaßte, eine andere setzte sich rechts von ihm hin, die dritte links von ihm, und die vierte schmiegte sich an seine Beine. Und alle waren sie glücklich, ihrem Manne zu folgen.

Und Hatem dachte: ›Bestimmt laufen sie weg, sobald die Flamme auflodert.‹ Als er das gedacht hatte, trat er zu ihnen heran und setzte sich neben sie.

»O Jüngling, geh fort, gleich wird das Feuer angezündet!« erregten sich die Frauen.

»Ich gehe nirgendwohin fort«, sagte Hatem entschlossen.

»O Jüngling«, riefen die Leute. »Diese Frauen nehmen sich das Leben, um ihrem Herrn zu folgen, wozu aber tust du das? Bestimmt hat eine von ihnen dein Herz betört.«

»Die Sache interessiert mich«, antwortete Hatem. Und nachdem er den Perihalsschmuck in den Mund genommen hatte, begann er ungeduldig zu warten.

Als das Feuer angezündet war, drückten die Frauen die Gesichter an den Verstorbenen, flammten zusammen mit ihm auf, und als ob sie trockenes Reisig gewesen wären, waren sie binnen kurzem zu Asche verbrannt.

»Hat dir unser Landesbrauch gefallen?« erkundigte sich Hatems Gastgeber, als er nach Hause zurückkam.

»Der Brauch ist wunderlich«, antwortete Hatem ihm, »doch eure Liebe und Ergebenheit sind wahrhaft groß.«

Als sich Hatem im Hause seines gastfreundlichen Wirtes einige Tage lang ausgeruht hatte, machte er sich reisefertig.

»Wohin zieht es dich so eilig?« fragte ihn der Hindu.

»Ich muß so schnell wie möglich den Berg Nida finden«, antwortete Hatem.

»Der Berg Nida liegt sehr weit von hier«, sagte der Wirt.

»Ich habe einem Freund das Wort gegeben, nicht vom Wege abzuweichen.«

Als Hatem von dem Hindu Abschied genommen hatte, machte er sich auf den Weg. Nach mehreren Tagen kam er in eine Stadt, deren Einwohner von Trauer und Verwirrung erfaßt waren. Bald erfuhr Hatem, daß die Tochter des Schahs gestorben war und daß ihr Mann sich nicht mit ihr zusammen begraben lassen wollte.

Zu einem ihrer Ältesten herantretend, sagte Hatem: »Jedem steht es frei, selbst über sein Schicksal zu verfügen. Warum wollt ihr diesen Unglücklichen nicht laufenlassen?«

»O Jüngling«, antwortete der Älteste. »Einstmals ist in unserer Stadt ein Mann gleich dir erschienen. Als er die Tochter des Schahs sah, verliebte er sich in sie und bat darum, daß man sie ihm zur Frau gibt. Nach dem Brauche unseres Landes sind die Gatten unzertrennlich im Leben wie im Tod, und der Jüngling hat der Tochter des Schahs den Treueschwur geleistet. Jetzt will er diesen Schwur brechen. Doch unsern Bräuchen folgend, sind wir verpflichtet, ihn mit der Verstorbenen zusammen zu begraben.«

»O Jüngling«, wandte sich Hatem an den Verwitweten. »Wenn du dein Wort gegeben hast, mußt du es halten. Früher oder später mußt du ja ohnehin sterben, lohnt es sich also, den Brauch des Landes zu verletzen?!«

»O guter Jüngling, in meiner Heimat herrschen ganz andere Bräuche«, erwiderte jener.

»Not kennt kein Gebot. Selbst wenn du dich auf den Kopf stellst, gehen sie nicht von ihrer Ansicht ab. Stimm ihnen jetzt zu, und in der Nacht helfe ich dir aus der Not.«

»Ehe du mir da herausgeholfen hast, wird wohl meine Seele den Körper schon verlassen haben.«

Daraufhin sagte Hatem zu den Versammelten: »Der Jüngling ist einverstanden, eure Forderung zu erfüllen, nur das Grab ist, sagt er, zu klein. In seinem Land ist es üblich, das Grab geräumiger zu machen, so wie ein Zimmer, und dem Begrabenen dort für zwei, drei Tage Essen dazulassen, damit er sich auf dem Wege ins Jenseits dem Gebet hingeben kann.«

Sogleich begaben sich die Ältesten zum Schah und machten ihm von allem Meldung. Und der Schah hörte sie an und befahl, alle Forderungen des Witwers zu erfüllen.

Bald war das Grab fertig. Nachdem sie das Begräbniszeremoniell in gebührender Weise begangen hatten, legten sie die Tote und ihren Mann ins Grab, ließen ihnen etwas zu essen da und kehrten in die Stadt zurück, nachdem sie das Grab zugeschüttet hatten.

Mit Anbruch der Nacht begab sich Hatem zum Friedhof, wo er am Begräbnisplatz der Tochter des Schahs viele Männer antraf. Und er fragte einen von ihnen: »Was tut ihr hier?«

»Nach dem Brauche unseres Volkes müssen wir drei Tage und drei Nächte hier sitzen«, antwortete jener, »und während der ganzen Zeit dürfen wir nicht mit unseren Frauen zusammenkommen.«

Ob Hatem wollte oder nicht, er mußte in die Stadt zurückkehren. Inzwischen schimpfte der lebendig Begrabene auf Hatem, was das Zeug hielt: ›Dieser Taugenichts hat mich mit falschen Versprechungen betört und ist verschwunden. Wie es aussieht, komme ich jetzt aus der Not nicht mehr heraus.‹ Als er das gedacht hatte, begann er bitterlich zu weinen, und nachdem er sich ausgeweint hatte, schlief er fest ein. Nachdem drei Tage und drei Nächte vergangen waren, kam Hatem erneut auf den Friedhof.

»Jüngling, ich komme, um dich aus der Not herauszuholen!« rief er.

Aber niemand antwortete ihm. Hatem rief ein zweites und ein drittes Mal, und endlich wachte der Begrabene auf und meldete sich. Und rasch grub Hatem das Grab auf und half dem Unglücklichen, sich daraus zu befreien, dann aber sagte er: »Geh jetzt, wohin du willst, nur komm nicht den Stadtbewohnern unter die Augen, denn es wird nicht gelingen, sie noch ein weiteres Mal anzuführen.«

»O Bruder«, flehte jener. »Du hast mir das Leben wiedergegeben, laß mich jetzt nicht Hungers sterben, ich habe ja kein Geld auf den Weg.«

Hatem holte einen Barren Dukatengold hervor, händigte ihn dem Geretteten ein, und der begab sich fort, nachdem er seine Dankbarkeit bezeugt und sich verabschiedet hatte.

Hatem aber kehrte in seine Herberge zurück und legte sich schlafen. Kaum daß der Morgen graute, bat er den Wirt um seine Erlaubnis und machte sich reisefertig. Als er von ihm Abschied nahm, sagte der Wirt: »O Hatem! Wenn du an die Gabelung zweier Wege kommst, so folge dem, der nach rechts führt, denn er führt durch Siedlungen, und dort kannst du essen und ausruhen.«

Indem Hatem viele Wege und Straßen hinter sich ließ, gelangte er nach zehn Tagen zu der nämlichen Gabelung. Er dachte nicht an die Abschiedsworte seines Wirtes und ging nach links anstatt nach rechts und traf nach vier Tagen und vier Nächten eine Menge Vögel und Tiere, die sich offenbar vor irgendeinem grimmigen Verfolger retteten. Ein Tiger und ein Löwe waren darunter und ein Elefant und ein Bär. Hatem stieg auf einen hohen Baum und versuchte zu begreifen, was rings um ihn vorging. Und er erblickte ein winzig kleines Tier, das mit zornglühenden Augen und aufgestelltem Schwanz mal dem einen und mal dem anderen Tier nachjagte. Hatem erschrak. ›Dieses äußerlich so unscheinbare Tier muß tatsächlich grimmig sein, wenn so starke Tiere es fürchten‹, sagte er sich. Und er zog seinen Dolch aus der Scheide und wartete, daß das kleine Tier kam.

Plötzlich stürzte sich das kleine Tier auf Hatem, warf ihn vom Baum und wollte ihm den Garaus machen. Aber Hatem schnitt ihm mit seinem vergifteten Dolch ein Stück von der Schnauze ab. Das Tier geriet noch mehr in Wut, doch geschickt stieß ihm Hatem seinen Dolch in den Rachen und riß ihm alle Eingeweide heraus.

Da gab das Tier seinen Geist auf, sein Schwanz fiel herunter, und aus seinem Innern ergoß sich eine widerliche Flüssigkeit, die einen Brand auslöste, der Wald und Wüste erfaßte. Auch Hatems Kleider gerieten in Brand, doch er steckte den Perihalsschmuck in den Mund, und sogleich erlosch die Flamme. Hatem trat an das Tier heran und riß ihm vier Zähne aus, von denen jeder wie ein scharfer Dolch war. Dann schnitt er dem Tier die Ohren und den Schwanz ab, steckte alles in seinen Köcher und zog weiter.

Nach mehreren Tagen erblickte er einen herrlichen Palast, der von einer hohen Mauer umgeben war. Er trat durchs Tor und drang in die inneren Gemächer des Palastes ein, die Spuren eines unterbrochenen Festmahls aufwiesen: Verschiedenste Speisen, gekochte und gebratene, Obst und berauschende Getränke, alles stand auf ausgebreiteten Dastarchanen. Doch es war kein Mensch in den Räumen. Der Schah, die Wesire und die übrigen Vertrauten hatten sich im Wachturm versteckt. Als einer der Wesire Hatems Schritte hörte, beugte er sich zur Fensteröffnung und meldete dann dem Schah, im Garten sei ein Unbekannter erschienen.

»Ruft ihn hierher«, befahl der Schah.

Als Hatem den Ruf eines Dieners gehört hatte, näherte er sich dem Fenster. Da steckte der Schah den Kopf hinaus und fragte: »O Jüngling! Wer bist du, und wie ist es dir gelungen, hierherzukommen?«

»O Schah«, antwortete Hatem. »Ich heiße Hatem Ibn Ta'i und bin in Jemen zu Hause. Jetzt komme ich aus Husnabad und bin unterwegs zum Berge Nida.«

»O furchtloser Hatem«, sprach der Schah. »Dieser Weg bringt dich nicht zum Berge Nida. Hier lauert bei jedem Schritt der Tod auf den Wanderer. Bald ist dein Leben zu Ende, und du verläßt diese von Not und Leid erfüllte Welt.«

»Was sein muß, dem kann man nicht entgehen, aber einen anderen Weg gibt es nicht für mich. Ich bin für jede Prüfung bereit. Doch jetzt, o Schah, berichte mir die ganze Wahrheit über dich. Wer hat dich in diesen Turm gesperrt?«

»O Jüngling, möge dir bekannt sein, daß das Land, dessen Herrscher ich bin, von einem großen Unglück heimgesucht wird, und niemand kann uns davon befreien. Ein Feind hat sich bei uns eingenistet, der unscheinbar von Angesicht, tatsächlich aber böse und unüberwindlich ist, und alle Einwohner der Stadt sind in schrecklicher Verwirrung geflohen. Nur ich und einige meiner Getreuen haben beschlossen, daß wir uns in diesem Turm verbergen und abwarten, bis er verschwindet. Viel Zeit ist schon vergangen, aber jeder Tag bringt uns nur immer neues Unheil.«

»O Schah«, sagte Hatem. »Und wie sieht er aus, der euch soviel Leid bringt?«

»Es ist ein kleines Tier mit bösen Augen und aufgestelltem Schwanz. Es lebt auf dem Berge Kaf und kommt jeden Tag in unsere Gegend. Es will, koste es, was es wolle, zu uns in den Turm eindringen, kann aber die Festungsmauer nicht bezwingen. Aber wenn es bei uns eindringt, erwartet uns nichts Gutes!«

»O Schah!« sprach Hatem. »Beruhige deine Seele und verwirf deinen Kummer. Ich habe dieses sonderbare Ungeheuer bezwungen!«

Und Hatem erzählte dem Schah alles, wie es gewesen war, und sogleich verließen der Schah und seine Wesire den Turm und kamen herunter. Hatem holte die Zähne, die Ohren und den Schwanz des erlegten Tieres aus dem Köcher und zeigte sie dem Schah. Der Schah küßte Hatem, nahm ihn bei der Hand und führte ihn in die inneren Gemächer des Palastes. Und unverzüglich ließ er die Herrscher der Nachbarländer wissen, der schreckliche Feind sei bezwungen und seine Untertanen könnten unbesorgt nach Hause zurückkehren. Und der Schah war Hatem so gewogen, daß er ihm seine einzige Tochter, die von großer Schönheit war, zur Frau geben wollte.

Hatem dankte dem Schah in gebührender Weise und erklärte ihm, daß er sein Leben dem Wohle anderer geweiht habe und deshalb nicht frei darüber verfügen könne, solange er nicht alles getan habe, was ihm vom Schicksal vorherbestimmt sei. Und er erzählte ausführlich die Geschichte des Schahsade Munir und bat den Schah, ihm einen Führer bis zum Berge Nida mitzugeben. Und der Schah dankte Hatem für seine Güte und für sein Wohlwollen den Menschen gegenüber, und nachdem er ihm den Segen für seine künftigen guten Taten erteilt hatte, befahl er einem jungen Diener, er solle Hatem bis zum Berge Nida geleiten und dann mit einem Brief zurückkehren, der Hatems glückliche Ankunft bestätigte.

Und der Diener sagte: »Ich höre und gehorche.«

Anschließend ließ der Schah einen Barren Dukatengold und Edelsteine bringen und überreichte dies alles Hatem zum Zeichen der Dankbarkeit für den ihm erwiesenen Dienst. Hatem nahm nur einen geringen Teil davon für sich und machte sich mit dem Führer zusammen auf den Weg. Nach mehreren Tagen kamen sie an eine Weggabelung, und der Führer sagte: »Geh den Weg, der nach rechts führt, und biege nirgends ab, dann kommst du zum Berge Nida.«

Nachdem sie ein wenig gerastet hatten, schrieb Hatem dem Schah einen Brief, und nachdem er sich von dem Führer verabschiedet hatte, zog er weiter. Bald kam er zu einer großen Stadt, die von einer hohen Festungsmauer umgeben war, und als er durch das Stadttor trat, wollte er sich zur Karawanserei begeben. Doch sogleich umringten ihn die Wächter und führten ihn zum Schah.

Als Hatem vor die Augen des Schahs trat, neigte er sich zu ehrfürchtiger Verbeugung. Der Schah erwiderte den Gruß in gebührender Weise, und nachdem er Hatem neben sich auf dem Thron hatte Platz nehmen lassen, sagte er: »O schöner Jüngling! Seit den Zeiten Iskanders hat sich bis zum heutigen Tage kein Wanderer hierher verirrt. Was führt dich zu uns?«

Ohne zu zögern, berichtete ihm Hatem von seinen Abenteuern, erzählte ihm die Geschichte des Schahsade Munir und der Malika Husnbanu und bat darum, ihm das Geheimnis des Berges Nida zu enthüllen.

»Bleib bei uns und schau dich um. Es kann sein, daß du das Geheimnis selbst errätst«, antwortete der Schah.

Hatem dankte dem Schah für die Einladung und entschloß sich, seinem Rat zu folgen, und bald hatte er zahlreiche Freunde gewonnen. Einmal waren unweit der Berge Stadtbewohner versammelt, und Hatem richtete die Frage an sie: »O Freunde, welches ist hier der Berg Nida?«

»Wir wissen es selbst nicht genau«, antworteten sie. »Es muß wohl der sein, der dort rechts liegt, denn von dort kommen die Töne.«

Gerade in diesem Augenblick erklang eine dumpfe, herrische Stimme: »O Humra Ibn Haris, komm her!«

Und sogleich trat ein Jüngling heraus und folgte dem Ruf. Verwandte und Freunde umringten ihn und versuchten, ihn zurückzuhalten, doch er blieb unerbittlich.

»O Freunde«, fragte Hatem, »was ist geschehen mit dem Jüngling? Warum hört er nicht auf das Zureden seiner Nächsten?«

»Frag ihn selbst danach.«

Hatem holte Humra ein und begann ihn zur Umkehr zu ermahnen, doch er lief wie der Wind. Bald erreichte er den Fuß des Berges und verschwand irgendwo. Die betrübten Einwohner der Stadt näherten sich dem Fuße des Berges, fielen auf die Knie und begannen inbrünstig zu beten. Dann kehrten sie nach Hause zurück, bereiteten die verschiedensten Speisen zu und verteilten sie unter die Leute. Nachdem sie mit all dem fertig waren, machten sie sich an ihre Alltagsgeschäfte.

»Wohin ist der unglückliche Humra so spurlos verschwunden?« wunderte sich Hatem weiter.

»Du hast doch dasselbe gesehen wie wir auch. Warum also fragst du uns?« bekam er zur Antwort.

Traurig und einsam schlenderte Hatem durch die Stadt. Es tat ihm leid um den verschwundenen Humra, und auch das Geheimnis des Berges Nida war unenthüllt geblieben. Dann führte ihn der Zufall mit einem Jüngling namens Dscham Ibn Sam zusammen, und sie freundeten sich an, als ob sie leibliche Brüder wären.

Ständig verbrachten sie gemeinsam die Zeit, doch einmal erklang erneut die Stimme vom Berge Nida: »O Dscham Ibn Sam, komm her!«

Unverzüglich folgte Dscham dem Ruf. Und alles wiederholte sich von neuem. Er gab dem Zureden der Verwandten und Freunde nicht nach und eilte schnell wie der Wind in Richtung des Berges. Hatem begriff, daß Dscham in den sicheren Tod lief, und dachte: ›Kaum habe ich einen vertrauten Freund gewonnen, da bringt uns die Vorsehung schon den Abschied.‹ Als Hatem das gedacht hatte, entschloß er sich, mit Dscham zum Berge Nida zu gehen und in das Geheimnis der rätselhaften Stimme einzudringen, indem er Dschams Schicksal teilte. Ohne zu zögern, eilte er Dscham hinterher, und nachdem sie einander bei der Hand gefaßt hatten, gingen sie gemeinsam dem Gipfel des sprechenden Berges entgegen.

Bald waren sie den Blicken entschwunden, und die Leute, die sie begleitet hatten, kehrten zur Stadt zurück, nachdem sie zuvor ein Gebet gesprochen hatten. Sie grämten sich lange über Hatems Verderben, der Schah aber war ungehalten, als er von dem Vorfall erfuhr. »O ihr Toren«, sprach er zu den Stadtältesten. »Wie könnt ihr zulassen, daß dieser junge Fremde dem Berg seine schöne Seele hingibt, ohne von ihm gerufen zu sein?«

»O Schah«, erwiderten sie ihm. »Wir haben ihn mit aller Kraft zurückgehalten, er aber sagte, Dscham sei der Mensch, der ihm am nächsten stehe, und er könne seinem Schicksal nicht gleichgültig zusehen.«

Wutentbrannt steckte der Schah sie alle in den Kerker, aber sie zahlten ihm ein Lösegeld und kamen aus dem Gewahrsam frei.

Inzwischen waren Hatem und Dscham, die gemeinsam den Berg hochkletterten, beinahe bis zum äußersten Gipfel gekommen und erblickten eine tiefe Grube. Sie ließen sich auf den Grund dieser Grube hinab und fanden sich in einer blühenden Oase wieder. Dscham ließ Hatems Hand los und begab sich in die Tiefe der Oase, wo ein kleiner ebener Platz lag. Kaum hatte Dscham diesen Platz betreten, als die Erde erbebte und sich dann unter ihm auftat, und Dscham, der die Lider geschlossen hatte, sank hinab. Als sich aber die Erde über seinem Kopf wieder zusammenfügte, erschien an der Stelle ein dichtes, saftiges Grün.

Hatem weinte. ›Hier also finden die Einwohner dieser Stadt die ewige Ruhe, wenn ihre Lebenszeit zu Ende ist‹, dachte er. ›Darin also liegt das Geheimnis des Berges Nida!‹ Nachdem Hatem das gedacht hatte, beschloß er, den Rückweg anzutreten. Lange ging er durch die Oase, und lange suchte er einen Weg zu dem Berg, aber den Berg hatte gleichsam der Erdboden verschlungen. Sechs Tage und sechs Nächte brachte Hatem ohne Schlaf und ohne Essen mit fruchtlosem Umherirren zu, und am Ende des sechsten Tages, als er schon jede Hoffnung auf Rettung aufgegeben hatte, kam er an das Ufer eines breiten Stromes. Er trat direkt an den Rand des Wassers und dachte: ›Wie soll ich diesen Fluß überqueren?‹ Und plötzlich sah er, daß ein Schiff auf ihn zuschwamm. Als das Schiff sich genähert hatte, stieg Hatem an Bord und stellte fest, daß sich dort keine Menschenseele befand. Er suchte das ganze Schiff ab und fand nur zwei Fladen und einen gebratenen Fisch, aß aber nicht davon, denn er sagte sich, daß sie den Schiffsleuten gehörten, denen wahrscheinlich ein Unglück zugestoßen sei.

Auf einmal erhob sich ein starker Wind, und das Schiff schoß wie ein Pfeil dahin, und nach drei Tagen und drei Nächten gelangte es an ein unbekanntes Ufer. Hatem ging an Land und erblickte dort viel Seltsames und Wunderbares. ›Es wäre gut, in die Stadt zurückzukehren und ihren Bewohnern das Geheimnis des Berges Nida zu erklären‹, dachte er.

Lange irrte Hatem auf der Suche nach einem Weg umher und erreichte schließlich den Fuß eines funkelnden Berges, der ganz aus silbernem Gestein bestand. Als er genauer hinsah, entdeckte er, daß Blut aus dem Gestein hervorsickerte, und er beschloß, koste es, was es wolle, festzustellen, woher es kam. Langsam erklomm er den Gipfel des Berges und geriet in Schrecken – er war ganz mit Blut getränkt. Als er noch zwei Farsang weiterging, kam er an einen endlos breiten Strom, in dem anstelle von Wasser Blut floß. Gewaltige rote Wellen prallten mit wütendem Tosen gegeneinander. Erschrocken dachte Hatem: ›Wahrscheinlich ist das ein Zauberfluß. Wie soll ich ihn bezwingen?‹ Aber es fiel ihm nichts ein, und so beschloß er, sich zur Quelle des Flusses zu begeben. Dreißig Tage und dreißig Nächte war er unterwegs, aber der Blutfluß nahm und nahm kein Ende. Und Hatem dachte: ›Was habe ich davon, wenn ich von Kräften komme! Auch wenn ich noch zehn Jahre für die Suche vergeude, werde ich noch genauso weit von der Wahrheit entfernt sein wie jetzt.‹

Plötzlich erblickte Hatem ein Schiff, das ans Ufer kam. Und sogleich stieg er auf das Schiff und schwamm damit Gott weiß wohin. Nach einer langen Zeit zeigte sich in der Ferne etwas Glänzendes, und Hatem sah, daß es ebenfalls ein Fluß war, nur war das Wasser darin hell. Er wollte von dem Wasser trinken und versuchte, es mit den Händen zu schöpfen, doch da zeigte sich, daß es gar kein Wasser war, sondern flüssiges Silber, und kaum hatte er die Hände ins Wasser getaucht, da bedeckten sie sich mit einer Schicht Silber. ›Wunder über Wunder!‹ dachte Hatem. ›Wenn ich in diesen Fluß tauche, werde ich wohl silbern werden vom Kopf bis zu den Füßen!‹

Lange saß Hatem am Ufer des Silberflusses und gab sich traurigen Gedanken hin. Den Kopf auf die Knie gestützt, schaute er von Zeit zu Zeit um sich. Und mit einem Mal erblickte er wieder ein Schiff auf dem Fluß, und wieder stieg er auf das Schiff, und wieder schwamm er Gott weiß wohin. Bald legte das Schiff an einem Ufer an, und als Hatem das Schiff verlassen hatte, gelangte er an den Fuß eines Berges, der ganz mit Steinchen von grüner, roter und weißer Farbe übersät war. Beim näheren Hinsehen begriff Hatem, daß es ein Perlenberg war, und die Steinchen waren verschiedenfarbige Perlen. Als er sich überall umsah, entdeckte er an dem Berg eine Quelle mit reinem, klarem Wasser. Er steckte seine Hände ins Wasser, und gleich nahmen sie ihr früheres Aussehen wieder an, nur die Nägel blieben versilbert.

Als sich die Nacht über die Erde senkte, sah Hatem, wie

zwei Wesen mit Menschenköpfen, Elefantenbeinen und Löwenkrallen aus der Quelle stiegen. ›Sind das aber Ungeheuer!‹ dachte Hatem, griff zu seinem Bogen und schoß zwei Pfeile auf sie ab. Sie aber fingen die Pfeile auf, die Hatem abgeschossen hatte, und sagten: »O Hatem, schätzt du dein eigenes Leben so hoch ein, daß du uns mir nichts, dir nichts umbringen willst? Wir sind doch gleich dir vom Allmächtigen erschaffen und führen nichts Böses gegen dich im Schilde.«

Als Hatem diese Worte hörte, warf er Bogen und Pfeile hin und fragte mit gesenktem Kopf: »Was wollt ihr von mir?«

»O Hatem«, erwiderten sie. »In der ganzen Welt bist du für deine Freigebigkeit und Selbstlosigkeit berühmt, und jeder spricht deinen Namen mit Ehrfurcht aus. Was hat dich bewogen, nach fremdem Eigentum zu trachten? Denn die Perlen dieses Berges gehören nicht dir, ganz andere Wesen sind die Besitzer.«

»Ich habe genommen, was einfach auf der Erde lag. Nicht einmal in Gedanken war ich auf fremdes Gut erpicht.«

»Wir glauben dir, daß du dich nicht verstellst, doch laß dir für die Zukunft gesagt sein, alle diese Perlen sind Eigentum der Peris.«

»Wodurch ist denn ein Mensch schlechter als ein Peri?! Warum darf er solche Reichtümer nicht besitzen?«

»Der Mensch ist das vernünftigste Wesen auf Erden und vermag dank seines Verstandes, zu Reichtümern vorzudringen, die in den Tiefen der Erde verborgen liegen. Wenn du heil und unversehrt in die Menschenwelt zurückkehren willst, dann wirf alles weg, was du mitnehmen wolltest!«

»Möge es sein, wie ihr sagt«, stimmte Hatem zu. »Aber womit kehre ich zur Malika Husnbanu zurück? Sie könnte mir nicht glauben, daß ich in eurem Reich gewesen bin und das Rätsel des Berges Nida gelöst habe.«

»Darüber mach dir keine Sorgen. Nur ein Mensch, der von guten Vorsätzen durchdrungen ist, kann unversehrt bleiben, wenn er in unsere Gegend gerät. Jetzt hast du nichts mehr zu befürchten. Dein Leben wird lange währen, und es ist dir bestimmt, bis zum Ende deiner Tage gute Taten zu vollbringen. Hier, nimm ein paar Perlen, zeig sie der Malika Husnbanu, damit sie an die Wahrheit deiner Worte glaubt.«

Hatem freute sich, und nachdem er seine Dankbarkeit geäußert hatte, sprach er: »O Liebenswürdige! Könnt ihr mir nicht behilflich sein, den Heimweg zu finden? Tag und Nacht irre ich durch diese Wüste, nur sind alle meine Anstrengungen vergeblich.«

»Geh den Weg, der geradeaus führt. Dort stößt du auf den Feuerfluß. Wenn du ihn überquerst, kommst du in deine Heimat.«

Als sie das gesagt hatten, verschwanden sie in der Quelle.

Am frühen Morgen machte sich Hatem auf den Weg. Schon bald kam er an einen Ort, wo die Erde mit Wasser bedeckt war. Er durchquerte das Wasser, erreichte schließlich trockenes Land und erblickte in der Ferne einen breiten Strom, dessen Wasser süßer als Honig, wohlriechender als Moschus und weißer als Milch war. ›Wenn dieser Fluß an einer Stadt vorüberflösse, würde man ihn bis zum letzten Tropfen austrinken‹, dachte er.

Hatem überquerte den Fluß und gelangte nach mehreren Tagen an den Fuß eines Berges aus Dukatengold und mit einem goldenen Baum auf dem Gipfel. Er ging um den Berg herum und kam in eine weite Ebene, und mitten in dieser Ebene ragte eine Festung auf, die ebenfalls aus Dukatengold erbaut war. Als Hatem durch das Festungstor trat, fand er sich in einem paradiesischen Garten wieder, der voller unbekannter Früchte und herrlicher Blumen war, und hörte lieblich tönenden Nachtigallengesang. Inmitten des Gartens lag ein schönes Wasserbecken, das bis obenhin mit klarem Wasser gefüllt war. Am Beckenrand standen Sufas, die mit Perlen und Edelsteinen verziert waren. Hatem setzte sich auf eines der Sufas, dachte nach und bemerkte nicht, wie vier schöngesichtige Peris erschienen. Als er sie erblickte, wunderte er sich und fragte: »O junge Schöne, wer seid ihr, und wem gehört diese Festung?«

»Diese Festung gehört der Malika Nuschlab. Sie muß jeden Augenblick erscheinen.«

Während ihres Gesprächs drang Flügelschlag an Hatems Ohr, und die Malika Nuschlab ließ sich mit ihren Aufwärterinnen vor ihm auf die Erde nieder. Als Hatem die Malika Nuschlab erblickte, war er von ihrem Liebreiz so überrascht, daß er ohnmächtig hintenüberfiel. Die Malika Nuschlab blickte ihn an und befahl, zu ihren Aufwärterinnen gewandt: »Bringt unverzüglich aromatisches Wasser und einen Aufguß von Rosenblüten!«

Sogleich erfüllten die Dienerinnen den Befehl ihrer Herrin. Sie besprengten Hatems Gesicht mit dem aromatischen Wasser und erweckten ihn aus der Ohnmacht. Dann nahm die Malika Hatem bei der Hand, führte ihn zu ihrem Thron und ließ ihn neben sich auf einem goldenen Korsi Platz nehmen.

»O Malika, die du die Welt bezauberst«, sprach Hatem sie an. »Wem gehört dieser Berg, und wie heißt er?«

»O schöner Jüngling«, antwortete die Malika Nuschlab. »Der Berg heißt Sarrin, und er gehört dem Schah Schahbal. Ich aber bin eine seiner Aufwärterinnen.«

Vier Tage und vier Nächte blieb Hatem bei der Malika zu Gast. Doch nach den vier Tagen sagte die Malika: »O Menschensohn, es ist Zeit, daß du fortgehst, länger hierzubleiben schickt sich nicht für dich.«

Hatem verließ die Wohnstätte der Peri Nuschlab und machte sich wieder auf den Weg. Er ging sechzehn Tage und sechzehn Nächte und gelangte schließlich an den Goldfluß.

Und Hatem sah, daß die Steine und der Sand am Ufer des Flusses aus reinem Gold waren, und das Wasser im Fluß war wie geschmolzenes Gold. In schweren Wellen rollte es dahin, und das Getöse dieser Wellen drang bis zum Himmel. Hatem setzte sich ans Ufer und gab sich traurigen Überlegungen hin. ›Wie soll ich diesen Fluß überqueren?‹ dachte er. Plötzlich sah er, daß ein Schiff herankam, und stieg rasch an Bord. Vierzig Tage und vierzig Nächte schwamm er auf dem Fluß und ging schließlich an Land. Sieben Tage und sieben Nächte ging er am

Ufer des Goldflusses entlang und kam in eine kleine Wüste, wo der Sand so heiß war, als ob er im Feuer geröstet worden wäre. Als Hatem ein paar Schritte getan hatte, fiel er nieder und hatte nicht mehr die Kraft, den Perihalsschmuck in den Mund zu stecken. In diesem Augenblick tauchten die sonderbaren Wesen auf, die Hatem die Perlen weggenommen hatten. Sie gaben ihm Wasser zu trinken, und im Nu kam er wieder zu sich. Als Hatem die Augen aufschlug, dankte er seinen Rettern und fragte, ob es keinen anderen Weg nach Husnabad gebe.

»Es gibt keinen anderen Weg«, antworteten sie. »Vor dir liegt noch der Feuerfluß, und von ihm geht diese Hitze aus. Wenn du den Feuerfluß bezwingen kannst, kommst du wohlbehalten nach Hause.«

Dann gaben sie Hatem einen Halsschmuck und sagten: »Vergiß nicht, diesen Halsschmuck in den Mund zu nehmen, wenn du an den Feuerfluß kommst, dann kann dir sein Feuer nichts anhaben. Aber wenn du den Fluß überwunden hast, mußt du den Halsschmuck wegwerfen, sonst beschwörst du ein Unglück auf dich herab.«

Mit Anbruch der Morgendämmerung steckte Hatem den Zauberhalsschmuck in den Mund und zog weiter. Nach drei Tagen kam er an den Feuerfluß und sah, daß seine Wellen wie Flammen bis zum Himmel stiegen. ›Was soll ich tun?‹ dachte er. ›Ich kann ja nicht hinüberschwimmen.‹ Kaum hatte er das gedacht, kam ein Schiff zu ihm. Hatem stieg darauf und fuhr los. Aber die Feuerwellen flößten ihm solche Angst ein, daß er sich bäuchlings niederlegte, die Augen zukniff und den Kopf verbarg. Lange schwamm das Schiff, dann blieb es plötzlich stehen, begann, sich wie ein Mühlstein zu drehen und sank langsam auf den Grund. In Gedanken hatte Hatem schon mit dem Leben abgeschlossen. Doch als der Lärm der Wellen verstummte, öffnete er vorsichtig die Augen und entdeckte, daß kein Schiff und kein Feuerfluß mehr da waren, und sogleich warf er den Zauberhalsschmuck weg und ging weiter. Als er vier Farsang zurückgelegt hatte, sah er, daß er nicht weit von Jemen entfernt war. Bald traf er einen Bauern, der sein Feld bewässerte.

»Bauer«, rief Hatem ihn an. »Wie heißt dieses Dorf?«

Der Bauer schaute Hatem an, wunderte sich und gab keine Antwort.

»Was ist los mit dir, bist du taub?« sprach Hatem ihn erneut an. »Warum schweigst du?«

»Es schien mir, als ob du dem Sohn unseres Schahs ähnlich siehst«, antwortete jener. »Hier verläuft Jemens Grenze. Das Dorf aber heißt Sarchin. Schon seit sieben Generationen steht es unter der Herrschaft des jemenitischen Schahs. Unser jetziger Schah ist Hatem Ibn Ta'i, aber schon fast neun Jahre sind vergangen, seitdem er seinen Thron verlassen hat und ausgezogen ist, gute Taten zu vollbringen, und nur ein einziges Mal hat er in dieser Zeit durch die Malika Sarrinpusch etwas von sich hören lassen. Jetzt aber haben seine Eltern und die Malika Sarrinpusch jede Hoffnung aufgegeben, ihn lebend wiederzusehen.«

»O Bauer«, flehte Hatem. »Hast du nicht etwas zu essen für mich? Ich komme um vor Hunger.«

Sogleich brachte der Bauer Essen und setzte es vor Hatem nieder.

Als Hatem den Hunger gestillt hatte, sprach er: »Ruhm sei Allah, ich bin wieder in meiner Heimat.«

Da warf sich der Bauer Hatem zu Füßen, küßte den Boden vor ihm und sagte: »O Schahsade, warum hast du dich mir nicht sofort zu erkennen gegeben?«

»Du hast recht, Bauer«, antwortete Hatem. Ich bin wirklich der Sohn des Schahs, aber ich habe das Gelübde abgelegt, niemandem etwas von meiner Rückkehr zu sagen, bevor ich meine Mutter und meinen Vater wiedersehe.«

Der Bauer sagte: »O Hochverehrter! Sei wenigstens zwei, drei Tage mein Gast. Beglücke mich mit deiner Anwesenheit. Denn dein Vater wird zürnen, wenn er erfährt, daß ich dir nicht die nötige Gastfreundschaft erwiesen habe.«

»Nein, das wäre töricht«, antwortete Hatem. »Sobald

meine Eltern von meiner Rückkehr erfahren, verlangen sie, daß ich in den Palast komme. Ich aber habe keine Zeit, ich muß etwas Wichtiges erledigen. Geh zum Schah, überbring ihm meinen Gruß und sage ihm, daß ich mich nach Husnabad begebe.«

Der Bauer eilte nach Hause, brachte Butterfladen, und nachdem er sie vor Hatem niedergelegt hatte, begann er ihn um Verzeihung dafür zu bitten, daß er ihn nicht in gebührender Weise bewirten könne.

»Ich bin auch so sehr zufrieden«, beruhigte ihn Hatem.

Bald begab sich Hatem wieder auf den Weg, nachdem er sich von dem gastfreundlichen Bauern verabschiedet hatte. Nach einem Monat kam er in den Palast der Malika Husnbanu. Die Diener führten ihn sogleich in die inneren Gemächer. Die Malika aber befahl, als sie ihn erblickte, einen goldenen Korsi zu bringen, und ließ Hatem darauf Platz nehmen. Dann sagte sie hinter dem Vorhang hervor: »Herzlich willkommen, tapferer Hatem! Hast du das Geheimnis des Berges Nida in Erfahrung gebracht?«

Hatem berichtete ihr über alle seine Abenteuer und teilte ihr das Geheimnis des Berges Nida mit.

»O Jüngling, Ruhm sei dir für alles, was du vollbracht hast! Was du mir erzählt hast, ist die reine Wahrheit, wie mir mit Sicherheit bekannt ist. Aber hast du irgend etwas mitgebracht, um zu bezeugen, daß du dort gewesen bist?«

Zuerst zeigte ihr Hatem seine silberüberzogenen Fingernägel, dann die bunten Perlen vom Perlenberg.

Die Malika segnete Hatem, nachdem sie zuvor seinen Mut gelobt hatte. Inzwischen breiteten die Diener der Malika einen kostbaren Dastarchan aus, besetzten ihn mit allen möglichen Speisen und luden Hatem ein, davon zu kosten.

»Wenn du mir deine allergnädigste Zustimmung erteilst«, sagte Hatem, an die Malika Husnbanu gewandt, »dann nehme ich alle diese Speisen in die Karawanserei mit und koste sie dort gemeinsam mit dem Schahsade Munir.«

Nachdem er das gesagt hatte, verließ er die Gemächer der

Malika, und als er zum Schahsade Munir kam, traf er ihn wartend an. Die Diener aber trugen auf Befehl der Malika die Speisen in die Karawanserei.

Hatem erzählte dem Schahsade Munir von allen seinen Abenteuern. Der Schahsade Munir wollte Hatem für seine Güte danken, der aber umarmte ihn und sagte: »O Munir, ich habe mein Leben guten Taten geweiht, und die Sorge um dein Glück ist nur ein geringer Teil dessen, was zu vollbringen mir obliegt.«

Drei Tage ruhte Hatem in Gesellschaft des Freundes aus, dann begab er sich wieder zur Malika Husnbanu und erwiderte auf die Frage, warum er gekommen sei: »O reizende Malika, laß mich jetzt dein sechstes Rätsel wissen, damit ich mich auf die Suche nach der Lösung machen kann.«

»Kühner Hatem«, sagte die Malika. »Ich weiß, daß es ein fliegendes Bad auf der Welt gibt. Sein Geheimnis mußt du ergründen und mir erzählen.«

»O Malika«, fragte Hatem. »Weißt du, in welcher Richtung sich das Bad befindet?«

Und die Malika antwortete: »Ich habe gehört, man müsse das Bad zwischen Westen und Süden suchen, aber der Weg dorthin ist mir unbekannt.«

Als Hatem das sechste Rätsel vernommen hatte, kehrte er in die Karawanserei zurück, und nachdem er sich vom Schahsade Munir verabschiedet hatte, machte er sich auf den Weg.

Das sechste Abenteuer

Lange ging Hatem, und nach einiger Zeit kam er an einen Brunnen, um den sich eine Menschenmenge drängte.

»Was ist hier geschehen?« sprach Hatem die Leute an.

Und man erzählte ihm: »Der Sohn des Herrschers unserer Stadt hat, als er in diesen Brunnen blickte, den Verstand verloren und hat sich kopfüber hineingestürzt. Wir können ihn nicht herausziehen und wissen deshalb nicht, ob er tot oder lebendig ist. Und da uns das Geheimnis dieses Brunnens nicht bekannt ist, kann sich niemand entschließen hineinzusteigen.«

»Ja«, sagte Hatem nachdenklich. »Hier verbirgt sich etwas Rätselhaftes.«

Als der Vater und die Mutter des Jünglings dies hörten, stürzten sie, unter lautem Weinen sich die Kleider zerreißend, zu Hatem.

»O Leidgeprüfte, was nutzen eure Tränen?« sagte Hatem.

»Wie sollten wir nicht trauern? Wir haben schließlich unseren einzigen Sohn verloren, und niemand auf der Welt kann uns helfen.«

»Wenn ihr genug Geduld aufbringt, steige ich in den Brunnen hinab und versuche, sein Geheimnis zu ergründen. Wartet hier auf mich. Ich denke, in einem Monat kann ich zurück sein.«

Nachdem Hatem das gesagt hatte, atmete er tief ein und ließ sich in den Brunnen fallen. Als seine Füße den Boden berührten, öffnete er die Augen und war höchst erstaunt, als er weder Wasser noch Brunnenwände erblickte. Er befand sich auf einem weiten, hellen Platz, und in seiner Nähe entdeckte er einen schönen Garten. Als Hatem in den Garten trat und sich darin zu ergehen begann, bot sich ein großer Aiwan seinen Blicken dar. Mitten in dem Aiwan standen zwei reich verzierte Throne, auf dem einen saß, von einer zahlreichen Dienerschar umringt, ein mondgesichtiger Jüngling, auf dem anderen eine reizende Peri. Kaum daß die Diener der Peri Hatem erblickt hatten, gerieten sie in Aufregung und sagten, an ihre Herrin gewandt: »O Erleuchterin der Welt, es ist noch ein Menschensohn zu uns zu Besuch gekommen.«

Die Perischönheit sah den Jüngling auf dem Thron an und fragte: »O Mondgesichtiger, würde es dich kränken, wenn wir dem Unbekannten die gebührende Gastfreundschaft erwiesen?«

»Nicht im mindesten«, antwortete der Jüngling.

Und die Peri befahl Hatem, er solle näher treten.

Als die Diener Hatem zu dem Jüngling führten, erhob sich dieser von seinem Thron, küßte Hatem, und nachdem er ihn an seiner Seite hatte Platz nehmen lassen, befahl er, alle möglichen Speisen aufzutragen.

Sogleich erfüllten die Diener seinen Befehl, brachten die verschiedensten Gerichte und setzten sie vor Hatem und dem Jüngling nieder. Als das Mahl beendet war, fragte der Jüngling: »O mein Bruder! Wer bist du, und was führt dich hierher?«

»O Jüngling«, antwortete Hatem. »Mögest du wissen, daß ich aus Jemen stamme und Hatem Ibn Ta'i heiße. Ich habe die Stadt Husnabad verlassen, um ein fliegendes Bad zu suchen. Unterwegs erblickte ich einen Brunnen und viele Leute, die um ihn versammelt waren.«

Und Hatem erzählte dem Jüngling von dem Leid, das den Schah und seine Frau betroffen hatte, und davon, daß er versprochen hatte, innerhalb eines Monats auf die Erde zurückzukommen und ihnen das Geheimnis des wunderbaren Brunnens mitzuteilen.

»O Bruder«, gab der Jüngling Hatem zur Antwort. »Ich bin der Sohn des Schahs und seiner Frau. Als ich einmal in den Brunnen schaute, erblickte ich diese schöngesichtige Peri. Mein Verstand trübte sich, und die Liebe bemächtigte sich meiner. Ohne zu überlegen, stürzte ich mich in den Brunnen, und wie du siehst, hat meine Unvernunft mich in die Umarmung meiner Geliebten geführt, und jetzt gibt es keinen glücklicheren Menschen auf der Welt als mich.«

»O Schahsade«, schalt Hatem ihn. »Du frönst der Wonne, während deine Eltern heiße Tränen vergießen, weil sie die Trennung von dir nicht ertragen können.«

»O Bruder! Ich gehöre mir jetzt nicht mehr selbst, mein Schicksal liegt in den Händen der Perimalika. Nur mit ihrer Einwilligung kann ich zu meinen Eltern zurückkehren.«

»Wenn du so willenlos bist, werde ich der Malika alles selbst erzählen«, antwortete Hatem, und auf die Perischöne blikkend fuhr er fort: »O Mondgesichtige! In deiner Macht liegt es, den Eltern dieses Jünglings den Frieden wiederzugeben, denn die Trennung von ihm und die Ungewißheit seines Schicksals stürzen sie in tiefes Leid. Tu ein gutes Werk und laß ihn gehen, damit sie sich beruhigen, und dann werdet ihr von neuem unzertrennlich sein.«

»O Unbekannter«, erwiderte die Perischöne. »Verwehre ich ihm denn, deinem Rat zu folgen? Er hat sich ja aus freien Stükken in diesen Brunnen gestürzt, und wenn er gehen will, mag er gehen!«

»Hörst du es, Jüngling? Die Malika läßt dich gehen.«

»O Bruder, in den Worten meiner Geliebten liegt ein doppelter Sinn verborgen. Wenn ihre Liebe tief und aufrichtig ist, muß sie versprechen, zwei Nächte in der Woche bei mir zu verbringen.«

»O Königin der Schönen«, sagte Hatem, an die Malika gewandt. »Sei großzügig und gnädig, wie es deine Perischwestern sind. Ich bin vielen Peris begegnet in meinem Leben, und an Güte und Edelsinn übertrafen sie die Menschen bei weitem.«

»O Unbekannter, beredt sind deine Worte, doch der Jüngling gibt eher vor, verliebt zu sein, als daß er mich wirklich liebt.«

»O Schöne«, wurde der verliebte Jüngling unwillig, »ich liebe dich mehr als mein Leben! Um deinetwillen habe ich die Erde und alles, was mich ihr verwandt machte, gegen diesen Brunnen eingetauscht. Warum glaubst du mir nicht?«

»Mich zu lieben heißt, jedem meiner Befehle gehorsam zu sein.«

»So befiehl. Ich bin bereit, alles zu tun, was du sagst.«

Die Perimalika erhob sich von ihrem Platz und befahl den Aufwärterinnen, einen Kessel zu bringen, ihn mit Öl zu füllen und auf den glühenden Herd zu stellen.

Dann faßte sie ihren Geliebten bei der Hand, führte ihn zu dem Kessel mit dem siedenden Öl und sagte: »O Schahsade, wenn deine Liebe zu mir aufrichtig ist, wirst du keine Angst haben, dich in diesen Kessel zu stürzen.«

Als der Jüngling diese Worte vernahm, wollte er dem Befehl Folge leisten, doch die Perischönheit hielt ihn zurück und sagte: »Jetzt habe ich die wahre Kraft deiner Liebe erkannt und bin bereit, beim ersten Wort von dir meine Ergebenheit zu beweisen.«

Dreißig Tage und dreißig Nächte gaben sich der Schahsade und Hatem Festmählern und Lustbarkeiten hin, umgeben von der Gastfreundschaft und der Dienstfertigkeit der Peris.

Inzwischen warteten die Leute am Brunnen auf Hatems Rückkehr und wollten am Ende des dreißigsten Tages in ihre Häuser zurückkehren. Aber Hatem erinnerte sich des Versprechens, das er den Eltern des Jünglings gegeben hatte, und sagte, an die Malika gewandt: »O Schöne, heute ist die Frist, die ich bestimmt hatte, abgelaufen, und wir müssen auf die Erde zurückkehren. Erinnerst du dich deines Versprechens, deinen Geliebten zweimal in der Woche zu besuchen? Schwöre beim Namen des großen Sulaiman, daß du dein Wort halten wirst.«

Ohne zu zögern, schwor die Perischönheit beim Namen Sulaimans und befahl ihren Dienern, die Jünglinge aus dem Brunnen ans Tageslicht zu führen.

Die Peridiener faßten sie bei den Armen und warfen sie in die Höhe, und da fanden sich der Schahsade und Hatem an dem Brunnen wieder, wo sie von allen Einwohnern der Gegend mit Ungeduld erwartet wurden. Als der Schah und seine Frau ihren geliebten Sohn erblickten, wurden sie von großer Freude ergriffen und begannen, den Sohn zu umarmen und Hatem für die Rettung des Sohnes zu danken, und sogleich lud der Schah alle in den Palast ein, und unter beständigem Lob von Hatems Edelmut gab er ihm zu Ehren ein Festmahl, wie es bis dahin noch keiner je erlebt hatte.

Hatem blieb zwei Wochen bei dem Schahsade zu Gast und wurde Zeuge, wie die Perischönheit ihr Wort hielt, indem sie zum Stelldichein mit dem Schahsade kam. Und Hatem dachte: ›Wenn die Menschen ihren Versprechungen genauso treu blieben wie diese Peri, dann wären sie schon längst zu Engeln geworden. Möge Allah diejenigen segnen, auf deren Treue Verlaß ist!‹

Bald darauf zog Hatem weiter, nachdem er den Schah und seine Frau um ihre Erlaubnis gebeten hatte. Lange zog er durch menschenleere Gegenden und wasserlose Wüsten und kam endlich in eine Stadt. Unweit vom Stadttor erblickte er einen Greis, der da saß. Sofort neigte sich Hatem zu ehrfürchtiger Verbeugung und grüßte ihn. Der Greis aber erwiderte den Gruß in gebührender Weise und sprach: »Guten Tag, guten Tag, o Jüngling, herzlich willkommen! Willst du nicht heute abend meine ärmliche Behausung aufsuchen und mein bescheidenes Mahl mit mir teilen?«

»So möge es sein, edler Vater«, antwortete Hatem.

Der Greis führte Hatem zu sich nach Hause, umsorgte ihn, so gut es ging, und fragte: »O Jüngling, wie heißt du, und in welche Richtung führt dich dein Weg?«

»O Ehrwürdiger! Ich bin der Sohn des jemenitischen Schahs und heiße Hatem. Und mein Weg führt aus der Stadt Husnabad zu dem fliegenden Bad.«

»O Jüngling, welcher böse Feind hat dich dorthin entsandt? Denn kein Mensch auf Erden weiß, wo sich dieses Bad befindet und was es darstellt. Und obendrein ist jeder, der sich einmal aufgemacht hat, das fliegende Bad zu suchen, unwiederbringlich verschwunden. Glaubst du tatsächlich, daß ein so gefahrvolles Unterfangen erfolgreich sein kann?«

»O ehrwürdiger Vater! Ich habe mein Leben dem Glück anderer geweiht und bin bereit, es zum Opfer zu bringen, wenn das jemand braucht. Erzähle mir alles, was du von dem fliegenden Bad weißt, und ich werde versuchen, es zu finden.«

»O edler Jüngling«, sprach der Greis. »Viel kann ich dir nicht helfen. Ich weiß nur, daß es eine Stadt namens Kattan gibt und daß Schah Haris über sie herrscht, dessen Meister das fliegende Bad mit Hilfe von Zauberei gebaut haben. Schah Haris hat eine zuverlässige Wache um das Bad gestellt, und jeder, der dorthin kommt, wird von den Wächtern ergriffen und zu ihm gebracht. Und niemand weiß, welches Schicksal diese Leute trifft. Zumindest ist bisher niemand zurückgekehrt. Warum willst du das riskieren?«

»O Ehrwürdiger«, antwortete Hatem. »Ich werde dir die ganze Wahrheit erzählen.«

Und Hatem machte den Greis mit der Geschichte des Schahsade Munir und der Malika Husnbanu bekannt. Dann aber setzte er hinzu: »O Ehrwürdiger! Um des Glückes dieses Schahsade willen habe ich alle Anstrengungen auf mich genommen.«

»O Jüngling, laß ab von deinem Vorhaben und kehre um, denn durch Zauberkraft wird es verhindert, daß du das Geheimnis ergründest, und deine Anstrengungen werden dir nur Qual einbringen.«

»Davon kann nicht die Rede sein. Wenn ich jetzt bange werde, waren alle meine früheren Anstrengungen umsonst. Wie soll ich dann dem Schahsade Munir in die Augen sehen!«

»Hab Mitleid mit dir selbst«, fuhr der ehrwürdige Greis fort, Hatem zu ermahnen. »Hör auf meinen Rat. Denn du wirst für nichts und wieder nichts umkommen. Kennst du das Gleichnis vom Safda, das dem Flehen seiner Nächsten kein Gehör schenkte und es dann später bitter bereute?«

»Was war denn mit ihm?« erkundigte sich Hatem.

»O liebenswürdiger Jüngling«, hub der Greis an. »Unweit der Stadt Scham fließt ein Fluß, und an diesem Fluß lebte das Tier Safda. Eines Tages war es der Gegend überdrüssig und wollte sie verlassen. Und da sagte das Safda zu seinen Verwandten: ›Meine Brüder, ich will mir an einem neuen Ort ein Heim errichten, denn ein neuer Ort bringt stets neues Glück, und vielleicht wird mein Herz dort endlich Freude finden. Ich kann nicht länger in Bedürftigkeit leben, und Reichtümer habe ich nirgendwoher zu erwarten.‹

Seine Nächsten antworteten ihm: ›Schlag dir den Gedanken aus dem Kopf: Schön ist es dort, wo wir nicht sind! Lohnt es sich denn, das angestammte Nest ohne die äußerste Not zu verlassen?! Und in Armut lebst du, weil du dem Rat der Weisen nicht folgst. Möge dir bekannt sein, daß Unbesonnenheit niemals Nutzen bringt.‹

Aber das Safda blieb unbelehrbar. Es war so von seinem Vorhaben eingenommen, daß es alle vernünftigen Ratschläge mißachtete und sich mit Frau und Kindern auf die Suche nach einem neuen Fluß begab, nachdem es seine dürftige Habe zusammengepackt hatte. Schwer und weit ist der Landweg für Wassertiere und noch dazu voll ungeahnter Gefahren. Und das Safda bekam dies alles am eigenen Leibe zu spüren. Es ging am Ufer entlang und sang unbekümmert ein fröhliches Liedchen. Seine Jungen tanzten im Takt dazu. Inzwischen kam auf der Suche nach Beute eine Schlange gekrochen, dieselbe Schlange, deren Junge das Safda einstmals vertilgt hatte. Als die Schlange das Safda erblickte, nahm sie sich in acht, kroch leise heran und verschluckte sowohl seine Frau als seine Kinder. Das Safda aber konnte mit knapper Not entkommen. Es verkroch sich in einem Mauseloch und kehrte mit Anbruch der Nacht, zitternd vor Furcht, an seinen früheren Wohnort zurück. Als seine Verwandten es sahen, begannen sie es zu tadeln und ihm ins Gewissen zu reden. Das Safda aber saß da und ließ den Kopf hängen, denn es hatte nichts, was es zu seiner Rechtfertigung hätte vorbringen können.

Dasselbe kann auch dir geschehen, Hatem. Sei vernünftig, laß ab von deinem gefährlichen Vorhaben, denn es hat noch niemand vermocht, das fliegende Bad zu erreichen.«

»O Ehrwürdigster!« sprach Hatem. »Ich hege große Achtung vor dir und würde deinen Belehrungen unfehlbar Folge leisten, wenn es nur um mich allein ginge. Bereite mir keine Hindernisse, hilf mir, den Weg zu dem fliegenden Bad zu finden, denn ich stehe fest zu meinem Vorsatz, und nichts kann mich davon abbringen.«

»O edler Jüngling«, antwortete ihm der Greis. »Ich habe alles getan, damit du verstehst, wie schwer und gefahrvoll dein Weg ist. Bleib noch diese Nacht bei mir, und morgen denke ich mir aus, wie ich dir helfen kann.«

Als die Nacht verging und der Tag anbrach, sagte Hatem, an

den Greis gewandt: »O ehrwürdiger Vater! Zeig mir jetzt den Weg zu dem fliegenden Bad.«

Der Alte sah, daß Hatem durch keine Ermahnung zu überzeugen war, und ging gemeinsam mit ihm los. Sie verließen das Haus, und nach einiger Zeit kamen sie an eine Weggabelung.

»Nun denn«, sagte der Greis und blieb stehen. »Geh nach rechts, und bald wirst du eine Stadt erreichen und unweit davon mehrere Dörfer sehen. Wenn du sie durchquert hast, wird sich ein großer Berg auf deinem Weg erheben, an dessen Fuß dir viel Ungewöhnliches und Sonderbares begegnen wird. Wenn du diesen Berg bezwungen hast, kommst du in eine endlose Wüste. Nachdem du tiefer in diese Wüste eingedrungen bist, wirst du Zeuge so unglaublicher Wunder werden, daß du ständig über die Allmacht des Schöpfers staunen mußt. Und wenn du dann eine Weggabelung erblickst, wo der eine wie der andere Weg in die Stadt führt, so folge unbedingt dem Weg, der nach links führt, denn der Weg, der nach rechts führt, ist zwar kürzer, aber voller Gefahren.«

»Möge Allah dir deine Güte mit Glück vergelten!« bedankte sich Hatem. »Ich werde alles befolgen, was du befohlen hast. Aber nach Kattan nehme ich den kürzeren Weg. Die Wege des Allmächtigen sind unerforschlich, und niemand weiß, wo das Unglück ihn trifft.«

»O Jüngling, sei nicht widerspenstig! Denn nicht umsonst sagen erfahrene Männer:

Scheue keine fremden Pfade, mögen sie gefährlich sein,
doch das allerschönste Mädchen solltest du nicht blindlings frein.

Wenn du meinem Rat nicht folgst, wirst du es schwer haben. Aber handle so, wie du es für richtig hältst.«

Nachdem der Greis das gesagt hatte, verabschiedete er sich von Hatem und entfernte sich.

Hatem aber zog weiter. Nach dreißig Tagen und dreißig Nächten gelangte er in eine Stadt, die von Trommel- und Surnaklang erfüllt war. Als er näher kam, erblickte er auf einem

Platz, der von Fackeln und Scheiterhaufen erhellt war, ein paar kostbare Zelte, die mit Teppichen ausgelegt waren, wie sie einem Schah gebühren, und etwas davon entfernt sangen und vergnügten sich die Stadtbewohner. ›Hier müssen sie wohl Hochzeit halten!‹ dachte Hatem und fragte: »O Brüder, was für ein Ereignis feiert ihr?«

»In unsere Stadt kommt von Zeit zu Zeit ein schrecklicher Zauberer in Gestalt einer Schlange gekrochen, um sich ein schönes Mädchen zu holen«, antwortete man ihm. »Jedesmal, wenn wir ihn erwarten, richten wir ein reiches Mahl her und stellen uns fröhlich, als ob wir ein großes Fest begingen, denn sonst könnte er uns alle vernichten. Wenn die Schlange hier ist, verwandelt sie sich in einen mondgesichtigen Jüngling, wählt ein Mädchen aus, das ihr gefällt, und verschwindet. Und dann tritt Kummer an die Stelle der Freude, und die Eltern des armen Opfers verharren sieben Tage und sieben Nächte in Trauer um sie.«

»Demnach wäre für euch kein Freudentag, sondern ein Tag des Leids?« wunderte sich Hatem. »Und alle zusammen seid ihr nicht imstande, dieses Ungeheuer zu bezwingen? Da werde ich mich der Sache annehmen, vielleicht gelingt es mir, euch aus der Not zu helfen!«

Als die Einwohner der Stadt solche Worte hörten, erzählten sie alles ihren Ältesten, und die Ältesten erzählten es dem Schah. Und der Schah befahl, Hatem unverzüglich zu ihm zu führen. Als Hatem vor die klaren Augen des Schahs getreten war, neigte er sich zu ehrfürchtiger Verbeugung, und nachdem er ihm die gebührende Achtung erwiesen hatte, trug er ihm seine Geschichte vor.

»O edler Jüngling!« redete der Schah ihn an. »Die Zauberkraft dieses schrecklichen Ungeheuers ist so groß, daß du allein es nicht bezwingen kannst. Wir aber sind zu Tode verängstigt, und keiner von uns wird sich erkühnen, dir zu helfen.«

»O Schah«, antwortete Hatem. »Das ist doch nur ein Dschinn, und die Dschinn fügen den Menschen stets Böses zu. Euch von dem Dschinn zu befreien, ist eine schwere Aufgabe, doch zu eurem Wohl bin ich bereit, den Zweikampf mit ihm aufzunehmen. Ihr müßt dazu nur eine ganze Kleinigkeit beitragen.«

»Was müssen wir tun?«

»Wenn diese Schlange wieder erscheint und ein Mädchen mitnehmen will, müssen die Eltern des Mädchens sagen, sie seien bereit, sie ihr zu geben, nur sei ein Aufwiegler in die Stadt zurückgekehrt, der der Sohn eines äußerst angesehenen Mannes sei. Und ohne Wissen dieses Bösewichts, der gedroht habe, jeden Ungehorsam mit der Verwüstung der ganzen Gegend zu bestrafen, wagten sie es nicht zu tun.«

»So möge es sein«, antwortete der Schah.

Es kam der verhängnisvolle Tag. Alle Stadtbewohner, vom Schah bis zum letzten Bettler, verließen ihre Wohnungen und strömten auf dem Platz zusammen. Bald war Lärm zu hören, und die Leute, die auf dem Platz versammelt waren, richteten ihren Blick zur Wüste und erkannten die schreckliche Schlange. Den Kopf bis zum Himmel gereckt, bewegte sie sich vorwärts, der Schwanz aber war nicht zu sehen. Und alles, was ihr in den Weg kam, wurde zu Staub zermalmt.

»Das ist wirklich und wahrhaftig ein Dschinn«, sagte Hatem, »und alles, was geschieht, sind seine Schandtaten.«

Langsam kam die Schlange näher, und unter den Schlägen ihres Schwanzes fielen die Leute einer nach dem andern auf den Rücken nieder. Nachdem sich die Schlange umgesehen und davon überzeugt hatte, daß alle bewußtlos waren, begann sie sich zu winden, verwandelte sich in einen schönen Jüngling und begab sich zum Schah. Kaum hatte der Schah den Jüngling erblickt, stürzte er ihm entgegen, faßte ihn bei der Hand und setzte ihn neben sich auf den Thron. Nach einiger Zeit erhob sich der Schlangenjüngling von seinem Platz und sagte: »Führt mir jetzt alle Mädchen vor.«

»So möge es sein«, antwortete der Schah gehorsam.

Nachdem der Schlangenjüngling alle Mädchen gemustert und keine für würdig befunden hatte, begab er sich in die

Frauenhälfte des Schahpalastes, und als er dort die Tochter des Schahs erblickte, sagte er: »O Schah, deine Tochter gefällt mir, und du sollst sie mir zur Frau geben.«

»Sogleich und mit Freuden würde ich das tun, aber erst einmal muß ich dir etwas Unangenehmes mitteilen. Es ist ein Aufwiegler in unserer Stadt erschienen, und er droht, jeden zu bestrafen, der sich seinem Willen widersetzt. Es könnte sein, daß er Gefallen an meiner Tochter gefunden hat. Ob ich will oder nicht, ich muß seinen Rat einholen.«

»Wo ist der Schuft?« brauste der Dschinn auf. »Bringt ihn hierher!«

Als Hatem zu dem Dschinn geführt wurde, warf der einen Blick auf ihn und sagte: »O Jüngling, wo hast du dich bisher aufgehalten, und wozu bist du hierhergekommen? Wer hat dir das Recht gegeben, den Stadtbewohnern Zwang anzutun, indem du ihnen verbietest, ihre Töchter zu verheiraten? Warum betrügst du sie? Bist du etwa fähig, sie alle auf einmal zu bezwingen?«

»Es herrschte in dieser Stadt bei der Abfassung der Eheurkunde von alters her ein Brauch, den diese Nichtswürdigen frech mißachtet haben. Das aber kann ich nicht zulassen.«

»O Herrscher«, sagte der Dschinn, an den Schah gewandt. »Was veranlaßt Euch, von den Bräuchen Eurer Vorfahren abzugehen? Es ist nicht schön, die Stützen der Vergangenheit zu mißachten.«

Als der Schah diese Worte hörte, wandte er sich zu Hatem und sagte: »O Weiser, hilf uns, die Eheurkunde abzufassen, wie das in alter Zeit gemacht wurde.«

»O edler Jüngling, nach dem Brauche der weisen Alten muß man diesen Halsschmuck hier in eine Schale mit Wasser legen«, sagte Hatem und zeigte dem Dschinn den Perihalsschmuck. »Einen Teil des Wassers muß der Bräutigam trinken, und in dem restlichen Wasser muß er sich baden. Dann werden Friede und Wohlergehen die junge Familie ihr Leben lang begleiten«.

»Na also«, freute sich der Dschinn. »An diesem Brauch ist

nichts Schlechtes. Wenn es sich so gehört, dann wird es auch so gemacht.«

Rasch tauchte Hatem den Halsschmuck in das Wasser und gab es dem Dschinn zu trinken. Ein Viertel trank der Dschinn aus, den Rest goß Hatem in ein großes Gefäß und sagte: »O glücklichster aller Bräutigame! Steig in dieses Gefäß und wasch dich gut, dann gehört dir die Tochter des Schahs. Andernfalls mußt du dem Schah ein Lösegeld zahlen: tausend Rubine und tausend Diamanten von der Größe eines Hühnereis.«

Auf seine Zaubergabe bauend, entschloß sich der Dschinn, in das Gefäß zu steigen, doch kaum daß er sich darin befand, hatte er seine Zauberkraft verloren. Mittlerweile verschloß Hatem die Öffnung des Gefäßes fest und zuverlässig und sprach seine allmächtige Beschwörung. Und je länger er die Beschwörung sprach, desto fester verschloß sich das Gefäß und ähnelte bald der Mauer Iskanders. Inzwischen sagte Hatem spöttisch: »Komm heraus, o glücklichster aller Bräutigame! Wir erwarten dich mit Ungeduld!«

Dann wandte er sich an die Stadtbewohner und befahl: »O Freunde, bringt Feuerholz herbei, der Bräutigam ist vielleicht in dem kalten Wasser ins Zittern gekommen, es wäre nicht schlecht, ihn zu wärmen.«

Unverzüglich schleppten die Leute eine gewaltige Last Reisig herbei, häuften es um das Gefäß, in dem sich der Dschinn befand, und machten Feuer an. Und so groß war der Brand, daß er bis zum Himmel loderte. Der Dschinn begann um Gnade zu flehen, aber niemand schenkte ihm Beachtung, und bald hatte er seinen Geist aufgegeben.

Die Stadtbewohner stürzten zu Hatem, um ihm zu danken, und dann fragten sie: »O Retter! Brauchen wir von jetzt an wirklich niemanden mehr zu fürchten?«

»Seid unbesorgt, meine Freunde. Ihr seid für alle Ewigkeit von dem Ungeheuer befreit.«

Der Schah befahl seinen Dienern, Gold und Kostbarkeiten zu bringen, die er Hatem überreichte.

»O liebenswürdiger Schah«, sagte Hatem. »Deine Gnade ist mir unendlich teuer, doch ich vollbringe gute Taten nicht des Lohnes wegen. Erlaube mir, diese Reichtümer an Waisen und Bettler zu verteilen.«

»Möge die Frist deines Lebens bis zur Unendlichkeit dauern, und mögen alle deine Wünsche in Erfüllung gehen!« riefen die Stadtbewohner aus und erhoben ihre Hände zum Himmel. »Möge dir das Glück im Diesseits wie im Jenseits treu sein! Und wenn du den Bedürftigen eine Wohltat erweisen willst, so beschenke sie mit eigener Hand, damit sie deine Freigebigkeit bis zum Ende ihrer Tage segnen.«

Sieben Tage und sieben Nächte verbrachte Hatem mit Festmählern und Lustbarkeiten, dann bat er den Schah um die Erlaubnis, sich entfernen zu dürfen, und machte sich auf den Weg nach der Stadt Kattan.

Nachdem er viele Tagesmärsche hinter sich gebracht hatte, erreichte er den hohen Berg, von dem ihm der graubärtige Greis erzählt hatte, und als er ihn bezwungen hatte, kam er in die Wüste. Sieben Tage ging er durch die Wüste und erblickte schließlich die Weggabelung. Und Hatem dachte: ›Es wird wohl vernünftiger sein, sich an den Rat des klugen Greises zu halten.‹ Und als er das gedacht hatte, schlug er den Weg nach links ein, weil der Greis ihm gesagt hatte, der Weg nach rechts sei voller Gefahren. Doch nach wenigen Schritten machte er entschlossen kehrt und wandte sich nach rechts. ›Wenn es dem Allmächtigen gefällt, mir behilflich zu sein, die Ungeheuer zu bezwingen, von denen es auf diesem Weg nach den Worten des Greises wimmelt, befreie ich die Bewohner dieser Gegenden von ihnen und kürze mir zugleich den Weg ab. Wenn es mir aber bestimmt ist, vom Leben Abschied zu nehmen, findet mich das Unglück überall!‹

Als er ein Stück gegangen war, verspürte er plötzlich einen heftigen Schmerz – der Boden, auf den er trat, war über und über mit Dornen bedeckt. Mühsam die verletzten Füße aufsetzend, brachte er die Stelle endlich hinter sich und gelangte nach einiger Zeit in eine Wüste, die von widerlichen Geschöpfen wimmelte, von denen jedes so groß war wie ein Löwe. Und alle stürzten sie auf Hatem los und waren drauf und dran, ihn zu zerreißen. Hatem erschrak, hob seine Augen zum Himmel empor und begann, Allah um Hilfe zu bitten. Da erschien der heilige Chisr vor ihm und sprach: »O Hatem, so geht es allen, die dem Ratschlag der Weisesten kein Gehör schenken!«

»O edler Chisr«, antwortete ihm Hatem. »Was einmal getan ist, kann man nicht mehr ändern. Und zur Reue ist es zu spät. Ich bedaure, was ich getan habe, aber welchen Nutzen bringt meine Reue?!«

»Wirf den Perihalsschmuck auf die Erde«, befahl Chisr.

Sogleich holte Hatem den Zauberhalsschmuck hervor, und kaum daß er ihn auf die Erde geworfen hatte, wurde die Erde gelb, dann wurde sie schwarz, anschließend grün und zum Schluß rot.

Und im selben Augenblick verschwand Chisr, die Bestien aber fielen so erbittert übereinander her, daß Hatem sich nur wunderte. Drei Tage und drei Nächte kämpften die Bestien miteinander, und am Ende der dritten Nacht war keine einzige von ihnen mehr am Leben. Als Hatem das sah, wollte er den Halsschmuck schon aufheben, doch dann bekam er Angst, die Bestien könnten wieder lebendig werden, und beschloß zu warten, bis sie zu Staub geworden waren. Und er verbrachte dort noch drei Tage, und als alle Bestien zu Staub geworden waren, hob er den Zauberhalsschmuck von der Erde auf und zog weiter.

Nach einiger Zeit kam er in einen Wald, wo der Boden mit eisernen Stacheln übersät war. Hatem machte ein paar Schritte und merkte, daß die Stacheln ihm wie Nägel in die Füße drangen. Er zerriß seine Kleider und umwickelte die Füße damit, aber sie bluteten weiter. ›Wie konnte ich so töricht handeln?‹ dachte Hatem. ›Zu Qualen habe ich mich verurteilt, und unterwegs bin ich auch noch steckengeblieben. Wer weiß, ob dies nicht meine letzte Prüfung sein wird!‹ Bald kam er erneut in eine Wüste und sah, daß diese Wüste der Tummelplatz von Skorpionen war. Und die Skorpione waren so groß wie Füchse und so dick wie Mühlsteine. Als sie den Menschengeruch witterten, steckten sie ihre Köpfe unter den Steinen hervor, und kaum hatten sie Hatem erblickt, da stürzten sie sich auf ihn. Hatem erschrak und rief wieder die Gnade des Allmächtigen an. Und sofort tauchte, Gott weiß woher, ein graubärtiger Greis vor ihm auf. »O Hatem«, sprach er. »Laß die Zügel der Vernunft nicht aus den Händen!«

»O ehrwürdiger Vater«, antwortete ihm Hatem. »Meine Kräfte erlahmen, und diese garstigen Geschöpfe sind imstande, mit ihrem Gift sogar einen Elefanten umzubringen!«

»Zögere nicht, Hatem, wirf deinen Halsschmuck auf die Erde.«

Hatem wollte den Zauberhalsschmuck hervorholen, aber er war so schwach und kraftlos, daß er nicht einmal die Hand heben konnte. Da griff ihm der Greis in den Busen, holte den Halsschmuck heraus und warf ihn auf die Erde, und als er niederfiel, begann die Erde ihre Farbe zu verändern, ganz genauso, wie es sich in der Wüste mit den Bestien abgespielt hatte, und die Skorpione gingen aufeinander los, und bald lagen sie alle tot da. Hatem aber blieb drei Tage und drei Nächte hier, und als er sah, daß alle Skorpione zu Staub geworden waren, hob er seinen Halsschmuck von der Erde auf und zog weiter.

Nach mehreren Tagen kam er in eine große Stadt. Als die Stadtbewohner ihn erblickten, fragten sie: »O junger Wanderer, wie ist es dir gelungen, unsere Gegend zu erreichen?«

Hatem berichtete ihnen von seinen Abenteuern, zeigte ihnen seine verletzten Füße und sagte zum Schluß: »Mit Hilfe des Allmächtigen habe ich alle diese Scheusale und Ungeheuer bezwungen, und dank seiner Gnade bin ich heil und lebendig geblieben. Jetzt sind sowohl die Dornen als auch die abscheulichen Geschöpfe und die Skorpione für immer verschwunden. Nur die eisernen Stacheln sind noch übriggeblieben, die habe ich nicht vernichten können.«

Unsagbar froh waren die Stadtbewohner über Hatems Neuigkeiten, denn ihnen eröffnete sich ein kurzer und ungefährlicher Weg. Als dem Schah gemeldet wurde, ein junger Wanderer behaupte, daß jetzt alle unbesorgt diesen Weg gehen könnten, befahl der Schah seinen Wegemeistern, sie sollten zunächst überprüfen, ob der Wanderer die Wahrheit sagte. Zu Hatem aber sprach er, nachdem er ihn hatte rufen lassen: »O Jüngling, du mußt Qualen erlitten haben, ehe du unsere Stadt erreicht hast. Bleib bei uns, ruh dich aus und sammle neue Kräfte, ehe du weiterziehst.«

Der Schah bat Hatem zu verweilen, weil er sich von der Richtigkeit seiner Worte überzeugen wollte. Bei sich aber dachte er, daß Hatem den Kopf verlieren sollte, wenn er gelogen hatte.

Inzwischen kamen die Wegemeister zurück und meldeten, Hatem habe die reine Wahrheit gesagt.

Unverzüglich schickte der Schah Botschaften in die Nachbarländer und teilte darin mit, der Weg, der früher voller Gefahren gewesen war, sei frei von Raubtieren und Scheusalen und jetzt könnten alle Kaufleute und Wanderer ihn gehen, ohne für ihr Leben zu fürchten. Und er setzte Hatem auf einen Ehrenplatz, beschenkte ihn mit kostbaren Gaben und bat ihn um Verzeihung.

Da wunderte sich Hatem und sagte: »O hochgeehrter Schah! Was sollte ich dir verzeihen? Deine Güte und Gastfreundschaft vielleicht, mit denen du mich so freigebig umsorgt hast?«

»O Jüngling«, antwortete der Schah. »Du bist rein und untadelig, deshalb konntest du auch nicht darauf kommen, daß ich der Wache befohlen hatte, dich zu beobachten, damit du nicht vorzeitig entwischen konntest. Und hätten sich deine Worte als Lüge erwiesen, dann hätte ich dich hängen lassen.«

»O gerechter Schah!« antwortete ihm Hatem. »Deine Absichten waren so klug wie gerecht, denn wer verdient eine härtere Strafe als ein Lügner?! Doch wie du siehst, habe ich die Wahrheit gesagt. Deine Gnade ist mir unendlich teuer, doch die reichen Gaben sind mir beschwerlich, ich habe keinen Diener, der mir alles nachtragen könnte.«

»Beunruhige dich nicht«, antwortete der Schah. »Ich gebe dir so einen Diener, und er wird dich bis in deine Heimat begleiten.«

»Nach Hause zurückzukehren, habe ich bisher noch nicht vor. Zunächst muß ich etwas erledigen.«

»Berichte mir, welche Sorgen dich drücken, und ich helfe dir mit Freuden.«

»O edler Schah!« antwortete Hatem. »Deine Liebenswürdigkeit und Umgänglichkeit sind wirklich grenzenlos, aber ich habe kein Recht, zu deinen Ungunsten davon Gebrauch zu machen. Wenn du kannst, zeig mir den Weg nach der Stadt Kattan.«

»Aber was lockt dich in Kattan?« wunderte sich der Schah.

»Ich habe gehört«, antwortete Hatem, »daß es dort ein fliegendes Bad geben soll.«

»O Jüngling, viele haben sich auf die Suche nach diesem Bad begeben«, antwortete der Schah bestürzt. »Die einen sind beschämt zurückgekommen, ohne es gefunden zu haben. Die anderen, denen es gelang, das Bad zu finden und dort einzudringen, gerieten in die Macht eines bösen Zaubers, und bis heute ist nicht geklärt, welches Schicksal sie ereilt hat.«

»Das alles ist mir bekannt«, sprach Hatem. »Deshalb wollte ich dich in das gefährliche Unternehmen nicht mit hineinziehen. Ich aber muß das Ziel, koste es, was es wolle, erreichen und vertraue auf den Beistand Allahs, des Allmächtigen.«

Wieviel der Schah auch auf Hatem einredete, wieviel er ihn auch ermahnte, Hatem blieb unbeugsam. Als der Schah zu guter Letzt begriff, daß alle seine Anstrengungen sinnlos waren, befahl er seinen Dienern, Hatem den Weg nach Kattan zu zeigen. Und als die Diener den Befehl des Schahs hörten, erwiderten sie: »Wir hören und gehorchen!«

Bald darauf machte sich Hatem auf den Weg, nachdem er sich von dem Schah verabschiedet hatte. Nach einigen Tagen erreichte er einen Ort, wo die Diener stehenblieben und zu ihm gewandt sagten: »O Jüngling, gestatte uns, nach Hause zurückzukehren. Von hier aus ist es nach Kattan nur noch ein Katzensprung. Wir aber dürfen dir nicht folgen.«

Nachdem Hatem sie entlassen hatte, zog er weiter und kam nach zwei Tagen und zwei Nächten in eine Siedlung. »O Jüngling«, fragten ihn die dortigen Einwohner. »Wer bist du, und woher kommst du?«

Hatem berichtete ihnen freimütig von allen seinen Abenteuern. Als die Einwohner ihn angehört hatten, zeigten sie sich ihm gewogen und baten ihn, bei ihnen zu Gast zu bleiben. Tag und Nacht verwöhnten sie ihn und bewirteten ihn mit den verschiedensten Speisen. Und in der Morgendämmerung gaben sie ihm das Geleit. Nachdem Hatem viele Straßen und Wege hinter sich gelassen hatte, kam er in die Stadt Kattan und nahm in der Karawanserei Aufenthalt. Ein paar Tage verbrachte er in Muße, dann nahm er zwei Rubine und zwei Diamanten und begab sich in den Palast zu Schah Haris. Dort angekommen, bat er, seine Ankunft unverzüglich zu melden, damit der Schah ihn empfing. Nachdem die Diener Hatems Bitte vorgetragen hatten, fragten sie den Schah, wie sein Befehl laute, und er wies sie an, Hatem hereinzuführen.

Als Hatem vor die Augen des Schahs trat, rühmte er den Schah Haris in würdiger Weise, machte eine tiefe Verbeugung, zog die Rubine und Diamanten aus dem Busen und legte sie dem Schah zu Füßen. Und als der Schah Hatems unschätzbare Geschenke sah, wurde er unsagbar froh, denn in seinen Schatzkammern gab es solche Kostbarkeiten nicht. Schah Haris begriff sogleich, daß er einen Jüngling von edler Abkunft vor sich hatte, und nachdem er ihn auf einem reichgeschmückten Korsi hatte Platz nehmen lassen, fragte er: »O Jüngling, was hat dich zu uns geführt?«

»O mächtiger Schah!« antwortete Hatem. »Ich komme aus dem Land Chorassan, aus der Stadt Husnabad in dein herrliches Land. Der ganzen Welt sind seit langem dein Edelmut und deine Freigebigkeit bekannt, und so erwuchs in mir das unstillbare Verlangen, mich mit eigenen Augen von deiner Weisheit zu überzeugen.«

Als der Schah diese Lobreden hörte, überschüttete er Hatem mit Liebkosungen und sagte: »Herzlich willkommen, o Jüngling! Dein Erscheinen hat mein Leben erhellt. Wo wohnst du zur Zeit?«

»O Schah«, antwortete Hatem. »Ich habe mich in der Karawanserei deiner Stadt niedergelassen.«

»Erweise mir die Ehre, o edler Jüngling«, sprach der Schah. »Unweit von meinen eigenen Gemächern steht ein Zimmer leer. Zieh dort ein und sei mein Gast.«

»Dein Wille geschehe!« erwiderte Hatem.

Hatem kehrte in die Karawanserei zurück, sammelte seine Habseligkeiten zusammen und zog um in den Palast des Schahs Haris. Mit klugen Worten und ausgesuchten Manieren bezwang er das Herz des Schahs, und bald waren sie unzertrennlich. Und Schah Haris fühlte sich Hatem so verbunden, daß er sich eine Trennung von ihm nicht mehr vorstellen konnte.

Nach sechs Monaten sagte der Schah, an seine Vertrauten gewandt: »O Edle, wie könnten wir es anstellen, daß dieser hervorragende Jüngling für immer in unserer Stadt bleibt? Das wäre wunderbar!«

»O mächtiger Schah«, antworteten die Vertrauten. »In Schönheit und Redegewandtheit hat Hatem nicht seinesgleichen, und er hat keinen einzigen Fehler. Auch in unseren Herzen ist die Liebe zu ihm erwacht.«

Als Hatem sah, daß der Schah froh gelaunt war, legte er ihm wieder ein paar Edelsteine zu Füßen, und der Schah wunderte sich: »O Jüngling, ich stehe schon für dein erstes Geschenk in deiner Schuld und weiß einfach nicht, wie ich es dir danken soll. Die ganze Zeit über, die du bei mir zu Gast bist, hast du mich noch nie um etwas gebeten. Ich aber brenne vor Verlangen, dir jeden beliebigen Wunsch zu erfüllen.«

»O edler Schah!« sagte Hatem. »Die Güte und die Dienstfertigkeit, mit denen du mich umgibst, sind so selten und ungewohnt, daß ich an mehr nicht zu denken wage!«

Und der Schah erwiderte darauf: »Betrachte das Land, das

mir untertan ist, als dein Eigentum, und verlange alles, was du möchtest. Ich und meine Vertrauten sind dir so wohlgesonnen, daß wir bereit sind, dir jeden Wunsch zu erfüllen, denn ich erkenne dich als meinen Mitregenten an.«

»Großer Schah! Möge dir bekannt sein, daß mir weltliche Leidenschaften fremd sind, und nur ein unbezwingbarer Wunsch wird bis zu meiner Todesstunde in meinem Herzen wohnen.«

»Gestehe mir, was dich besorgt«, bat der Schah. »Wenn meine Tochter dir gefällt, gebe ich sie dir mit Freuden zur Frau. Und wenn du vom Thron eines Schahs träumst, bin ich bereit, ihn dir unverzüglich abzutreten. Jeder deiner Wünsche ist mir Befehl!«

»Deine Tochter sehe ich als meine Schwester an«, antwortete Hatem. »Mein Wunsch ist von ganz anderer Art. Ich will ihn dir anvertrauen und bitte dich nur, dein Wort nicht zurückzunehmen und mir behilflich zu sein, meinen Wunsch zu erfüllen.«

Der Schah ergriff Hatems Hand und sprach feierlich: »O edler Jüngling! Welches auch immer dein Wunsch sein möge, ich schwöre, ihn zu erfüllen!«

Zufrieden mit der Antwort des Schahs, sagte Hatem: »O Schah, ich träume davon, das fliegende Bad zu sehen, und erbitte deine allergnädigste Erlaubnis hierfür.«

Als der Schah diese Worte hörte, ließ er nachdenklich den Kopf sinken.

»O mächtiger Schah!« geriet Hatem in Unruhe. »Was hat dich in Zweifel gestürzt?«

»Deine Bitte kommt mir völlig unerwartet«, antwortete der Schah. »Ich habe einstmals gelobt, alle von dem fliegenden Bad fernzuhalten, weil jeder, der gesonnen ist, das Geheimnis des fliegenden Bades zu ergründen, dem sicheren Untergang geweiht ist. Wie kann ich dich jetzt dorthin schicken, einen Jüngling, der meinem Herzen so lieb ist?! Habe ich indes das Recht, meinen Schwur zu brechen? Ist doch der Schwur eines Schahs heilig, und wenn er ihn bricht, erniedrigt er sich in den

Augen seiner Untertanen! Du aber hast mich mit deiner Liebenswürdigkeit und Umgänglichkeit in diese Sache hineingezogen, und jetzt kann ich zusehen, wie ich in Ehren wieder herauskomme.«

»Mach dir um mich keine Sorgen«, sagte Hatem. »Ich habe die Gnade des Allmächtigen bereits erprobt. Ich hoffe, daß der böse Zauber des fliegenden Bades an mir vorübergeht und daß ich heil und unbeschadet zurückkomme. Glaub aber nicht, daß ich aus Übermut in dieses Geheimnis eindringen will.« Und Hatem berichtete dem Schah ausführlich von allen seinen Abenteuern und teilte ihm auch die Geschichte der Liebe des Schahsade Munir zur Malika Husnbanu mit.

Als der Schah hörte, daß das Glück Hatem bisher noch nie im Stich gelassen hatte, segnete er ihn und sprach: »O edler Jüngling! Möge sich deine gute Absicht verwirklichen, denn du nimmst alle diese Qualen um des Glücks von anderen willen auf dich.«

Und weiter sagte der Schah: »Es tut mir leid, von dir zu scheiden, aber da kann man nichts machen. Sag mir zum Abschied, woher du stammst und wie du heißt.«

»O Mächtiger«, antwortete ihm Hatem. »Ich heiße Hatem Ibn Ta'i und bin der Sohn des jemenitischen Schahs.«

Als der Schah das hörte, erhob er sich von seinem Platz und schloß Hatem in seine Arme.

»Der Glanz eines Schahs, Weisheit und Kühnheit erhellen deine Stirn«, sprach er feierlich. »Ich glaube, daß dein Name noch in Jahrhunderten gepriesen werden wird und daß du auf der ganzen Welt nicht deinesgleichen finden wirst.«

Und sogleich ordnete der Schah an, einen Befehl an die Krieger abzufassen, die den Zugang zum fliegenden Bad bewachten, sie sollten Hatem in allem behilflich sein. Und der Inhalt dieses Befehls lautete wie folgt: ›Hatem Ibn Ta'i, der Sohn des jemenitischen Schahs, hat den Wunsch, das fliegende Bad zu sehen. Ich befehle, ihm auf seinem Wege Achtung und Gunst zu erweisen, ihm behilflich zu sein, alles mit eigenen Augen zu sehen und ihn dann heil und unversehrt zu mir zurückzuschicken.‹

Kaum hatten die Schreiber diesen Befehl aufgesetzt, als der Schah ihn Hatem aushändigte und diesen dann unter bitteren Tränen, Klagelauten und Seufzern aus dem Palast hinausgeleitete. Als Hatem nicht mehr zu sehen war, verließ der bekümmerte Schah seinen Thron und zog sich einsam in ein verborgenes Gemach zurück.

Nach fünfzehn Tagen und fünfzehn Nächten erreichte Hatem einen Ort und erblickte in der Ferne ein hohes Tor gleich dem Triumphbogen des Königs Kyros. Und da fragte Hatem seine Begleiter: »O Freunde, wohin führt dieses Tor?«

»O Schahsade, dieses Tor führt zum fliegenden Bad, aber es sind noch sieben Tage Weg bis dorthin.«

Nach sieben Tagen und sieben Nächten gelangte Hatem mit seinen Begleitern zu einem hohen Berg, an dessen Fuß ein gewaltiges Heer stand.

»Wessen Heer ist das?« fragte Hatem seine Begleiter.

»Dieses Heer bewacht im Auftrag von Schah Haris das Tor des fliegenden Bades«, antworteten sie ihm, »und es sind so viele Krieger, daß niemand hindurchkommen kann.«

Als sie zum Oberbefehlshaber mit Namen Idrak kamen, übergab Hatem ihm den Befehl von Schah Haris. Nachdem Idrak den Befehl gelesen hatte, versuchte er, Hatem davon zu überzeugen, sein Vorhaben aufzugeben, und beredete ihn dann, ein paar Tage haltzumachen.

Die ganze Zeit über war Hatem sein Gast, dann aber sagte er: »O Idrak! Warum erfüllst du nicht den Befehl des Schahs? Wieviel Kraft habe ich aufgewandt, um zum fliegenden Bad zu gelangen! Glaubst du denn, deine Überredungskünste könnten mich von meinem Vorhaben abbringen? So wisse, daß ich fest zu meinem Vorsatz stehe, denn Not kennt kein Gebot.«

Als es Idrak nicht gelang, Hatem von seinem Vorhaben abzubringen, schickte er eine Botschaft an Schah Haris, in der es hieß, Hatem Ibn Ta'i bestehe allen Ermahnungen zum Trotz auf seinem Vorsatz, und er, Idrak, bitte darum, ihm zu antworten, wie der endgültige Wille des Schahs laute.

Als der Schah Idraks Botschaft las, begriff er, daß er auf nichts mehr hoffen durfte, und befahl Idrak, er solle Hatem zu dem fliegenden Bad durchlassen, damit er das Gewünschte erlange.

»O Hatem«, sagte Idrak zu guter Letzt. »Wenn dir das Leben lieb ist, dann bedenke, ob du nicht besser tust, von deinem Vorsatz abzulassen, damit du es hinterher nicht zu bereuen brauchst.«

Und Hatem sagte zu ihm: »O Bruder, sei mir kein Hindernis, es ist mein fester Wille und mein unverbrüchlicher Wunsch.«

Als Hatem das gesagt hatte, begab er sich zu dem Tor, über dessen Bogen geschrieben stand: ›Seit den Zeiten des Gajomarth Ibn Adam und bis zum heutigen Tage ist niemand, der in die Welt des Spuks und der Hexerei eingedrungen ist, aus ihr zurückgekehrt.‹ Als Hatem diese Inschrift sah, wurde er furchtsam, und für einen Augenblick erwuchs ein Zweifel in seiner Seele. Doch der Gedanke daran, daß er das Versprechen brechen würde, das er dem Schahsade Munir gegeben hatte, die Hoffnungen der Malika Husnbanu zunichte machen und Schah Haris enttäuschen würde, stärkten seinen Willen. Als er das bedacht hatte, sprach er den Vers:

»Man tut alles auf Erden zugunsten von Ruhm und Ehren,
ein halber Fladen reicht pro Tag, den Würdigen zu nähren.«

Dann aber verabschiedete er sich von den Dienern des Schahs und trat durch das Tor des fliegenden Bades. Als er sich nach wenigen Schritten umblickte, sah er, daß die Diener und das Tor verschwunden waren, er selbst aber befand sich inmitten einer unabsehbaren Wüste. Furcht befiel seine Seele. Er wäre umgekehrt, aber er fand nicht einmal eine Spur des verschwundenen Tores. Und er dachte: ›Da haben wir's! Nicht umsonst hat man mich so lange ermahnt und beredet! Jeden, der in so eine wasserlose Wüste gerät, erwartet der sichere Tod.‹ Nachdem sich Hatem nach allen Seiten umgesehen hatte, ohne einen Weg gefunden zu haben, mußte er notgedrungen vorwärtsgehen. Nach einiger Zeit bemerkte er in der Ferne ein Gespenst in Menschengestalt. Als er sich dem Gespenst genähert hatte, zog es einen kleinen Spiegel aus dem Busen und reichte ihn Hatem. Hatem nahm den Spiegel und sah sich sein Bild darin an. Inzwischen sagte das Gespenst: »O Jüngling, das fliegende Bad ist irgendwo unterwegs.«

»Woher weißt du das?« wunderte sich Hatem. »Bist du ein Diener dort?«

»Ja«, antwortete das Gespenst.

»Und was machst du hier?« fragte Hatem.

»Ich bringe jeden, der hierherkommt, zum fliegenden Bad, bade ihn dort, bediene ihn und bekomme für meine Arbeit eine Belohnung von ihm. Wenn du den Mut hast, ins Bad zu gehen, werde ich auch dich bedienen.«

Und Hatem sagte: »So möge es sein! Ich komme von weit her und möchte mich nach den Anstrengungen des Weges erfrischen.«

Das Gespenst ging vorwärts, und Hatem folgte ihm nach. Als sie einen ganzen Farsang zurückgelegt hatten, erblickten sie eine Kuppel, und Hatem fragte das Gespenst: »Was ist das für eine Kuppel?«

»Das ist das fliegende Bad«, antwortete es.

Und es führte Hatem zum Tor des Bades, das auf der Oberfläche eines Wasserbeckens schwamm, und sagte: »O Jüngling, tritt ein, und ich werde dir Wasser reichen.«

»Kann man denn angekleidet ins Bad gehen? Hast du kein Lungi?« fragte Hatem.

Sofort gab ihm das Gespenst ein sauberes Lungi, und Hatem, der es sich um die Hüften schlang, trat in die Badehalle, und kaum hatte er sich mit dem heißen Wasser begossen, das das Gespenst ihm reichte, da ertönte ein schreckliches Krachen, und es wurde finster wie die Nacht, so daß Hatem nichts mehr erkennen konnte. Als aber die Dunkelheit etwas wich, sah er, daß weder das Gespenst noch das Bad mehr da waren, alles hatte gleichsam der Erdboden verschlungen. Nur das Wasserbecken wuchs und wuchs, und bald war die ganze Gegend von Wasser bedeckt. Und Hatem dachte: ›Welches Geheimnis liegt hier verborgen? Warum wird das Wasser immer mehr? Ist es nicht besser, ich gehe fort, ehe das Wasser mich ertränkt?‹ Er sah sich um, doch er konnte nirgendwohin. Bald reichte ihm das Wasser bis zum Kopf, und er sagte sich, daß dieses Wasser alle Wagemutigen umgebracht hatte, die sich auf die Suche nach dem fliegenden Bad gemacht hatten. Und als er das dachte, rief er in Gedanken die Hilfe des Allerhöchsten an. ›O allmächtiger Allah‹, richtete er sein Gebet an ihn, ›verlaß mich nicht in meinem Unglück, denn nur du hast die Macht, über das Schicksal der Sterblichen zu bestimmen!‹

Inzwischen war das Wasser schon so hoch gestiegen, daß Hatem sich dort befand, wo vorher die Kuppel des Bades gewesen war. Bald war er völlig entkräftet und konnte nicht länger schwimmen und begann nach etwas zu suchen, woran er sich festhalten konnte, um sich wenigstens etwas auszuruhen. Und da ertönte wieder ein schreckliches Krachen, und Hatem fand sich in einer endlosen Wüste wieder. Und in seiner Seele erwuchs die Hoffnung: ›Es ist mir gelungen, dem furchtbaren Strudel lebend zu entkommen, vielleicht bin ich auch von dem bösen Zauber befreit.‹

Drei Tage und drei Nächte ging er durch die Wüste und entdeckte plötzlich in der Ferne eine Behausung. ›Dort müssen Menschen wohnen‹, dachte Hatem und begab sich dorthin. Als er näher kam, erblickte er einen großen schönen Garten. Als er durch das Tor getreten war und sich nach einigen Schritten umsah, stellte er fest, daß das Tor verschwunden war. Da wunderte sich Hatem und dachte: ›So eine Täuschung! Offenbar bin ich immer noch in der Welt des Spuks und der Hexerei.‹ Und er erging sich in dem Garten. Als er tiefer hineinkam, erblickte er riesige Bäume, deren Wipfel bis zum Himmel reichten und mit deren reifen Früchten der Boden völlig bedeckt war. Hatem war hungrig und begann die Früchte gierig zu essen, doch soviel er auch aß, konnte er doch seinen Hunger nicht stillen und verspürte nur Ruhe und Freude in seinem Herzen.

Etwas entfernt von den Bäumen stand ein kleiner Tempel, der über und über mit Gold verziert war. Als Hatem den Tempel betrat, entdeckte er, daß in seinem Innern längs der Wände versteinerte Menschengestalten standen, und in einer Ecke stand eine schöne Jungfrau, deren Gesicht wie Mondglanz strahlte und die in einen kostbaren Schleier aus Goldbrokat gehüllt war, dem Anschein nach war sie wie die anderen Gestalten versteinert.

Da ertönte eine geheimnisvolle Stimme: »O Jüngling, wie hast du diesen Ort erreicht, und warum hast du dem irdischen Leben entsagt und bist hierhergekommen?«

Als Hatem die Stimme vernahm, schaute er sich um und erblickte eine kleine Tür, über der geschrieben stand: ›O Sklave des allmächtigen Allah! So oder so wirst du dem bösen Spuk des fliegenden Bades nicht entrinnen, der von Gajomarth Ibn Adam herstammt. Einstmals fand Gajomarth Ibn Adam einen schönen, funkelnden Diamanten von drei Miskal Gewicht. Und er fragte gelehrte Männer und vertraute Sachkenner: ‚Habt ihr schon ähnliche Diamanten zu Gesicht bekommen?' Und sie antworteten ihm: ‚Von solchen Diamanten haben wir unser Leben lang nicht einmal gehört.' – ‚O ihr Sachkenner', sprach Gajomarth zu ihnen, ‚so eine große Seltenheit müssen wir in einem Versteck aufbewahren, wo niemand sie anrühren kann.' Und er setzte in das fliegende Bad des Schahs Haris einen sprechenden Papagei, in dessen Bauch sich der unschätzbare Diamant befand und umgab ihn mit Hexenspuk. O Wanderer! Schau auf den Korsi, und du erblickst darauf Pfeil und Bogen. Wenn du den Papagei mit dem Pfeil triffst, ist der Zauber zerstört, und nachdem du den Diamanten aus ihm herausgeholt hast, bleibst du heil und unversehrt. Wenn es dir aber nicht gelingt, versteinerst du so wie alle, die hierhergekommen sind.‹

Und Hatem verstand, welches traurige Geschick die versteinerten Jünglinge ereilt hatte, und Kummer bemächtigte sich seiner Seele.

Plötzlich begannen die versteinerten Gestalten zu reden. »O Hatem«, sagten sie. »Es ist töricht von dir, wenn du dich dem sicheren Untergang weihst. Du wirst uns nicht befreien und wirst selbst versteinern.«

Als Hatem diese Worte hörte, ergriff er den Bogen, spannte die Sehne und schoß auf den Papagei. Doch sein Pfeil flog vorbei, und sogleich versteinerte er bis zu den Knien.

Und wieder erklang die geheimnisvolle Stimme: »Jüngling, hier ist nicht der rechte Platz für dich.« Es war die Stimme des Papageien.

Hatem schoß den zweiten Pfeil nach ihm ab und traf wieder daneben. Und diesmal versteinerte er bis zum Gürtel.

»Jüngling, hier ist nicht der rechte Platz für dich«, wiederholte der Papagei.

Und Hatem wurde durch Zauberkraft dreihundert Schritt beiseite geschleudert und fand sich neben den versteinerten Gestalten wieder. Bittere Tränen rannen aus Hatems Augen, und es war ihm, als ob er seinen Tod erschaute. Er nahm alle Kraft zusammen, die ihm noch verblieben war, und schoß den dritten Pfeil auf den Papagei ab, und der Pfeil durchbohrte den Papagei, und er fiel aus dem Käfig. Und plötzlich funkelten Blitze auf, Donner ertönte, und alles ringsum versank in Dunkelheit. Hatem aber stürzte ohnmächtig nieder, und als er wieder zu sich kam, sah er, daß kein Garten, kein Tempel und kein Papagei mehr da waren, nur ein Diamant lag auf der Erde, der wie die Sonne glänzte. Kaum war Hatem aufgestanden und nahm den Diamanten in die Hand, wurden die Steinfiguren lebendig. »O tapferer Jüngling«, sagten sie. »Wie ist es dir gelungen, diesem Zauberspuk zu widerstehen?«

Da berichtete Hatem ihnen von seinen Abenteuern. Und alle Geretteten warfen sich ihm zu Füßen und dankten ihm für die Befreiung von dem Zauberspuk des Gajomarth. Sie taten sich alle zusammen und machten sich gemeinsam auf den Weg. Lange gingen sie, und nach mehreren Tagen kamen sie an ein hohes Tor. Als sie es durchschritten hatten, entdeckte Hatem, daß es nicht weit von Idraks Wohnsitz entfernt war. Als Idrak Hatem inmitten von mondgesichtigen Jünglingen erblickte, kam er ihnen entgegen, rühmte Allah für ihre Errettung und führte sie zu sich nach Hause. Als sie alle in Idraks Haus waren, befahl er seinen Dienern, auserlesene Speisen und berauschende Getränke zu reichen, und nach dem Mahl bat er Hatem zu berichten, was er erlebt hatte. Hatem erzählte alles ausführlich von Anfang bis Ende, wodurch er alle gehörig zum Staunen brachte, die dabei waren. Idrak beschrieb Hatems Abenteuer auch eingehend in einem Sendschreiben an Schah Haris, das er einem Boten übergab und ihm dabei befahl, er solle es schleunigst in den Palast bringen.

Einen Tag später brach Hatem mit seinen Begleitern nach der Stadt Kattan auf. Zu dieser Zeit war Idraks Sendschreiben schon hier eingetroffen, und der Schah wußte Bescheid, daß Hatem heil und lebendig war. In einem freudigen Zug kam er ihm mit seinen wichtigsten Wesiren und Vertrauten entgegen, um den teuren Gast zu empfangen.

Kaum hatte Hatem Schah Haris erblickt, neigte er sich zu ehrfürchtiger Verbeugung. Der Schah aber schloß Hatem in seine Arme, überschüttete ihn mit Liebkosungen, und nachdem er ihn in den Palast geführt hatte, ließ er ihn neben sich auf dem Thron Platz nehmen. Und sogleich befahl Schah Haris, ein großes Festmahl zu richten. Und die Diener stellten alle möglichen Speisen auf den Dastarchan, und alle setzten sich zum feierlichen Mahl. Nach der Bewirtung bat der Schah, Hatem solle ihm die Wahrheit über das fliegende Bad berichten. Hatem erzählte alles von Anfang bis Ende. Und der Schah dankte Allah für Hatems Rettung und lobte den mächtigen Hatem für all seine guten Taten. Dann aber beschenkte der Schah jeden der von dem bösen Zauber erlösten Jünglinge mit einem arabischen Renner und kostbarer Kleidung, denn es lag ein weiter Weg vor ihnen, und sie sollten würdig gekleidet nach Hause zurückkehren.

Nachdem die von Hatem geretteten Jünglinge in ihre Heimat aufgebrochen waren, blieb Hatem noch bei Schah Haris zu Gast, doch nach einigen Tagen erbat er sich die Genehmigung, nach Husnabad zurückkehren zu dürfen. Der Schah befahl, ihn für den Weg auszustatten und Proviant sowie alles andere für ihn vorzubereiten, was man auf einer langen Reise braucht. Hatem dankte Schah Haris für seine Güte und Herzlichkeit, und nachdem er sich von dem Schah und allen seinen Vertrauten verabschiedet hatte, brach er nach Husnabad auf.

Als er den Palast der Malika Husnbanu erreicht hatte und die Dienerinnen meldeten, Hatem sei zurückgekehrt, freute sich die Malika, bat ihn in die inneren Gemächer und sagte, nachdem sie sich hinter einem Vorhang verborgen hatte: »O Jüngling, mag deinen Weg auch weit gewesen sein, bist du doch heil und unversehrt zurückgekommen. Ich hoffe, du hast das Geheimnis des fliegenden Bades gelüftet.«

Hatem neigte sich zu ehrfürchtiger Verbeugung, erwies der Malika Husnbanu die gebührenden Ehren und berichtete dann ausführlich über den Spuk des fliegenden Bades und über alle seine Abenteuer. Und zur Krönung des Ganzen legte er den Diamanten vor der Malika nieder, den er von dem Papagei hatte. Als die Malika den Diamanten erblickte, staunte sie nicht wenig und versank in Nachdenken.

»O reizende Malika«, sprach Hatem sie an. »Laß mich das siebente Rätsel wissen, damit ich seine Lösung finde.«

»O Hatem«, antwortete die Malika. »Geh in die Karawanserei zu deinem Freund und ruh dich aus. Komm dann später wieder, und ich gebe dir das letzte Rätsel auf.«

Sogleich begab sich Hatem in die Karawanserei und begegnete Munir. Munir hörte die Erzählung von Hatems Abenteuern mit Entzücken. Dann warf er sich ihm zu Füßen und küßte den Boden vor ihm. Aber Hatem hob Munir auf und sagte: »O mein Freund! Alles, was ich für dich getan habe, macht dich nicht zu meinem Schuldner, denn der Triumph des Guten geht mir über alles, und er allein veranlaßt mich, derartige Prüfungen auf mich zu nehmen.«

Inzwischen schickte die Malika Husnbanu stündlich alle

möglichen Speisen für Hatem, und er gab sich zusammen mit den Dienern von Schah Haris und dem Schahsade Munir Festmählern und Lustbarkeiten hin.

Nach einigen Tagen gab Hatem den Dienern des Schahs Haris, nachdem er sie mit kostbaren Gewändern beschenkt hatte, das Geleit und begab sich selbst zur Malika Husnbanu.

»O Malika, die du die Welt bezauberst«, meldeten ihr die Diener. »Der Schahsade Hatem ist im Palast und wartet auf deine Einladung.«

Die Malika befahl, Hatem sogleich zu ihr zu führen, ließ ihn auf einem goldenen Korsi Platz nehmen und fragte dann, nachdem sie sich hinter einem Vorhang verborgen hatte: »O Hatem, warum hast du dir so wenig Erholung gegönnt?«

»O reizende Malika«, antwortete Hatem. »Wie kann ich mich erholen, wenn die Seele keine Ruhe kennt?! Jetzt löse ich dein letztes Rätsel, und dann werde ich Ruhe finden.«

»Höre, Hatem«, sagte die Malika. »Ich besitze eine außergewöhnliche Perle, und genau so eine gibt es noch irgendwo. Diese mußt du finden und zu mir bringen.«

»O Malika, zeig deinem ergebenen Sklaven die Perle«, bat Hatem.

Sofort befahl die Malika ihrem Schatzmeister, die einzigartige Perle zu holen, und er brachte sie und zeigte sie Hatem, und es erwies sich, daß sie die Größe eines Hühnereis hatte.

»Ich weiß, daß ich die Perle nicht mitnehmen darf. Aber ich muß wenigstens eine Nachbildung davon haben, damit ich mich nicht irren kann.«

Die Malika Husnbanu rief kunstfertige Meister herbei und befahl ihnen, eine Nachbildung der Perle aus Silber anzufertigen. Und als diese Nachbildung fertig war, nahm Hatem sie an sich und kehrte in die Karawanserei zurück. Und sowohl Hatem als auch der Schahsade Munir staunten über eine Perle von solcher Seltenheit und Schönheit.

»O Hatem«, fragte der Schahsade Munir. »Wie kannst du dich auf die Suche nach der Perle begeben, wenn du nicht weißt, wo sie zu finden ist?«

»Sorge dich nicht, Munir«, beruhigte ihn Hatem. »Bisher war uns der Allmächtige gewogen. Vielleicht verläßt er uns auch jetzt nicht in der Not.«

»O Freund«, sagte Munir. »Bleib noch ein paar Tage bei mir, damit ich mich an deinem Gespräch erquicken kann.«

»Wenn ich die Perle finde und du das Gewünschte erlangst, werden wir zur Genüge miteinander sprechen. Jetzt aber ist es Zeit, daß ich mich auf den Weg mache!«

Und nachdem Hatem von dem Schahsade Munir Abschied genommen hatte, begab er sich auf die Suche nach der Perle.

Das siebente Abenteuer

Als Hatem vom Schahsade Munir Abschied genommen hatte, machte er sich auf den Weg. Nach einigen Tagen kam er in eine Wüste, und nachdem er sich bis zu einem großen flachen Stein unter einem weitverzweigten Baum geschleppt hatte, versank er in Nachdenken. ›Wohin soll ich mich wenden? Wo kann ich die zweite Perle finden?‹ grübelte er. Als es dunkel wurde, kamen vom Ufer des Flusses Kahraman zwei Vögel geflogen. Sie setzten sich auf die Zweige des Baumes und führten ein Gespräch miteinander.

»O Lieber«, sagte das Weibchen zum Männchen. »Wenn hier auch Platz ist im Überfluß und man weiß, wovon man leben soll, wäre ich doch nicht abgeneigt, mir einen anderen Aufenthalt zu suchen.«

»O Liebe«, erwiderte das Männchen. »Es ist die reine Wahrheit, die du sprichst. Anfangs dachte ich, wir müßten hier bleiben, aber dieses Klima behagt auch mir nicht. Morgen kehren wir an unseren früheren Platz zurück.«

»Ja, das wird wohl besser sein«, sprach das Weibchen nachdenklich.

Nachdem sie das gesagt hatten, verstummten sie. Da entdeckte das Weibchen den unter dem Baum sitzenden Hatem.

»O Schah der Vögel«, fragte sie das Männchen. »Weißt du nicht, wer dieser Jüngling ist und was ihn bekümmert?«

»Das ist Hatem Ibn Ta'i, der Sohn des jemenitischen Schahs«, erklärte das Männchen. »Das Schicksal hat ihm eine schwere Sorge aufgebürdet, und er weiß nicht, wie er sie bewältigen soll.«

»Wie kommt so ein junger Mensch zu so einer schweren Sorge?«

Und das Männchen sagte: »O Liebe, mein ganzes Leben reicht nicht aus, um auch nur den hundertsten Teil der guten Taten zu erzählen, die dieser Jüngling vollbracht hat. Jetzt muß er nur noch eine Aufgabe erfüllen, dann ist das Glück seines Freundes gesichert. Er muß eine zweite Perle finden, die nach Form und Größe einem Hühnerei gleicht.«

»Und wo gibt es so eine außergewöhnliche Perle?«

»O Liebe, das ist eine lange und lehrreiche Geschichte, und ich erzähle sie dir in der Sprache der Menschen, damit sie das Ohr des edlen Hatem erreicht.«

Und das Männchen erzählte: »Vor undenklichen Zeiten lebten Märchenvögel am Ufer des Flusses Kahraman, die nicht Eier, sondern solche Perlen legten, wie jetzt die Tochter des Kaufmanns Barsach, die Malika Husnbanu, eine besitzt. Einmal ereilte ein Unglück die Vögel, und sie fanden auf dem Grunde des Flusses ihre letzte Ruhe. Nur zwei Perlen sind heil geblieben, von denen eine in die Hände von Schah Schamnan kam, der sie mit seinen übrigen Schätzen unter einem Baum vergrub. Schah Schamnans Seele erhob sich bald zu Allah, und die Gegend, über die er geherrscht hatte, wurde zur Wüste. Die Malika Husnbanu aber hatte das Glück, die Schätze von Schah Schamnan zu finden. Die zweite Perle jedoch fiel dem Kajanidenschah Burhan in die Hände. Als Schah Burhan starb, verödete sein Land, und seine Untertanen zerstreuten sich in alle Winde. Eine von Burhans Frauen, die ein Kind erwartete, verließ den Palast und nahm die Perle mit sich. Nachdem sie viele Wege und Straßen hinter sich gelassen hatte, setzte sie sich nieder und versank in traurige Gedanken.

Durch die Fügung des Schicksals kam ein reicher Kaufmann namens Schamar des Weges. Als er die junge Frau erblickte, deren Gesicht dem Mond am vierzehnten Tag ähnelte, die aber nachdenklich und traurig war, fragte er, was sie betrübe.

Und als die Frau des Schahs Burhan ihm all ihr Unglück ausführlich dargelegt hatte, regte sich im Herzen des Kaufmanns Schamar Mitgefühl für sie, und er nahm sie an Kindes Statt an. Bald war die vorbestimmte Zeit abgelaufen, und Burhans Frau gebar einen Sohn von außergewöhnlicher Schönheit. Nach zwölf Jahren leerte der Kaufmann Schamar den Kelch des Todes, und der Knabe nahm seinen Platz ein. Mit dem Geld des Kaufmanns Schamar warb er ein zahlreiches Heer an, und nachdem er die Nachbarländer erobert hatte, erklärte er sich zu ihrem Herrscher. So herrschte er und nach ihm seine Nachkommen, bis der mächtige Sulaiman erschien. Denn da wurden alle Reichtümer der Welt und alle Geschöpfe, die auf ihr lebten, sein eigen. Und die kostbare Perle des Schahs Burhan ging von Hand zu Hand, bis sie schließlich an Hascham Sorchkolah kam, und der gab sie Mehjar, dem Perischah. Schah Mehjar herrscht jetzt als Mehtar, als Statthalter Sulaimans, auf der Insel Barsach, wo er die Peris und Diws dieser Gegend regiert. Und er besitzt eine mondgesichtige Tochter, die das Heiratsalter erreicht hat. Und Schah Mehjar sagte, er wolle seine Tochter demjenigen zur Frau geben, der in Erfahrung bringt, wann und wo die wunderbare Perle auf die Welt gekommen ist. Lange haben viele Peris vergeblich versucht, das Rätsel zu lösen, und mußten mit leeren Händen abziehen. Schah Mehjar aber hat beim Studium alter Handschriften die Lösung gefunden. Das ist alles, was ich über die kostbare Perle weiß.«

»O mein Gebieter«, sprach das Weibchen. »Wie erreicht aber dieser würdige Jüngling den Fluß Kahraman? Lauert doch seiner auf dem Wege dorthin eine Vielzahl von Gefahren.«

»Das wird durch den Willen Allahs entschieden«, antwortete das Männchen. »Wenn es Hatem bestimmt ist, lange zu leben, kann er die Gefahren bezwingen, wenn nicht, wird er in dem Fluß umkommen. Jetzt muß er nach Süden gehen und dabei unsere Federn mitnehmen. Nach einiger Zeit wird er zum Berge Kaf kommen, und dahinter liegen Wald und Wüste, in denen eine Vielzahl jeglichen Geschöpfs haust. Dort muß Hatem unsere schwarzen Federn verbrennen, die Asche davon ins Wasser werfen und sich mit diesem Wasser abspülen. Und sofort wird er sich in einen gräßlichen Diw verwandeln und kann seinen Weg ungehindert fortsetzen, weil alle Raubtiere und Ungeheuer vor Angst einen Bogen um ihn machen werden. Nachdem Hatem diese Gegend hinter sich gelassen hat, muß er unsere weißen Federn verbrennen und die Asche davon ins Wasser werfen. Dann muß er sich mit diesem Wasser abspülen, und er nimmt sein früheres Aussehen wieder an. Wenn er auf der Insel Barsach angekommen ist und vor die klaren Augen von Schah Mehjar tritt, muß Hatem ihm aufrichtig alles sagen, was ihn bedrückt. Dann wird ihm Schah Mehjar seine Frage stellen, und wenn Hatem sie beantwortet, wird er der Besitzer einer schöngesichtigen Frau und einer wunderbaren Perle.«

»Und wie kommt der Jüngling zu unseren Federn?« fragte das Weibchen.

Im selben Augenblick schüttelte sich das Männchen und schlug mit den Flügeln, und einige seiner Federn fielen zu Boden. Das Weibchen folgte seinem Beispiel, und Hatem, der die Federn auflas, verbarg sie sorgfältig an seinem Busen.

»O Teurer«, fragte das Weibchen, »woher weißt du, daß dieser Jüngling auf der Suche nach der Perle hierhergekommen ist?«

»O Schahin des Vogelreichs«, antwortete das Männchen. »Mögest du wissen, daß alle Männchen unseres Geschlechts nicht nur die Gabe der Voraussicht haben, sondern auch alles wissen, was von der Erschaffung der Welt bis auf den heutigen Tag geschehen ist und geschieht. Unseren Weibchen aber ist nur leeres Geschwätz eigentümlich. Wenn die Welt in Verfall gerät, stirbt auch unser ganzes Geschlecht aus, und die Freundschaft zwischen den Menschen wird zur Seltenheit.«

Bald löste helle Dämmerung die nächtliche Finsternis ab, und beide Vögel flogen von dem Baum auf und strebten ihrer Heimat zu.

Hatem aber folgte dem Rat des Vogelmännchens und wandte sich nach Süden. Als er einen bestimmten Ort erreicht hatte, erblickte er eine weinende Füchsin. Und Hatem fragte: »Welches Unglück hat dich betroffen? Warum weinst du so bitterlich?«

»O Jüngling«, antwortete die Füchsin. »Ein Jäger hat meinen Mann und meine Jungen in eine Falle gelockt, und ich rufe den Allmächtigen an, damit er mir einen Retter für sie schickt. Kannst du mir nicht helfen?«

»O Ärmste«, sprach Hatem. »Wenn es auch unter den Tieren üblich ist, die Menschen für hartherzig zu halten, so sind doch viele von uns grundgütig und haben nur den einen Wunsch, Gutes zu tun. Ich zum Beispiel habe gelobt, mein Leben dem Glück der andern zu weihen, und werde alles tun, um dir zu helfen.«

»O gütiger Mensch«, sagte die Füchsin. »Wie können wir gut von den Menschen denken, wenn uns die Jäger soviel Leid antun? Und was haben sie davon, wenn sie lebenden Wesen Böses tun? Warum nur fürchten sie nicht die Strafe des Himmels?«

»So wie ein Baum, der seine Früchte fallen läßt, sich nicht um sie sorgt, obwohl sie dem sicheren Untergang bestimmt sind, so denkt auch der Jäger, wenn er seiner Leidenschaft nachgeht, nicht daran, welches Leid er den Tieren bringt. Aber wenn du mich zu dem Jäger führst, will ich versuchen, deinen Mann und deine Jungen aus der Not zu befreien.«

Die Füchsin erschrak: »O Jüngling, wenn ich mit dir gehe, kann mir das gleiche Schicksal zuteil werden wie der Äffin.«

»Was ist der Äffin zugestoßen?« fragte Hatem.

Und die Füchsin erzählte: »Vor langer, langer Zeit lebte in einem großen, dichten Wald eine Affenfamilie mit ihren Kindern. Einmal kam ein alter Jäger dorthin, fing das Männchen mit den Kindern, brachte die Kinder in die Stadt und verkaufte sie. Die Äffin weinte bitterlich, als sie allein war. Doch nach und nach faßte sie Mut, ging zum Herrscher der Stadt, fiel vor ihm auf die Knie und flehte: ›O großer Herrscher! Dein Untertan, der Jäger, hat mich von meinen Kindern getrennt. Befiehl ihm um Allahs willen, sie mir zurückzugeben.‹ Und der Herrscher fragte seine Leute drohend: ›Wer von euch hat sich erdreistet, so eine Sünde auf seine Seele zu laden?‹ Sie aber antworteten: ›Den Mann und die Kinder dieser Äffin hat der und der Jäger gebracht.‹

Der Herrscher gab einem seiner Diener den Befehl, sich unverzüglich zu dem Jäger zu begeben und das Affenmännchen und die Affenkinder aus der Gefangenschaft zu befreien. Da freute sich die Äffin und ging gemeinsam mit dem Boten des Herrschers zum Hause des Jägers. Als sie dort ankamen, rief der Bote den Jäger heraus und sagte: ›So und so, es wird dir befohlen, die gefangenen Affen freizulassen.‹

›Wie kann ich sie denn freilassen‹, erwiderte der Jäger, ›da ich sie doch dir verkauft habe? Wenn der Herrscher der Stadt seine Zustimmung erteilt hat, so gib du den Affen die Freiheit, und ich gebe dir das Geld zurück, das du bezahlt hast.‹

›Na ja‹, wurde der Bote verlegen. ›Ich habe mich so an die Affen gewöhnt, daß es mir schwerfällt, mich von ihnen zu trennen. Wir müssen einen anderen Ausweg finden‹

›Dann nimm dir auch das Weibchen‹, riet ihm der Jäger.

Und so machten sie es auch. Als der Herrscher davon erfuhr, wurde er zornig und befahl, die Affen in den Palast zu bringen. Doch als er die Affenkinder sah, fand er sie so possierlich, daß er den Befehl gab, das Männchen und das Weibchen davonzujagen, die Kinder aber ihm zu lassen. Der Befehl wurde ausgeführt, und der Kummer des Affenmännchens und des Affenweibchens, die jetzt beide von ihren Kindern getrennt waren, wuchs um das Hundertfache. Und das Weibchen sagte sich: ›Unter den Tieren gelten wir als die klügsten Wesen, und doch gerät niemand so häufig in die Falle des Jägers wie wir. Dazu kann man wirklich sagen: Vor dem Regen sind wir davongelaufen, dafür sind wir unter die Leitrinne einer Wassermühle geraten.‹«

Und als sie ihre Erzählung beendet hatte, fragte die Füchsin: »O edler Jüngling, wirst du etwa so mit mir verfahren, wie es diese Menschen getan haben?«

»Beruhige dein Herz, meine Ärmste, meine Absicht ist ehrlich«, antwortete Hatem ihr.

Da war nichts zu machen. Ohne den Morgen abzuwarten, führte die Füchsin Hatem zu der Siedlung, wo der Jäger wohnte. Als sie zwei Farsang gegangen waren, zeigte die Füchsin Hatem das Haus des Jägers, und Hatem sagte zu ihr: »Höre, Füchsin, du versteckst dich jetzt irgendwo, und ich erledige die Sache allein.«

Sogleich verbarg sich die Füchsin nahebei in einem Spalt und wartete. Als der Glanz der Sonne die Erde erleuchtete, begab sich Hatem in die Siedlung. Als er zum Haus des Jägers kam, blieb er am Tor stehen. Inzwischen bemerkte der Jäger den schönen Jüngling, kam zu ihm heraus und fragte: »O junger Wanderer! Was führt dich hierher?«

Und Hatem gab ihm zur Antwort: »Ich stamme aus Jemen und leide an einer schweren Krankheit. Um mich zu heilen, haben mir die Ärzte befohlen, mich mit Fuchsblut zu waschen. Und die Leute haben mir erzählt, du jagst Schakale und Füchse. Deshalb bin ich zu dir gekommen.«

»Du bist zur rechten Zeit gekommen«, freute sich der Jäger. »Gerade habe ich ein paar Füchse gefangen. Wenn du sie brauchst, kannst du sie mir abkaufen.«

»Gern«, stimmte Hatem zu. »Bring sie her.«

Rasch ging der Jäger in den Hof und brachte den Fuchs und sechs Junge. Hatem gab dem Jäger einige Golddinare und nahm sich den Fuchs und die jungen Füchse. Als er zu dem Spalt kam, wo die Füchsin auf ihn wartete, sprang sie aus ihrem Versteck hervor und begann vor Freude zu tanzen. Doch als sie bemerkte, daß ihr Fuchs einen niedergeschlagenen Eindruck machte, wurde sie traurig. Dann begann sie zu weinen und sich mit Asche zu bestreuen.

»Was ist geschehen? Was betrübt dich so?« wunderte sich Hatem.

»O edler Jüngling«, klagte die Füchsin. »Jetzt bin ich wie ein Schah ohne Krone!«

»Was brauchst du denn noch für eine Krone?« fragte Hatem.

Und die Füchsin antwortete ihm: »Weißt du denn nicht, daß der Mann für die Frau dasselbe ist wie die Krone für den Schah? Vor Hunger und Gram ist mein Mann so erschöpft, daß er heute oder morgen sterben wird. Und wenn wir nicht sofort ein Mittel finden, das ihn retten kann, ist er verloren!«

»Und was vermag ihn zu retten?« fragte Hatem beunruhigt.

Die Füchsin ließ den Kopf hängen und überlegte.

»O Füchsin«, ließ Hatem nicht locker. »Warum schweigst du? Sag mir, womit ich deinem Mann helfen kann.«

»Ich schäme mich, es dir zu sagen«, sprach die Füchsin leise, »aber nur Menschenblut vermag ihn zu heilen. Wenn du irgend jemanden umbringen könntest, wäre mein Mann gerettet.«

»Siehst du, wie böse und ungerecht du bist«, regte Hatem sich auf. »Erst hast du nur gebeten, ihn aus der Gefangenschaft zu befreien, und jetzt brauchst du auch noch Menschenblut für ihn. Dabei ist doch der Mensch das edelste Wesen der Schöpfung. Für das Wohl deines Mannes bin ich jedoch bereit, mich zu opfern. Sag mir nur, aus welchem Körperteil du das Blut brauchst.«

»Aus irgendeinem«, murmelte die Füchsin.

Sofort öffnete Hatem eine Ader an seinem Arm, und das Blut strömte wie ein Bach heraus, und die Füchsin ließ ihren Mann davon trinken, und als der Fuchs das Blut getrunken hatte, fühlte er, wie seine Kräfte wiederkamen.

Als Hatem sich den Arm verbunden hatte, fragte er: »Nun, Füchsin, bist du jetzt zufrieden?«

Da fielen der Fuchs, die Füchsin und die jungen Füchse Hatem zu Füßen und segneten ihn für seine Güte. »O Hatem, möge Allah dir im Diesseits wie im Jenseits Glück zuteil werden lassen!« riefen sie.

Dann gingen sie ihres Weges, nachdem sie sich von Hatem verabschiedet hatten. Hatem aber schlug die entgegengesetzte Richtung ein. Den Tag verbrachte er unterwegs, doch mit Einbruch der Dunkelheit suchte er sich einen einsamen, ungefährlichen Platz und richtete sich zur Nachtruhe ein. Seinen Hunger stillte er nur mit Früchten. Nach einiger Zeit kam er in eine Wüste, und da er starken Durst verspürte, begann er nach einer Quelle zu suchen. Plötzlich glaubte er, in der Ferne eine Quelle zu sehen, und beschloß, daraus zu trinken. Doch als er näher kam, entdeckte er, daß es keine Quelle war, sondern daß dort eine riesige Schlange lag, die sich zu einem Klumpen zusammengerollt hatte. Hatem wollte umkehren, aber die Schlange begann mit menschlicher Stimme zu sprechen: »O Jüngling aus Jemen, wovor bist du erschrocken?«

Als Hatem diese Worte hörte, antwortete er: »Der Durst quält mich, und ich hielt dich für eine Quelle, aber als ich sah, daß ich mich getäuscht hatte, wollte ich das Schicksal nicht herausfordern.«

»Ganz umsonst bist du vor mir erschrocken! Ich tue dir nichts Böses. Ich gebe dir alles, was du nur willst.«

Die Schlange streckte sich, kroch vorwärts und befahl Hatem, ihr zu folgen. Hatem aber dachte still bei sich: ›Wenn sie auch die menschliche Sprache spricht, sollte ich mich doch nicht mit ihr einlassen, denn Schlange bleibt Schlange, und man darf nichts Gutes von ihr erwarten.‹

Als die Schlange sah, daß Hatem unschlüssig stehenblieb, sagte sie: »O Jüngling, denk nicht schlecht von mir und betrachte mich als deinen Freund.«

Als Hatem diese Worte hörte, folgte er ihr entschlossen. Bald führte die Schlange Hatem in einen schönen Garten. Als Hatem den Garten erblickte, freute er sich und dachte: ›Hier müssen sicher Menschen wohnen, wer anders könnte so einen herrlichen Garten anlegen?‹ Doch als er die wunderlichen

Blumen und die sonderbaren Gewächse sah, die darin wuchsen, begriff er, daß hier Zauberei im Spiel war.

»Warte hier«, sagte die Schlange und ließ Hatem in der Nähe eines schönen Wasserbeckens auf einem üppigen Teppich Platz nehmen, wie er einem Schah zukommt. »Ich komme bald wieder.«

Als die Schlange das gesagt hatte, tauchte sie in dem Wasserbecken unter, und Hatem begriff, daß dies ihre Wohnung war. Hatem wurde es langweilig, immer auf derselben Stelle zu sitzen, und so begann er, während er die Schlange erwartete, durch den Garten zu schlendern. Nach einiger Zeit kamen mehrere Peris aus dem Wasserbecken hervor, die kostbare Dastarchane in den Händen trugen. Sie blieben vor Hatem stehen und sagten: »Wir sind die Aufwärterinnen des Herrn, der dich hierher geführt hat. Alle diese Kostbarkeiten schickt er dir.« Und indem sie die Dastarchane öffneten, legten sie viele Edelsteine, Gold und Perlen vor Hatem nieder.

Hatem sagte: »Ich brauche nichts! Weder habe ich Freunde bei mir, die ich damit beschenken könnte, noch Diener, die mir helfen würden, diese Gaben zu tragen.«

Inzwischen kamen andere Peris mit kostbaren Dastarchanen aus dem Wasserbecken und sagten, indem sie sie Hatem übergaben: »Nimm die Gaben unseres Herrn entgegen, o Erlauchtester!«

»O Mondgesichtige«, antwortete Hatem ihnen. »Die Wohltaten eures Gebieters sind grenzenlos, doch diese Kostbarkeiten bedeuten mir nicht mehr als ein Korn Gerste.«

Da kamen mondgesichtige Peris aus dem Wasserbecken, verneigten sich vor Hatem und legten golddurchwirkte Dastarchane vor ihm nieder. Und Hatem fragte: »Was ist nun in diesen Dastarchanen?«

»Unser Gebieter schickt dir Speise und Trank«, antworteten sie.

»Das ist etwas anderes«, freute sich Hatem. »Und wo ist euer Herr selbst?«

Kaum hatte er diese Worte ausgesprochen, als ein schöngesichtiger Perijüngling, umgeben von zahlreichen Perikriegern, aus dem Wasserbecken stieg. Er näherte sich Hatem, faßte ihn bei der Hand, setzte ihn neben sich auf einen goldenen Korsi und fragte: »O Hatem, erkennst du mich?«

»Ich habe dich nie gesehen«, wunderte sich Hatem.

»O Hatem«, sprach jener. »Ich bin die Schlange, die dich hierher geführt hat.«

»Welches Aussehen hattest du früher?« fragte Hatem. »Worin besteht das Geheimnis deiner Verwandlung?«

»Warte ein wenig, Hatem, und du wirst alles erfahren.«

Bald machten sie sich ans Mahl, aber dann, als der Hunger gestillt war, fragte Hatem: »O Perijüngling, willst du nicht geruhen, mir deine Geschichte zu erzählen?«

»Gern«, antwortete jener. »Hör mir zu! Zur Zeit der Herrschaft des großen Sulaiman beschloß ich, Afras, der Sohn des Schahs Scham, das Reich meines Vaters zu verlassen und auf die Erde hinabzusteigen. Nach dem Willen des Allmächtigen fand ich mich an einem herrlichen Ort wieder, aber das erschien mir zuwenig, und ich faßte den Plan, mit Hilfe meiner Krieger die Menschen zu vernichten, die diese Gegend bewohnten, und mich zum Herrscher zu erklären. Und ich befahl meinen Untertanen, sich unverzüglich für einen harten Kampf zu rüsten, in dessen Verlauf wir, koste es, was es wolle, alle Menschen vernichten wollten. Voller Ungeduld erwartete ich den Anbruch des nächsten Tages. In Unruhe und Erregung verbrachte ich die Nacht, und als die Morgendämmerung die Dunkelheit vertrieb, sah ich, daß meinen Perikriegern alle Federn von den Flügeln abgefallen waren. Ich aber hatte mein früheres Aussehen verloren und war in eine Schlange verwandelt. Seit jener Zeit liege ich am Tage zu einem Klumpen zusammengerollt auf der Erde, bei Nacht aber strecke ich mich zu voller Länge aus. Als ich den Allerhöchsten reuevoll um Vergebung anflehte, antwortete mir eine prophetische Stimme: ›Der allmächtige Allah hat dir gegeben, was du für deine schurkische Niedertracht verdient hast, und dein Geschick ist es, so lange in Gestalt einer Schlange zu leben, bis

Hatem, der Sohn des jemenitischen Schahs, erscheint, der dir deine schweren Sünden vergibt.‹ So habe ich im Laufe von achtzig Jahren nach meinem Retter Ausschau gehalten, jetzt aber bist du erschienen, und meine Freude kennt keine Grenzen. Ich bin bereit, jeden deiner Befehle auszuführen und für ewige Zeiten dein Diener zu werden, nur sei barmherzig zu mir und befreie mich von der ewigen Qual!«

»O Peri«, fragte Hatem. »Worin besteht das Wesen deiner Niedertracht, durch die du dieses Unheil auf dich herabbeschworen hast?«

»O edler Hatem«, antwortete Afras. »Zu Lebzeiten des mächtigen Sulaiman hat mein Vater den Schwur geleistet, weder er noch seine Nachkommen würden bis zum Jüngsten Gericht auch nur einem Menschensohn ein Leid antun, falls aber irgend jemand aus unserem Geschlecht diesen Schwur verletzte, sollte er sofort das Aussehen eines Peri verlieren.

Und diesen Schwur habe ich verletzt, und mich hat die schreckliche Strafe getroffen. O mein Wohltäter! Sei mein Fürsprecher vor dem Allmächtigen, bitte ihn, daß er mir Verzeihung gewährt! Nur dein frommes Gebet kann zu ihm dringen!«

Hatem erhob sich von seinem Platz, vollzog die Waschung und hob die Hände zum Himmel, nachdem er niedergekniet war. »O großer Allah, empfange die Buße des unglücklichen Schahs Afras«, sprach er, »wende ihm deine Gnade wieder zu!« Kaum war sein heißes Gebet zum Himmel emporgestiegen, als die schreckliche Verwünschung aufhörte.

Schah Afras sagte, nachdem er zusammen mit seinen Untertanen vor Hatem den Boden geküßt hatte: »O edler Hatem, erweise mir die Gunst und laß mich deine Sorgen wissen, damit wir versuchen können, dir zu helfen.«

Hatem zeigte Afras die Perle, und nachdem er ihm die Geschichte des Schahsade Munir und der Malika Husnbanu anvertraut hatte, bat er ihn, ihm behilflich zu sein, auf die Insel Barsach zu gelangen.

Und Schah Afras sagte: »Der Weg zu dieser Insel ist schwer

und gefährlich. Dorthin ist mein Leben lang noch kein einziger Menschensohn gelangt.«

»Not kennt kein Gebot«, antwortete ihm Hatem. »Keine menschenfressenden Diws können mich dazu bringen, von meinem Versprechen abzulassen. Es bleibt mir keine andere Wahl, als mein Schicksal dem Allmächtigen anzuvertrauen. Gütig und gnädig, wie er ist, wird er mir seine Barmherzigkeit erweisen.«

»O Hatem, wenn du dich so entschieden hast, dann soll es auch so sein! Sorge dich nicht, ich befehle meinen Dienern, dich zur Insel Barsach zu begleiten.«

Nachdem er das gesagt hatte, wandte er sich an seine Untertanen und befahl: »Diener, dieser edle Jüngling hat uns aus großer Not befreit. Jetzt bricht er auf, um eine andere gute Tat zu vollbringen, und ihr müßt euch bereithalten, wenn nötig euer Leben für ihn zu opfern.«

»Wir hören und gehorchen«, antworteten jene. »Sag uns nur, wohin sein Weg führt.«

»Er begibt sich auf die Insel Barsach«, sagte Schah Afras.

»O Herrscher!« riefen die Diener aus. »Schon der Gedanke daran ist schrecklich.«

Nachdem die Peris das gesagt hatten, versanken sie in Nachdenken. Dann aber hoben sie die Köpfe und sprachen: »O Schah, ohne dich werden wir die grimmigen Diws nicht bezwingen! Wenn du geruhst, dich an die Spitze der von dir abkommandierten Krieger zu stellen, sind wir bereit, uns zu schlagen, ohne unser Leben zu schonen.«

»Ihr habt recht«, erwiderte Schah Afras. »Aber kann ich mein Reich der Willkür des Schicksals überlassen? Zieht mit diesem Jüngling und schickt im Falle der Gefahr einen Boten zu mir, dann werde ich euch unverzüglich zu Hilfe eilen.«

Als der Schah das gesagt hatte, befahl er seinen Dienern, einen goldenen Korsi zu bringen. Als sie den goldenen Korsi gebracht hatten, ließ der Schah Hatem darauf Platz nehmen, und vier Peris erhoben ihn in die Lüfte und trugen ihn, von zahlreichen Perikriegern begleitet, zur Insel Barsach davon.

Als sie nach vier Tagen Hunger und Durst verspürten, ließen sie sich auf die Erde herab.

»O edler Jüngling«, sagten sie, zu Hatem gewandt. »Unser Weg ist weit und schwer. Ist es nicht Zeit, etwas zu rasten?«

»Es möge sein, wie ihr sagt«, antwortete Hatem.

Einige Diener blieben bei Hatem, um ihn zu beschützen, die übrigen begaben sich auf Nahrungssuche. Inzwischen gingen menschenfressende Diws auf Jagd. Sie erblickten Hatem, umringten den goldenen Korsi und schlugen Lärm: Was hat hier ein Mensch zu suchen? Die Peridiener bekamen es mit der Angst zu tun und wollten weglaufen, aber sie besannen sich rechtzeitig und nahmen den Kampf mit den Diws auf. Anfangs gelang es ihnen, einige Diws zu überwinden, doch diese erhielten bald Verstärkung, und sie nahmen Hatem mit seinen Begleitern zusammen gefangen.

»Wer ist dieser Mensch?« erkundigten sich die menschenfressenden Diws bei Schah Afras' Dienern.

»Er ist ein Freund von Schah Afras«, antworteten diese. »Laßt euch nicht einfallen, ihn anzurühren, sonst wird es euch schlecht ergehen.«

»Schah Afras ist schon lange nicht mehr am Leben«, sprachen die Diws, die den Peridienern keinen Glauben schenkten, und warfen sie zusammen mit Hatem in den Kerker.

Dann sagten sie: »Zuerst wollen wir uns satt essen, wie es sich gehört, und zum Nachtisch lassen wir uns diesen Menschensohn schmecken.«

Inzwischen kamen die Peridiener zurück, die auf Nahrungssuche gegangen waren, und als sie die übrigen Diener nicht fanden, wo sie sie zurückgelassen hatten, beunruhigten sie sich: »Wir müssen so schnell wie möglich in Erfahrung bringen, was hier geschehen ist, und Schah Afras unverzüglich Meldung davon machen.«

Sie traten zu den erschlagenen Diws und sahen, daß einer von ihnen noch atmete. Da flößten sie ihm etwas Wasser ein, und er kam zu sich und schlug die Augen auf.

»Wer bist du, und was ist dir zugestoßen?«

»O Peris«, antwortete der Diw. »Ich bin einer der Diener von Schah Makras. Ich war mit seinen übrigen Vertrauten zusammen auf der Jagd, und als wir hierherkamen, erblickten wir einen Menschensohn und mehrere Peris. Wir wollten sie packen, aber sie zeigten keine Furcht und traten mit uns in den Kampf, nur waren sie zu wenige, und so bezwangen wir sie und steckten sie in den Kerker.«

Unverzüglich nahmen die Peridiener den verwundeten Diw und begaben sich mit ihm zu Schah Afras. Und als sie nach zwei Tagen und zwei Nächten in den Palast kamen, befahl Afras, als er ihr Heulen hörte, den Hadschibs sogleich, sie in die inneren Gemächer zu führen. Als sie vor seine klaren Augen traten, fragte Schah Afras: »O Unglückliche, welche Not führt euch zu mir?«

Schweigend stießen die Peridiener den verwundeten Diw vorwärts, und von großem Zorn gepackt, befahl Schah Afras seinen Wesiren, das Heer für einen Feldzug zu rüsten.

Da stürzten die Wesire davon, um den Befehl von Schah Afras auszuführen, und bei Tagesanbruch verließ ein Heer von dreißigtausend Reitern mit dem mächtigen Schah Afras an der Spitze den Palast und wandte sich in Richtung der Insel Barsach. Nach drei Tagen und drei Nächten schickte Schah Afras seine Späher aus, damit sie feststellten, wo sich die verachtungswürdigen Diws jetzt aufhielten. Und die Späher meldeten, als sie seinen Befehl ausgeführt hatten, die menschenfressenden Diws seien mit ihrem Anführer Makras zusammen auf der Jagd.

Da sprach Schah Afras zu seinem Heer: »Meine ruhmreichen Krieger! Von Stunde zu Stunde steht uns eine Schlacht bevor, die hart und blutig sein wird und in der wir unseren Feind schonungslos bekämpfen müssen. Ich vertraue auf eure Kraft wie auf euren Mut, aber ich schwöre beim großen Sulaiman, daß derjenige, der den Diws von Schah Makras Milde bezeigt, seinen Kopf verliert.«

Als die Krieger von Schah Afras diese Worte hörten, begann ihr Blut zu sieden. Die Diws, die einen derartigen Ansturm nicht erwartet hatten, wußten nicht, was sie machen sollten, und wurden von heilloser Verwirrung ergriffen. Indessen schlugen sich die Perikrieger wie wütende Löwen. Ihre Pferde tauchten bald hier, bald dort auf, ständig ertönte das Klirren ihrer Schwerter, und die Köpfe der Diws, die sie damit abschlugen, rollten wie Bälle über die Erde. Endlich wandten sich die Diws zur Flucht, einige Gefangene aber wurden mit ihrem Schah Makras zusammen vor Afras geführt.

»Alle gefangenen Diws vernichten!« befahl er, und zu Schah Makras sagte er: »O verachtungswürdiger Eidbrüchiger! Wußtest du denn nicht, daß Schah Afras noch am Leben ist?! Wie konntest du es wagen, die Hand gegen meine Untertanen zu erheben? Wo ist mein Freund, der Mensch, geblieben?«

»O großer Schah! Den habe ich längst gefressen«, antwortete der Diw Makras.

»Schurke!« rief Afras aus. »Du hast doch dem großen Sulaiman den Schwur geleistet, niemals einem Menschen etwas zuleide zu tun.«

»Das war früher«, entgegnete Makras. »Heute sind weder der große Sulaiman noch seine Kampfgefährten mehr am Leben, wen also sollte ich fürchten?!«

»Perikrieger! Tragt reichlich Brennholz herbei, entfacht ein Feuer und werft diesen Ehrlosen hinein.«

Sogleich führten die Perikrieger den Befehl von Schah Afras aus, und als Makras spürte, daß seine letzte Stunde geschlagen hatte, begann er mit verzweifelter Stimme zu heulen: »O Peris, verschont mich! Ich gebe euch sowohl den Menschen als auch eure übrigen Brüder zurück!«

Unverzüglich löschten die Perikrieger das Feuer, Schah Afras aber sagte: »Wenn du zu deinem Wort stehst, bleibt kein Grund zur Feindschaft zwischen uns, denn wir gehören beide zum selben Geschlecht.«

»O Afras!« rief der Diw Makras. »Schwöre beim Namen Sulaimans, daß du hältst, was du versprichst.«

»Ich schwöre!« sprach Schah Afras feierlich.

»Den Menschensohn und die Perikrieger habe ich da und da in eine tiefe Grube gesteckt.«

Rasch schickte Schah Afras seine Diener, um die Gefangenen zu holen, und bald traten Hatem und die Perikrieger vor die klaren Augen des Schahs.

Nachdem Afras Hatem freudig begrüßt und neben sich auf den Thron gesetzt hatte, sagte er: »O Bruder, ich habe es dir gesagt, daß der Weg von menschenfressenden Diws wimmelt.«

»O edler Schah!« sprach Hatem. »Es ist den Menschensöhnen eigentümlich, das Schicksal zu versuchen.«

»Ihr Diener«, befahl Schah Afras. »Werft den Diw Makras ins Feuer! Es wäre töricht, ihn freizulassen. Dem Leid, das er den Menschen tut, muß Einhalt geboten werden! Denn glauben darf man ihm nicht, schon einmal hat er den Schwur gebrochen, den er Sulaiman geleistet hat.«

»O Schah der Peris!« flehte Makras. »Eben erst hast du selbst beim Namen Sulaimans geschworen, mich am Leben zu lassen, und schon brichst du dein Wort, während ich dir deine Diener und den Menschensohn zurückgegeben habe.«

»Du hast meinem Drängen nicht gutwillig nachgegeben«, sprach Schah Afras. »Nur die Flamme des Feuers hat dich gezwungen, dich eines Besseren zu besinnen, zuerst hast du gelogen, du hättest den Menschensohn aufgefressen, später hast du dich als unser Freund ausgegeben. Ich habe mir alles überlegt und habe begriffen, daß du keineswegs unser Freund bist und daß es klüger ist, der Gefahr zuvorzukommen, als hinterher für den Leichtsinn zu zahlen.«

Nachdem Schah Afras das gesagt hatte, befahl er seinen Dienern, von neuem ein großes Feuer zu entfachen und mit dem Schah der Diws und seinen Vertrauten ein Ende zu machen. Ohne zu zögern, führten die Diener den Befehl von Schah Afras aus und warfen Makras und seine Vertrauten ins Feuer, und mit Schreien und Heulen überantworteten diese ihre Seelen dem Teufel der Hölle.

Darauf bestimmte Schah Afras einen hochgeborenen Peri

zum Herrscher des Landes der Diws und sagte dabei: »Herrsche streng und gerecht im Lande der Diws.«

Dann aber fragte er: »O Hatem, was wünschst du dir?«

»O mächtiger Schah«, antwortete Hatem. »Ich muß unbedingt auf die Insel Barsach gelangen.«

Und Schah Afras fragte, an die Peris gewandt: »Wer von euch ist kühn und erfahren genug und übernimmt es, diesen Jüngling auf die Insel Barsach zu bringen?«

Sogleich erhoben sich vier Peris von ihren Plätzen und antworteten: »O unser Herr! Wenn du zuzustimmen geruhst, bringen wir den Jüngling auf die Insel Barsach.«

Nachdem sie von Schah Afras den Segen erhalten und Hatem auf den goldenen Korsi gesetzt hatten, machten sie sich auf den Weg. Einundzwanzig Tage und einundzwanzig Nächte flogen sie. Plötzlich hörte Hatem lautes Stöhnen. Er befahl den Peris, ihn auf der Erde abzusetzen, und als sie sich auf dem Gipfel eines Berges wiederfanden, erblickten sie dort einen Perijüngling, der den Kopf auf die Knie gelegt hatte und bitterlich weinte.

»O Jüngling«, sprach Hatem ihn an. »Welches Unglück hat dich betroffen, weswegen weinst du so bitterlich?«

Der Perijüngling hob den Kopf, und als er einen Menschen vor sich erblickte, fragte er verwundert: »O Menschensohn, was führt dich in diese Gegend, und wer hat dir den Weg gewiesen?«

»Der allmächtige Allah hat mich hierher gebracht«, antwortete Hatem.

»Aber du bist doch nicht aus bloßer Neugier hierhergekommen?«

»Oh, du dem Kummer Ergebener! Ich muß eine Perle ausfindig machen, die einstmals ein Märchenvogel gelegt hat, und diese Perle befindet sich, wie mir bekannt ist, beim Herrscher der Insel Barsach.«

»O Menschensohn«, schüttelte der Perijüngling bekümmert den Kopf. »Du sprichst die reine Wahrheit, aber die Perle zu bekommen, ist keine leichte Sache, denn der Herrscher der

Insel verlangt, daß man ihm sagt, wann, wo und wie diese Perle entstanden ist. Aber bisher hat sich noch kein Geschöpf gefunden, das diese Fragen beantwortet hätte. Ich zum Beispiel bin ein Nachfahr des Schahs der Insel Tuman, und mir ist alles auf der Welt bekannt, aber die Fragen über die Perle kann ich nicht beantworten. Wie also hoffst du, das zu vollbringen?«

»Und was für eine Sorge quält dich?« fragte Hatem. »Warum hast du dich an diesen unbewohnten Ort zurückgezogen?«

»O Menschensohn! Meine Geschichte ist traurig und ausweglos. Wie ich dir schon gesagt habe, bin ich der Sohn Schahmirs, des Schahs der Insel Tuman. Und ich heiße Mihrawar. Einstmals, als ich inmitten vornehmer Reisender saß, hörte ich von der unvergleichlichen Schönheit der Tochter des Schahs der Insel Barsach. Und so sehr rühmten sie ihre Schönheit, daß ich mein Herz an sie verschenkte, ohne sie gesehen zu haben. Von Leidenschaft und Liebesqual verzehrt, beschloß ich, mich nach der Insel Barsach zu begeben, und als ich in den Palast des Schahs kam, gestand ich ihm meine Gefühle für die mondgesichtige Malika und wagte es, ihn um die Hand seiner Tochter zu bitten. Der Schah ließ mich gnädig zu Füßen seines Throns Platz nehmen, und nachdem er mir die Perle vorgelegt hatte, sagte er: ›O Schahsade Mihrawar, erzähle mir alles von dieser Perle, und ich gebe dir meine Tochter zur Frau.‹

Aber ich zeigte völlige Unwissenheit, und der Schah befahl seinen Dienern, mich unverzüglich davonzujagen. Als ich den Palast verließ, erblickte ich die Tochter des Schahs, die auf einem Balkon stand. Ihre Schönheit durchbohrte mein Herz, und ich fiel wie tot zu Boden. Als ich wieder zu mir kam, richtete ich meinen Blick nach dem Balkon, aber die Schöne war nicht mehr da, und nachdem ich die Hoffnung auf das Glück aufgegeben hatte, verließ ich die Insel Barsach und fand Zuflucht in dieser stillen Gegend, wo niemand mich hindert, meinem Kummer nachzuhängen. In einem Punkte bin ich unerschütterlich geblieben: Entweder meine Seele fließt mit der

Seele meiner Geliebten zusammen, oder sie verläßt meinen Körper.«

»O edler Jüngling«, beruhigte Hatem ihn. »Gebiete der Verwirrung deiner Seele Einhalt. Wenn Allah es will, werde ich die Fragen des Schahs der Insel Barsach beantworten, und dann bekommst du seine Tochter zur Frau, und ich erlange die wunderbare Perle.«

»O Menschensohn«, lachte der Perijüngling auf. »Warum tröstest du mich mit unerfüllbaren Hoffnungen?«

»O Zweifelnder! Vertrau auf mein Wort, ich weiß alles von dieser Perle: Wann, wo und wie sie entstanden ist. Wenn du mir auf die Insel Barsach folgst, wirst du alles mit eigenen Ohren hören. Und um deinen Willen zu stärken, sage ich dir: Die Perle ist nicht in einer Muschel entstanden, ein Zaubervogel hat sie einstmals gelegt, und früher lebten Menschen auf jener Insel. Heute aber ist sie die Wohnstätte von Peris. Wappne dich mit Geduld, und ich werde dir deinen Wunsch erfüllen.«

Als der Perijüngling diese Worte hörte, warf er sich Hatem zu Füßen. Hatem aber fragte, an die Peridiener gewandt: »Habt ihr Kraft genug, uns beide zu tragen?«

»Ja«, antworteten sie, und nachdem sie Hatem zusammen mit dem Schahsade Mihrawar auf den goldenen Korsi gesetzt hatten, flogen sie los nach der Insel Barsach. Unterwegs stießen sie auf menschenfressende Diws, und deren Anführer, der den Menschengeruch witterte, empörte sich: »Diese Taugenichtse von Peris tragen einen Menschen irgendwohin. Faßt sie und bringt sie zu mir.«

Sogleich führten die Diws den Befehl ihres Herrschers aus, und kaum hatte dieser Hatem, Mihrawar und die Peridiener erblickt, sprach er sie an: »O Peris, sagt mir die ganze Wahrheit: Wer seid ihr?«

»Wir sind Diener von Schah Afras«, antworteten sie.

»O verlogene Peris!« geriet der Führer der Diws in Zorn. »Mir ist zuverlässig bekannt, daß Schah Afras zur Strafe für seine schurkische Niedertracht schon vor langer, langer Zeit die Macht über seine Untertanen verloren hat.«

Und die Peris sagten: »Dieser junge Wanderer hat Afras seine Macht wiedergegeben und uns unser früheres Aussehen.«

»Und wohin bringt ihr diesen Menschensohn?« fragte der Diw.

»Auf die Insel Barsach«, antworteten die Peris.

»Und wer sitzt neben ihm?« ließ der Diw nicht locker.

Der Perijüngling sagte: »O Diw Mankal, erkennst du mich denn nicht? Ich bin Mihrawar, der Sohn des Schahs der Insel Tuman.«

»Du, Mihrawar, kannst nach Hause zurückkehren, diesen Menschensohn aber werde ich fressen.«

»O Mankal«, rief Mihrawar aus. »Weißt du denn nicht, daß der mächtige Sulaiman verboten hat, den Menschen Leid zuzufügen? Bist du so dreist, dieses Verbot zu mißachten?«

»Schreck mich nicht mit Sulaiman«, antwortete der Führer der Diws bissig. »Um nichts in der Welt gebe ich diesen Wanderer frei. Menschenfleisch ist in unserer Gegend ein seltener Leckerbissen.«

Der Schahsade Mihrawar begriff, daß der Diw mit Worten nicht zu überzeugen war, und wandte eine List an. »O Mankal«, sagte er. »Was hast du von einem Menschen? Laß Hatem in Ruhe, und ich gebe dir zehn andere dafür.«

»Gut«, antwortete der Diw. »Aber sagst du auch die Wahrheit?«

Und Mihrawar sagte: »Hatem bleibt bei dir, bis ich mein Versprechen erfüllt habe. Aber laß dir nicht einfallen, ihn zu kränken, denn er ist mein engster Freund. Bring ihn in deinen Garten, damit er mich dort erwartet.«

»So möge es sein«, stimmte der Diw Mankal zu.

Nachdem Mihrawar Hatem mit einigen Peridienern in dem prächtigen Garten des Führers der Diws zurückgelassen hatte, machte er sich mit den übrigen Peris auf den Weg. Nach einiger Zeit ließen sie sich zur Erde nieder und beratschlagten, was sie weiter tun sollten.

»Wenn ich zu meinem Vater gehe, um seine Truppen zu holen, werde ich vielleicht zu spät kommen«, sagte der Schahsade Mihrawar. »Besser ist es, wir warten hier ein Weilchen und entführen Hatem im richtigen Augenblick. Dann können wir bis zum Anbruch der Dämmerung schon etliche Farsang weit weg sein.«

Der Plan des Schahsade war ganz nach dem Sinn der Peris, und so stimmten sie ihm zu. Inzwischen vergnügten sich die Wächter, die den Garten bewachten und von dem listigen Anschlag des Schahsade nichts ahnten, auf der Jagd. Nachdem sie das aufgespürte Wild geschossen hatten, zündeten sie ein gewaltiges Feuer an, auf dem sie das Fleisch brieten, und nachdem sie sich tüchtig satt gegessen hatten, legten sie sich schlafen. Als Mihrawar und die Peridiener sahen, daß Hatem und die übrigen Gefangenen ohne Aufsicht waren, holten sie sie aus dem Garten heraus und flogen mit ihnen davon.

»O Peris«, grämte sich Hatem. »Was wird werden, wenn die Diws uns verfolgen?«

»Sorge dich nicht, Hatem«, erwiderten jene. »Wir brauchen uns nur in die Luft zu erheben, und schon verlieren die Diws unsere Spur.«

Ohne zu zögern, setzten die Peris Hatem auf den Korsi und flogen los. Bei Sonnenaufgang hatten sie schon einhundert Farsang zurückgelegt. Von Zeit zu Zeit ließen sie sich auf die Erde herab, um zu essen und auszuruhen, und mit jeder Stunde entfernten sie sich weiter und weiter von den Diws.

Aber jetzt wollen wir Hatem und die Peris einstweilen verlassen und zu den Diws zurückkehren. Als Mankal sah, daß die festgelegte Zeit um war, ohne daß der Schahsade Mihrawar wiederkam, befahl er seinen Dienern, sie sollten Hatem zu ihm bringen, damit er sich an seinem Fleisch gütlich tun konnte. Die Diener kamen in den Garten und stellten fest, daß Hatem spurlos verschwunden war. Da kehrten sie zu ihrem Herrn zurück, fielen vor ihm auf die Knie und flehten: »O mächtiger Schah. Glaube nicht, wir hätten deinen Willen mißachtet, der Mensch ist irgendwohin verschwunden!«

Mankal geriet in Zorn und warf ihnen vor, sie hätten Hatem selbst gefressen.

»O Schah, wir wissen nicht das geringste von ihm.«

Daraufhin befahl Mankal, alle Wächter, die den Garten bewacht hatten, in den Kerker zu werfen. Und wie sie auch um Gnade flehen mochten, wie sie auch beim Namen des mächtigen Sulaiman schwören mochten, sie seien ohne jede Schuld, Mankal blieb unerbittlich. Inzwischen waren die Peris mit Hatem am Ufer des Flusses Kahraman angekommen. Der Zufall wollte es, daß sie hier einen von Mankals Dienern trafen. Er begriff, daß die Peris Hatem entführt hatten, und wollte ihn ihnen entreißen, um ihn seinem Herrn zurückzubringen, aber der Schahsade Mihrawar durchschaute sein Vorhaben, zog das Schwert aus der Scheide und schlug dem Diw eine Hand ab.

›Mit einer Hand kann ich die Feinde nicht bezwingen‹, sagte sich da der Diw. ›Ich will zu den Diws dieser Insel gehen, und sie müssen mir helfen.‹

Inzwischen fragte Schahsade Mihrawar: »Diw, sag, von welchem Stamme bist du?«

»Ich bin von Mankals Stamm«, antwortete er.

»Dann geh und sag deinem Herrn, den Menschen habe ich ihm gestohlen. Und wenn es ihm auch weiterhin einfällt, den Menschen Ärger zu bereiten, werde ich sein ganzes Geschlecht ausrotten, mit ihm aber verfahre ich so, wie Schah Afras mit Makras verfahren ist.«

Der Diw hörte die Worte und flog davon. Die Peris aber flogen zum anderen Ufer. Bald darauf ließen sie sich zur Erde herab und sagten, an Hatem gewandt: »O edler Jüngling! Weiterzugehen ist uns verwehrt. Gestatte uns, zurückzukehren.«

Als Hatem den Peris erlaubte, sich zu entfernen, fiel ihm Schahsade Mihrawar zu Füßen und flehte: »O mein Bruder! Ich will mich nicht von dir trennen und bin bereit, jegliches Ungemach mit dir zu teilen.«

»Nein, Mihrawar«, widersprach Hatem. »Ich habe kein Recht, dich Gefahren auszusetzen. Sag mir, wenn du kannst, wie ich diese Wüste am besten hinter mich bringe und an den richtigen Ort gelange.«

»O Teurer«, sagte der Schahsade. »Diese schreckliche Wüste wird von menschenfressenden Diws beherrscht. Einstmals kam ein Periführer mit einer gewaltigen Heerschar hierher, um mit den bösen Diws zu kämpfen. Und es gab hier eine große Schlacht, in der fast alle Kämpfer der einen wie der anderen Seite umkamen. Endlich schlossen die Peris und die Diws Frieden und versprachen, in Freundschaft miteinander zu leben. Aber wenn Perimänner in diese Wüste geraten, werden sie von den heimtückischen Diws ohne Erbarmen erschlagen, und wenn sich Perifrauen hierher verirren, werden sie von den Diws vergewaltigt und sterben unter gräßlichen Qualen. Deshalb darfst du als Menschensohn bei den unbarmherzigen und wortbrüchigen Diws schon gar nicht mit Gnade rechnen.«

Hatem dachte nach und fragte, an Mihrawar gewandt: »O Liebenswürdiger! Was meinst du, hilft es mir, am Leben zu bleiben, wenn ich das Aussehen eines Diws annehme?«

»Das müßte helfen«, antwortete ihm Mihrawar.

Sogleich verbrannte Hatem die schwarzen Federn, tat die Asche in Wasser, und als er sich mit diesem Wasser gewaschen hatte, begann er sich mit dunklen Flecken zu bedecken, und bald wurde er ganz schwarz, geradeso wie Kohle. Dann wälzte er sich auf der Erde und nahm nach und nach das Aussehen eines Diws an, sogar zwei große Hörner wuchsen auf seinem Kopf.

Und achtungsvoll dachte der Schahsade Mihrawar: ›Wie allmächtig ist doch der Mensch! Nicht nur uns Peris kann er bezwingen, sondern auch die furchtbaren Diws. Und wenn Hatem die Tochter des Herrschers der Insel Barsach zur Frau haben wollte, würde auch das in seiner Macht stehen.‹

Inzwischen nahmen vor Hatem, der das Aussehen eines Diws angenommen hatte, alle Raubtiere und Ungeheuer – kriechende wie fliegende – furchtsam Reißaus.

»O Bruder«, fragte der Schahsade Mihrawar. »Wie bist du zu diesen Zauberfedern gekommen, und wie erlangst du dein früheres Aussehen zurück?«

»O Schahsade«, antwortete ihm Hatem. »Diese Federn stammen von den Vögeln, deren Vorfahren einst die Perleneier gelegt haben. Eines davon kam an den mächtigen Sulaiman, das andere an die Malika Husnbanu.« Und Hatem berichtete dem Schahsade Mihrawar von seinen Abenteuern.

»Ruhm dir, Hatem!« rief jener aus. »Was du vollbracht hast, läßt mich hoffen, daß du auch meine Bitte erfüllen kannst.«

Aber Hatem verriet dem Schahsade Mihrawar nicht alle Einzelheiten über die wunderbaren Perlen, dann er fürchtete, Mihrawar könnte ihm zuvorkommen und dann sowohl die Tochter des Herrschers der Insel Barsach als auch die wunderbare Perle gewinnen, und dann würden alle seine – Hatems – Anstrengungen umsonst gewesen sein.

Nachdem Hatem sich von Mihrawar verabschiedet hatte, ging er zu Fuß weiter, der Schahsade aber flog zwischen Himmel und Erde dahin. Hatems schrecklicher Anblick flößte nicht nur den Tieren, sondern auch den furchtbaren Diws Angst ein. Der Schahsade Mihrawar flog über ihm und beschützte ihn wie ein Adler. Mit Einbruch der Dunkelheit richteten sie sich zur Nachtruhe ein, doch früh am Morgen setzten sie ihren Weg fort. So vergingen einige Tage und einige Nächte. Einmal, als Hatem und Mihrawar sich erschöpfter fühlten als sonst, legten sie sich nieder, um zu rasten, und merkten nicht, daß sie einschliefen.

Plötzlich kam ein Diw vorbei, sah sie schlafen und sagte: »Ich will sie packen und zum Schah bringen.« Doch ein zweiter Diw wandte ein: »O Bruder, was haben sie dir Böses getan, daß du beschlossen hast, sie Qualen zu weihen? Sie sind doch von unserem Geschlecht, und es hat sie irgendein Auftrag in unsere Gegend geführt.«

Inzwischen war der Schahsade Mihrawar erwacht und belauschte ihr Gespräch.

»Wir müssen in Erfahrung bringen, wer sie sind und weshalb sie hierhergekommen sind«, sagte der erste Diw.

»Und wozu mußt du dich in fremde Sachen mischen?« wandte der zweite Diw ein.

»Was denn, hast du keine Angst vor Suluksar?« fragte der erste böse. »Es braucht nur irgend jemand von den Unsern zu erfahren, daß wir einen fremden Peri und einen fremden Diw getroffen haben, und schon meldet er alles dem Schah. Was willst du dann sagen? Wie willst du dich rechtfertigen?«

Die Diws weckten Hatem und Mihrawar, und Hatem rief im Erwachen zornig: »Diws, wie könnt ihr es wagen, euresgleichen im Schlaf zu stören?!«

»Wir wollen wissen, zu welchem Geschlecht und welchem Stamm du gehörst«, antworteten jene.

»Habt ihr etwa noch nichts davon gehört, daß Schah Afras, nachdem er Makras besiegt hat, ihn selbst und sein Geschlecht vernichtet, sein Reich aber besetzt und dort einen seiner Vertrauten zum Herrscher eingesetzt hat?« erwiderte Hatem.

»Aber was war der Grund für so eine heftige Feindschaft?« wunderten sich die Diws.

Und Hatem sagte: »Alles hat sich eines Menschensohnes wegen zugetragen. Die Diener von Schah Afras haben ihn auf einen Korsi gesetzt und in euer Gebiet getragen. Ihn solltet ihr suchen und zu eurem Schah bringen, dann werdet ihr seine Dankbarkeit erwerben. Was aber habt ihr von mir? Mit Müh und Not bin ich Afras entkommen. Um einen Feind zu finden, braucht man keinen Freund zu belästigen.«

»Ruh dich unbesorgt aus, wir aber machen uns auf die Suche nach diesem Menschensohn.«

Als die Diws ihren Blicken entschwunden waren, sprach der Schahsade Mihrawar besorgt: »Gehen wir schnell von hier fort, sonst wird uns ein Unglück treffen.«

Ohne den Anbruch der Morgendämmerung abzuwarten, machten sich Hatem und Mihrawar auf den Weg. Nach drei Tagen und drei Nächten gelangten sie an das Ufer eines gewaltigen Stromes.

»O Hatem, dies ist der Fluß Kahraman«, sagte der Schahsade.

Als Hatem auf die stürmischen Wellen des mächtigen, breiten Stroms schaute, deren Lärm durch die ganze Wüste schallte, geriet er in Unruhe. »O Mihrawar! Wie kommen wir an das andere Ufer?« fragte er.

»Du hast recht. Selbst Vögel können so eine große Entfernung nicht bewältigen, denn von diesem Ufer bis zum gegenüberliegenden braucht man sieben Tage und sieben Nächte. Aber laß uns ein wenig hier verweilen, vielleicht fällt uns etwas ein.«

»Ich bin einverstanden«, antwortete Hatem. »Doch was kann einem an so einer kahlen Stelle schon einfallen?«

»Sorg dich nicht, Bruder«, tröstete ihn Mihrawar. »Nicht weit von hier liegt eine Insel, über die der Bruder meines Vaters, Schah Schahman, herrscht,und dieser Schah besitzt wunderbare Pferde, die laufen und schwimmen und sogar fliegen können.«

Als der Schahsade Mihrawar das gesagt hatte, machte er sich auf den Weg zu Schah Schahman, und bald darauf stand er vor seinen klaren Augen.

»O Schahsade«, sprach Schahman, an Mihrawar gewandt. »Was führt dich zu uns?«

Und der Schahsade antwortete: »O edler Schahman, ich brauche unverzüglich zwei fliegende Pferde. Wenn du sie mir gibst, erringst du dir für immer die Gunst meines Vaters.«

»Aber wußte denn dein Vater nicht, daß du dich auf einen weiten Weg begibst? Warum hat er dich nicht in gebührender Weise ausgestattet?«

»Ihn trifft keine Schuld«, antwortete Mihrawar. »Aber ich bin in Eile und rufe dich um deine Gnade an. Erweise dich mir gewogen, und ich werde mich ewig als deinen Schuldner betrachten.«

»Diener!« befahl Schah Schahman. »Führt unverzüglich zwei fliegende Pferde her und stattet den Schahsade mit allem Notwendigen aus.«

Sogleich führten die Diener seinen Befehl aus, und als Schahman Mihrawar das Geleit gab, umarmte er ihn und sagte: »O mein Sohn, auch wenn du tausend Pferde gebraucht hättest, hätte es mir für dich nicht leid um sie getan, denn du bist der Sohn meines Bruders.«

Und als er Abschied von dem Schahsade nahm, fügte er hinzu: »Nimm meine Diener als Führer mit.«

Mihrawar dankte Schah Schahman für seine Fürsorge und sprach: »Sorge dich nicht, Onkel, ich habe einen zuverlässigen Gefährten, und weiter brauche ich niemanden.«

Nachdem Mihrawar den Palast des Schahs Schahman verlassen hatte, flog er zwischen Himmel und Erde dahin und ließ sich bald in der Nähe von Hatem nieder.

Als Hatem den Schahsade mit zwei ganz gewöhnlichen Pferden erblickte, wunderte er sich: »Diese Pferde sollen fliegen können?«

»Sie können es«, sprach Mihrawar. »Sitz auf, zieh die Zügel an, und du wirst sehen, was weiter geschieht.«

Und Hatem machte es so. Und kaum hatte er die Zügel angezogen, als dem Pferd gleichsam Flügel wuchsen, und nachdem es sich vom Erdboden losgerissen hatte, flog es ungestüm durch die Luft. Nach vier Tagen und vier Nächten verspürte Hatem starken Hunger, und er sagte, an Mihrawar gewandt: »O Bruder, ich bin so ausgehungert, daß ich nicht die Kraft habe, weiterzufliegen.«

Sogleich holte der Schahsade ein paar honigsüße Früchte aus dem Busen und reichte sie Hatem.

»Diese Früchte stillen Hunger und Durst«, sagte er.

»O Schahsade, woher hast du diese wunderbaren Früchte?« wunderte sich Hatem.

»Schah Schahman hat sie mir geschenkt.«

Nach einigen Tagen erblickten sie Land, und Mihrawar sagte: »Laß jetzt die Zügel ein wenig locker, es wird Zeit, daß wir uns auf die Erde hinunterlassen.«

»Sind wir etwa schon am andern Ufer?« fragte Hatem.

»Aber nein«, antwortete ihm Mihrawar. »Das ist die Küste der Insel Barsach. Sie ist nur eine der vielen Inseln, die im Fluß Kahraman liegen.«

»Aber warum sind hier keine Wohnstätten von Peris zu sehen?« wunderte sich Hatem.

»Bis zu der Stadt, in der der Herrscher von Barsach wohnt,

ist es noch ein Weg von zehn Tagen.« Außerdem fügte der Schahsade hinzu: »O Hatem, ich habe mir einen Plan ausgedacht, nur weiß ich nicht, ob er dir behagt.«

»Teile ihn mir mit.«

»Ich habe mir ausgedacht, zu mir nach Hause zurückzukehren und ein großes Heer hier auf die Insel Barsach zu holen.«

»O Mihrawar!« rief Hatem aus. »Wozu brauchst du ein Heer? Willst du etwa mit Mehjar Krieg führen?«

»Wie kannst du so etwas denken?« antwortete Mihrawar. »Jedem, der mit Mehjar zusammenkommen will, bereitet er unüberwindliche Hindernisse. Selbst wenn es uns gelingt, bis zu seinem Palast zu kommen, werden sich seine Diener nicht entschließen, ihm unsere Ankunft zu melden. Aber wenn ein starkes Heer auf Barsach auftaucht, wird die Nachricht darüber unverzüglich zu Mehjar dringen, und dann muß er uns auch empfangen, ob er will oder nicht.«

»Und wie lange brauchst du für den Weg?«

»Nur eine Woche.«

Hatem dachte nach, dann aber sprach er: »Das ist alles nicht das Rechte. Wer weiß, was hier alles geschehen kann, während du fort bist.«

»Die Peris der Insel Barsach schützen dieselbe sorgfältig vor allen bösen Geschöpfen. Darum ist deine Sorge unnötig.«

Nachdem er Hatem beruhigt hatte, machte sich der Schahsade Mihrawar auf den Weg. Nach fünf Tagen kam er auf seine Insel. Die Nachricht von seiner Rückkehr verbreitete sich rasch im ganzen Land. Als der Schahsade Mihrawar in den Palast kam, warf er sich seinen Eltern zu Füßen und bat sie tränenüberströmt um Verzeihung für die Aufregung, die er ihnen bereitet hatte. Vater und Mutter indes waren unsagbar froh, drückten ihn an die Brust und fragten verwundert: »O Licht unserer Augen, du hast dich doch mit einem großen Heer zu Mehjar begeben und hast es dann verlassen. Jetzt suchen die Krieger dich in allen Ländern. Wo aber hast du bis jetzt gesteckt? Wir dachten schon, verzeih uns die Sünde, du hättest dich bei deiner jungen Frau niedergelassen.«

Gesenkten Hauptes antwortete Mihrawar: »O meine ehrwürdigen Eltern! Ich bin eurem Rat nicht gefolgt, und nachdem ich die Insel Barsach mit leeren Händen verlassen habe, bin ich, vom Kummer gebrochen, aufs Geratewohl losgezogen. Aber zu meinem großen Glück hat der Allmächtige meine Gebete erhört und hat mir einen Retter mit Namen Hatem gesandt, der geschworen hat, mir zu helfen.«

»O gedankenloser Knabe«, sprach der Vater. »Du bist wahrhaftig noch ein Kind! Wie kannst du dein Schicksal einem Menschensohn anvertrauen? Wenn der Verstand eines Peri nicht ausreicht, die Antwort auf Mehjars Frage zu finden, so übersteigt das die Kräfte eines gewöhnlichen Sterblichen erst recht! Wenn es aber dein Hatem dem Mehjar zu Dank macht, dann nimmt er dessen Tochter auch selbst zur Frau, denn er will doch nicht, daß seine Anstrengungen umsonst gewesen sind. Also laß ab von deinen törichten Hoffnungen, um deinen Kummer nicht zu verdoppeln.«

»O mein Vater«, widersprach Mihrawar. »Dieser Mensch ist der Sohn des jemenitischen Schahs, und für einen Schah schickt sich keine Hinterlist. Außerdem ist er klug und edel, und das Geheimnis der wunderbaren Perlen hat er aus einem Gespräch von Zaubervögeln erfahren, denn abgesehen von allem anderen, ist ihm die Fähigkeit zu eigen, die Sprache aller Lebewesen zu verstehen.«

»Warum hast du so einen würdigen Jüngling allein zurückgelassen?« fragte der Schah.

Und der Schahsade antwortete: »O Vater, wenn du mir deine allergnädigste Zustimmung gewährst, nehme ich das Heer unserer Insel und ziehe in voller Rüstung, wie es dem Nachkommen eines Schahs gebührt, nach der Insel Barsach. Meinen Freund, den Schahsade Hatem, habe ich am Ufer des Flusses Kahraman zurückgelassen, und er wartet dort auf meine Wiederkehr.«

Sogleich sammelte der Schah ein Zwölftausendmannheer, rüstete es in gebührender Weise aus und gab seinem Sohn unter großen Ehrenbezeigungen das Geleit. Zum Abschied aber sagte er: »O Sohn! Wenn es dem allmächtigen Allah gefällt, dir Glück zu bescheren, so laß uns davon wissen, und wir bereiten unverzüglich alles für deine Hochzeit vor.«

Mihrawar nahm Abschied von Vater und Mutter und war nach fünf Tagen und fünf Nächten wieder auf der Insel Barsach. Doch als er sah, daß Hatem nicht zur Stelle war, erinnerte er sich der Warnung seines Vaters, und Unruhe erwachte in seiner Seele. Er befahl seinen Kriegern, die Zelte aufzuschlagen, und begab sich selbst mit seinen Dienern zusammen in den Garten, um Hatem zu suchen.

Plötzlich bemerkte einer von Mihrawars Dienern Hatem, der niedergeschlagen unter einem Baum saß. Was die Beine hergaben, stürzte er zum Schahsade Mihrawar und führte ihn dorthin, und im Näherkommen sah Mihrawar, daß Hatem in Gedanken versunken war. Und Mihrawar sagte: »O Bruder! Stille deinen Kummer. Ich bin wieder hier!«

Hatem freute sich unsagbar und umarmte den Schahsade, und gemeinsam begaben sie sich zu dem Heer. Und Hatem sah, daß das gewaltige Heer, das seine Zelte aufgeschlagen hatte, den Strand des Flusses Kahraman füllte.

»O Schahsade«, wunderte sich Hatem. »Gehört dieses ganze Heer wirklich dir?«

Und der Schahsade antwortete: »Ja!«

Als sie in das Zelt des Schahsade Mihrawar traten, sah Hatem, daß die Wände mit golddurchwirkten Stoffen bespannt waren, während in der Mitte ein reichgeschmückter vergoldeter Thron stand.

Der Schahsade Mihrawar ließ Hatem auf dem Thron Platz nehmen, setzte sich neben ihn und befahl den Trommlern, die Trommeln zu schlagen, um allen das glückliche Wiedersehen mit seinem Freund zu verkünden. Dann brachten die Diener alle möglichen Speisen, und die Freunde machten sich ans Mahl. Und als sie den Hunger gestillt hatten, gaben sie sich dem Vergnügen hin. Sofort erschienen Sänger und Tänzerinnen, und es begann ein Fest.

Die ganze Nacht verbrachten sie in Freude und Lust, und

mit Anbruch der Morgendämmerung begaben sie sich unter lautem Trommelklang zu Schah Mehjar. Und das Heer des Schahsade Mihrawar verstreute sich über die ganze Wüste.

Schah Mehjars Peris, die den feierlichen Zug sahen, eilten in den Palast und meldeten, ein großes Periheer sei auf der Insel Barsach erschienen und bewege sich auf die Hauptstadt des Schahs zu, doch mit welcher Absicht, sei nicht bekannt. Schah Mehjar erzürnte und befahl, den ungebetenen Gästen ein Vierzigtausendmannheer entgegenzuschicken, um sie gefangenzunehmen. Und sofort stellten sich Schah Mehjars Heerführer der Armee des Schahsade Mihrawar in den Weg, bereit zur Schlacht.

Als der Schahsade erkannte, daß sein Erscheinen Verwirrung stiftete, schickte er sogleich seine Boten, um Schah Mehjar wissen zu lassen, er sei in guter Absicht auf die Insel Barsach gekommen und verfolge kein anderes Ziel, als sein ergebener Sklave zu werden.

Als der Schah diese Worte vernahm, beruhigte er sich und befahl, den Schahsade Mihrawar mit den gebührenden Ehrenbezeigungen zu ihm zu führen. Als Mihrawar vor die Augen des Schahs trat, sagte er, es befinde sich ein Menschensohn bei ihm, Hatem, der Sohn des jemenitischen Schahs, und in Mehjars Reich habe sie ein gemeinsames Anliegen geführt, das sie ihm augenblicklich mitteilen wollten.

Unverzüglich sandte Schah Mehjar seinen obersten Wesir nach Hatem, und als Hatem in den Palast trat, führten ihn die Diener in die Gemächer des Schahs. Als Hatem sich dem Thron näherte, neigte er sich zu ehrfürchtiger Verbeugung, Mehjar aber umarmte ihn, ließ ihn neben sich auf einem goldenen Korsi Platz nehmen und fragte: »O Menschensohn, was führt dich in unsere entlegene Gegend? Wie ist es dir gelungen, alle Fährnisse und Unannehmlichkeiten des Weges, der zu uns führt, zu bezwingen?«

Da zog Hatem die silberne Nachbildung der Perle aus dem Busen und legte sie vor dem Schah nieder. »O mächtiger Schah! Möge dir bekannt sein, daß im Lande Chorassan ein

Mädchen namens Husnbanu lebt, das genau so eine Perle besitzt. Dies ist ihre Nachbildung.«

Dann erzählte Hatem in allen Einzelheiten die Geschichte des Schahsade Munir und der Malika Husnbanu und schloß seine Erzählung mit den Worten: »Überall habe ich diese Perle gesucht und habe schließlich erfahren, daß sie sich unter deinen Schätzen befindet.«

»O Menschensohn«, rief Schah Mehjar aus. »Es ist nicht leicht, diese Perle zu erlangen. Ich kann dir wohl kaum dabei helfen.«

»O Schah! Ich vertraue auf deine Großherzigkeit, denn Bitten kommen immer von den Schwachen, und erfüllen können sie nur die Starken.«

Als der Schah Hatems Antwort hörte, begriff er, daß jener wirklich ein Schah von Geblüt war, und um seinem Verstand und seiner Rednergabe Gerechtigkeit widerfahren zu lassen, sagte er: »O Menschensohn! Wenn du meine Frage beantworten kannst, gehören sowohl meine schöne Tochter als auch die wunderbare Perle dir.«

»O edler Schah! Meine Dankbarkeit kennt keine Grenzen, und ich bin bereit, jede deiner Bedingungen zu erfüllen, nur ist noch etwas Unausgesprochenes an der Sache, womit du möglicherweise nicht einverstanden sein wirst.«

»Was meinst du damit?« fragte Schah Mehjar.

»Ich bin nur der Perle wegen zu dir gekommen. Nach deiner Tochter aber trägt der Schahsade Mihrawar von ganzem Herzen Verlangen, und wenn du gestattest, werde ich, so ich Erfolg habe, meine Rechte auf ihre Hand meinem Freund, dem Schahsade Mihrawar, abtreten.«

»Handle so, wie du es für richtig hältst, ich werde mich dem nicht widersetzen«, antwortete Mehjar mit einem freundlichen Blick auf Mihrawar. »Und jetzt bring die wertvolle Perle«, befahl er seinem Schatzmeister.

Als der Schatzmeister die Perle gebracht und vor Hatem niedergelegt hatte, sprach der Schah: »O Menschensohn, sag mir, wann diese Perle entstanden ist.«

Und ausführlich erzählte Hatem alles, was er von den Nachkommen der Vögel, deren Vorfahren einst die Perle gelegt hatten, über die Perle gehört hatte. Als der Schah Hatems Worte vernommen hatte, hob er den Kopf und sagte: »O edler Jüngling, Ruhm sei deiner Weisheit! Es war die Wahrheit, die du uns mitgeteilt hast! Von jetzt an gehört die Perle dir, und das Recht, meine Tochter zu heiraten, kannst du deinem Freund Mihrawar abtreten.«

Hatem erhob sich von seinem Platz und verneigte sich ehrerbietig vor Schah Mehjar, dann steckte er die Perle in den Busen und sagte: »O mein Wohltäter! Deine Tochter soll fortan meine Schwester sein! Aus deiner Großherzigkeit spricht der Wille des allmächtigen Allah, denn der Schahsade Mihrawar gehört wie du zum Geschlecht der Peris, und so braucht deine Tochter nicht die Heimat ihrer Ahnen zu verlassen, um sich in die Welt der Menschen zu begeben.«

Freudig befahl Schah Mehjar seinen Vertrauten, ohne Verzug alle Anstalten für die Hochzeit zu treffen, dann führte er selbst den Schahsade Mihrawar zu einem goldenen Korsi und sagte: »O mein Sohn! Von heute an gebührt dieser Platz von Rechts wegen dir.«

Ergeben verbeugte sich Mihrawar vor Schah Mehjar und nahm auf dem goldenen Korsi Platz, den dieser ihm zugewiesen hatte. Inzwischen befahl der Schah, kostbare Gewänder zu bringen, und als die Diener sie gebracht hatten, bekleidete er Mihrawar und Hatem damit und beschenkte sie großzügig mit Perlen und Edelsteinen.

Und außerdem befahl der Schah, die herrlichsten Speisen zu bringen, und als Speisen und berauschende Getränke aufgetragen waren, machten sich die Gäste ans Mahl, und als Hatem und der Schahsade genug hatten, erbaten sie Schah Mehjars Erlaubnis und zogen sich in die Gemächer zurück, die man ihnen zugeteilt hatte. Hier warf sich der Schahsade Mihrawar Hatem zu Füßen, küßte den Boden vor ihm und sprach: »O mein Freund! Möge Allah dir deine Güte und Herzlichkeit hundertfach vergelten, die du mir so großmütig bezeigt hast. Ich aber werde es dir mein Leben lang nicht vergessen.«

Dann schrieb Mihrawar seinem Vater und seiner Mutter von allen seinen Abenteuern und davon, daß er das Gewünschte erlangt und Mehjars Tochter zur Frau bekomme, und bat sie, nach Erhalt seiner Botschaft alles für die Hochzeit zu rüsten und auf die Insel Barsach zu kommen.

Als Mihrawars Eltern seine Botschaft erhielten, machten sie sich unverzüglich auf den Weg. Sie beluden eine gewaltige Kamelkarawane mit Geschenken für die Neuvermählten und brachen an einem glückverheißenden Tag nach der Insel Barsach auf.

Als der Schahsade Mihrawar vom Herannahen seiner Eltern erfuhr, eilte er ihnen entgegen, verneigte sich bis zum Erdboden vor ihnen und legte ihnen seine Bitte zu Füßen, ihm alle Mühsal und Aufregung, die er ihnen, ohne es zu wollen, verursacht hatte, zu verzeihen. Vater und Mutter umarmten ihren Liebling mit Tränen in den Augen, und nachdem sie sich nach allem erkundigt hatten, was inzwischen geschehen war, fragten sie, ob sie Hatem sehen könnten.

»O meine erlauchten Eltern!« sprach Mihrawar zärtlich. »Nur ein Menschensohn ist fähig, einen Perischah so uneigennützig und großherzig zu beglücken. Hatem hält sich im Palast auf und harrt eurer Ankunft.«

Sogleich begaben sich Mihrawars Eltern zu Hatem, und nachdem sie ihm für alles gedankt hatten, was er getan, sagten sie: »O Weisester des Menschengeschlechts! Deine Tugend ist wahrlich groß! Von nun an und für alle Ewigkeit kannst du uns als deine Sklaven betrachten, denn das Glück unseres Sohnes verdanken wir dir allein.«

Als die Nachricht von der Ankunft der Eltern des Schahsade Mihrawar Schah Mehjar zu Ohren kam, eilte der Schah ihnen mit seinen Wesiren und Vertrauten entgegen. Und nachdem er den erlauchten Gästen sein Wohlwollen bekundet hatte, lud er sie ehrerbietig in die inneren Gemächer des Palastes ein und sprach, als er sie mit kostbaren Geschenken bedacht hatte: »Allah sei gepriesen, daß er mich mit euch verschwägert hat!«

Nun legten Mihrawars Eltern zahlreiche Gaben vor Schah Mehjar nieder, und nachdem sie seine Wesire und Vertrauten in die kostbaren Gewänder eines Schahs gekleidet hatten, antworteten sie: »O großer Schah! Mit unendlicher Dankbarkeit empfangen wir die Zeugnisse deiner übergroßen Gnade. Möge ein glückliches Geschick unsere Kinder bis zum Ende ihrer Tage begleiten!«

Als die Nacht vergangen war und die Sonne die Erde mit ihrem Licht erhellte, trugen auf Befehl des Schahs unzählige Herolde die Kunde von dem frohen Ereignis bis an die äußersten Grenzen der Insel Barsach. Und bald begann ein Fest, wie man es nie zuvor gesehen hatte, das sieben Tage und sieben Nächte dauerte. Und als die Hochzeitsfeierlichkeiten endeten, zogen sich der Schahsade Mihrawar und die Tochter des Schahs Mehjar in die ihnen zugewiesenen Gemächer zurück und gaben sich den Wonnen der Liebe hin.

Inzwischen wurden die zahlreichen Perigäste nicht müde, Hatems Edelmut zu preisen, Schah Mehjar aber war traurig, denn Hatem, der seinem Herzen teuer geworden war, mußte sein Reich über kurz oder lang verlassen.

Nach dreißig Tagen und dreißig Nächten erschien Hatem im Palaste des Schahs, und nachdem er Schah Mehjar seine Ehrfurcht bezeigt hatte, bat er ihn um die Erlaubnis, abreisen zu dürfen. Nachdem jener den lieben Gast geküßt hatte, beklagte er das Schicksal, das sie beide trennte, und beschenkte ihn zum Abschied mit reichen Gaben.

»O edler Schah!« sagte Hatem zu ihm. »Deine Gnade ist mir unendlich teuer, diese Gaben aber sind mir eine Last. Denn auch ohne sie steht mir kein leichter Weg bevor. Und wie soll ich ihn mit so einer Bürde bezwingen?«

»Beunruhige dich nicht, Hatem«, tröstete ihn der Schah. »Ich schicke meine Diener mit dir, und sie bringen dich zusammen mit diesen Reichtümern, wohin du willst.«

Und Schah Mehjar rief zahlreiche Peridiener, und sie brachten Hatem und den Schahsade Mihrawar sowie seine Eltern ans Ufer des Flusses Kahraman.

Als Hatem sich anschickte, von seinen Freunden Abschied zu nehmen, fragte der Schahsade Mihrawar: »O mein teurer Freund! Willst du uns denn nicht mit deinem Besuch beglükken? Ich wage es mir nicht einmal vorzustellen, daß du meine Heimat nicht aufsuchst!«

Als Hatem sah, wie aufrichtig Mihrawar sich grämte, sagte er: »Gern werde ich deinen Wunsch erfüllen!«

Bald waren sie im Reich des Schahsade Mihrawar, wo die Ehrungen für Hatem kein Ende nahmen, und nach einigen Tagen begann sich Hatem reisefertig zu machen, nachdem er zuvor die Erlaubnis erbeten hatte, sich entfernen zu dürfen.

Nachdem Mihrawar Hatem auf einen goldenen Korsi gesetzt und mit reichen Gaben beschenkt hatte, gab er ihm mit seinem Zwölftausendmannheer das Geleit. Als sie den Fluß Kahraman hinter sich gelassen hatten, erreichten sie das Land der menschenfressenden Diws, und als diese erfuhren, daß ein großes Heer herannahte, bildeten sie eine lebende Mauer, um die Perikrieger nicht über ihre Grenze zu lassen.

Der Schahsade Mihrawar schickte seinen Heerführer zu den Diws, und er sagte ihnen: »O Diws, wir sind vom selben Stamm wie ihr und wollen nicht mit euch kämpfen. Wir sind unterwegs ins Reich von Schah Afras, um ihn zu seiner Befreiung von einem bösen Zauber zu beglückwünschen.«

»Auch wir haben nichts Schlechtes vor«, antworteten die Diws. »Wir wollen dem Schahsade Mihrawar unsere Ehrerbietung erweisen.«

Als der Schahsade diese Worte vernahm, lud er die Heerführer der Diws zu sich ein und machte ihnen großzügige Geschenke. Als Erwiderung auf seine Gnade baten ihn die Diws, wenigstens einen Tag ihr Gast zu sein, doch der Schahsade, der um Hatem fürchtete, lehnte dies ab. »Haltet mich nicht für undankbar«, sagte er. »Jetzt bin ich in Eile, aber auf dem Rückweg werde ich unbedingt bei euch zu Gast bleiben.«

Nachdem sich Mihrawar von den Diws verabschiedet hatte,

zog er mit seinem Heer weiter und erreichte nach einiger Zeit die Grenze des Landes, über das vormals Makras geherrscht hatte.

Einer der Diener von Schah Afras, der von ihrem Herannahen erfahren hatte, stürzte in größter Verwirrung in den Palast und berichtete dort, der Schahsade Mihrawar von der Insel Tuman ziehe mit einem starken Heer auf die Grenzen des Landes zu.

Schah Afras erzürnte, befahl, sein Heer zu rüsten, und zog zu Felde. Nach einigen Tagen trafen sie aufeinander, und der Schahsade Mihrawar, der sich ausmalen konnte, daß die Sache ein böses Ende nehmen würde, bat Hatem, er solle Schah Afras über den Grund ihrer Ankunft in Kenntnis setzen, um unnützes Blutvergießen zu vermeiden. Als Hatem sich den Kriegern von Schah Afras näherte, erkannten sie ihn sogleich und schickten unverzüglich die Meldung in den Palast, gemeinsam mit dem Schahsade Mihrawar sei auch der Jüngling angekommen, der Schah Afras und allen seinen Untertanen ihr früheres Aussehen wiedergegeben hat.

Als Schah Afras von Hatems Ankunft erfuhr, stieg er unverweilt zu Pferde und ritt ihm entgegen. Und beide freuten sich über die Maßen, dann aber begrüßte Schah Afras Hatem mit großer Ehrerbietung und umarmte ihn wie einen leiblichen Bruder.

Als Schah Afras die Erzählung von Hatems Abenteuern vernommen hatte, war er verwundert und konnte sein Entzücken nicht verbergen. »Und wo ist jetzt der Schahsade Mihrawar?« fragte er.

»Er ist bei seinem Heer geblieben, mich aber hat er zu dir geschickt«, antwortete Hatem.

Und sogleich befahl Schah Afras seinem Sohn Dalerschah, sich gemeinsam mit den Wesiren zu Mihrawar zu begeben, ihn mit der gebührenden Ehrerbietung zu begrüßen und mit seinem ganzen Heer in den Palast zu führen.

Mihrawar war unsagbar froh über die Ankunft der Boten von Schah Afras, und nach einer kurzen Rast machten sie sich auf den Weg. Als der Schahsade Mihrawar vor die klaren Augen von Schah Afras trat, erhob sich dieser von seinem Thron, eilte ihm entgegen, schloß ihn in seine Arme und sagte innig: »O Schahsade, Allah möge dich dafür segnen, daß du meinen Freund Hatem heil und unversehrt hierher gebracht hast! Die ganze Zeit über hat mich die Sorge um ihn nicht verlassen, und ohne Unterlaß habe ich zum Allmächtigen gebetet, damit er ihm Erfolg schenkt.«

Auf Befehl von Schah Afras wurden alle erdenklichen Speisen gereicht, und nach einem fröhlichen Mahl legten sich die Gäste zur Nachtruhe nieder. Vierzig Tage und vierzig Nächte gaben sie sich in dem prächtigen Garten von Schah Afras Festmählern und Lustbarkeiten hin. Da aber erbat Hatem von Schah Afras und dem Schahsade Mihrawar die Erlaubnis, sich entfernen zu dürfen.

»Es gibt keinen Lohn auf Erden, der deinen Wohltaten entspräche«, sagte Schah Afras, an Hatem gewandt. »Kein lebendes Wesen hat uns soviel Glück gebracht wie du. Erlaube uns zum Zeichen unserer grenzenlosen Dankbarkeit so lange bei dir zu bleiben, bis du die Menschenwelt erreicht hast.«

»So möge es sein«, antwortete Hatem.

Nachdem sie Hatem auf einen reichgeschmückten Thron gesetzt und mit Reichtümern beschenkt hatten, die dem Kronschatz von sieben Ländern gleichkamen, flogen die Peris in Richtung auf Husnabad. Die Nächte verbrachten sie in Lust und Freuden, aber jedes Mal bei Anbruch der Morgendämmerung machten sie sich wieder auf den Weg. Doch als es nur noch vier Farsang bis Husnabad waren, richteten sich Schah Afras und Mihrawar zur Rast ein und befahlen den Trommlern und den Herolden, alle von ihrer Ankunft in Kenntnis zu setzen. Als die Wüstenbewohner das zahlreiche Heer sahen, eilten sie voller Furcht zu Kurdanschah und berichteten ihm: »O Herr! Ein gewaltiges Heer, dessen Ende nicht abzusehen ist, zieht auf deine Hauptstadt zu. Wie lautet dein allerhöchster Befehl?«

Als der Schah diese Nachricht vernahm, geriet er in Unruhe und befahl: »Schließt augenblicklich alle Stadttore.«

Und sogleich bat er seine Wesire und Heerführer zu sich, um zu entscheiden, was zu tun sei. Und dann befahl er einem Späher, er solle feststellen, woher dieses Heer käme und mit welcher Absicht.

Die Schreckensmeldung erreichte auch die Malika Husnbanu. Erschrocken befahl auch sie, die Stadttore zu verschließen und alles zur Verteidigung bereitzumachen.

Inzwischen baten Schah Afras und der Schahsade Mihrawar, Hatem solle die besorgten Herrscher von Chorassan beruhigen. Als Hatem sich dem Stadttor von Husnabad näherte, erkannten ihn die Diener der Malika Husnbanu sofort und fragten ihn: »Bist du nicht der Jüngling, der sich aufgemacht hatte, um die Lösung des siebenten Rätsels unserer Malika zu finden?«

»Warum habt ihr die Tore verschlossen?« fragte Hatem seinerseits.

»Wir haben uns geängstigt, als wir das gewaltige Heer erblickten«, antworteten sie.

»Sorgt euch nicht«, beruhigte Hatem sie. »Das sind keine Feinde, sondern unsere Freunde«.

Da öffneten die Diener der Malika das Tor, knieten vor Hatem nieder, küßten den Boden vor seinen Füßen und flehten: »O Erlauchtester! Beraube uns nicht des Glücks, dich als Herrscher unserer Stadt zu sehen!«

Dann eilten sie zur Malika und sagten: »O Malika, die du die Welt bezauberst, der Jüngling, der sich einstmals aufgemacht hatte, um die Lösung deines siebenten Rätsels zu finden, ist an der Spitze jenes Heeres eingetroffen und wartet ergeben auf die Erlaubnis, vor dir erscheinen zu dürfen.«

Die Malika beruhigte sich etwas und befahl, Hatem in den Palast zu bitten. Als Hatem vor die klaren Augen der Malika trat, sagte sie, nachdem sie sich hinter einem Vorhang verborgen und Hatem aufgefordert hatte, auf einem goldenen Korsi Platz zu nehmen: »O Jüngling, ich hatte schon die Hoffnung aufgegeben, dich wiederzusehen! Berichte mir von deinen Abenteuern und antworte auf meine letzte Frage.«

Hatem neigte sich zu ehrfürchtiger Verbeugung und antwortete sanftmütig: »O mondgesichtige Malika! Du hast meinen Augen das Licht wiedergegeben! Ich bin überglücklich, deine Stimme zu hören, und schon das allein belohnt mich für das Leid und die Qualen, die das Schicksal mir auferlegt hat!«

Und weiter sagte er: »O Reizende! Tausend Tage und tausend Nächte würden nicht ausreichen, um dir alles zu berichten, was ich auf der Suche nach der Lösung deines siebenten Rätsels auszustehen hatte.«

Als Hatem der Malika von seinen Abenteuern erzählte, lobte sie seinen Mut und seine Tapferkeit.

Hatem aber sagte: »O Malika, mögen Freude und Wohlergehen dich fortan begleiten! Heute erblüht dir das Glück, die Sonne des Verlangens ist über dir aufgegangen, und die qualvolle Trennung geht zu Ende.«

Im Anschluß an diese Worte sprach er den Vers:

»Die Rätsel sind gelöst, nach langer Qual sind wir nun wieder froh,
wenn auf den weiten Wegen auch des Lebens Frühling mir entfloh.«

Und als er diesen Vers gesprochen hatte, zog er die wunderbare Perle aus dem Busen und legte sie vor der Malika nieder. Als die Malika die Perle erblickte, versank sie in Nachdenken.

»O Malika«, sagte Hatem. »Jetzt hast du keine andere Wahl, als dein Schicksal dem Schahsade Munir anzuvertrauen.«

Die Malika zog den Vorhang beiseite und entfernte den Schleier von ihrem Gesicht, das dem Mond am vierzehnten Tag glich, und Hatem begriff, daß sie an Schönheit weder unter den Menschen noch unter den Peris ihresgleichen hatte. Und Hatem dachte: ›Das ist wahre Schönheit! Sie beglückt und verbrennt einem zugleich das Herz!‹

Inzwischen hatte man Kurdanschah mitgeteilt, das gewaltige Heer habe Hatem begleitet. Da wurde der Schah von großer Freude ergriffen und beschloß, ihn unbedingt zu besuchen.

»O kühner Jüngling!« sprach die Malika Husnbanu und schaute Hatem traurig an. »Von Rechts wegen gehöre ich doch dir, warum willst du mich einem anderen geben? Mit solcher Demut trittst du deine männliche Würde in den Staub und gibst dich der Lächerlichkeit preis. Laß ab von deinem Vorhaben! Schau mich an, bin ich etwa nicht gut genug für dich?!«

»O lieblichste Frucht im Garten der weiblichen Tugend! Feinster Sproß in der Pflanzschule der Keuschheit! Du willst mich, der sein Leben edlen Taten geweiht hat und der seine Schwüre und Versprechen hält, die er einem Freund geleistet hat, vom wahren Wege abbringen? Willst, daß ich vor den Menschen und vor dem allmächtigen Allah als ehrloser und sündhafter Mann dastehe? Wie wenig paßt das zu dem Edelsinn, der dir eigen ist! Wollen wir doch deine und meine Würde bewahren. Es ist der Wille des Allmächtigen, und vor ihm sind wir machtlos.«

Die betrübte Malika scharte ihre Vertrauten um sich und begab sich zu Kurdanschah, um seinen Rat einzuholen. Sie berichtete ihm von ihrem Gespräch mit Hatem und begann bitterlich zu weinen.

»O mein Kind«, sprach der Schah. »Du hast diesen Weg freiwillig gewählt, und es steht dir nicht an, von deinem Versprechen abzugehen, denn sonst würdest du dir das Vertrauen deiner Untertanen verscherzen. Hatem aber, den du liebgewonnen hast, würde dir sein Wohlwollen entziehen. Sei tapfer, denn Tapferkeit ist das Los der Starken. Rüste dich zur Hochzeit und nimm den Schahsade Munir zum Mann.«

Die Malika Husnbanu kehrte in ihren Palast zurück, befahl den Dienern, Hatem zu holen, und verkündete ihm: »O Hatem, ich bin bereit, mein Wort zu halten, nur hilf mir, die Hochzeit auszurichten, wenn du kannst, lade alle Schahs und Schahsades dazu ein, und teile Munir meinen Entschluß mit.«

»O reizende Malika!« rief Hatem aus. »Möge dein Leben lange währen! Möge dein Reichtum sich mehren! Möge überall bis zum Jüngsten Tag dein Ruhm erklingen! Ich aber, dein ergebener Sklave, werde mich glücklich schätzen, jeden deiner Befehle erfüllen zu dürfen.«

Nachdem Hatem den Palast der Malika verlassen hatte, eilte er zu Munir und überbrachte ihm die Freudenkunde.

Und sie begannen für eine Hochzeit nach den Bräuchen von Chorassan zu rüsten und erdachten so ein üppiges und reiches Fest, daß sie alles Geld dafür ausgeben mußten, das sie für die Perlen und Kostbarkeiten erlösten, die Hatem vormals geschenkt bekommen hatte. Und die Hochzeit war von einem nie dagewesenen Prunk, und alle angesehenen Leute von Chorassan und den Nachbarländern, aber auch Volk jeglichen Standes brachte den Brautleuten lautschallendes Lob dar und gab sich dem Vergnügen hin. Mondgesichtige Tänzerinnen, kunstreiche Sänger und Musikanten erquickten die Sinne der Anwesenden, und ihre frohen Gesänge waren weit im Umkreis zu hören.

Zum Zeichen der Ehrerbietung und der Dankbarkeit setzte die Malika den Schahs Kronen auf, die übrigen Gäste aber beschenkte sie mit wertvollen Gewändern. Dann wurde der Schahsade Munir in den kostbaren Chalat eines Schahs gehüllt, und sein Haupt wurde mit einer edelsteinbesetzten Krone gekrönt. Und feierlich wurde verkündet, er sei von nun an der Gemahl der Malika Husnbanu.

Als die Hochzeitsfeierlichkeiten zu Ende waren, begab sich der Schahsade Munir mit der Malika zusammen in die Gemächer, wo ein reichgeschmückter Dastarchan und das mit Brokat und mit Gold verzierte Brautlager standen. Mit neuer Kraft loderte das Liebesverlangen im Herzen des Schahsade auf, und er nahm seine Auserwählte in die Arme und entführte sie in die Welt der Wonne und der Glückseligkeit.

Am Morgen verließ der Schahsade Munir das Brautgemach und kehrte zu seinen Gästen zurück. Und diese empfingen ihn mit großer Ehrerbietung, und nachdem der Schahsade diese in gebührender Weise erwidert hatte, nahm er auf einem goldenen Thron Platz.

Dann reisten die Gäste einer nach dem anderen in ihre Heimatländer davon, und nach einigen Tagen entschloß sich auch Hatem, nach Hause zurückzukehren. Husnbanu und Munir gaben ihren Vertrauten den Befehl, Hatem unter Ehrenbezeigungen bis nach Jemen zu begleiten. Und jene erwiderten: »Wir hören und gehorchen.«

Bald darauf nahm Hatem von seinen Freunden Abschied und verließ Husnabad, und nachdem er viele Wege und Straßen hinter sich gelassen hatte, kam er an die Grenze von Jemen. Und sogleich sandte er Boten aus, damit sie seine Mutter, seinen Vater und die Malika Sarrinpusch von seiner Ankunft in Kenntnis setzten. Und als diese die Freudenbotschaft vernahmen, eilte der Schah, nachdem er die Boten freigebig beschenkt hatte, mit seinen Vertrauten zusammen dem Sohn entgegen.

Der Vater schloß den Sohn in die Arme, küßte ihn und fragte dann: »O Licht meiner Augen, wo warst du so lange verschollen?« Und Hatem berichtete dem Vater von seinen wundererfüllten Abenteuern.

Und den ganzen Weg über, den Hatem zog, beglückwünschten und rühmten ihn die angesehenen wie die einfachen Bewohner der Hauptstadt. Zu Ehren von Hatems Heimkehr wurde tagelang prunkvoll gefeiert. Alle vornehmen Stadtbewohner und auch die Leute niederen Standes wurden mit kostbaren Kleidern beschenkt. Und genauso wurden auch die Boten der Malika Husnbanu in wertvolle Gewänder gekleidet.

Bald leerte Hatems Vater nach dem Willen Allahs den Kelch des Todes, und Hatem bestieg den Thron des Schahs und wurde der Herrscher von Jemen. Und er herrschte so weise und unparteiisch, daß die Herzen seiner Untertanen von Zuneigung zu ihrem Herrn erfüllt waren. Und der Ruhm seiner Freigebigkeit und Gerechtigkeit drang durch die ganze Welt, von den Grenzen des Ostens bis zu den Grenzen des Westens.

Nachwort

Vom Zweistromland bis zum Pamir und dem Tal des Indus, vom Ufer des Syrdarja bis zum Indischen Ozean erstreckte sich das riesige islamisch-iranische Kulturgebiet, dessen Sprache noch heute drei einander sehr ähnliche Varianten des klassischen Persisch sind: Persisch (Fārsi) in Iran, Dari (seit 1964 so offiziell genannt) in Afghanistan und Tadshikisch in Sowjet-Mittelasien. Zwischen dem 9. und dem 16. Jahrhundert bildete sich hier eine bedeutende Literatur heraus, die zum kulturellen Erbe sowohl der Iraner als auch der Afghanen und Tadshiken gehört. Weltbekannt sind Vertreter dieser Literatur wie Firdausi (Ferdousi) – der Schöpfer des iranischen Nationalepos ›Schāhnāmeh‹ (Königsbuch), Omar Chajjām – der Dichter tiefsinniger Vierzeiler, der Didaktiker Sa'di (Saadi) – dessen ›Golestān‹ (Rosengarten) mit seinen amüsanten und zugleich lehrreichen Kurzgeschichten weite Verbreitung gefunden hat, Nizami (Nesāmi) – der Verfasser dramatischer Liebesepen, der Ghaselen-Dichter Hafiz (Hāfes) und viele andere. Ihre Werke wurden seit dem ausgehenden 18. Jahrhundert in viele Sprachen der Welt übertragen und haben immer wieder Dichter zu eigenen Schöpfungen angeregt.

Im deutschsprachigen Raum waren es zuerst Heinrich Friedrich von Diez (1751–1817) in Berlin und Joseph Freiherr von Hammer-Purgstall (1774–1856) an der 1754 gegründeten Orientalischen Akademie in Wien, die zur Verbreitung dieser Literatur beitrugen und sie beispielsweise auch Goethe nahebrachten. Hammer-Purgstalls Übersetzung des ›Diwans‹ von Hafiz war es, die Goethe zu seinem ›West-östlichen Divan‹ anregte. In der ersten Hälfte des 19. Jahrhunderts nahmen sich die deutschen Romantiker der Literatur des Orients an. Herausragende Übersetzungen und Nachdichtungen schuf vor allem Friedrich Rückert (1788–1866), der ein Schüler Hammer-

Purgstalls war. Bis in die heutige Zeit hat die klassische persische Literatur Dank ihrer dichterisch-sprachlichen Form und ihres humanistischen Gehalts ihre Wirkungskraft weit über die Grenzen des islamisch-persischen Kulturbereichs hinaus bewahrt.

Neben dieser formvollendeten Kunstliteratur gab und gibt es eine üppig wuchernde phantastisch-märchenhafte Volksdichtung. Märchen und Sagen und ebenso Sprichwörter und Rätsel, volkstümliche Schauspiele und einfache Volkslieder wurden von Generation zu Generation mündlich weitergegeben. Sie spiegeln das Leben und das Empfinden des einfachen Volkes wider und sind oftmals nur in mundartlicher Form erhalten.

Seit dem 11./12. Jahrhundert hat sich in diesem weiten Kulturbereich eine volkstümliche erzählende Prosa entwickelt, die eine literarische Zwischenform darstellt. Es handelt sich um Sammlungen von Märchen, Fabeln und Abenteuergeschichten, die oftmals in die Form einer Rahmenerzählung oder eines volkstümlichen Romans gebracht sind und deren Verfasser anonym blieben. Sie wurden offenbar über Jahrhunderte mündlich tradiert und gehörten zum Repertoir der Geschichtenerzähler, die bis in die jüngste Zeit ein im Orient anerkanntes professionelles Gewerbe betrieben. In Gebieten mit einem hohen Anteil an Analphabeten erfreuten sich ihre mit viel Gefühl und Pathos vorgetragenen Geschichten, in die immer wieder Verse – häufig aus den obengenannten Klassikern – eingestreut wurden, außerordentlicher Beliebtheit. Die mündliche Überlieferung bewirkte in den Prosatexten oftmals ein Auseinanderlaufen der Themen, sie gab Raum für eigenwillige Ergänzungen und immer neue Versionen, bis das Ganze zu einem umfangreichen Komplex von Geschichten anwuchs, der nur noch durch eine Rahmenhandlung zusammengehalten wurde. Eine gewisse beständige Form gewannen solche Überlieferungen dann, wenn sie handschriftlich festgehalten wurden.

Die Quellen all dieser mehr oder weniger märchenhaften

Geschichten sind vielfältig. Während manche ihren Ursprung im griechischen Altertum oder in der alt- und mitteliranischen Zeit (6. Jahrhundert bis 7. Jahrhundert) zu haben scheinen, läßt sich in anderen ein Einfluß der indischen Sanskrit-Literatur, der arabischen Beduinendichtung, jüdischer Legenden oder der späteren islamischen Epoche nachweisen. Die Handlungen bewegen sich in einem weiten Raum vom arabischen Jemen über das Land der Perser bis nach Indien und dem fernen ›Tschin‹, das heute China bedeutet, zu jener Zeit wohl eher Chinesisch-Turkestan meinte. Wirkliches und Unwirkliches, zeitliche Epochen und lokale, nationale Sujets überlagerten einander im Laufe der Zeit und wurden durch die mündliche Überlieferung zu einem phantastischen Ganzen mit immer neuen vielfältigen Versionen verwoben. ›Mit einem Wort‹ – so der sowjetische Literaturwissenschaftler J. S. Braginskij – ›wir haben es nicht mit einer erstarrten, sondern mit einer in ständiger Entwicklung befindlichen Tradition zu tun. Bei der Analyse der zeitlich letzten Version eines Werkes kann man unschwer seine Vielschichtigkeit aufdecken und die darin verborgenen archaischen Elemente des ursprünglichen Werkes zutage fördern.‹[1]

Diese Art der Literatur fand in dem weitreichenden Territorium mit vorwiegend islamischer Kultur eine große Verbreitung auch in anderen Sprachen, wie Arabisch, Türkisch, Pashto, Hindi. Zu einem wichtigen Vermittler über Sprach- und Kulturgrenzen hinweg wurde die gnostische Glaubensgemeinschaft der Manichäer, die im Iran bis um die Jahrtausendwende beheimatet war. Die Manichäer verstanden es, die unterhaltende Kunst des Märchenerzählens in den Dienst ihrer Belehrung zu stellen. Auch bereits die frühen deutschen Übersetzungen zeigen, daß bestimmte Märchenmotive gemeinsames Erzählgut der orientalischen Völker sind. So hat der Orientalist Georg Rosen (1820–1891) das ›Tuti-Nāhmeh‹ (Papageienbuch), eine indische Erzählsammlung, aus dem Türkischen ins Deutsche übertragen (Leipzig 1857). Eine Übersetzung der persischen Version dieser Rahmenerzählung, deren Zentralfigur ein sprechender Papagei ist, hatte bereits zuvor K. J. Iken veröffentlicht (Stuttgart 1822).

Zu den bekanntesten Geschichtensammlungen aus diesem Bereich gehören das indische ›Pañcatantra‹ und die ›Erzählungen aus den Tausendundein Nächten‹, die zwar als Beitrag der Araber zur Weltliteratur gewertet werden, in denen aber Namen wie Schehersād oder Schahrijar und Chodādād auch auf iranische (persische) Elemente hinweisen. Die ›Sieben Reisen des Sindbad‹, die gewissermaßen als selbständiger Teil in den Rahmen der ›Erzählungen aus den Tausendundein Nächten‹ eingefügt sind, fanden auch als Einzelgeschichte weltweite Verbreitung.

Ein charakteristisches Beispiel für die Wanderung derartiger Rahmenerzählungen über verschiedene Völker hinweg ist die Fabelsammlung ›Kalile wa Demne‹ – der Titel enthält die Namen der beiden Erzähler, zweier Schakale. Der deutsche Literaturwissenschaftler Hermann Ethé (1844–1917) nennt sie ›eine köstliche Perle der Weltliteratur, mit der sich die geistige Schatzkammer fast aller Nationen des Morgenlandes im Laufe der Jahrhunderte bereichert hat‹.[2] Eine wahrscheinlich indische Vorlage wurde unter Hinzufügung eigener iranischer Teile ins Mittelpersische, das Pahlavi, übertragen. Daraus wurden Übersetzungen ins Syrische und Arabische angefertigt, und die arabische Version des Ibn-al-Muqaffa' (gestorben um 757) diente wiederum als Vorlage für zahlreiche persische Übersetzungen und Nachdichtungen.

Eines der ältesten Werke dieser Volksprosa ist ein als Rahmenerzählung gestalteter Abenteuerroman aus dem 12. Jahrhundert mit dem Titel ›Samak-e Ajjār‹. Das ist der Name des Helden, der als ergebener Diener mit seinem Fürsten in ferne Länder zieht, um diesem die Geliebte Mahpari – auch ein iranischer Name, der etwa Mondfee bedeutet – zu gewinnen, und der dabei zahlreiche wundersame Abenteuer zu bestehen hat. Von besonderem Interesse sind darin sowohl die Schilderung der damaligen Lebensumstände, Sitten und Bräuche als auch die volksnahe Umgangssprache mit vielen Idiomen und treffenden Bildern.

Es ist anzunehmen, daß solche volkstümlichen Erzählungen, von denen höchstens einmal der Name eines Sammlers oder Bearbeiters erwähnt wird, wiederum die Quelle für Werke der Kunstliteratur bildeten, beispielsweise für ›Laila und Madschnun‹, eine tragische Liebesgeschichte aus dem Milieu der Beduinen, die der aus dem turksprachigen Aserbaidshan stammende Epiker des 12. Jahrhunderts Iljas ben Jussuf Nizami in meisterhafter persischer Sprache verfaßt hat.

Zu den weitverbreiteten und äußerst populären Rahmenerzählungen gehören auch ›Die sieben Abenteuer des Prinzen Hatem‹ (in anderer Lautung Hātim). Hermann Ethé erwähnt in seinem Überblick über die ›Neupersische Literatur‹ mehrere zu jener Zeit bereits bekannte Handschriften, auch mit dem Titel ›Die Geschichte von den sieben Reisen Hātims‹ und ›Die Geschichte von sieben Fragen an Hātim‹. Eine verkürzte literarische Bearbeitung stammt von dem Dichter Hossein Wā'īs-al-Kāschifi am Fürstenhof von Herat (um 1500) ›Geschichten und Taten des Hātim Tā'ī‹. In der Literatur wird auch eine Handschrift erwähnt, die eine Fortsetzung ›Die sieben gerechten Handlungen des Hātem Tā'ī‹ enthalten soll. Hermann Ethé hat auch bereits recherchiert, daß die Abenteuer Hatems 1818 in Calcutta von dem bekannten Übersetzer persischer Literatur G. J. Atkinson herausgegeben wurden.[3] Weitere Veröffentlichungen erfolgten in Konstantinopel und in Bombay. Im Jahre 1830 erschien in London eine englische Übersetzung ›The Adventures of Hatim Ta'i‹ von Duncan Forbes, initiiert durch den ›Oriental Translation Fund of Great Britain and Ireland‹, und auf der Grundlage dieser Ausgabe wurde bereits ein Jahr später die erste deutsche Übersetzung in Leipzig ediert: ›Hatim Ta-is Abenteuer. Eine morgenländische Erzählung‹.[4]

Im Jahre 1977 erschien in Moskau eine Anthologie iranischer Märchenerzählungen,[5] darin enthalten ›Die sieben Abenteuer des Hatem‹. Im Vorwort dazu berichtet der Herausgeber J. S. Braginskij, wie es zu dieser Publikation kam. Einem

Hinweis seines Lehrers, des tadshikischen Schriftstellers und Literaturwissenschaftlers Sadriddin Ajni (1878–1954) folgend, entdeckte er 1951 in der Handschriftensammlung der Firdausi-Bibliothek in Duschanbe unter der Katalognummer 167 einen dicken Folianten in arabischer Schrift, der offenbar im Besitz einer ganzen Generation bucharischer Geschichtenerzähler gewesen war. Neben Märchenerzählungen und mehrteiligen Märchenromanen enthält er auch eine Vielzahl von Anekdoten, Fabeln, Parabeln und Redensarten, mit denen die Ränder beschrieben sind. Für Braginskij war dieser wertvolle Fund Anlaß zu einer weiteren intensiven Suche nach ähnlichen Handschriften in anderen Bibliotheken.

Die russische Übersetzung von Hatems Abenteuern basiert auf einer textkritischen Ausgabe, die 1967 in Duschanbe erschien, zusammengestellt nach zwei bucharischen Handschriften und einer indischen Steindruckvorlage aus dem Jahre 1894 von Dsh. Asiskulow und S. Dawronow.[6] Die Tatsache, daß dieser Text von erfahrenen Orientalisten auf Grund nachprüfbarer Originalquellen erarbeitet wurde, ließ uns auch für die vorliegende Ausgabe auf die russische Übersetzung zurückgreifen. Sie garantiert auf jeden Fall die größere Authentizität gegenüber der alten aus dem Englischen ins Deutsche übertragenen Ausgabe, in deren Vorwort erklärt wird: ›Wir beabsichtigen, in den Garten unserer Lesewelt eine herrliche Pflanze des Morgenlandes zu versetzen, und mußten nun schon hier und da wie ein sorgsamer Gärtner, um sie recht schön erscheinen zu lassen, ein bißchen durch Beschneiden und Aufbinden und Ausputzen nachhelfen.‹ Vergleicht man beide Texte, so kann man feststellen, daß sie inhaltlich sehr ähnliche Varianten darstellen, wobei der jeweilige Erzähler bzw. Chronist einmal diese, einmal jene Episode mehr ausgeschmückt hat. Lediglich die beiden letzten Abenteuer erscheinen in umgekehrter Reihenfolge. In der alten deutschen Übersetzung ist jedoch, wohl, um der Vorstellungswelt des Lesers entgegenzukommen, eine gewisse Nivellierung der orientalischen Erzählweise erfolgt, was sich auch in der Eindeutschung solcher vielgesichtigen Märchenwesen wie Peris in Feen oder Diws in Dämonen zeigt. Die eingestreuten Verse fehlen. In der vorliegenden Ausgabe wurde auch eine adäquate Wiedergabe der für das Original so charakteristischen Verse angestrebt. Auf eine nachträgliche Aufnahme diakritischer Zeichen wurde hier bewußt verzichtet, da das bei der Übernahme von Namen aus einer Zweitsprache oft problematisch ist.

Die zentrale Figur unserer Rahmenerzählung ist ein gewisser Hatem (Hatim), Sohn des Ta'i. In der persischen Enzyklopädie von Gholam-Hossein Mosāheb[7] wird ein Hātem-e Tā'i als berühmter arabischer Ritter aus der ›Zeit der Unwissenheit‹, das heißt vor dem Islam, genannt, der dank seiner Tapferkeit, Güte und Freigebigkeit wohlbekannt war. Auch in Sa'dis ›Rosengarten‹ tritt ein auf diese Weise charakterisierter Hātim mehrfach auf. In der verdienstvollen Neuausgabe (Leipzig 1982) merkt der Herausgeber Dieter Bellmann dazu an, daß ›Ḥatim Ṭā'-ī, das ist Ḥātim Ṭaiyī (Ḥātim-aṭ-Ṭā'ī)‹ ein berühmter vorislamischer Dichter ist, gestorben um das Jahr 605.

In der persischen Sprache gilt der Name Hātem Tā'i bis heute als Synonym für einen gütigen, wohltätigen und freigebigen Menschen. ›Ich bin doch kein Hātem Tā'i!‹ sagt jemand, der unbillige, übertriebene Erwartungen eines anderen zurückweist. Das deutsche ›Ich bin doch kein Krösus!‹ trifft nur die eine – materielle – Seite.

In seinem West-östlichen Divan läßt Goethe die geliebte Marianne von Willemer unter dem Pseudonym Suleika auftreten, damit anknüpfend an das klassische Liebespaar Jussuf und Suleika (Koran, Sure 12). Dabei fühlte der fünfundsechzigjährige Goethe wohl, daß ihm der Name des jungen, strahlenden Jussuf nicht gemäß war. So wählte er für sich den Namen des freigebigen, großmütigen Hatem, der ihm aus der orientalischen Literatur bekannt gewesen sein muß:

Da du nun Suleika heißest,
Sollt auch ich benamset sein.
Wenn du deinen Geliebten preisest,
Hatem! das soll der Name sein.

In unserer Geschichte wird Hatem Ta'i als Sohn eines arabischen Königs von Jemen eingeführt. Die gesamte Genealogie bis zum Urvater Hud wird dabei nach orientalischem Brauch zu Beginn in aller Ausführlichkeit dargelegt. Der Charakter Hatems wird bereits beschrieben, als er noch ein Kind ist: Er weigert sich, die Milch seiner vier Ammen zu trinken, wenn nicht sechstausend andere Ammen die ihnen anvertrauten Knaben gleichzeitig mit ihm stillen. ›Wer ist der Hatim, der so viele Abenteuer besteht?‹ wird im Vorwort zur ersten deutschen Ausgabe gefragt. Die etwas blumige, aber doch treffende Antwort lautet: ›Ein morgenländischer Grandison, ein Prinz des glücklichen Arabiens, dessen Freude Wohltun ist, der keine größere Seligkeit kennt, als Unglückliche glücklich zu machen. Welche Gefahren er dabei läuft, ob er den Tod dabei findet, kümmert ihn nicht. Ihn dauert der Wurm, den sein Fuß unvorsichtigerweise zertritt ...‹

Es ist nicht zu leugnen, daß dieses Denken und Handeln Hatems dem buddhistischen Bodhisattva-Ideal näher steht als herkömmlichen islamischen Verhaltensweisen. Die buddhistischen Jātakas und ähnliche Legendensammlungen – Erzählungen von der vorgeburtlichen Existenz Buddhas als ein der Erleuchtung vorbestimmter Bodhisattva – haben viele Helden zum Gegenstand, die um des Heiles der Menschen willen Opfer auf sich nehmen. Als Beispiele seien die Geschichte von der Hausfrau Mahāsenā aus dem ›Mūlasarvāstivāda-Vinaya‹ genannt, die einem kranken Mönch als Heilmittel Fleisch aus ihrem Schenkel gibt, oder die Legende von Nāga, der die Menschen in einer Hungersnot sein Fleisch essen läßt, so wie Hatem einen Wolf mit dem Fleisch seines Schenkels zufriedenstellt oder einer Schlange seine Wange zum Fraß anbietet. Man könnte sagen, daß dieser Hatem ein äußerlich islamisierter und zur Märchengestalt gewordener Bodhisattva ist. Die Geschichten um ihn bestätigen einmal mehr den Einfluß indischer und buddhistischer Erzählmotive auf die islamische Welt. Märchenforscher werden aber ebenso auch alte iranische Motive bei Hatem finden. So dürfte der immer wieder betonte

Lichtglanz, der den Schahsohn verrät, auf alte zoroastrische Vorstellungen vom Herrscherglanz der Könige zurückzuführen sein.

›Die sieben Abenteuer des Prinzen Hatem‹ sind somit ein geradezu klassisches Zeugnis für die Vermischung arabischer, persischer und buddhistischer Stoffe zu jener Einheit morgenländischer Fabulierkunst, die den europäischen Leser seit dem 18. Jahrhundert immer wieder in ihren Bann gezogen haben. Daß ein Mann, um die Geliebte zu gewinnen, unglaubliche Taten vollbringt, wird in der Literatur oftmals geschildert, Hatem aber setzte sein Leben ein, um einem anderen, eigentlich einem Fremden, dem er eben erst begegnet ist, sieben Rätsel zu lösen, damit dieser die geliebte Husnbanu gewinnen kann. Es bleibt Aufgabe der vergleichenden Literaturwissenschaft, die Parallelen herauszustellen, die sich beim Gegenüberstellen der Sujets einander ähnlicher Werke bieten, beispielsweise des bereits genannten ›Samak-e Ajjār‹, der ja ebenfalls einem anderen hilft, die Geliebte zu gewinnen.

In einer 1984 von Roxane Haag-Higuchi veröffentlichten Untersuchung einer anonymen handschriftlichen Sammlung persischer Erzählungen[8] wird eine aufschlußreiche Analyse der Märcheninhalte und -motive gegeben, die in ähnlichen Sammlungen immer wiederkehren. Eine Reihe der im Kapitel Abenteuergeschichten aufgeführten Merkmale treffen auch für Hatems Abenteuer zu:

- Die Abenteuer widerfahren dem Helden auf einer Reise.
- Der Held reist nicht aus Abenteuerlust, sondern führt einen Auftrag aus.
- Die Abenteuer führen in wundersame Regionen, die mühelos betreten und wieder verlassen werden können.
- Fließende Grenzen zum Zaubermärchen.
- Die Geschichten springen in einander folgenden Episoden zwischen realer und nichtrealer Welt hin und her.
- Der Held wird mit wunderbaren und mit anderen durchaus irdischen Phänomenen konfrontiert.
- Figur des helfenden Greises.

– Heirat mit einer Periprinzessin.
– Das Motiv eines geheimnisvollen, von Gefahren umwitterten Bades, das einen Schatz birgt; nachdem ein Lebewesen – bei Hatem ein Papagei – getötet wurde, ist der Zauber gebrochen, und der Held gewinnt den Schatz.

Die Komposition der Rahmenerzählungen ist so angelegt, daß nach einer Vorrede – bei Hatem die Genealogie und die Charakteristik des Helden – am Anfang eine Leiterzählung steht. Das ist in den ›Erzählungen aus den Tausendundein Nächten‹ ›Die Geschichte des Königs Schahrijār und der Erzählerin Schehersād‹, im Tuti-Nāhmeh ›Die Geschichte des Kaufmanns Sa'id und seines Sohnes S̄a'id‹ und in unseren Abenteuern des Hatem ›Die Geschichte vom Schah Kurdanschah und der Tochter des Kaufmanns Hodscha Barsach‹. Diese Husnbanu will den Nachstellungen unliebsamer Freier entgehen, indem sie ihnen auf Rat ihrer Amme sieben – ihrer Ansicht nach unlösbare – Rätsel oder eigentlich Geheimsprüche zu ergründen aufgibt. Bei Nichterfüllung der Aufgabe ist zwar nicht wie in der bekannten orientalischen Geschichte von Turandot das Leben, aber doch Besitz und Freiheit verwirkt. Der tschechische Orientalist Jiři Cejpek schreibt in J. Rypkas ›Iranischer Literaturgeschichte‹[9]: ›Es geben sowohl das Rätsel als auch das Sprichwort ein vollkommenes Baumaterial für größere Formen der Kunst- und Volksdichtung ab ...‹, das heißt in unserem Fall für einen Abenteuerroman um Hatem. Rätselaufgaben spielen ebenso eine Rolle in Werken der Kunstliteratur, wie ›Schāhnāmeh‹ (Zal und Rodhabe) oder Nizami ›Die sieben Bildnisse‹.[10] Auch hier fällt der Gebrauch der magischen Zahl sieben auf, die in die Volksdichtung, in das Märchenhafte verweist.

Den sieben von Husnbanu gestellten Aufgaben entsprechend ist das vorliegende Buch nach der Leiterzählung in sieben (Abenteuer-) Kapitel gegliedert. Auf dem Weg der Lösung der sieben Fragen, die Hatem für den Schahsade, den Fürstensohn Munir, enträtselt, wandert der Leser mit dem Helden durch die phantastische Märchenwelt des Orients. Da begegnen uns unzählige böse und gute Geister in Gestalt verführerischer Peris und furchterregender Diws, da sind endlose Wüsten, feuerspeiende Flüsse und himmelhohe Gebirge am Ende der Welt zu bezwingen, da gilt es, das Geheimnis blutender Bäume und eines unheimlichen, ›fliegenden Bades‹ zu ergründen ... Und doch wird bei aller Unwirklichkeit und mancher Ungereimtheit der märchenhaften Begebnisse immer wieder das Gute und Edle im Menschen, die wahre Menschlichkeit in den Vordergrund gestellt, die sich wie ein roter Faden durch die gesamte klassische persische Literatur zieht.

Manfred Lorenz

[1] Iranskaja skasotschnaja Enciklopedija (Iranische Märchen-Enzyklopädie), ins Russische übersetzt von A. Dun und Ju. Salimow. Moskau 1977, S. 9

[2] Neupersische Literatur in: Grundriß der iranischen Philologie, Bd. II, Strassburg 1896–1904, S. 326

[3] Hatim Ta'ee, a romance in the Persian language, revised and corrected under the superintendence of J. Atkinson.

[4] aus dem Englischen von +r (d.i. Gottfried Wilhelm Becker), Leipzig 1931.

[5] siehe Anmerkung 1.

[6] Sargusaschti Hotam' (Die Abenteuer des Hatem) in der Reihe Beispiele persisch-tadshikischer künstlerischer Prosa.

[7] Dāyerat-ol-ma'āref-e Fārsi, Bd. I, Teheran 1345 (=1966).

[8] Untersuchung zu einer Sammlung persischer Erzählungen, Islamkundliche Untersuchungen Bd. 92, Berlin-W 1984.

[9] Leipzig 1959, S. 546

[10] Die sieben Prinzessinnen, Berlin 1980.

Ich danke Werner Sundermann, Berlin, für mündliche Hinweise zu den Ausführungen auf den Seiten 283 und 288. M.L.

Worterläuterungen

Adilabad: wörtlich: Ort der Gerechtigkeit.
Aiwan: überdachte Galerie, Vorhalle.
Bejt: aus zwei Teilen bestehender Vers.
Bidadgaran: wörtlich: die Ungerechten.
Butemar: storchenähnlicher Wasservogel, Reiher; hier Symbol der Trauer.
Chalat: mantelähnliche Oberbekleidung, Ehrenkleid.
Chisr: der Prophet Elias, Helfer in der Not, besitzt das Wasser des Lebens.
Chorassan: Gebiet zwischen NO-Iran und NW-Afghanistan; ursprüngliche Bedeutung: Osten, Orient.
Dastan: Roman, längere Erzählung, Poem.
Dastarchan: Tuch, auf dem die Speisen aufgetragen werden.
Derwisch: Mitglied eines islamischen Bettelordens.
Diw: raubtierartiger Dämon, meist böse (s. Dschinn).
Dschinn: Dämon, Geist, der in Tier- und Menschengestalt erscheint. Unterscheidung in zumeist gute Peri und böse Diws.
Dugh: Buttermilch, gequirltes Erfrischungsgetränk.
Emir: Stammesfürst, Fürst.
Farsang: Wegmaß, etwa 6 km.
Gajomarth: sagenhafter iranischer Urkönig, bereits im Awesta erwähnt.
Gas: Längenmaß, heute dem Meter angeglichen.
Hadschib: Türsteher, Wächter.
Hafiz: persischer Dichter (etwa 1325–1390).
Hatem Ibn Ta'i: vorislamischer arabischer Dichter, wurde zur Märchengestalt. Heute in Iran Synonym für gutherzigen, meist reichen Wohltäter.
Hodscha: ehrwürdiger Alter, Lehrer; als Beiname verwendet.
Husn(a): hat als Teil einer Komposition die Bedeutung ›schön‹, ›gut‹.
Husnbanu: bedeutet soviel wie schöne Dame, anmutige Herrin.
Iskander: orientalische Form des Namens Alexander (der Große).
Jessaul: Leibreiter, Bediensteter.

Kaf: märchenhafter hoher Berg am Rande der Welt.
Kajaniden: sagenhafte alte iranische Dynastie.
Kalandar: Angehöriger eines islamischen Bettelordens.
Kebab: gebratenes Fleisch.
Korsi: tadshik., niedriger Stuhl.
Kulsum: märchenhaftes Gewässer, See, Meer.
Kurpatscha: kleine Steppdecke als Unterlage zum Sitzen.
Kutwal: Stadthauptmann, Wachtmeister.
Kyros: Gründer des altpersischen Reiches, herrschte um 559 bis 530 v. u. Z.
Lungi: tadshik., Badetuch.
Mahalla: Stadtviertel.
Malika: Königin, Herrscherin; Beiname vornehmer Damen.
Masanderan: Gebiet am Südufer des Kaspischen Meeres.
Mauer Iskanders: märchenhafter Schutzwall, angeblich von Iskander errichtet; Synonym für unüberwindliches Hindernis.
Mehtar: Oberherrscher.
Mirschab: Anführer der Nachtwache.
Miskal: Gewicht, 4,64 g.
Miswak: Zahnstocher aus weichem Holz, symbolisiert auch genußreiches Speisen.
Mulla: islamischer Geistlicher.
Murid: ergebener Schüler eines islamischen Scheichs oder eines Murschid.
Murschid: islamischer Geistlicher, Gelehrter, geistiger Führer von Muriden.
Muwakkal: Bediensteter (im Jenseits), Beauftragter.
Nid: hier märchenhafter Berg.
Nuschlab: Name mit der Bedeutung ›Süßlippige‹.
Padischah: Großkönig, Titel islamischer Herrscher.
Palas: großes, glattes Wolltuch, Matte.
Peri: feenhaftes Wesen, meist weiblich und von großer Schönheit (s. Dschinn).
Sa'di: persischer Dichter (1213/19–1292).
Schah: König, Titel eines islamischen Herrschers, oft Teil eines Kompositums.
Schahsade: Schahsohn, Prinz.
Scheich: geistiger Führer einer islamischen Bruderschaft oder von Muriden.

Sufa: breite Lehmerhöhung, mit Decken oder Teppichen als Sitz- oder Liegestatt hergerichtet, davon abgeleitet ›Sofa‹.

Sulaiman: biblisches Abbild des weisen Königs Salomo, versteht die Sprache der Tiere.

Surna: Hirtenflöte, Schalmei.

Tschin: China, im engeren Sinn Chinesisch-Turkestan, heute Xinjiang; hier Märchenland im Osten.

Wesir: Minister.

Inhalt

ISBN 3-378-00250-6

Gustav Kiepenheuer Verlag Leipzig und Weimar
1. Auflage
Lizenz Nr. 396/265 LSV 7218
Gesamtherstellung: Grafische Werke Zwickau III/29/1
Schrift: Garamond
Gestaltung: Helgard Reckziegel
Printed in the German Democratic Republic
Bestell-Nr. 812 222 6
00980